U0467285

流光夕拾

戎国宪　著

北方文艺出版社

·哈尔滨·

图书在版编目（CIP）数据

流光夕拾 / 戎国宪　作者. -- 哈尔滨：北方文艺出版社, 2024.8

ISBN 978-7-5317-6251-5

Ⅰ. ①流… Ⅱ. ①戎… Ⅲ. ①回忆录－中国－当代 Ⅳ. ①I251

中国国家版本馆 CIP 数据核字(2024)第 109039 号

流光夕拾

LIUGUANG XISHI

作　者 / 戎国宪
责任编辑 / 宋雪微　　封面设计 / 杭州众书
出版发行 / 北方文艺出版社　　邮　编 / 150008
发行电话 /（0451）86825533　　经　销 / 新华书店
地　址 / 哈尔滨市南岗区宣庆小区 1 号楼　　网　址 / www.bfwy.com
印　刷 / 成都荆竹园印刷厂　　开　本 / 700mm×1000mm　1/16
字　数 / 350 千　　印　张 / 19.75
版　次 / 2024 年 8 月 第 1 版　　印　次 / 2024 年 8 月第 1 次印刷
书　号 / ISBN 978-7-5317-6251-5　　定　价 / 79.00 元

前言

从20世纪40年代至21世纪20年代初，我已经历了七十七个年头。对于人类历史长河而言是短暂的，但对个人而言却是漫长的。

人生几何！向前看留给自己的时间已不多了，记忆将随岁月的流逝而衰退，因此我抓紧握笔写下了我那流逝的岁月，对我的已往以时间为轴进行了粗略回顾，将其中的一些人和事客观如实地进行了记录，算是对自己人生的一次总结吧！

人类历史是由绝大多数的平凡人和少数不平凡的人所共同谱写的。作为每个个体无论伟大与平庸、富有与贫乏、聪明与笨拙，都在书写着自己的人生，其多样性汇聚成了人类历史不断发展的历程。

我就是平凡人中的一员，因此所反映的岁月痕迹也是平凡的。

谨以此书：

献给我那流逝的岁月！

献给我农村的伙伴！

献给我基层的政工战友！

目录

第一阶段　快乐童年　备受呵护
——童年（学前）
（1954 年 9 月前）

第二阶段　初涉学业　知行合一
——杭州皮市巷小学期间
（1954 年 9 月—1960 年 7 月）

第三阶段　宗文求知　注重践行
——杭十中期间
（1960 年 9 月—1963 年 7 月）

第四阶段　步入青年 丰富经历
——杭州钱江中学期间
（1963 年 9 月—1969 年 1 月）

第五阶段　奔赴农村　锤炼成长

——农村生活

（1969 年 1 月—1971 年 11 月）

第六阶段　人尽其才　收获爱情
——临安化肥厂期间
（1971 年 11 月—1975 年 11 月）

第七阶段　政工一兵　无私奉献
——杭州新华造纸厂、杭州新华纸业有限公司、杭州新华集团、杭州新华集团有限公司、杨伦分厂期间
（1975 年 11 月—2007 年 1 月）

第八阶段　发挥余热　服务“夕阳”
——杭州市经委（经信委）系统离退休干部服务中心期间
（2008 年 1 月—2016 年 2 月）

第九阶段　幸福晚年　精彩纷呈
——真正的退休生活
（2007 年 1 月—2007 年 12 月；2016 年 2 月至今）

第一阶段

快乐童年 备受呵护

——童年（学前）

（1954年9月前）

童年的乐园

我童年的乐园在杭州市中心皮市巷103号。该宅是建于清朝的古建筑，位于皮市巷与原杨绫子巷交叉口，是由老底子好几进规模的老宅分割而成的最前的一进。外门进最前面的是停轿间及偏房与小天井；继续进入，里面先是大天井加两侧厢房连着三开间厅堂加一楼梯弄；堂壁后还有一个小厅，外有小天井加两侧厢房；楼梯弄隔墙外还有墙门园子和大灶间。从整座房子的中轴线来讲，房屋及前后“小大小”三方天井由两道已褪去本色（黑）成灰色的厚实、高大的双开大木门所分割。每扇木门足有80厘米宽，两侧设有承托粗壮门轴的石门枕，以确保大门转动自如。但早已不起作用了，因前后两道门常年都由左右锁环横插粗门杠而锁着。石门框上嵌有精美的砖雕和石飞檐，好有气派。

该宅在皮市巷这侧围墙北端开有一个双门扇石库门，供人进出。进门厅即停轿间，再走六、七步来到二道石库单门，门由铁皮包着，刷有黑漆，装着现代门锁。头道门与此门间地面用石板铺成，每逢雨天，墙门内孩子就在此处和里面厅堂跳房子、跳绳、砸四角、拍洋片，抽陀螺……左侧有一排偏房，住着颜师傅全家，开着豆腐作坊，门市也在此。偏房有一排落地门窗对着小天井，小天井西侧就是中轴线上的头道大门，另一边就是大天井。

行人经二道单门就来到了里面大天井北侧的厢房，这里是全墙门人的共用通道，由一排花格窗隔着大天井。大天井由长条阔石板铺成，是墙门小孩日常游戏玩耍的主要场地。除上述提到的游戏外，还有跳牛皮筋、斗鸡、吹肥皂泡、日光下放大镜点燃火柴头……

大天井另一侧是南厢房，是姚家开设的西医诊所。

大天井西端两角针对上方直角瓦沿落水处安放着两只接天落水的大水缸，里面经常养着几尾金鱼。我们小孩常在缸边静静地注视着水中自由自在游动着的大眼泡红金鱼，圆圆的嘴巴总是一张一合地喝着水（其实是在呼吸和吃食，当时并不知情），似乎一直口渴，想把整缸水喝下去似的。

从北厢房再前行，即来到了三开间厅堂。地面由正方大青砖铺成，竖着四四十六根柱子，下有壮实的柱墩，上有粗壮的横梁，再加许多支梁托起了整个楼板、二楼及屋顶。正厅堂开间宽敞，由八扇四对落地花格门窗与大天井相隔，平时都向内开着，以满足厅堂的采光。正厅堂上首有红木供桌和八仙桌，两侧是大理石、蚌壳镶嵌的椅子。此处移掉椅子，再移来一张八仙桌与原有八仙桌拼在一起，中间桌脚上绑上两根竖竹竿，再用绳子一拉成球网，就成了乒乓球台，大家就轮番上阵挥板打乒乓了。打得兴起时，连大人叫吃饭时也不予理睬了。正厅堂两侧相对各排列着同样的三张椅子，其间各置有茶几。这些桌椅处是我们掰手腕、走各种棋类的好地方，有时会厮杀半天还不肯罢手。两侧偏厅后壁处放着同样的桌椅，前面比较空旷，此处无风，是我们打羽毛球、板球的好场所。整个厅堂是我们滚铁环的地方，虽吵点，但这里面积大、障碍物多，正好考验我们滚铁环的技能。厅堂正面及两侧板壁上挂着人物坐像、花草及书法条幅，装点充实着整个暗红色的厅堂。

正厅堂后壁两端后面有两扇相对的通向后厅及后天井的通道门。两扇门间置有一张八仙桌，两侧也有与前厅相同的椅子，由于开间较大，并没影响人们从两扇门的进出。而且这里比较亮堂，我们常在此处打扑克、走棋子、制作风筝、挑火柴及冰棍棒……

后厅外面是一方相对小的天井，一直关着的二道双开门就在小天井的西面，若过了这道门就是另一井房子了，已属杨绫子巷门牌号了。小天井相当紧凑，右边有一口六角井圈的古井，在自来水接进墙门前，饮用、洗涤全靠它。夏天把西瓜放入网袋里浸入水中，让我们吃到了“冰镇”西瓜。左边直角屋檐下有一只大水缸接雨水之用，里面经常养着几条将要上餐桌的大鱼，有草鱼、鲢鱼、鲫鱼等。屋檐下有用石块叠起搁着长石板的洗衣台，搁脚的石块上已布满体现年份的青苔。整个天井用石板铺就，其中一角有一块开有一个“钱”眼的正方石板与众不同，它承担着排水的功能。小天井左右两侧有两排玻璃窗的后厢房，可能是改造后才成这种较现代样，分别是姚家和寿家的住房。

厅堂左侧有楼梯弄，可上二楼。楼梯口前有一个正方区域，是墙门内的一处交通枢纽，从此处可到前厅、后厅、大灶间、上楼以及去隔壁皮市巷101号。上方开有一个正方形的天窗，盖有玻璃亮瓦，能很好地利用天光，方便下面行人通行及上下楼梯。

天窗下方南侧有一个门洞，过了这个门即来到了墙门内各户人家共用的大灶间。进门左手有一扇门，是我妈和两个弟弟的住房。进门右手靠墙排着几只煤球炉及茶几。里面靠西墙处还有一个带烟囱的双口大柴灶，上置有灶神龛，灶边放着一张桌子。南面有一排窗，窗前也有一排煤球炉。窗外是一方小天井，是大灶间的采光之处。排窗两端各有一扇小板门，靠西的门外出过天井再进对过的一扇门就到了隔壁的皮市巷101号，是房东夏爷爷的小洋楼，那里也是我们墙门小孩玩耍的延伸处；东端的门出去左转是墙门园子。

大灶间在烧饭做菜时段是墙门里最热闹之时。灶间发出的各种声响汇集成美妙的交响曲：有洗菜时的“哗哗”声、切菜时的“咔嚓、咔嚓”声、菜下锅的“滋啦”声、炒菜时的“刺啦、刺啦”声、盛菜时锅铲碰着锅子的“嚓嚓”声、洗锅时的“刷刷刷”声、洗锅水倒入桶中的“哗啦”声、煎蛋下锅时的“啪嗒”声、翻转煎蛋的“嗞”一声、斩肉的“咚咚”声、煮饭水烧开时的“咕噜咕噜”声，还有锅碗瓢盆碰撞的“叮当”声……此起彼伏。但所有这些声音都盖不过灶间正在忙碌着做饭菜人的谈笑声，有切磋烧菜技艺的交谈声、有相互品菜的评价声，有人手头缺个啥问一声“哪个有”，则有人呼应“我这里有”，随即就递了过来，解决了一时之急，就会有一句“谢谢啦”，接着就能听到一句“介客气啊”。大灶间既热闹，又呈现出一派祥和的景象，体现着浓浓的邻里间的深厚情谊。

进入墙门园子，北面是一排平房，有三开间，前两间均是落地门窗，是我妈和弟弟住的房间；再进去一间是王家奶奶与孙女三人的卧室，她的大孙女王蓉是浙江美院的学生，也是我学画的启蒙老师。

房前有高大的香椿树，春天我们用竹竿绑上剪刀，去钩下香椿嫩头腌制后做下饭菜，味道不错。还有一棵枝叶茂盛全年不落叶的枇杷树，很能结果，但我们不去碰它。这枇杷是夏爷爷他们要吃的，但每年枇杷成熟时，夏爷爷摘下来后肯定会奖赏我们懂事的小孩尝尝鲜。过了三间房子，园子豁然大了起来，这里还有桂花树、蜡梅树、桃树，还有满园的青草。秋天桂香充溢整个墙门；严冬蜡梅盛开一片嫩黄，在迎候着春天的来临；春天桃花绽放一片粉红色，好似在回报蜡梅的等候，同时又宣告春的到来；盛夏绿树成荫，给人带来清凉。这里是我们的“百花园”，无论春夏秋冬，都是墙门内小孩寻乐子的好地方。

在这里，我们可以尽情地打弹子、赛飞镖、斗蟋蟀、套泥人、放小鞭炮、打火药枪、吹肥皂泡、打弹弓、玩老鹰捉小鸡……凡是好天气我们就在这里玩。当然下雪天例外，雪下得越大，我们玩得越开心。我们先滚雪球，滚成一大一小两个雪球，小的叠到大的上面就成了雪人主体，再取两粒煤球嵌在小雪球正面上部就成了雪人的眼睛，再在两眼间加雪堆成鼻子，然后在鼻子下方挖出嘴巴，嵌上一段两头向上弯的树枝，营造出一个笑口常开的样子，再在脸部两侧加上两个小雪球压扁当作耳朵，一个大腹便便、笑容可掬的雪人就堆成了。接着就是嘻嘻哈哈、躲躲闪闪地打雪仗了，玩得不亦乐乎。

再看二楼，从楼梯上二楼，正对面是个朝北的大房间，它有偏厅加楼梯弄那样宽敞，住着一位吃素念佛的黄奶奶，她独居没有孩子，却十分喜欢我们。左手边是过道，西侧排着三个房间，头尾两间朝西，中间大房朝东，面对大天井。头间是姚家儿子住；尾间是外公外婆和我住，中间大房是我大舅的住屋。陪同大舅的是其二儿子，大儿子已由浙大毕业去了北京国防单位工作，后成了高级工程师，其女儿已随土改工作队参与农村土改工作，后在平湖县（今平湖市）级机关工作；尾间房对面是一个朝南的厢房，曾是我爷爷租住，也是我二叔、姑妈回家时居住之所。后来居民区要办大食堂了，我妈和弟住的房间被用作居民大食堂配菜、存放东西之地了，爷爷就去了横龙华巷8号租住，让出了楼上朝南的厢房给我妈和弟弟们住。楼梯上端平台区左后转有一个小通道可到一个朝西的小房间，是姚家堆放杂物的房间，也是我们小孩躲猫猫的好地方。

楼上临大天井的窗门处是我们赛纸飞机的赛场，纸飞机在空中盘旋后滑翔而下，看谁的纸飞机飞得最久，则胜。

楼梯弄与厅堂之间有一面板壁相隔，楼梯下面堆放着夏家更换下来的家具，此处缺少光线，也是一处躲藏的绝佳处。

该大宅之所以充满生机和活力，就在于里面住着的人们。一群热爱生活、充满爱心、互帮互助的邻居，尤其是有一群乐天派的小孩。墙门里小孩众多，有颜家的两子、寿家的两子两女、姚家的三子一女、戎家的三子、王家的两女，还有后来的束家两子一女、田家的一子两女，先后有20多个小孩。男孩女孩玩的内容不同。随着早期住户孩子的长大，后来的也都步入了少年，再加上原厅堂被分割出了两间住房，安排了两户人家，活动空间被大大压缩，玩耍的小孩也就越来越少了，远不如孩童时玩得热闹了，这是后话。

清晨，墙门院子里的鸟鸣声清脆悦耳，好似在提醒人们该起床了，新的一天开始了；有时喜鹊“叽叽喳喳”叫个不停，也来凑热闹，使人油然产生了喜悦感；太阳一出，懒散的猫咪蜷缩在阳光下，可能昨晚“猫捉老鼠”斗得很晚，白天也就无精打采了。

春天里，屋檐下窝内的小燕子“吱吱”地叫个不停，好像在呼唤燕妈妈快点衔食来喂它们；夏日里，知了在用不同的声调激昂高歌，似乎要压倒蝈蝈发出的声音，此起彼伏，却似夏日交响乐；秋日里，好斗的蛐蛐振翅鸣叫，不知疲倦；冬日里，下雪天，麻雀以尖锐的声音啼叫不停，大人告诉我们这是“麻雀爱雪”，但当时小小的我认为其实不然，下雪天大地银装素裹，一切都被盖住了，麻雀就找不到可觅之食，也就着急烦闹了，于是就吵个不停。

有时，我们在静静地观察着蜘蛛结网。只见蜘蛛吐出丝粘住一处加以固定，接着不断吐丝，吊着自身随风晃到另一处固定，同样的方法织出放射状的竖线，再经竖线爬至中间，从中心向外织横线，一圈一圈地扩大，再由外向内一圈一圈加密蛛网，以便网住小飞虫，作为蜘蛛的美食。我们在欣赏它的天生本领的同时也佩服着它的勤劳。

晴天，我们用放大镜在阳光下点燃火柴。通过不断移动放大镜，让太阳光集中到火柴头上，不一会儿火柴就点燃了，当时我们都感到很神奇。后经学习，才知道是聚光作用，太阳光聚在一点上，就产生了更高的热量，当火柴头达到燃点时就燃烧了起来。

我们有时也抢着看万花筒，尾部对着亮光，转动万花筒，里面底部彩色的不规则玻璃碎粒就千变万化地变换出许多丰富的对称图案，十分好看。万花筒中有三面镜子，但其原理长大后才知道，三面镜子形成三棱镜，随着角度的变化，反射出的影像也随之变化，影像重叠后形成各种图案，不断转动随之不断变换，图案将是无穷无尽的。

我曾亲手制作“小竹人”。取一根小竹，用钢锯截出一段长竹节、八段短竹节，再截一段剖开制作两根细竹棒，准备三粒纽扣、两根细麻绳或两根粗棉线，再在长竹节三分之二处两侧各钻一个相对的孔穿线用，准备就绪后就可组装：将线的一端绑住一根细竹棒，然后将线的另一端穿过两段短竹节，再穿过长竹节侧面的一个孔，向竹节三分之二端穿出，穿过一粒纽扣中的一个孔，再穿两段短竹节，继续穿过一粒纽扣孔，留足操作用线，打一个大于纽扣孔的结，以防脱出，竹人一半就做成了；同法做另一半，这次是穿长竹节相对的另一孔，穿过下端纽扣对应的另一孔，最后再穿入另一粒纽扣，其余做法都一样，两边全穿好一个竹人即做成了。放到有桌缝的桌子上，两只脚下线穿过桌缝到桌面下，两手在下面拉扯线，竹人就会做出无尽的动作来。若做好两个竹人，由两人各自操作竹人，就能做出各种打斗动作，十分好玩。

小时候的游戏和各种经历都是十分新奇有趣的，潜移默化地锻炼了我的智力、体力、巧力、专注力和动手能力，提高了对外界的认识，而且充满了愉悦感和成就感。这一切均发生在皮市巷 103 号——我的童年乐园。

难忘的儿时游戏

在皮市巷103号内，由于房屋结构复杂、空间大，从外到里有进门的停轿间、作为过道的右厢房、整天见天日的大天井、宽敞的厅堂、充满生活气息的后厅及天井、楼梯下不见天日的堆杂物处、繁忙的大灶间及小天井、充满趣味的“百花园”、101号朝天过道，还有楼梯上方堆旧家具的小房间，均为我们提供了无限的可能，是我们墙门小孩的“欢乐天堂”，各种游戏都在这些地方进行，记录着我们童年的幸福，见证着我们的成长。

随着时代的变迁，生活习惯的改变，住房条件的改善，学习负担的加重，再加上手机的普及，我们儿时的游戏大多数已不见踪影了。但儿时的游戏到今天我们已七八十岁了仍不会忘怀，因它们曾带给我们无限的欢乐，想起这些我们就好像回到了童年，置身于各种游戏之中，在脑海中不断涌现——

打弹子、拍洋片、跳绳、跳牛皮筋、抽陀螺、打扑克、打乒乓、打羽毛球、打板球、斗蛐蛐、赛纸飞机、赛纸飞镖、打弹弓、打竹管枪、堆雪人、打雪仗、玩转纽扣、手翻绳、丢手绢、观万花筒、放大镜取火、斗鸡、抓石头子、跳房子、踢毽子、躲猫猫、老鹰抓小鸡、石头剪刀布、挑冰棍棒、砸四角、玩火药枪、掰手腕、做纸风车、折纸鸟、折纸塔、折纸鞭、套泥人、飞镖、甩飞碟、放鞭炮、摔甩炮、走军棋、走象棋、走跳棋、走五子棋、吹水竹哨、吹肥皂泡、滚铁环、制玩竹节人、看小人书、玩磁铁、放风筝、打水漂儿、捉萤火虫、看西洋镜……

现挑几项儿时玩得较多，而现在已几乎见不到的游戏，介绍一下它们的玩法，以满足现在孩子们的好奇心。

各类游戏若两人玩，可通过“石头剪刀布”来确定先后手，赢者为甲方，可选择先、后手。

打弹子：弹子是由玻璃制成的小圆球，有黑色、白色、球芯为不同色彩的，丰富多彩，两人或多人参与。常用方法之一是画一条线，站在线后瞄准远处已挖好的小洞坑弹出弹子，若进坑了，则有权去撞击其他未进坑的弹子，若撞到则获胜，获被撞弹子，撞击者获再次撞击其他弹子的机会，未撞着的话，则反过来由别人来撞你的；若挖有几个坑，要相继进各坑后才有权撞击别人弹子的机会。另一种方法是有线没有坑，所有弹子都有撞击对方的权利，撞着为胜，一人先弹出，后者去撞击，击中为胜，获击中的弹子；若未中，前者反过来撞击后者的弹子，撞着则胜。还有其他玩法……

拍洋片：洋片是印有彩色图画的长方形卡片。甲方手持洋片在空中划过一条弧线拍向乙方放在地上的洋片一侧，若翻转了乙方的洋片则胜，获取乙方洋片，再次去拍乙方放在地上的另一张洋片，胜的话可连续拍下去；若没有拍翻转，则由乙方捡起地上的洋片拍向甲方在地上的洋片，同理翻转为胜，获取甲方洋片，同理可继续拍甲方的洋片。

滚铁环：首先将铁环向前滚去，然后用手握的长柄铁钩去钩住铁环后部下方，向前推着走，铁环就在推力和惯性的作用下不断地向前滚动，只要确保铁环不倒就可以了。多人比赛的话，就看谁将铁环滚得又快又稳，先到终点则胜；也可以绕过障碍物来回滚动，先到则胜；多人分组接力，先到为胜。还有其他玩法，不多述了。这个游戏可锻炼肢体协调能力。

跳牛皮筋：是一项女孩多人参与的活动，孩童时男孩也会参与其中。有挑、勾、踩、跨、摆、碰、绕、掏、压、踢等基本动作，可自由组合出各种花样来，制定出规则，共同遵守参与游戏。如“双脚压筋跳”，这是一种简单跳法：两人相对相隔两米，两脚分开与肩宽，将牛皮筋围在四只脚后跟离地十厘米处，形成平行的两根牛皮筋，另一人选择一侧开始跳，先用双脚压住离身体近的一侧牛皮筋，然后双脚蹦到另一侧牛皮筋上，再原地跳起，右转双脚跨在另一侧牛皮筋上，又跳起左转向后回转到出发一侧双脚压在牛皮筋上，完成一次，可反复进行，直到出错为止，换人再跳，看谁连续跳的次数最多则赢。这是一种既锻炼了腿脚，又锻炼了注意力的游戏。

抽陀螺：木制陀螺，圆柱形下端为锥形，尖端处嵌有钢珠，以绳鞭顺时针缠绕螺身，然后拉动绳鞭让陀螺旋转起来；或用大拇指和中指夹住陀螺上口顺时针旋转陀螺，待陀螺着地，再以鞭抽之，使之继续旋转，慢下来时再继续鞭抽，维持陀螺在外力和惯性作用下直立并不断地旋转。

手翻绳：这是一种民间古老的游戏，有单人翻绳和双人交叉翻绳的不同玩法。翻绳可以锻炼儿童手部肌肉的灵活性。玩翻绳时需把一根长约 1.5 米细绳系成圈状，然后将绳圈套在手指上，利用手指穿插、交错、缠绕等手法将绳子变成各种图案。如“个人猫捉老鼠翻绳游戏”，把绳圈套在左手上，左手大拇指张开，右手食指穿过左手大拇指和食指的指缝把左手手背后面的绳子勾出来，勾着绳子的食指转个圈，让绳子形成一个小圈，然后把小圈套在左手食指上，并把位于左手下方的绳圈往下拉紧；重复以上步骤，右手食指从左手食指和中指的指缝间勾出位于左手手背的绳子来，勾着绳子的食指转个圈，再把绳子套在左手中指上；继续重复以上的步骤，直至左手小拇指都套上绳圈，并拉紧左手下方绳子；接着再把大拇指上的绳圈拿出放开，并把左手下方的绳子不停地往下拉，手指上的绳圈就自动解开了。

看西洋镜：儿时有人挑着高脚匣子穿街过巷吆喝着“看西洋镜啰！”匣子是一种游戏器具，里面装有透明画片，匣子前装有放大镜，利用光学原理，通过暗箱操作，可以看到被放大了的画面，十分吸引小孩。而原来所用的画片都是西洋画，因此叫作“西洋镜”，是一种从欧洲传入的游戏。当然这与现在的电影、电视是无法可比的，但当时的感觉却是十分有趣的。

砸四角：利用香烟壳或其他废纸分切成烟壳大小，叠成四方形，即“四角”，多做些备用。地上画一圆圈，各人将一枚四角放入圈内，明确先后顺序后，首发人进入圈内，用中指和拇指夹着自己的四角发力撞击对方四角，若对方四角被撞出圈外，就成战利品归己；若没撞出对方四角，则改由对方撞己四角；若不仅没撞出对方四角，而自己的四角出了圈，这个四角就归对方了；若对方四角翻了个身，四角也就归己了。这游戏不仅能锻炼儿童的手上技巧，还锻炼了大脑和肢体。折叠四角方法：用香烟壳对折成方形或取两张相同的长方形纸对折成正方形，然后左右向内折成三层，一端 45° 斜折与边齐形成等腰直角三角形，另一端再 45° 斜折到另一边对齐成直角等腰三角形，两张纸同样折法，两张交叉相叠，翻上四只直角，然后向内一只压一只，最后一角插入第一角，四角即制成了。

走军棋：军棋是一种开动脑筋的游戏。军棋都是外购的，它有两种走法：一种为翻棋，另一种为暗棋。现介绍一下翻棋：军棋各方 25 子，分别为军旗、司令、军长各一；师长、旅长、团长、营长、炸弹各二；连长、排长、工兵、地雷各三。走子规则：是司令至工兵大棋吃小棋，相同棋子相遇则同归于尽；工兵能排雷，其他棋子不能排雷；炸弹与任何棋子相遇时同归于尽；棋盘常识：棋盘上行走路线包括公路和铁路，较细的代表公路线，任何棋子在公路上只能走一步，而黑粗线代表铁路线，若没有障碍物，工兵可任意行走，其他棋子只能直行，不能走直角弯，步数不限；摆棋子时不可在行营里放置棋子，棋子行走中落点不包括山界、前线；行营是个安全岛，进入以后，敌方棋子不能吃行营中的棋子；军棋和地雷不能移动，炸弹可移动，炸弹可在铁路上无障碍时任意横竖移动，但不可转弯。

游戏开始前，由任意一方进行翻棋，翻出棋子的颜色就为该方棋子的颜色，然后布阵进行厮杀。

定胜负：杀光对方所有能动的棋子则胜；或者一方用工兵挖掉对方三颗地雷后，再用小棋杠走对方的军旗获胜；如对方被逼得无棋可走了则胜。

以上仅是一些回忆和介绍，其实已没有现实意义，现在人手一部手机已完全替代了原有的传统游戏，但有兴趣的人了解一下也未尝不可。

（注：以上是我 65 年前玩过的游戏，经回忆所写，玩法可能有出入，请谅解。）

我的外公外婆

1951 年的一天，我妈庞毓珽带着我们三兄弟（其中小弟还在妈腹中）离开上海赴杭州投奔其父母。外公庞宗汉、外婆胡娟住在杭州市中心皮市巷 103 号内，是租住夏家的祖屋，他们和大儿子家住在二楼。我们到来后，与夏家协商后就租住在楼下墙门内大家共用的大灶房旁的一个两开间的大房内。为了分担我妈带孩子及待产的辛苦，我到杭后就由外公外婆带我，住在他们的屋内，自此我的童年就在外公外婆的呵护下幸福地度过。

外公外婆都是绍兴安昌大户人家的子女，约在 1910 年成婚，是当时所谓的门当户对的一对。庞家是开厂、店、办钱庄的生意人，在金华与人合资开着“穗新瑞火腿栈”“裕民布厂”“利华肥皂厂”等，又与人合资开着三家钱庄、金华的“穗源钱庄”、兰溪的“穗茂钱庄”、绍兴的“安记钱庄”。外公先在“安记钱庄”学生意，学成后就到“穗源钱庄”工作。在有了一定的积蓄后，外公在原有产业的基础上，又与人合资在安昌开了“润泰木行”“天泰油烛陶店”“裕源钱庄”（此钱庄在安昌八景之一“穗康钱庄”中有记载），还在杭州合资开了 “交泰钱庄”“广润昌绸厂”。另外在安昌西街 122 号购了一处大宅，共有三十多间房。后因孩子要读中学了，而安昌无此类学校，就搬到了绍兴城内日晖弄 12 号租房居住。

外公在赚到钱后，不忘反哺社会。在江南大灾之年，大力赈灾，其善举被当时的民国总统黎元洪得知后，为了表彰外公，曾亲笔书写楷书“博施济众”四个大字匾额颁发给了外公，悬挂在他安昌购得的大宅内。

庞家的产业在日寇侵占后几乎全部受到了冲击，有的被抢光烧光，有的直接倒闭了。而且在辗转逃难途中，外公外婆双双被土匪绑架，不仅随带的钱物被抢光，而且还得到处筹钱赎人，才得以保住了性命。

后外公外婆全家带着金华、兰溪两钱庄仅剩的五万元去了上海，但在“钱不值钱”的当时，钱很快就所剩无几了，生活显得困难起来。于是在 1945 年转到了杭州，外公外婆家也就此一蹶不振，开始走下坡路了，老家安昌的田地也变卖完了。抗战胜利后，虽千方百计用抗战时转入大后方的资金，再加借款，先后将金华、兰溪、绍兴三家钱庄复业运转起来，外公就到金华、兰溪两处工作。1949 年解放初，三家钱庄资金周转不了，只有通过申请，经人民银行批准，在 1949 年、1950 年先后停业，资金归还股东和债主，也就所剩无几了。到 1952 年，外公外婆主要靠在杭工作的大儿子庞祝如的工资来赡养，其他儿子也有所补贴，还有就是变卖一些首饰、玉器、书画扇面以解一时之困。

我们来到杭州时，外公外婆的生活已经比较拮据了，但我们从没有听到他们的任何怨言，他们还是十分乐观地热爱着生活。

外公温文儒雅，戴着深度近视眼镜，我经常好奇地欣赏他所戴眼镜的镜片，尤其斜侧看过去，一圈一圈的，中间凹得特厉害。他经常穿着长衫、圆口布鞋，走路时双手放在背后，一手握着另一手，冬天时两手就插入棉袖管内取暖。是一个十分和蔼可亲的人，待人和善、真诚、没有一点架子，而且助人为乐，是我最亲的人之一。

外公的日常消遣是看书、推“牌九”，有时与我走象棋或玻璃弹子跳棋。走象棋是他教我的，开始时让我车马炮，逐渐减少，到后来就不用让棋子了，可以一比高下了。

外公的书法不错，他写的正楷毛笔字曾是我练字之初垫在元书纸下的字帖，运笔及坐姿他都严格地要求着我，是我书法的启蒙老师，正因他的严格要求，使我打好了扎实的书写基础，让我一生受益。

他博览群书，经常给我讲故事。小学时，常有同学喜欢来我家一起做作业，完成后总是吵着要“爷爷”讲故事，“爷爷”的称呼是我随表兄叫的，感觉更亲近一点，同学也就随我叫了。外公总是有求必应，乐意满足大家的要求，但都掌握着时间，差不多时就“刹车”，催着同学赶快回家去，免得迟了家人着急。而这一“刹车”就如说大书先生那样“且听下回分解”，吸引着我和同学们——再来听。

外公有他的美食，真的很多，也从一个侧面反映了当时的条件。买一些小蟹，用烧酒封在瓦缸里做醉蟹，这是典型的绍兴人吃法；煮鸡蛋剥壳后用棉线在蛋上匝成圈拉两端，按半厘米厚度分切鸡蛋形成圆形蛋片，一片片分切后放入盘中，浇上一点酱油，使蛋黄也有咸味，就成了菜肴；天冷时，猪皮加黄豆煮烂，冷冻后切片当菜；还有就是“金镶白玉嵌”，老豆腐切片油煎，加入霉干菜和少量白糖再煮一下即成；萝卜切成斩刀块，油锅内炒后再加入嫩豆腐、酱油、白糖，红烧成萝卜豆腐；活芦（葫芦）切断嵌入猪肉馅蒸煮，清爽可口；臭豆腐切成块，放入盘中浇上一点菜油，放上剥好的毛豆蒸制成“臭豆腐蒸毛豆”；自制“素烧鹅”，将豆腐皮去掉硬边浸在加少量白糖的酱油中，在桌面上铺一层去边的豆腐皮，用筷子夹起浸在酱油中的豆腐皮硬边带上酱油涂在豆腐皮上，再铺上一层去边豆腐皮，涂上酱油，将两侧向中间对折，再涂酱油，两端各自折转封口，接着在折转处涂上酱油，纵向对折合拢，然后入油锅氽一下，定型后就上蒸锅蒸一下，即可分切装盘；平时还有自制的腌萝卜条、半圆形片状直边处分切过的酱萝卜，均是十分爽口的冷盘菜；过年时，把五花肉煮熟切片，皮朝下装入碗中，再加已在水中浸泡过的黄花菜，加入酱油、料酒、白糖蒸煮，后用盘盖住翻转，即成美味的黄花菜扣肉；还有难得尝到的佳肴——羊糕，羊肉洗净放入加水的锅内，烧开撇去浮沫后取出羊肉，入冷水中漂清，再倒出原汤，去掉锅底沉渣，原汤回入锅内，再加适量水和盐，放入漂清的羊肉，煮烧数小时，待肉烂、汤浓后，羊肉即可出锅去骨，放入容器内，加入少量肉汤，冷冻凝结成羊糕，韧性十足，现吃时分切成片装盘，这是真正的美味；还有虾油鸡、糟鸡、自制鱼干……

我在外公身边 10 年，度过了童年，经历了少年。外公深深影响着我，教会我如何做一个诚实的、讲信用的、充满爱心的好人，做一个对社会有用的人。外公的身体由于年轻时要顾及 10 多个钱庄、工厂、商店的经营管理，一直处于奔波中，因此身体早早地被拖垮了。到 1960 年就卧床不起了，当时正值困难时期，营养无法补充，由于长期卧床，生了“背疮”，面积大，创面深，久久不能治愈。我看在眼里，急在心里。外公不愿去医院治疗，可能是考虑条件不允许，因此只能由作为中医内科医生的大舅给予治疗，还有大舅的朋友当时住在皮市巷的名医俞步卿、俞步连两兄弟上门来给外公医治，但最终还是无力回天，外公与世长辞离我们而去了。

在他病危时想吃“开洋抱蛋”，当时我不清楚何为“抱蛋”，就去庆春街搜了个遍，终于买回来满足了外公的要求。在办丧事时，我在陪夜的同时，亲手画了外公的一张素描遗像，挂在灵堂处，以表我深切的怀念之心。外公安葬在西溪路杨家牌楼，我和弟弟们每年清明、冬至都会前往扫墓。在凌家桥公馆外婆的墓因政府要求迁移时，就将外公的墓一同迁往“钱江陵园”所属的“双浦生态公墓”，合葬在了一处，这也是一种团圆。

外婆人长得清秀端庄、气质优雅、肤色白净，长发向后梳成一个月牙形发髻，她每天要盘头发一次，并用刨花水梳得整整齐齐，就如当今用了发胶那样，清清爽爽。她常穿的斜襟短衫和“缅裆裤”，后逐渐改为中式对面襟和西裤。她还有一个特别之处，像她那样 1890 年出生的妇女，基本都是裹足的，而她却没有。外婆告诉我，曾有她的家人硬要给她缠足，并且还给她裹上了，但她坚决反抗，结果半途而废，终于给她放足了，虽已有点变形，但总算还给她一双天然的自由之足。看来外婆是一个思想开放的人，对于旧时陋俗具有反抗精神。

外婆虽是大户人家的小姐，嫁的又是大户人家，但毫无架子。她心地善良、乐于助人，人缘绝好！庞家有一种治“白苦胆”的药粉，附近人家若有人患了“白苦胆”就会很自然地想到“庞家奶奶”，前来讨药医治，外婆总是来者不拒，伸出援手，热心地取一块合拢的膏药在蜡烛上烤一下，打开膏药，取一点药粉撒在中间，再烤一下，然后贴到患者的肚脐眼上，分文不取，且反馈的效果都是不错的。此药其中主要有天然麝香，那时很难搞到，时间一久，结果连药方也找不到了，真是可惜。

外婆仅在私塾读了几年书，但她具有的文化水平却不低，谈吐有条有理，处事井井有条。外公在外奔波做生意，作为当家的她侍奉婆婆（公公庞介堂早亡），照顾孩子，独自承担起了家庭的全部重担。她统筹兼顾、调度合理，安排得顺顺当当。外公在评价外婆时全是赞美之词，我对外婆也就更加敬佩了。正因她有治家之道，因此在 1952 年后，自家没有收入，仅靠大儿子赡养时，还是把生活安排得有滋有味。

从我由外公外婆照看开始，我就睡在外婆身边。在床头边，外婆为我准备了饼干箱，常年装着饼干，每天早上我醒了，还为我送来七颗剥好的荔枝干肉，说是为了增加我的营养，让我茁壮成长。进入小学后，在近窗口处给我置了一张一米宽的单人床，外婆晚起时，总要跑过来检查一下我有否盖好被子，为我塞一下被角。

有一次学校组织师生去周浦农村参加“双抢”，我不小心被镰刀割去了左手无名指的一段指尖，回杭在医院包扎后到家一转，外婆见此情况流下了心疼的眼泪。外婆流泪不多见，我连忙说：“我不太痛，很快会长好的，外婆您放心好了！”接着我还坚持回到周浦参加“双抢”，用一只手干我力所能及的活，以此来告诉外婆问题不大。外婆无微不至地关怀着我，让我感到十分幸福。

这里有个情况有必要交代一下。我的亲奶奶就是外婆的亲姐姐，我妈和我爸是表兄妹（庆幸的是我们三兄弟均没有因是近亲的孩子而出现问题），而我的亲奶奶在新中国成立后不久就因病去世了，外婆同时也在替她的姐姐，以她俩的爱在呵护着我和两个弟弟。小弟出生时就是外婆自始至终地陪伴着我妈的生产，给予了我妈信心与力量，确保了小弟的顺利出生。外婆对我妈、我们外孙辈是无私无求的。

外婆随着年龄的增长，身体也不太好了，脸上出现了三叉神经痛；因体质差要“疰夏”，经常要发痧。当时家里没有电扇，更没有空调，外婆只有不断摇着芭蕉扇去暑气。后外婆想出了两个避暑的方法：一是寻找有弄堂风的地方待着；二是打井水倒入脸盆中，双手浸在其中来降温避暑。我们经常打水为其更换，邻居也主动地为其更换井水，让她能不断享受到井水的凉快。每年的夏日，她就是这样享受着井水避暑之功效，其实用井水避暑在当时来讲也是没有办法的办法。她还经常教诲我们“心静自然凉”，天愈热，心愈不能烦躁，这也是她的一种哲理吧！

我从农村回杭第二年，1976 年外婆已有 86 岁，各种疾病缠身，状况愈来愈差。病重时正值炎炎夏日，住在楼上朝西屋内，作为病人已无法忍受。于是就搬到楼下楼梯旁那间作为公用通道的屋内，安了竹塌床，给邻居增添了不便，但大家均无怨言，十分理解和支持，且都关心着庞家奶奶的病情。我的心情十分焦急，外婆是我最亲近的人，现在却在经受着疾病的煎熬。有一天我从单位回到皮市巷 103 号，来到外婆的病床前，只见外婆十分痛苦地连续咳着，喉咙里痰呼哧呼哧地作响，但痰始终无法咳出来，当时外婆已无力将痰咳出，呼吸十分急促，我见状十分着急，就俯下身去用嘴对着外婆的嘴起劲地把外婆喉咙里的痰吸了出来，暂时帮她渡过了一个难关。

但终究是无力回天，不久我敬爱的外婆因年老体弱多病“油尽灯枯”而去世。我虽万分悲痛，但仅埋在心中，没有流下眼泪来。当时无处买到棺材，就用外婆房内放置的香烟包装大木箱与大弟国治打造了一口真正的薄皮棺材，出殡时用双轮车拉到了凌家桥公馆附近的山上安葬，此处坟地由表哥庞孝藩的同学帮忙落实的。我们亲自参与了挖坑，当时十分简易，就是一个土堆。后来三舅在金华制作了“胡娟女士之墓”的墓碑，并由便车带到了杭州，由我脚踏三轮车将墓碑运去立在墓前，并雇用当地人帮忙在墓周围圈了石块，这样才初步像个墓。

后因山土随雨水下滑堆满了坟墓的后半部位，扫墓时发现此情况，我立即告诉了当时健在的三个舅舅，原想迁坟至杨家牌楼外公处，但舅舅们没有同意，认为“动不如静”，要我负责重修坟墓。我画了图纸委托当地人施工，在坟墓左右及后面筑了挡墙，如此一来直到 2019 年迁坟时未曾出现过问题。

过去每年逢清明、冬至，我们三兄弟在扫戎家位于杭州、绍兴、萧山几处坟墓的同时又要到凌家桥、杨家牌楼扫外公外婆的坟墓，可谓是“东奔西跑、南征北战”，虽辛苦，但我们乐意，以此表达对外公外婆的缅怀之情。现在比较好一点了，离我父母所在的“钱江陵园”本部不远处就是外公外婆所在的“双浦生态公墓”，就我们兄弟而言，扫墓方便多了。

我的外公外婆是一家生意人，新中国成立前为了经营好各地 10 余家产业而辛苦，在军阀混战、日寇侵犯、地方恶势力当道之时，为了避战乱、躲敲诈，四处奔波；新中国成立后终于安定了，常居杭州，开始了平常人家的生活。他们的一生是辛苦的、曲折的，也是平凡而又不平凡的，外公外婆我永远怀念着你们！

外公外婆应该欣慰的是他们的后代都很有出息，尤其是第三、第四代孙辈们，在大好的年代，都在尽情地施展着各自的才华，成了大学教授、公司总经理、政府公务员、高级工程师、高级会计师、高级政工师、高级涉外律师……

大块头爷爷

“大块头爷爷”不是我们可直接称呼的，是邻居为了区分我的两个爷爷（一个是祖父，另一个是外祖父，我们是随表兄叫爷爷的）特意起名的，在提到我的爷爷时，无论是邻居，还是我们自己都特意在前加“大块头”以示区别。

我的爷爷（祖父）戎鹤卿诞生于光绪年间（1884 年 6 月 16 日），出生于绍兴安昌的一户生意人家。其父（我的曾祖父）戎穗荪是一位同治年间出生、勤奋好学的读书人，曾在光绪年间中举，在家门前竖起了旗杆。原打算赴任做县官，却不巧碰上了父亲因病去世，为了守孝三年而放弃了仕途，在家经营了祖业“保豫堂”药店。追溯祖上，开始是挑着药担穿街走巷叫卖药材的药贩，经艰苦奋斗而开起了这家药店。我爷爷出生在这样的家庭，他是五个孩子中的老大。但爷爷并没有继承祖业，而是投身于铁道事业，进入了当时官办的铁路学校学习，毕业后就进入铁路系统工作至退休。从开始的电报员升至站长，先后在铁路杭州南星桥站、王店站、嘉善站、嘉兴站、新龙华站当站长，后调上海铁路管理局总调度室任职至退休。

当我们随我妈到杭州时，爷爷租住在杭州胜利剧院旁的一条小巷内，当时奶奶胡舜琴还健在，妈曾带我们去探望过，但不久奶奶因病去世了，爷爷就住到皮市巷 103 号来了，住在外公住房旁的二楼朝南偏房里，他们是连襟，好互相照应一下。

我的爷爷块头较大，脸是圆圆的，大耳朵垂于两侧，眼睛经常笑眯眯的，一副慈祥模样，有点弥勒佛相，尤其是炎热天赤膊时更像。他为人憨厚老实、与世无争、乐于助人，在旧社会尔虞我诈的生存环境中，没有随波逐流，坚守着自己的本分和做人的底线，因此他在工作上没有大起大落，比较顺当。

爷爷信佛，以善待人是他做人的原则。每月初一都要去灵隐寺烧香拜佛，先是坐黄包车，后坐三轮车，都是与车主预约好的，逢初一就会来接他前往。后来年纪大了，有时由我们兄弟陪同前往，以防不测。

爷爷是一个享受生活的人。他喜欢喝点小酒，哪怕困难时期也不例外，千方百计搞来酒，中、晚两餐必饮，量不多，每餐也就一酒盅。他能自我控制，不贪杯，但他喜欢将酒加热后才喝。热水加入大海碗中，酒倒入带盖酒盅内，然后浸入大海碗热水中，待酒温了后再喝。下酒菜都是比较好的，火腿、酱鸭、鱼干、白切肉、羊肉、虾油鸡、糟肉、素烧鹅、皮蛋……这与他的收入是成正比的。当时他每月的退休金有 80 多万元（解放初的货币），也就是后来的 80 多元，当时算高的。他老人家每月给我零花钱 1 万元，补贴我妈生活费 8 万元，其余用于他的生活开销及制“肝炎丸”赠送病人。当时的 100 元就相当于后来的 1 分，1000 元相当于 1 角，10000 元相当于 1 元，

爷爷喜欢自己做菜，炒、烧、蒸、炸、爆、煎、炖、卤、煮……烹饪出的美味有时也能满足一下我们的馋嘴。他虽吃喝得较胖，但没有高血压，一直活到 97 岁，如不摔跤，还会更长寿。

爷爷乐于助人一辈子，无论在工作时，还是退休后，他总是千方百计地助人。亲戚、同乡、朋友、同事只要有困难，他总是力所能及地尽力帮助：他先后帮助十多人进了铁路系统；他中年时，得知安昌“三阳堂”药店遭受火灾后，他就出手为所有受灾影响的人介绍工作，安排好了生活；退休后，爷爷根据家传秘方自制“戎氏肝炎丸”，此药也是医治血吸虫病的灵药，赠送给所有前来讨药的肝炎病人和血吸虫病人。爷爷本人不是学医的，因此他是凭病人的医院诊断送药的。爷爷住在横龙华巷 8 号时，每天早上门口都有排队讨药的人，经常有四五十人的长队，但都能给予满足。爷爷总是取十粒丸药先让病人闻一下，有否铁腥气，若没有就让其服下，见其没有出现恶心、呕吐，那就肯定药与病对，否则说明药不对症，因此

此药是不会产生误服的。

爷爷曾与杭州第三医院合作，并献方杭州中药厂进行制药，由杭州第三医院临床应用，结果效果显著，并在《科技简报》1973 年第 3 期 22 页上刊登了参与临床应用医生的论著《肝炎丸治疗 460 例慢性肝炎疗效观察》。此药影响广泛，全国都有病人前来要药，尤其是当时肝炎、血吸虫病泛滥地区的病人。由于要药人多，确实苦了爷爷。这药是爷爷亲手制作的，我们也尽可能地抽空去帮他制作药丸，但有时还出现供不应求。为了赶工，爷爷时常废寝忘食地做药，要铁锅煎药、脚踏铁船、手推石磨、烧煮药料、石臼捣药、手搓药丸、包装邮寄、来信回复，真的手忙脚乱，但是只要能治病救人，他乐此不疲。有时爷爷也会发动群众一起做药丸，邻居也会主动帮忙，主要是手工搓药丸，为了鼓励还给予奖励，也就是奖钱。到他摔了一跤卧床不起时，仍由其儿女接过父亲的善业，继续制药、送药。

爷爷不抽烟、不打牌、不搓麻将，不参加任何形式的赌博。他老人家的消遣是走走象棋和看戏文，主要是越剧，我们有时也陪他去胜利剧院看戏。去看戏时，我们不仅能看戏，还能得到一些好吃的零食。在看戏过程中，爷爷的神态会随剧情的变化而变化，看来爷爷的情感是丰富的。他老人家平时爱和邻居讲笑话，很有感染力，自己不笑，而别人已笑得人仰马翻。

爷爷有一套自我保健操。每天热水泡脚后，就两手握空拳从上向下敲打两只小腿；再用左手心拍打右脚心，右手心拍打左脚心；还有就是闭目静坐，旁人不能去打扰他。看来他的长寿与这些锻炼是分不开的。

随着时间的流逝，我们不断长大成人，而爷爷却逐渐老去。在我从农村回杭进入新华造纸厂 4 年半时，1980 年，爷爷已是 97 岁高龄了。不幸摔了一跤，就一病不起了，显著病症是咳嗽痰多，喘不过气来，而且越来越严重。

一天，我去看望他，见爷爷费力地想把痰咳出来，一直不能如愿，脸涨得通红。我见状就想到曾给外婆吸痰是有效的，就上前俯下身去，嘴对嘴地用力把爷爷堵在喉咙口的痰吸了出来，解了爷爷一时之困，然后用清水漱了一下口了事。

但过了没几天，爷爷自认为在世不会太久了，就要求叶落归根，回老家安昌去，姑妈戎逢先满足了她爸的愿望，安排车辆将爷爷送至安昌老家，由当地社区医生继续治疗。但终究爷爷已是老弱之身，无力回天，那天晚上爷爷对姑妈讲“人感觉很不舒服!”第二天，1980 年 7 月 26 日，爷爷安详地与世长辞了。我们都赶去送葬，戎家大家庭众多亲戚都来了，连从未见过面的镇江三爷爷戎鹤龄也来了，大家就此机会相聚了一次。那时老屋前隔着石板路的小河还在，我曾与姑妈在此下船去奶奶坟头扫墓，门前显示举人门第的旗杆桩还在。后来再去安昌时，小河没有了，石板路和原小河处变成了柏油马路，旗杆桩也随之消失了。

爷爷安葬在安昌附近的西扆山上，有一条水泥板铺就的路一直通往山上的墓地，是由戎家子孙戎昇平出资修建的，方便了众多上山扫墓的人，戎家的善举在延续。每年清明、冬至，我们都会前去扫墓，祭奠敬爱的爷爷及戎家其他先辈，爷爷弥勒佛似的身影就会呈现在我的脑海里，十分清晰。

亦师亦姐的王老师

王老师是我幼儿小班至大班的班主任，一个在我幼小心目中最亲的姐姐，她陪伴我度过了三年幸福快乐的幼儿班生活。

王老师是一位十五六岁美丽的姑娘。她身材苗条，长着一张标志的瓜子脸，肤色白皙，眉毛弯弯，睫长眼大，扑闪扑闪的，好似会说话似的，小鼻子挺鼻梁，小嘴经常带着笑意。她是我们幼儿班孩子们人人喜欢的好老师、好姐姐。喜欢她教给了我们许多东西，感受到了她对我们无微不至的关怀。

在幼儿班，她注重培养我们独立生活的能力、好的生活习惯。午饭前要求我们先洗手，饭后把碗、勺放入收集的小箩筐内；午睡前要自己取棉被铺好，睡醒后要自己叠好棉被放回原处；积木玩完要收好放进盒内。

她教会了我们许多游戏，如“击鼓传花”“老鹰抓小鸡”“躲猫猫”“投掷皮球”“跳房子”“荡秋千”“坐跷跷板”……培养我们的灵活性、身体控制力、空间判断力。

她为培养我们的智力，开发我们的大脑，提升我们的动手能力，教会了我们许多手工制作。如折纸飞机、飞鸟、飞镖、亭子等，将积木搭成城堡，将橡皮泥捏成小人、小鸡、小鸭、碗、盆等。

通过“语言指令”“盒中取物”培养我们敏感性、触觉感。

她还经常教我们背古诗，讲故事给我们听。有时会暂停故事的讲述，问大家刚才讲了什么？以培养我们的注意力和口语表达能力；有时还特意要求内向的同学回答问题，一时回答不出，她也不会责怪，而是给予温暖的宽容和安抚，以免同学难受。

她有时也会用测色盲的图片让大家观察，测试大家能看出什么图案来，有时是一只黄色鸭，有时是绿色的树叶，以这种方法来培养大家的观察力和想象力及辨色能力。

她教会了我们团结友爱、互相帮助，要求大家学会与别人分享，“找啊找啊找朋友”这歌是她教会我们的第一首歌。她教会了我们许多儿歌，在唱儿歌过程中，潜移默化地教会我们怎样做一个好孩子，做有好品德、好情感、好行为的人，因此我们幼儿班几乎没有吵闹声、啼哭声，这与她的悉心教育是分不开的。

她教会了我们绘制儿童画。开始每人都配置了一块小黑板，用彩色粉笔在上面画画，后用蜡笔在图画纸上画儿童画；她还给我们看画报和儿童连环画，培养我们绘画兴趣，提高对美的认知；并用彩色气球、彩色拉花布置节日的教室，使我们生活在美的环境中；在花开季节，带我们去观赏盛开的鲜花，感受自然之美。当时我的绘画比较好，她也就对我倾注了更多精力进行指导，她与我家隔壁的王蓉姐姐一样都是我绘画的启蒙老师，我永远感谢她们。

从小班到大班，她始终无微不至地关心着我们。当午睡时，她巡回检查每个同学的被子有否盖好；哪天有同学没来，她就会去家看望，了解是否生病了，是否严重；每次午餐时她总会询问一下大家有否吃饱？不够她就给你添上；天冷时总在关心同学们有否穿暖，当时无空调，只有穿暖才是唯一挡寒的办法，因此她十分注意同学们的冷暖，见有同学穿得较少时，就想出用午睡用的棉被裹在身上来御寒的办法……她的做法我们都看在眼里，我们也就从小学会了关心他人，而且一辈子做到了这一点。

后来我们升入了小学，王老师不久也离开幼儿园去其他单位了，在我们小学即将毕业时，听说王老师已结婚了。她家住在青年路，我和一起升入小学的幼儿班同学王志铭、金宝发等还特意一起去了她家看望她，表达了我们对她的祝贺、敬意和谢意。

其实王老师就是众多幼儿园老师的缩影。

第二阶段

初涉学业 知行合一

——杭州皮市巷小学期间

（1954年9月—1960年7月）

皮市巷小学

1951年，我随母亲来到杭州皮市巷103号，出门往左走不到百米有一个双开石库墙门，一侧挂着“杭州皮市巷小学”校牌，后来我升入小学时佩戴的校徽是简化了的“皮市巷小学”，我的幼儿班和小学生活就在此度过。

进入大门是一个天井，右侧厢房是门房，左侧厢房西端边上有一个墙门洞通向墙那边的操场。过了天井是一个正对大门的大厅，放置着乒乓桌、跳马、垫子、跷跷板、旋转木马等。大厅西面中间又是一扇双开门，我们称其为“二道门”。通过这个门又来到一个天井，两边也有厢房，正面是三开间较高的平房，房前隔着天井有一条走廊，左端也有直通操场但平时一直关着的墙门。三开间中间的房屋可通向后方其他校舍，同时又是老师的办公室，两排办公桌分列两旁，中间即为通道。两边的房子及天井左右的厢房是我们幼儿班的教室兼午休卧室。每天待幼儿班孩子到齐后，这二道门就关上了，以避免幼儿班孩子通过二道门外出发生意外。有时为了幼儿活动才开这二道门，来到大厅玩“击鼓传花”“老鹰抓小鸡”“投篮”“踢毽子”“跳绳”……在此全面活动身体、增强身心愉悦、促进团结友爱。

进入头道门过厢房左转穿墙门主要是小学生的天地了，那里有一个长方形的大操场，当时在我们的眼中是很大的。北侧是教室区域，教室前有走廊；南侧有高高的围墙，前有一排高大的树，其中有一棵银杏树，很多年后仍能看到它伸出墙头挂有累累果实的树枝，墙外有一段原是杨绫子巷一排二层楼的居民住宅；操场东侧也是围墙，墙边也种着一排树，但没有南侧围墙前那排树那样高大，围墙外就是车水马龙的皮市巷，各种声响不时地传入操场；操场西侧建有隔墙，墙前是男、女厕。操场上东头有沙坑，用于跳远和跳高；靠南安排有几条用石灰分隔的六十米跑道，是学生跑步测试用的跑道；操场西头有“秋千架”“爬竹竿架”“滑梯”，其中爬竹竿也是当时小学生体育测试项目；操场上还有两只“跷跷板”，走廊里也有两只，足够供学生们下课时玩耍，有时幼儿班孩子也会被带到操场进行各种游戏。

操场北侧走廊北面开始是墙，墙那边就是幼儿班教室，过了这段墙后有扇门通往墙那边，此处开始就是小学部的教室区域，那里又有一个天井在中间，东边就是老师的办公室，另三边均是教室，其中南面教室的窗和一扇门是对着操场的，这里曾是我学习的地方。

操场走廊西头通过隔墙，过一个通道，左右手有一排教室和辅助房。眼前是一个大园子，排有一垄垄的菜地。过了菜地是一块平地，由一棵树冠很大的大树笼罩着，下面有一口平时盖得严实的六角井圈的古井。园子北侧也排有教室，中间有一门通向北墙外的另一区域。这里东端也安排了一个教室，西面有一排简易房，这里曾圈养过“长毛兔”“金华两头乌”和“山羊”，外面的菜地和这里的兔、猪、羊栏都是学生参加劳动的实践基地。我们都参加过锄地松土、种菜浇水、追加施肥、采摘果实、投料喂食、清理栏肥等农活，从小就参与了劳动实践。

杭州皮市巷小学在 1966 年后曾改名为“阳光小学”，1983 年由小营巷小学与阳光小学合并成了杭州市小营小学，后又更名为“杭州宗文小营实验学校小学部”。但不论如何更名，仍不失为是一所创建于清代的有 200 多年悠久历史、人文积淀和丰厚土壤的小学。

我在皮市巷小学及此前的附属幼儿班共生活、学习了九年，在此期间无论在校内还是校外，许多值得我回忆的片段已深深地烙印在脑海中。

小学生活

1954 年 9 月，我结束了幼儿大班的生活，升入皮市巷小学一年级，开始了小学六年的学生生活。

好在我碰到了一个亦师亦母的好老师——罗老师，她成为我的班主任，一直陪伴着我们到小学毕业。她告诉我们她有一个与我们差不多大的女儿，她会像爱她女儿那样地爱我们，把我们当作自己孩子那样看待。

小学生活与幼儿班生活不同，幼儿班是以玩耍为主，寓教于乐，而小学是直接接受知识的场所。罗老师很好地帮助我们转换了角色，使我们对学习新的知识充满了好奇心和求知欲。

罗老师在开学第一堂课时，就浅显易懂地对我们讲了各科学习的意义。“语文课”就是让我们具有与人交流的工具。“语”就是把你想说的东西告诉别人，“文”就是把你想说的东西变成文字告诉别人，学好语文就能把你想说的话明明白白地告诉别人，同时又能清楚地听懂别人的讲话，看懂别人的文字，从中学到许多知识。如罗老师授课时讲的、黑板上写的，你就能听懂、看懂。“算术（数学）课”是让我们掌握平时常讲的“多少”数量及数量变化的一种方法，处处要用到。接着罗老师问大家：妈妈给你两个苹果，吃掉一个还剩几个，大家齐声回答“一个！”罗老师讲：对啊！这就是算术，两个吃掉一个剩下一个，她板书了 2–1=1 的算式，这就表示你手中的苹果的数量从 2 个变成了 1 个。“体育课”是为了让同学们了解各项运动的基本知识和要求，培养大家做好各项运动的能力，锻炼每个同学的意志力，有一个棒棒的身体，长大好为祖国建设出力。“美术课”

是为了把看到的、想到的美好的东西通过手来描画出来，使同学们知道什么是美的，去发现美、感受美、创造美，通过自己的小手去画出美来。“音乐课”能加强同学们的记忆力、想事情的能力，增加大家的欢乐，在歌声中想到美好的东西，获得力量。“劳动课”能培养同学们从小热爱劳动的好品质，提高动手能力，从劳动中看到自然界的神奇，感受劳动果实来之不易。“书法课”从一开始就要同学们写好字，培养大家写字的好习惯，把字写得漂漂亮亮的，不仅会写好铅笔字，以后还要写好毛笔字、钢笔字。

在学习上，当时实施的是5分制，每个分上再用“+”“-”号，将其细分。小学开始学习较为简单，有些我已在幼儿班阶段有所掌握，因此开始作业、考试的成绩基本上是5分，加上因粗心得到的少量4+。小学阶段到后来增加了历史、地理时，要记要背的东西多了起来，也都在4至5分间，稍不留神就没有5分了。到推行汉语拼音时，我是绍兴口音，因此普通话就不够标准，在拼音上就有点吃亏，有时不到4分，拖了我的语文成绩。美术、书法在小学时得5分是常事，尤其是毛笔书法经常得红圈是最多的。音乐因我有点五音不全，得不了高分，是得4分的料。体育课我是十分喜欢的，无论是跳高、跳远、跳马、跑步、投沙包等都还是不错的。当时60米跑步考核基本都是5分，爬杆也能得满分，只有做前滚翻不行，一翻就斜到边上去了，引得一旁的同学哈哈大笑，好在其他项目都行，体育总分也就不低。

参加校园劳动我是十分积极、卖力的。在菜地劳动中，翻地、作垄、种菜秧、挖坑埋基肥、种瓜、种豆、浇水、施肥、搭架，全套样样都干。

各种作物在我们的精心呵护下茁壮成长。小菜苗长成整片的大青菜，绿油油的；瓜、豆挂满竹竿搭成的架子藤蔓上，沉甸甸的。真惹人心花怒放，因为这里有我们的付出，很有成就感。一下课，我们就会跑去菜地转一圈、瞧一瞧。

我参与过喂养长毛兔，饲料是大家从家里带来的菜边皮以及特意到菜场捡来的被丢弃的青菜、萝卜等，有脏的先洗净晾干后再喂兔子，从笼子栅栏处往里塞入，兔子有三瓣嘴，一抿一抿地把菜叶吃入嘴中，一边咬、一边嚼，小脑袋上下抖动着。

喂山羊的饲料也是同学们到处寻找取回来的青草，足够喂饱山羊，把青草放到它的脚旁，山羊就会聚精会神、旁若无人、慢条斯理地吃起来。

喂养“金华两头乌”肥猪的是学校买来的豆腐渣和伙房的残菜剩饭，拌在一起加点热水倒入猪食槽内，候在一旁的肥猪立即跑过来欢天喜地吃将起来，发出“哼唧哼唧”的吃食声。

我也参加过清理栏肥，穿着套鞋从栏门口往里用铁铲逐步清理猪粪，铲起倒入簸箕中，装满后由同学抬着送到地头去，那里有我们已挖好的坑，将栏肥倒入其中，待清理出来的栏肥全部入坑后，就用泥土封住，听老师讲让其自然发酵，称作堆肥，等需要时再取出来送菜地和瓜、豆地作肥料。

学校里活动是很多的，尤其在新年前的游园会，这是我们最高兴的时刻。大家手持一张游园票，上面列有各个项目名称，下面有空格，参与项目成功的话，盖上“成功”两字，以便最后根据“成功”多少领取相应的奖励。

活动场地由几个教室布置而成，教室门口贴有该教室的活动项目表，教室里顶上拉着彩带营造氛围，由课桌分隔成几个区域，安排不同项目。每个项目都有人在服务大家参加活动，清点结果，在游园票上盖“成功”章。

各种活动丰富多彩：“钓鱼”，地上放着纸板做成的鱼，鱼嘴处有小铁丝圈，参与活动者手持钓鱼竿钓“鱼”，在 30 秒内钓上 3 条则成功；“叠积木”，叠到十块不倒则成；“贴鼻子”，在 3 米开外贴有一个人头画，参与者蒙上双眼手持一只“鼻子”，在原地转三圈后，再向人头画走去，把“鼻子”贴准人头画的鼻子处则成；“套圈”，在 1.5 米处放有 3 只啤酒瓶，给 10 只铁丝圈去套，套上 3 只则成；“夹弹子”，用筷子夹装有水的大碗中的 5 只玻璃弹子，在 30 秒内夹起放入另一只装有水的大碗中则成；“稳球行”，乒乓球板上放一只乒乓球，沿着竖排的三张课桌转一圈球未掉落则成；“顶球行”，头顶篮球，从教室这头走到另一头未掉则成；“吹乒乓球”，四只装满水的玻璃杯摆成一排，一只乒乓球放在第一只杯的水面上，然后吹气将乒乓球过渡到第二只杯，再吹到第三只杯，直至第四只杯则成，半途掉了就不成功；“猜谜语”，有活动项目的教室均挂着写有谜语的纸条，猜谜者认为自己猜对的则取下纸条，到最后去领奖处给出正确答案则成……以上是我们小时候游园活动时曾玩过的、现能想起来的部分内容。当时一个教室一个教室传，真是玩得不亦乐乎，到处是欢笑声、嬉闹声、喝彩声，就是以这样的欢乐形式迎接新年的到来。

“远足”（春、秋游），是我们每个学期所热切期盼的外出活动，去亲近自然，放松自己。记得一次春天的远足，目的地是苏堤那边的“花港观鱼”，也称为西山公园。一早母亲给我准备了霉干菜蛋炒饭，装入铝制的饭盒内，还用一件棉背心裹着保温用，放入书包当中餐。为了止渴，母亲还把一包青枣也装入了书包。我吃过早饭，穿好外套，系好红领巾，告别母亲，兴致勃勃地来到了学校。我原以为算来得早的，结果许多同学早已迫不及待地来到了学校，有的坐在教室里，有的站在操场上，等待着集合令的下达。因这天是步行前往“花港观鱼”，所以 7：30 就排队出发了。各班排着两路纵队，由两名老师带队，一前一后，沿着皮市巷、解放街、南山路、过净寺一路前行至苏堤南口，右转过映波桥来到西侧的“花港观鱼”大门，进门映入眼帘的是好大的几棵松树，再前行绕过松林来到较大的草坪，队伍集中后，校长交代了注意事项和下午集合时间后就分班活动了。

我班来到牡丹园草坪，罗老师交代大家要三五成群、结伴而行，好互相照应，注意安全，下午集合哨声响起时，大家要及时集合，不要拖拉影响别人。我们就近上了牡丹亭，这是一座 1954 年刚新建的重檐八角攒尖顶的亭子，亭匾“牡丹亭”三字由茅盾题写。亭子位居牡丹园景点的制高点，亭周有假山石、松树和盛开着的各色牡丹花，亭子竖立其间，风光无限，远处看去就如一个巨大的盆景，春意盎然。

然后我们去了另一个主要景点“红鱼池”，来到曲桥上凭栏观赏别人向池中投饵，吸引了众多红鱼聚在一起激烈争食的壮观场面，我们好不开心啊！

接着我们又周游了整个“花港观鱼”景区，亭台临水，花廊水榭疏密相间，移步皆景，我们一路慢行，经常驻足欣赏，七嘴八舌地赞美着“花港观鱼”的美景，真正称得上当时亚洲最大最美的公园。

一圈走来下，我们又来到了牡丹亭，在此处我们玩了捉迷藏游戏。这里的地理条件确实好，大家一会儿散开后，就躲得无影无踪了，很难找到了。只见女同学们坐在牡丹亭内或假山石上聊天，只有我们男同学像疯了一般地爬上跳下，围着牡丹亭转着。但不得损坏一草一木我们是切记的，否则不是一个人的事，而要败坏学校名誉的，那就事大了。

午饭大家几乎都是带来的，只有个别同学到公园西端的饭店就餐，当然不便宜啦！我很有滋味地吃了霉干菜蛋炒饭，由于用棉背心裹着的缘故，饭还有点温意。所带青枣当然见者有份啦，结果自己反而没得吃了，但分给大家共享，心里还是很高兴的。饭后，我们又沿着湖边游玩，湖、山、水、树、花，草，还有蓝天白云相映出彩，生机勃勃。垂柳拂水似帘，透过此帘看到游船穿梭，皆是生动的画面。

下午两点，哨子响起，我们虽有不甘，但还是迅速集合，随队步行返校。路途中大家议论着这天的所见所闻，而且有同学在超前预测秋天远足的地点了，这说明“远足”对小学生来讲是多么值得期待的一件事啊！

学校运动会是因地制宜的。学校操场长不足百米，宽四十米左右，还要去掉走廊，跑道只有六十米，跳远、跳高都在一个沙坑，除乒乓球外，其他项目均要在这块场地进行。但运动会的项目还是十分丰富的，学校设置了广播操、跑步、跳高、跳远、跳绳、爬杆、踢毽子、投沙包、乒乓球、拔河等项目。

各项赛事运动员先在体育课时由班级选拔、选优报运动会组委会，各个项目基本分三个年级组（1–2 年级、3–4 年级、5–6 年级）进行比赛。每次运动会安排两天时间进行，还是十分紧凑的。大多数项目取 1–6 名，有的项目两队对抗，就取 1–2 名，全部有名次。裁判和工作人员由体育老师、任课老师和高年级学生担任，各班班主任是各班的啦啦队队长，在比赛场地边为本班同学加油。运动会开始前广播里播放着欢快的音乐，大家在做赛前准备工作，摩拳擦掌跃跃欲试。校长讲话鼓励大家努力拼搏，争取好成绩后，运动会随即开始了。

第一项是集体项目广播操，以班级为单位参赛，随着广播操音乐响起，全体整齐划一地做操，真有点难分好坏，不分伯仲。由校长、体育老师、任课老师作评委，班主任不参与，人手一张评分表，当时全校只有 12 个班，对各班打分，然后汇总决出 1–12 名，班班有名次。

随后各项比赛在操场划区域进行，参赛同学胸前均有大头针固定的号码纸，便于裁判辨认、记录成绩。“各就各位——预备——跑!”“开始——时间到”“加油——加油”各种声音此起彼伏，响彻校园。

跑步设有个人男、女 60 米，男、女 120 米往返跑，团体男、女 4×60 米迎面接力赛，全部取 1–6 名。跳高、跳远、跳绳、爬杆、踢毽子、投沙包各年级组各取男、女 1–6 名。乒乓球在大厅进行比赛，三年级以上同学参加，设男、女单打，各取男、女 1–4 名，四分之一比赛中输者均为第四名，半决赛输者为第三名，决赛输者为第二名，赢者为第一名，男女各有 8 人获奖。拔河是每次运动会的压轴戏，总是加油声、呐喊声、欢呼声阵阵，为运动会各项比赛画上一个圆满的句号。各班派出男女各 5 人，以 10 人为一队，以年级组内部抽签先两两对抗，输的两队为年级组第三名，赢的两队进行第二轮比赛决出年级组第一、二名，这样 12 个班都有名次。这样的组织和评比法，目的只有一个，就是尽可能地调动全体同学参加体育活动的积极性。

当时小学生活是比较轻松、快乐的，学习任务负担不重，作业也不多，学校生活丰富，同学们平时玩的游戏也很多，学习时专心学，玩时玩得痛快！不像现在的小学生怕输在起跑线上，一门心思在学习上。还有那时没有手机可玩，而现在仅有的一点业余时间都被手机占了，有的甚至严重影响了学习。

讲卫生

当时，“讲卫生”这件事被抓得很紧，并逐渐形成了长效机制。对室内外环境居民区经常组织检查；对学生的个人卫生，学校经常组织检查，以检查评比来促进讲卫生，使之逐渐成为自觉的行为。我们居民区组织卫生检查时经常要求我参与其中，佩戴红袖章，挨家挨户地检查卫生，查室内外有无四害，是否窗明几净，有无积水和积灰，有无卫生死角等。开始我随大人去检查时还有点缩手缩脚，总是跟在他们的后面，也不敢指出人家的不足。后来在大人们的鼓励下逐渐大胆起来，当时我已有 1.70 米高，一些高处的地方都由我检查，主要指门窗框上端、柜顶、灯罩上，手摸过去要求没灰尘和蛛网，这些地方往往容易被人所疏忽，“恶人”只好由我来做了。室外主要检查有否积水即蚊蝇滋生地，也要检查是否清洁、东西摆放是否整齐。当时住房条件没有现在好，大多是墙门房或平房，屋内板壁几乎都用报纸糊着，时间一久就变黄了，家具都较陈旧，看过去好像很脏，但我们掌握的尺度是只要掸清爽、擦干净了就行。检查中发现不够清洁的，就要求其限期整改，记录在案，下次复查时重点检查。通过这样的检查形式，确实促进了各家各户的卫生状况的改善，有的也由原来的不自觉变成了自觉。对我本身也是一种促进，把家里打扫得十分干净。生活在一个清洁卫生的环境中对人身心、健康都有益。在搞好家庭环境卫生外，我们也注重了个人卫生，限于当时的条件，衣服有补丁的只要勤换洗干净就好。

“讲卫生”确实对全民健康起到了十分积极的作用，已成了群众性的自觉行动，养成了人人讲卫生、家家爱清洁的良好习惯。人们做到了居住环境整齐、清洁，饮食合乎卫生，因此身体健康、精力充沛、朝气蓬勃，从而给工作、学习、生活都带来了无穷的力量。这是造福人民、造福子孙后代的大好事。光从中国人均寿命的不断递增，就能看出其成效，1957 年是 57 岁，1981 年是 68 岁，2005 年是 71.8 岁，2020 年是 77.3 岁，这是最“铁”的证明。

吃食堂饭

1958 年夏天，在农村成立“人民公社”的同时，“公共集体食堂”也在席卷中国大地。“吃饭不要钱”这是人们追求的一种理想的共产主义模式，可以讲当时也是一种新尝试。那时农村一到开饭时，大食堂就人声鼎沸、熙熙攘攘，男女老少一同围桌就餐，放开肚皮吃饱为止。当年是“丰收年”，大吃大喝也就吃完了，没有积余。1959 年粮食刚好平平过。到了 1960 年开始了连续三年的自然灾害，粮食就十分紧缺了。

随着农村吃食堂大锅饭，自然而然地延伸到城镇。皮市巷 103 号我们住的墙门被居民区看中，要办“大食堂”了，因这里有较大的灶间，厅堂又大可容纳较多人就餐。为了支持办食堂，我家把灶间旁的两间房间让了出来，做食堂配菜间和储物间，我们搬到楼上爷爷所住的房间，爷爷由居民区协调，搬到了横龙华巷 8 号天井旁的厢房里。

居民区的大食堂虽然学习农村的，但在供应饭菜方式是不同的，农村是免费就餐，而我们的大食堂是个人买好饭菜票，然后凭饭菜票购买饭菜就餐。这样就节省了每家每户做饭菜的时间，完全出于公益而开办，我想这是城市办“居民大食堂”的初衷吧！

开始大家觉得十分新鲜，纷纷上食堂吃饭，热闹非凡，虽没有小灶味道好，但方便，又可谈天说地。不久，附近小营公园旁也办起了一个“居民大食堂”，开始两处都搞得轰轰烈烈。因是公益性而非营利性，当时饭菜价格都是比较便宜的。后来就餐人在不同食堂就餐，自然地进行了比较，就出现了就餐人的流动。103 号的大食堂就餐人在流失，缺少了规模效应，不久就出现了亏损，入不敷出，开始居民区有所补助，但不是长久之计，到 1959 年底就被自然地淘汰了。

房子由房管所收回重新安排。我家原住的灶房旁两间通房被隔成两个单间，靠灶间的一间仍给我家住，另一间住进了新邻居金奶奶家；大厅堂也分隔成三间，靠楼梯弄的这间仍作公用通道，中间和靠北间分别住进了束家和田家。自此我们小时候玩耍的地盘也随之被压缩了，仅剩天井和园子还在。后住进的小孩没有我们那样幸运了，已不可能像我们那样尽兴地玩耍了。

大食堂消失后，我们就餐也从吃食堂大锅饭变成了“家庭分食制”，主要指粮食，我母亲把一锅浅浅的饭烧好后，总是用筷子将米饭划成 4 份，其中比较小的一份留给自己吃，其余三份平分给我们三兄弟吃。当时正值我们长身体之际，总是觉得没有饱（不像现在油水多、菜品多、饭也吃得少了，却不会觉得饿），母亲总是千方百计地去搞点红薯、红薯粉、玉米粉、葛藤粉、豆腐渣……凡是能充饥的都尽可能收罗来，弥补不足。应该说作为城市居民当时还是幸运的，每月有粮票配给，打底的口粮还是有的。

游黄龙洞

20 世纪 50 年代，当时我家生活比较拮据，而母亲还是十分注重尽可能地让我们与大自然亲密接触，不像现在的父母一旦孩子有空余的时间就会千方百计安排各类培训，只怕输在起跑线上，而忘记了要释放孩子的天性。杭州作为旅游城市景点众多，母亲利用星期天和寒暑假，几乎每月都会安排我们一次外出“耍子儿”，到西湖的各个风景点游玩。有时仅到一个景点玩个够，有时顺路畅快地玩一串，美丽的西湖景点让我们幼小的心灵感受到了自然之美。在我们搞好学习的基础上，母亲总是满足我们“耍子儿”的要求，哪怕带着霉干菜炒饭当午餐也要出发去“穷游”，让我们放飞自我，亲近自然。我大弟国治小我一岁（我 1 月生，大弟第二年 11 月出生，几乎是两年），小弟国泰小我四岁，母亲就带着我们三个“和尚”（男孩）一串游走在如画的西湖景点上。当时主要是步行，到远处去的话也乘公交车，南线靠的是 4 路，北线靠的是 7 路，那时没有现在这样多的公交线路。孩时的每次西湖“耍子儿”在我的脑海里都留下了深深的印记，现在回想起来仍十分清晰、幸福。

记得小弟刚学会走路不久，我们还在幼儿园时，母亲就带我们去黄龙洞游玩。中餐带的是赤豆粽，为了解渴还带了斩成小段的甘蔗，用铝制饭盒装着，一同放入母亲平时在用的双环开口手提袋，由我单肩扛着。三十多岁的母亲剪着齐耳短发，虽穿着朴素，但十分精神美丽。她牵着小弟，我和大弟随后跟着，一行四人经杨绫子巷、清吟巷、油局桥、平海街、湖滨路、昭庆寺、保俶路、松木场左转沿山道见到有“护国仁王禅寺”时再左转至栖霞岭北麓，终于来到了“黄龙洞”。

这一路上，母亲是最辛苦的，许多时间背着小弟。好在母亲当时仅三十多岁，否则真是吃不消的，为了满足我们的要求，母亲就是这样不辞辛苦、不知疲倦地呵护着我们。我扛的手提袋也越来越鼓，走得热了，三兄弟脱下的毛衣全塞了进去，分量也随之增加，只有换着肩来扛了。大弟要换我，我不让，坚持到底。我们四人已显狼狈相了。

当时黄龙洞对外地游客来讲名气并不大，去游玩的也只是杭州人，因此显得特别幽静。黄龙洞景区有道观，因此建有古朴的道观山门。一眼望去山门两侧墙上各有四个大字，虽然外公已教我认识了不少汉字，但有的还是不认识，就问了母亲，母亲讲右侧是“黄泽不竭”，左侧是“老子其犹”，虽还不知其意，但我已记在心里。进得山门，两侧置有石条凳，可供走得乏力之人歇脚。我们四人在山门石条凳上刚坐下，母亲就问“饿了吗？”我们兄弟齐口应答：“饿了！”确实走了这样多的路，肚子早就饿了，于是我们就美美地吃了赤豆粽和一些甘蔗，留了一些待后再吃。填了肚子，手提袋也轻了不少，大家的精神也提了起来，继续前行。

我们沿着一条阔幅石阶路逐渐登高。两旁古松参天，翠竹摇曳，鸟雀共鸣。进过二道门，来到了幽静的庭园，放眼望去，建筑、假山、山体与自然景色浑然一体，形成了绝佳的园林景色，有游人边走边议论着景色，另有道士卷起宽大的道袍袖在打扫卫生。

右手边为黄龙洞主景区，用黄沙石依天然山势叠成的假山高耸。其间有三只龙头自上而下口吐泉水形成三叠龙吐水的景观，最终由最下的黄色龙头将泉水吐入下方的“黄龙潭”内，潭中立有一块玲珑的山石，刻有“有龙则灵”四字，石背刻有“水不在深”。潭中有石板曲桥，让游人兴致悠然地经过曲桥，再由假山石洞而出。此处特引小孩想满足探险之心情，不听从大人的吆喝而尽兴地奔跑过曲桥，再钻入假山洞中还一时不出来，让大人担惊受怕一下，待会儿从假山洞的另一头钻出，又欢快地大笑，让原本脸色焦急的大人瞬间变得眉开眼笑。黄龙潭两头有假山回廊和建筑回廊及楼台亭阁，黄龙头最上方建有一幢正面有太极八卦图的道观，我们游走了一圈。下来后又沿潭边步道及假山回廊往里走去，左转见有一亭子，仔细一瞧，亭子背后山中还有一个人工凿成的山洞，洞口有“黄龙古洞”四个大字。入内洞身并不大，只有一间屋那样大，后壁正中基台上供奉着石雕的“黄龙祖师像”。洞内较为凉快，看来此处是夏天纳凉休息的好地方，我想象着用席一摊，躺在上面肯定很舒服。出得洞来右手由阶梯上，看到一个真山洞，名为“卧云洞”，但封着不让人进，据说常有雾气从洞中向外弥漫开来，故称之。既然不能进，就原路返回，右侧是一排住房，可能是香客住宿处，屋后有院落，说是太清宫遗址。空地上栽有方竹、紫竹，其方竹是天然的，不是人工干预而成的，竹竿有四个棱，颇为稀有。

在黄龙洞游玩一圈后，我们出了山门，母亲对我们讲：“将翻越栖霞岭，到那里坐7路公交车回家，顺路还能游几个景点。”接着问我们吃不吃得消？我们正玩得兴起，我和大弟一同回答：“吃得消的！”只有小弟没有反应，他还不知道什么是“吃不吃得消”，而且走不动了会有人背他。于是我们沿围墙向左边走去，开始了翻越“栖霞岭”的游程。

一路走去，我们首先发现了山道左侧的“白沙泉”，这是一小潭清澈见底的泉水，四周有山石围着，以避免泉水被污染，潭边有几只方便游人喝泉水用的竹管，泉水甘洌，彻底解了我们的口渴之困。母亲问了路人：“金鼓洞”如何走？路人回答：顺道走较远，回走一点路左手第一个路口左转较近，那里沿道还能到“紫云洞”。我们谢了路人就按他的指点往回走，其实走不远我们就来到了“金鼓洞”。该洞前面较开阔，后三面临山崖，洞在崖下，洞中有一个平镜似的小湖，旁还有香火，这里原来是一个道观。接着我们又询问了“银鼓洞”如何走，根据指点在不远处找到了，原来是山崖上的一个小山洞，洞口杂草灌木丛生，使人有点失望。我们继续沿道前行，来到“紫云洞”，紫红色的洞体崖石从地面单向斜着向上，形成了一个大而深的洞穴，如同一个大厅，崖壁上有许多石刻佛像，其东北角有一处清泉在不断涌出，身处洞中感觉十分凉爽，放在夏天是一处很好的避暑之地。紫云洞处栖霞岭岭顶，因此后面的路几乎都是下坡路了。走了大约半里路，就见一亭横跨于山道，山道从亭中穿过，亭名为“双灵亭”，看来专为游人歇脚而建，有石条成凳，我们就在此稍歇，并将剩余的粽子、甘蔗一扫而光，彻底减轻了负担，轻松不少。

这一路上奇怪的是小弟居然没有要求我们背他，而是我们怕他吃力而主动背了他一段路程。此前赴黄龙洞途中他时不时地要求“背！背！”了，现在却不提了，可能是他在专注于欣赏途中的自然美景、一草一木而忘了疲劳，也可能是小孩本身就有惊人的耐力。

走完栖霞岭山道，穿过北山街就来到了 7 路公交站，我们见附近就是岳王庙，就要求母亲继续玩一下吧！母亲考虑到大家已走了不少路，而且时间也不早了，就说下次再来游北山街吧！我们听从了母亲的安排，而本身我们也确实感觉有点乏了，于是上了 7 路车往皮市巷家中返回。当时的 7 路公交车途经解放街到城站火车站的，正好在皮市巷口附近有停靠站，对我们来讲是很方便的。到家后我和弟弟们就开始展望下一次“要子儿”的事了，对此充满期待。

宝石山有宝，孤山不孤

记得一个星期天，一早母亲问我们回家作业有没有完成？我们异口同声回答："做好了！"母亲讲："好的，今天我们去玩两座山——宝石山和孤山。"我们一下子兴奋起来。我随即问母亲："宝石山为啥叫宝石山？"母亲想了一下说："宝石山就好比镶嵌在美丽西湖中一块光彩夺目的宝石，风景秀丽，又有众多的名胜古迹，所以人们称其为'宝石山'"。接着她问我们西湖中有几个岛？我说有三个岛，分别为"三潭印月""湖心亭""阮公墩"。母亲笑着说："错了，我认为有四个岛，湖中不仅有你们说的三个岛，还有一个西湖中最大的岛——孤山，却被大家所忽视，忘记了孤山也是岛的事实。"我们恍然大悟，是啊！西湖中应该说有四岛，不同的是孤山是一个天然岛，其他三个是人工岛。我们带着对这两座山的初步认识，高高兴兴地出发前往游玩。

母亲带着我们步行来到昭庆寺西边宝石山东端的登山道，只见一片郁郁葱葱的山麓呈现在眼前，登山道开始平缓，接着进入林间的石阶山道，一路鸟语花香，绿树成荫，空气湿润，凉风习习，登山并不觉得热。大弟有时性起，就欢快地跑向前，待见不到我们时又折返跑了回来，母亲一直提醒他不要来回跑！今天要走许多路的。

我们终于来到了宝石山山脊东端一处开阔地带，绕过一座房子看到的是八面七层砖砌实心的高约 45 米的"保俶塔"，建在高高的塔基台上，它身躯修长，顶端有高插入云的铸铁塔刹，足有塔身两层那样高，整座塔似少女亭亭玉立于山顶，是杭州的标志性建筑，在介绍杭州的风光照中经常出现她的身影。塔西侧是一处原是房屋基地的山顶平台，游人在此处朝南能看到波光潋滟的西湖美景；朝北远眺是宝石山北麓的延伸，树林、田野及散落其间的零星房屋建筑点缀着绿色世界（当时主城区还没扩建），使人感觉心旷神怡。

平台西端有一座名为“来凤亭”的古色古香的六角亭，亭旁就是著名的宝石山蛤蟆峰，由几块巨石叠加而成。从似洞非洞的巨石下穿过狭窄的30多米曲折起伏的石阶，就来到临湖方向的圆滚滚、光秃秃的蛤蟆峰岩体前。因无明显的阶梯可上，要登上去很难，但游客总是不畏艰险，手脚并用地爬上岩顶，据说在上面能一览无遗地看到西湖全景。但上得去难，下来却更难，登顶者做出的各种怪异动作，有时会引得周围观者捧腹大笑而喘不过气来。

我们人小无法登上去，就沿着岩体观赏一下，居然有了新的发现，而且还真有“宝石”的存在，在岩体上看到了赭红色的闪闪发亮的小颗粒，似红宝石那样镶嵌在其中。原来宝石山名称由来不仅有母亲的说辞，而且还真有“宝石”的存在，故而称为“宝石山”。后来我查了资料，地质学确实称这种赭红色的小颗粒为“碧玉”，是玉石的一种，它是由火山喷发时形成的，含氧化铁。但据专家说这些玉石“既无欣赏价值，又无经济价值”，但我认为且不说有无经济价值，仅说欣赏价值还是有的，在我们游山中看到这样的宝石，在阳光下熠熠闪光，难道这不是欣赏价值吗？但有人曾去盗挖就不对了！怎么能破坏自然景观而去非法占为己有呢？

根据指路石牌指引，我们一路向西前行，来到了葛岭之巅的“初阳台”，眼前是崭新的刚重建的石砌台阁，从一侧石阶登上初阳台，向东南极目远眺，连杭城、钱塘江都尽收眼底，可见的地平线很远，此处正是观日出的好地方。

再由初阳台出发，我们经“抱朴庐”遗址下山至北山路，右转向西前行，直至岳坟，当时虽已破旧（还未曾修缮），但一旦进入，仍感庄严肃穆，内古翠柏林立，大殿内已无神像；进入西侧庭院，有一墓道通向岳飞墓，墓道两侧有石质文武俑、石马、石虎和石羊，岳飞大坟旁有一小墓是岳云的；墓道阶下有用铁栅栏围着的秦桧及妻王氏、万俟卨、张俊四个铸铁跪像，像上有人的唾沫渍，虽不卫生不可提倡，但这表达了人们对奸臣的蔑视。

出岳王庙，过北山路，穿石牌坊来到岳湖湖滨广场，我们都觉得饿了，母亲就带我们步入东侧的“岳湖楼”饭店，在此难得地吃了一顿饭店饭，母亲点了“西湖醋鱼（半片的）”“糖醋排骨”“三鲜汤”三只菜，每人一碗白米饭，付款时还交了粮票。

一餐美味后，我们从岳湖边经当时只有一碑一亭半亩地的庭院——曲院风荷，那时的曲院风荷没有什么可游的。出来后穿过苏堤北端，沿湖边过“苏小小”墓和“西泠桥”再左转来到孤山北麓，沿里西湖边步道前行，柳枝拂水、野鸭成群。不久来到右侧一处高高的石阶道前，有一座简约的“西泠印社”石牌坊横跨道上。母亲带我们穿过牌坊，登石阶至山脊，再穿过一个石块砌成的门洞，从门庭右转则来到了孤山南侧的“西泠印社”的美丽庭院，园林、景致、人文景观、摩崖题刻、池塘水榭、楼台亭阁廊集于一处，布局合理精致，难怪文人雅士都乐于到此地相聚，据说此社创建于清光绪三十年（1904 年）。我们自上而下行走，先入眼帘的是八面十一级的“华严经塔”，上面刻有经文和佛像，十分精美。再下行看到的是明清古建筑在绿荫环抱之中，荷塘金鱼增加了景区的生动。

游完“西泠印社”后出门就来到了孤山南路，左转来到了隔壁的“中山公园”，一处由清行宫部分御花园改建而成的公园，后为纪念孙中山而改名为“中山公园”。门口左右有一对明朝的雌雄汉白玉石狮，从大门外就能看到正对大门的通道端阶梯上方石壁上有“孤山”两个苍劲浑厚、彤红色的大字。通道两侧有一对名为“善于人同”的四角、双层亭檐、造型别致的石亭，是别处从未见过的式样。沿中间通道阶梯上到“孤山”壁右转就来到了一处由孤山的自然美景与人工的亭台、幽径、假山、鱼池、曲桥融合构成的极美庭院景色。中间有“西湖天下景”亭，其两侧柱上一副叠字楹联“水水山山处处明明秀秀、晴晴雨雨时时好好奇奇”，是相当著名的佳联。再往上有一处由太湖石叠成的假山，石上嵌有一诗碑。继续上行到了孤山山脊，来到“四方亭”，这是一处帝皇行宫的遗迹，在这里俯眺西湖，湖中三岛尽收眼中。

我们移步向孤山北麓下去，沿里湖南岸向“放鹤亭”游玩过去。途经“空谷传声”处，我们停了下来，正对着葛岭凹形处山谷用力鼓掌，对方就传来我们掌声的悠长回音。接着两个弟弟开心地直呼我的名字，“国宪——国宪——”不断回响。

沿湖再走不远，就来到孤山东北麓的“放鹤亭”。此亭是为了纪念北宋诗人林和靖而建，该亭建在高高的石砌基台上，面对里西湖，由西侧石阶而上，该亭是重檐歇山顶式建筑，面积较大，上挂有“放鹤亭”匾额，后壁为清康熙皇帝的石碑题词。林和靖曾隐居孤山，他外出到周边访友时，若有人来访，其童子就会放飞林和靖所养的丹顶鹤，林和靖见丹顶鹤或闻其鸣叫即归，而此亭所处位置就是放鹤之地，因此这亭名为“放鹤亭”。林和靖一生未婚，他在孤山遍栽梅花，经常饲养着两只丹顶鹤，自称“以梅为妻，以鹤为子”，即为“梅妻鹤子”。据说当林和靖逝世后，两只丹顶鹤在他墓前久久长鸣，悲哀至亡。

再经“放鹤亭”下的九曲桥即来到孤山东麓湖滨，这里有各种梅树，当季节来临形成花海，孤山是西湖赏梅胜地之一。走出梅林来到孤山路，左手就是白堤西端，路对面是“平湖秋月”，此处是外西湖北岸欣赏外西湖全景的最佳地点之一，尤其在秋夜皓月当空时，观赏天上湖面两个“月亮”之景，更是无法用语言比拟的美好。

从“平湖秋月”出来，母亲说：“孤山已基本玩转，‘孤山不孤’确是如此，它不仅有西泠桥和白堤从两端与北山路相连，以其岛的身份也不孤，湖面还有三岛，四岛共存，说什么也不是‘孤’的。”

我们沿着白堤往回走，经过西端的“锦带桥”来到东头的“断桥”。一路上游人如织，尤其在断桥上驻足的人最多，谈论最多的是白娘子与许仙断桥相会的浪漫之事。站在桥上朝北瞧就是宝石山和保俶塔及北山街，朝南看就是开阔的西湖和泛舟湖面的游船，斜阳照在湖面上，洒下碎金似的光斑，十分耀眼。过了断桥，桥头东北有碑亭，内立有“断桥残雪”石碑，据说是康熙御书。在此处我们休息了一会儿，就前往昭庆寺乘公交7路车返回了皮市巷。

通过这天主要目标为宝石山、孤山的游玩践行，在满足游玩之心的同时得出了“宝石山有宝，孤山不孤”的结论。

“佛国”游

母亲家人信佛，母亲受其影响也信佛，说是劝人为善，因此母亲一生为善。信佛少不了烧香拜佛，记得一个星期天正好是农历初一，母亲说要带我们去“佛国”进香。我们三兄弟随母亲起了一个早，没有带什么东西，说是那里解决午餐很容易的。出皮市巷在解放路7路公交车停靠站候车时，母亲告诉我们：要去的“佛国”就是天竺、灵隐，方圆数十里统称“东南佛国”；天竺山那里有众多的寺庙、庵堂，许多和尚、尼姑在那里修行；7路公交车终点站就在灵隐，对我们来讲很方便，但到那里后就全靠步行了。母亲既介绍了要去的地方，又给我们提了个醒，要做好吃苦耐劳的思想准备。说话间7路公交车已到站停靠，待下车人下车后我们即登车前往天竺、灵隐。

终点下车，不足50米就来到了灵隐，左手巨大的照壁，中间长12米、高6.2米的墙屏上有1.6米见方的“咫尺西天”四个大字，两端还有呈八字形的长4.7米、高5米的墙屏，形成中间大高、两端小低的布局，主次分明、古色古香，引得香客和游人定要在此拍照留影。沿照壁往前可去三天竺，照壁正对的是灵隐，香客和游人在此分道，各自前往一处，待回转后再去另一处。母亲和我们三兄弟先去了三天竺。

我们沿中间石板两侧由石块铺就的上山道前行，此道相当平缓，近乎在平地上行走。一路伴随的是右手边天竺溪的哗哗流水声，溪水时现时隐，有时只闻其声，不见其踪。我们是逆流而上的，一路古木参天，处于林荫之中，又在两山间，所以享受着习习凉风，十分舒服。右手边主要的是有千年古刹和庵堂，左手边是连排的当地居民（或是茶农）的住宅。正是“近水楼台先得月”，几乎家家户户都卸去了排门板，对外销售着香烛、佛经、可充饥的食品、茶水，也可供香客住宿，有的还经销一些竹制品，有竹篮、簸箕、天竹筷、鸟笛、竹节蛇、竹雕等。三天竺一路上均是如此，方便了香客和游人，满足了大家的所需。其中最吸引人的是摊主口中的鸟笛，不断发出清脆悦耳的各种鸟鸣声，不仅吸引了我们小孩，连大人们也被诱发了原有的“童心”，驻足倾听，然后掏钱买上一支，含在嘴里配合手拉吹个不停。母亲也给我们各买了一支，一路上“鸟鸣声”不绝于耳。

约走了一里路，即来到了名为“法镜寺”的下天竺，只见门外有两个古石幢，但大门紧闭，有点破败，还有药香从中飘出，见此情景询问了一旁当地的居民，回答是：“下天竺原是一座尼姑当家的寺院，现在已成药厂的仓库了，早就不对外开放了。”闻此言连我这样的小孩也觉得有点奇怪，一般尼姑在庵里，怎么会在寺院里，真的少见。对未能入内游玩觉得有点遗憾。

继续前行，大约步行三里，右手边也有一座跨溪的桥，桥那边是一座处于青山、绿树、茶园环抱中的名为“法净寺”的中天竺，规模看来比下天竺大不少，但此处也被工厂所用，无法进入。

再往上步行二里左右，就来到了三天竺中规模最大的名为“法喜寺”的上天竺。母亲对我们讲：“这里供奉的是白衣观音，其观音道场是久负盛名的，尤其是观音菩萨生日和成道日最为热闹。这里还经常举办庙会香节，香客、商贩云集，十分有名。”寺门外也有石幢，每层四周都有上下两排菩萨佛像，虽已残缺，但不乏石幢原来之精美。寺内有天王殿、大雄宝殿、藏经殿、两峰堂和千佛堂等雄伟的建筑，尽显佛家神圣庄严，但当时已显陈旧。我有一点想不通的是专做观音道场的地方却没有看到专门的“观音殿”（也有可能有，我却没有看到）。寺院里栽有五百多年的玉兰花古树，每年还会绽放；还栽有方竹，与黄龙洞的一样稀罕。母亲在各处点烛敬香、拜佛后，我们就开始回走，心中却有点不甘，毕竟三天竺只进了一个上天竺。

回“咫尺西天”途中，我觉肚子饿了，但未待我开口，小弟已开口：

"肚子饿了！"母亲就在路边摊位里由我们挑选喜欢吃的，这里有各种粽子、卤豆干、素鸡、素牛肉、油冬儿，天竺豆腐干（一种用竹签串成一排的只有四平方厘米大小、半厘米厚的鲜汁豆腐干）因小而薄十分入味，味道鲜美极了，我们三兄弟都喜欢吃这种鲜汁豆腐干，自此后再到天竺去时都会找这种天竺鲜汁干，遗憾的是现在已经买不到了。当然仅买天竺鲜汁干是不够饱的，我们又买了油冬儿和菜馒头，一路吃着往下走，吃饭行路两不误。

来到"咫尺西天"左转，不见灵隐寺的头山门，有点奇怪，可能原来有的后来被毁坏了。通过一段两旁古树林立、中间石板两侧石块铺就的道路，来到一座横跨"冷泉溪"的"回龙桥"及桥上的"春淙亭"，这亭好似灵隐寺的山门了。在此处环视四周群峰环抱，古木参天，景色真的十分秀丽。过了"春淙亭"隔着冷泉溪是千姿百态的飞来峰，沿着灵隐寺围墙前行，过左手边的冷泉亭就来到了背靠北高峰，面对飞来峰的灵隐寺。灵隐寺的天王殿正门上方悬挂着"云林禅寺"匾额，门前东西两侧各有陀罗尼石经幢各一座，为多层八面形。当时"天王殿"正门大开，却用栅栏把门拦，告示香客游人不能直入，要从右侧旁门进入。我们随着香客、游人鱼贯从旁门进入寺来，只见里面殿宇宏伟、古木蔽天，梵音悠扬，香火缭绕，好一派佛国景象。

母亲请了香烛，我们左转先来到天王殿后门进入，映入眼帘的是金色的佛教护法神韦驮雕像，高有两米半左右，戴金盔，裹甲胄，英俊威武。大殿两侧是身披重甲的四大天王彩塑像，两个威武，两个狰狞，圆睁着双眼，我们小孩看了真有点害怕，他们分别持的法器是宝剑、琵琶、伞和蛇。面朝殿门的是大肚弥勒佛像，袒胸露腹，慈眉善目，笑容可掬，喜迎来者，乐开的形态深受我们的喜爱。母亲手持一束香逐个拜过去，我们随后跟着，一圈过后仍从后门出，沿着中轴大道前往"大雄宝殿"。

大雄宝殿刚修缮过，以崭新的雄姿呈现在我们面前。大殿是七开间的，宽 40 米，深 27 米，单层高 33.6 米，面积 1080 平方米，三重檐屋顶的雄伟建筑。建在高高的大殿基台上，要经阶梯才能到达大殿前的平台，殿门正前方有一只玲珑的铸铁大香炉，我刚说了一句"香炉"，一旁的和尚接口指出这是宝鼎，当然也可作香炉用。转身回望，平台下方东西两侧古木间立有一对高十多米的八面九层仿木结构楼阁的古石塔，两塔结构完全一样，但有点残缺了。再转身跨过高高的门槛，来到大殿内，梵音悠悠，木鱼声声，一下子使人严肃起来。用香樟拼接雕刻而成贴金的佛祖释迦牟尼佛高 19.6 米的莲花坐像高高在上，让人抬头仰望。佛像慈眉善目，端庄凝重，气宇非凡。母亲等候别人跪拜起身后，立即上前进行跪拜，并口中念念有词，充分体现母亲对佛祖的虔诚之心。大殿两侧与其他寺院配置的十八罗汉不同，供奉的却是二十护法诸天。殿后壁两侧还各有六个圆觉坐像共十二个。母亲问我们是哪只脚先跨入大殿的，我没有注意，大弟记得说是右脚跨入的，我们来到大殿右侧，从外往里数到第十位，见其身穿帝王服，面相和善，母亲说："国治今年一切顺利"， 这是一种自我祈福的形式，她要大弟合掌向该护法天王拜了几下。我们又来到正中佛坛背面的"慈航普度"海岛观音像，这里金碧辉煌，金色观音立像脚踩鳌鱼，右手执净瓶，正往下倒净水普度众生，左手叠于右手上，不像其他寺院的观音像是一手执净瓶，一手执杨柳枝。观音像两侧有善财童子和龙女，背后有"五十三参"立体群雕，共有 150 尊立体佛像，使人目不暇接，香客游人聚集在此，虔诚地拜佛、祈祷，久久不愿离去。

当时灵隐可游之处有限，除天王殿、大雄宝殿外，别的几乎是废墟、遗址，没有现在的药师殿、法堂、华严殿、济公殿、大悲楼、五百罗汉堂等建筑。当时五百罗汉堂还是遗址，只有在一屋内看到了一幅立轴"济公"画像，你在画像前左右走动，总感觉画中济公的眼睛始终盯着你瞧，这一点印象十分深刻。随着改革开放，根据党的宗教政策，"东南佛国"已重现昔日盛况，而且有了更大发展，并与传承文化、优化环境、发展旅游、加强国际交流有机结合，显示出了勃勃的发展前景。

从灵隐出来，在冷泉亭旁我们经溪中石块过了冷泉溪来到南岸飞来峰脚下，由西向东前行。"山不在高，有仙则名"，一路看到了众多佛教石窟造像，还有被地下水、雨水溶蚀而成的奇幻洞壑、怪石，绿荫森森的古树藤蔓盘根错节，或横于路上，或紧紧抓着岩石插入石峰，几乎成为一体。在长 620 米的悬崖峭壁上据说有 470 余尊五代至宋元的石窟造像。我们先看到的造像是多宝天王。再来到了弥勒佛造像前，见其肥头大耳，笑容可掬，敞胸露怀，大腹便便，十分可爱。那时人们还能艰难地爬上去与弥勒佛亲密接触，相拥而拍照。弥勒佛左右有坐、立、卧姿态各异的十八罗汉，各持不同法器，造型十分传神。再往前就是“一线天”古洞了，正式名为“射旭洞”，在里面想看到一线天，要不断变换位置，才能找到一线天光，洞口石壁上有弥陀、观音、大势至三尊佛像，还有浮雕佛像。再过去就是春淙亭旁的“龙泓洞”，洞口处有一座六面七层由石块砌成的著名古塔“理公塔”，塔体由下向上层层收小，造型美观，此处是到灵隐的必经之地，许多人在此拍照留念。洞口崖壁上有唐僧师徒取经故事的群雕，还有驮着佛经的白马像，各造像栩栩如生。洞内有一尊端坐的观世音造像。从洞内穿崖而过到达隔壁“玉乳洞”，该洞体呈乳白色，有 270 平方米，其中北洞口两侧有形体较大的六尊祖师造像，洞内有众多小罗汉造像，洞壁上有雷公浮雕，跨着大步的形象十分生动，洞口外崖壁上有 5 龛 40 余尊大小造像。再到南端的“青林洞”，在洞入口靠左也有弥陀、观音、大势至三尊佛像及众多的浮雕造像，有的还骑着狮象，有的是飞天状，有的身后还有火焰纹。整个飞来峰给我留下了深刻的印象。

一圈游下来，真有点吃力了。我们由青林洞来到东面的大草坪上休息，朝天躺在吐着芳香的草地上，透过头顶树梢欣赏着蓝天和飘动着的白云，呼吸着新鲜空气，吹着鸟笛，与周围的鸟鸣声互相呼应，此起彼落好不热闹！在这样的环境中心旷神怡，好不惬意！在此我们把天竺路上买的吃食一扫而光，就打算打道回府了。这天好在先游三天竺，再游灵隐寺及飞来峰，使我们的游心逐渐提升，大家都十分高兴，母亲烧香拜佛的心愿也了却了。我们乘 7 路公交车返回，因是起点站 4 人都有座位，舒服地回到了家。

到家后，却意外地受了一下惊吓，忽听母亲惊呼：“国宪快来看！”原来母亲准备为大弟洗外套，刚脱去外套，只见一只绿色四脚蛇（小蜥蜴）一动不动地趴在大弟的毛衣上，我连忙跳过去用手拉住毛衣下摆用力一抖，四脚蛇即掉到地上向草丛中迅速爬走了，还好在室外，若在屋内就有可能躲到哪个屋角去了。母亲自嘲地说：“这是菩萨显灵，蛇是财气，让国治带回家了。”这惊吓就算过去了，但已成抹不去的记忆了。

西湖南线的今昔

20 世纪 50 年代后期的一个星期天，母亲比平时较早地叫醒了我们三兄弟，因是休息天我们都想再睡一会儿，母亲却问了一句“不想去西湖耍子啊?”我们一听立即跳了起来，迅速地刷牙、洗脸，这时母亲已准备好了早餐，刚烧好的泡饭，还有腌制过的“香椿头”，是从我家屋前香椿树梢摘下来加工制成的，吃起来很入味。饭后，母亲要我用空书包带两只铝饭盒上路，为买中餐备用。母亲和我们三兄弟高高兴兴地出发了。

在皮市巷内烧饼油条店，我们买了四套烧饼油条，因我和小弟喜欢吃甜饼，所以买了两只椭圆形的甜烧饼，两只圆形的咸烧饼，历来“咸圆甜椭”就是为了区别“咸甜”而设计的，仅这微不足道的一点就反映出劳动人民的聪明才智，既保证自己出售时不会取错，又方便买家的辨认；我们又在糯米饭团摊买了四只裹有油条加了白糖的糯米饭团，这是我最爱吃的；在巷口糕团店，我们又买了四块豆沙方糕和四块长方形的薄荷糕。把上述食品一股脑儿地装入了两只饭盒，已装得满满的。母亲在三次购买中既付了钱又付了粮票，当时缺一不可。

我们沿着解放街往西走，过了与湖滨路的接口处湖滨一公园，即来到了南山路，开始了我们的南线游。当时常听人说西湖游“南冷北热”，这次正好实地体察一下，究其说法的依据何在?

西湖南线游沿南山路展开。南山路这条沿西湖东南侧的老街很有特色，因其老，所以道两侧的法国梧桐都有些年份了，高大粗壮，其根顽强地突破地面，老气横生地在地面爬，伸向远处；树干上树皮斑驳，露着截去枝条而留下的较为深色的圆形疤结；树冠巨大，道两侧梧桐枝在路中上方相交，再加上是阔叶，形成了一条遮天蔽日的林荫大道，盛夏漫步在南山路不会觉得炎热。靠湖这侧当时几乎是连片平房、二层楼洋房和墙门房的居民住所以及几个机关驻地，直接是看不到西湖的，只有几条短道可到湖边，不像现在那样南山路上一路行几乎都能看到秀丽的西湖。

湖滨一公园附近是游西湖的交通枢纽，既有游南线至九溪的 4 路公交车始发站，又有游北线至灵隐的 7 路公交车停靠站，游人到了这里就可自由选择前往南线或北线游，同时在此处可乘游船游西湖。

过一公园，当时右侧是一片树林，林间隐约能见到几幢建筑，据说是市领导的住宅。再过去就是有名的大华饭店，也是浙江省交际处所在，是接待来杭的中央和兄弟省市领导及外宾的场所。

再往前就来到了“涌金公园”，当时虽称为公园，其实仅是一片高低起伏有些树木的草地，只有西南角有一点房子，加上几条藏身于野草丛中的曲折的石板路，仔细瞧脚下的石板，其中许多是废弃的墓碑石铺就，彻底改变了它原有的使用价值。那时没有现在这样整齐的大草坪、亭子、曲桥和漂亮的建筑，以及疏密有致的林木和花卉。既然是如此模样，因此游人稀少，我们在此也没有多停留。

“浙江美术学院”，是我小时候十分向往的地方。紧挨美院的一面白色高墙也夺人眼球，墙上有章其炎书写的四个足有四平方的颜体大字“胡庆余堂”，朴拙雄浑、大气磅礴，据说里面是胡庆余堂的制药车间，这样的大字在南山路上是唯一的。美院一侧是“南山二小”的正大门，我当时是小学生，因此对其记忆较深。

当时南山路没有啥商店，只有涌金公园与柳浪闻莺公园间一条通向西湖边的短道口有一家南北货商店。我们就通过这短道向湖边走去，道两旁都是两层的居民板房，其中一家门前放着一张骨牌凳，上有几只由圆玻璃盖着的玻璃杯装着茶水，后有一块纸板写着“茶水每杯一分”，我想只要有人买，赚头肯定不错。因当时一担自来水只要一分钱，虽还要加茶叶、煤球费用，但赚得肯定不会少。想着就来到了湖边，岸上满是柳树，我们已进入柳浪闻莺区域。

我们左转沿湖前行，来到两个荷花池塘处，向右看，原来已到了“钱王祠”，见祠外有木栅栏，虽中间有一个开口，但里面的门关着，未能进入。据说此祠是 1000 多年前为纪念吴越国钱王功绩而建造，其中吴越国钱氏三世五王的塑像、功德崇坊、主要四幢殿堂等历经沧桑几乎毁尽，内有的房子是民国时期所建，在抗战时曾被日军占为马厩，其糟蹋程度可想而知。

我们继续前行，来到了柳浪闻莺的主景区，到处是垂柳，随风摇曳成柳浪，再闻此起彼落的莺啼声，活生生的“柳浪闻莺”呈现在你的眼前，不失为当年皇帝御花园及誉满天下的西湖十景之一的称号，给人以愉悦之感，让人心旷神怡。当然那时的柳浪闻莺仅是一派野趣的田园风光，没有现在友谊园那样的大草坪、构思新颖的建筑，以及闻莺、聚景、南园等其他三个规划清晰的景区，当时景区内还没设立“中日不再战”的纪念碑。

从柳浪闻莺出来，就是清波门地段，沿路当时是大片居民住宅区，再前行是大片水杉林，路对面是万松岭，最显眼的是省军区大院，从外面能看到里面高高的军区大礼堂。过了军区大院，我们没有走大道，而是穿过一条百来米的林间小道来到了“长桥”，其实是一座很短的桥，故长桥不长是“西湖三怪”之一。当时此处还没有开发成长桥公园，没有现在的弯弯曲曲的长曲桥（已成为摄影爱好者拍摄雷峰夕照的打卡点）。

过了桥又来到了柏油马路，再过通往汪庄的路口，前行右手边就是雷峰塔遗址，已无夕照山上老衲一样的雷峰塔了。因此当时“雷峰夕照”也失去了原有的“晚霞镀塔佛光普照”之意境了。当然现在有了新建的雷峰塔，比原有的“雷峰夕照”更美了。

路对面是千年古刹“净慈寺”，其天王殿东侧有一座亭，亭内有“南屏晚钟”御碑，西侧也有一座亭，内有“重建净慈寺碑记”碑。净慈寺出名的是“南屏晚钟”，以此成为西湖十景之一，而我们去时，寺内已无原有的万斤梵钟，几个殿都显陈旧，当时“南屏晚钟”景点徒有虚名，已无古时候的铜钟敲响，钟声洪亮，山鸣谷应，悠扬回荡之盛况。待 20 世纪 80 年代重修后才恢复了“南屏晚钟”之辉煌。

一路走来，有点吃力了，时间也还早，母亲就决定在净慈寺站乘 4 路公交前往“六和塔”，然后再往回走，我们一行上车买了三张票，小弟免票，直奔六和塔。车行先是柏油路，后行在砂石路上，看来当时虎跑路还不是柏油路面。六和塔下车后不远处就来到了六和山下，我们沿着由宽石板筑成的高高阶梯拾级而上，来到一处山体平台，六和塔就建在八边形的塔基台上。抬头仰望，看似有十三层，看了古塔介绍后才知是七明六暗，塔高近六十米，内为砖砌，外为木结构，最早建于北宋开宝三年（970 年），后屡建屡毁，现外貌是清雍正十三年（1735 年）的作品，保持至今。我们沿着塔内高阶梯向上登去，登塔途中有六层可到外环廊观看外景，我们没有中途停顿，而是一门心思登顶，终于到了顶层，来到外环廊从窗口向外远眺，钱塘江及江上的钱江大桥尽收眼底。在这样的高处俯瞰下方和远处，有一种豪迈感油然而生。近处窗外是塔檐的瓦楞和左右的飞檐翘角，高高翘上的角挂着铁制的风铃，随着山风吹拂发出叮叮当当清脆的声响。在塔顶层我们作了短暂的休息，吃了糯米饭团和薄荷糕，然后回落地面，沿虎跑路往回走。

我们先来到“虎跑寺”。山门为三开间，一门两屋，进门左右有哼哈两将佛像，圆瞪双眼看着进山门来的游客。山门后空地有宋朝石经幢两座，分立左右两侧，继而是一条山谷中的石板路一直向内向上延伸。路旁一条小溪淙淙地流淌着虎跑泉的清澈泉水，两旁山林茂密，绿树成荫，鸟语花香。不知不觉登阶来到虎跑寺内，此寺建于唐元和十四年（819 年），寺中一小方池，内壁上有石雕龙头，流淌着不竭的虎跑泉。虎跑寺正因寺中的虎跑泉而著名，人们到此并非一定来烧香拜佛，有的主要是为了来此品尝用虎跑泉泡制的“龙井茶”，被称为“西湖双绝”。虎跑泉水矿物质含量高，因此泉水张力大，泡制的茶水满过杯口三毫米还不会外溢。因此杭州人喜欢到此汲取虎跑泉，带回家泡茶用。我们在虎跑寺内了解到其原名称为“大慈定慧禅寺”，在此处看到了其殿堂建筑为纵横交叉布局，随山势地形展开，逐渐升高，很有特色。还欣赏了苏东坡游虎跑诗刻、明代璐王 《兰花诗》画碑、罗汉亭中的五百罗汉线刻石像、济公殿、济公塔院等。现寺院遗址一带已成虎跑景区，原有的殿堂成了茶室等设施，突出了龙井茶的特色。原苏东坡的诗刻、璐王的画碑已无踪影。游人能见到济公殿、济公塔院、李叔同纪念馆、弘一精舍、弘一法师舍利塔、碑廊（明清时期）、罗汉堂、虎跑史话馆、梦虎组雕等，还是很有看头，能从中了解济公和弘一法师的故事、虎跑的有关传说。

从虎跑寺出来，左转沿虎跑路往回走，一路是绿荫道，走在这样的路上本应很舒服的，但美中不足的是砂石路，汽车过时有扬尘，后来虎跑路铺了柏油，就彻底解决了这一问题。我们步行至苏堤口左转，越过六吊桥第一桥（映波桥）后就来到了“花港观鱼”公园，三面临水、一面倚山。进大门右侧在绿树环绕下有一亭，内有立碑题为“花港观鱼”四字，其中鱼字下面仅写有三点，据说这是康熙题写时有意为之，汉字繁体中四点为火，三点为水，鱼不能在火上烤，而应在水中游，故康熙将四点写成三点，这仅是一种传说，谁知康熙当时是否有意为之？碑亭后方是一个方池，即是“红鱼池”，这些是“花港观鱼”公园中的陈迹。园内另有新中国成立后疏通巷道后开辟的金鱼池，上有曲桥可供游人凭栏观赏池中金鱼，或喂食引起群鱼争食的热闹、激烈的场景；牡丹园是园中精华之处，在一高地上，遍栽牡丹花，在假山石和松丛中最高处建有亭亭玉立的“牡丹亭”，这里是观赏全园和周边西湖的最佳处，也是游人拍照留念最佳景；还有利用原私人庄园改造后对外开放的蒋庄、藏山阁供游人参观休息；还设有茶室满足游人到杭州品龙井茶的愿望，能喝上一碗甜香的西湖桂花藕粉，也能在此买到馒头充饥；沿湖还建有供游人观景休息的亭、廊，在此歇脚凭栏观西湖美景是十分惬意的；还有大草坪，躺在上面仰望头上柳枝摇曳，白云游走在碧空，使人头脑变得单纯了，全身完全放松，享受着自然之美。我们在此把所带食物消灭了，我也省得负重了。

我们从“花港观鱼”公园出来，穿过苏堤来到游船码头，购票排队等了一会儿，坐上了赴湖滨的船，当时是游船还是交通船已记不清了。船经湖中左手边的“三潭印月”，就直奔湖滨。一路放眼整个湖面游船如梭，看到游船上被西湖美景陶醉的游人神态，我想起“上有天堂，下有苏杭”的赞美词，作为天堂的杭州确实并非虚名，有这样多的游人来游玩，就不足为怪了。

不知不觉中，我们就来到湖滨登上了岸，然后经平海街返回了家。这天虽走了不少路有点疲乏，但心情却大好！既领略了西湖南线的各处美景，也了解了当时“南线冷”的原因。因当时南线有的景点确有虚名之嫌，如“南屏晚钟”当时已无净慈寺的大梵钟，哪来傍晚的钟声；“雷峰夕照”原是以雷峰塔为主体的夕阳照射下的景色，主体都不存在了，“雷峰夕照”也徒有虚名了；当时西湖南线的南山路靠西湖一侧还未打通，一路几乎都是民宅和少量机关驻地，游人南山路上行走不能直接看到西湖美景，就少了点吸引力；还有整条南山路商业气息不浓，一路只有一家较大的南北货商店，不能解决游客的一时之需。凡此种种就影响了游客前往的积极性，南线也就不如北线热了，20 世纪 50 年代确是如此。

好在现在西湖游“南冷北热”已不复存在。西湖景色随祖国的日新月异而变化着，变得更好！更美！更多！更完善！20 世纪 80 年代由杭州制氧机厂重铸了“净慈寺的铜钟”；2002 年重建了“雷峰塔”，以彩色铜雕宝塔闻名于世；南线湖滨已全线打通，南山路上一路行几乎都能直视西湖美景了，整条街商业布点多多，而且极具文化气息；西湖从原有的十景已发展到现有的前后三批“十景”共三十景了，这还不包括所有美景。西湖美景是全方位的，是连片的、广阔的，不是点而是面的，不用乘车东奔西跑，而是移步即景，到处是景，这在全国也是少有的，享誉世界，已属“世界文化遗产”。

热闹的国庆节

小时候我们期待过的节日是元旦、春节、元宵节、五一劳动节、中秋节和国庆节，而其中最盼望的还是国庆节和五一劳动节，因为那两天不仅在家能满口福，而且在外能饱眼福，尤其是国庆节晚上还有焰火，是尽情欢乐轧闹猛的日子。现回顾一次亲历的国庆节热闹欢乐的好时光。

20 世纪 50 年代的一个国庆节，我母亲带我们三兄弟起了个早，为了能占一个观看庆祝游行的好位置，哪怕到了现场还要等上两三个小时也在所不惜。洗漱、早饭后我们就急着出发了，我带了一只书包，内装了两只铝制饭盒和一条曾在幼儿园用过的小床单备用。感到庆幸的是我家所在的皮市巷离解放街官巷口只有一炮仗的路，也就是不到一站路，官巷口是绝佳的观看节庆游行的好地方。在巷内我们买了细沙粽、油炸赤豆粽，还有方糕和条头糕，用饭盒装着，并买了一些苹果，一并装入书包由我斜挎在肩上。出了皮市巷口就来到了解放街，我们右转向官巷口方向快步走去。

早期国庆节、五一劳动节都有庆祝游行，后改为每年仅国庆节一次了。庆祝游行均挑选市区主要街道为行进路线。那时杭州的游行路线是从昭庆寺（现少年宫）出发，沿湖滨路向南行进，经湖滨公园临时搭建的检阅台、观礼台前至平海街口左转，再沿平海街前行至延龄路交叉口右转，进入延龄路继续前行至解放街交叉口左转，进入解放街继续前行至中山路交叉口右转，进入中山南路往南而去，直至结束解散，有几年在官巷口不右转，而是沿解放街直行至城站止而解散。

为了营造节日氛围，当时全市机关、企事业单位、学校、商店，甚至住宅墙门口都飘扬着鲜艳的五星红旗，尤其是游行队伍途经的街道既有五星红旗，又有五色彩旗，一路悬挂巨型横幅；一路设置的高音喇叭播放着《没有共产党就没有新中国》《社会主义好》等革命歌曲，响彻大街上空；在街道主要节点还用毛竹搭建了一座座造型各异的大型彩牌楼横跨在街道上，上用松柏枝叶、红旗、彩旗装饰，顶部装有万年青图饰，寓意祖国万古长青、万岁之意。游行队伍穿过一座座彩牌楼前行，烘托出一派节日热闹喜庆的浓烈氛围。

当时解放街与其他路段一样，没有现在这样宽阔，却是杭城最主要的道路，两侧商贾密布，由于店面多数不大，因此可以说那时的店铺数不比现在少，而且均是紧贴老百姓所需的，如百货商店、南货店、糕团店、五金店、酱酒店、粮店……因此人气极旺。其中解放街官巷口是整条街的重要交叉口，尤为热闹。四周有西南角的杭州食品厂门市部、文具店等；西北角有奎元馆、长江照相馆等；东北角有“景阳观”酱菜馆、布料店等；东南角有绸缎庄、笔庄、电料五金店等。在杭州食品厂门市部前有几级台阶，正好是我们个子矮小的孩子站上去看游行的好地方，我们就是奔着这处去的。

不多时，我们来到了官巷口，维持秩序的人和前来等候观看游行的人早已来了不少，再迟点官巷口东口可能要交通管制了，以确保游行队伍在官巷口顺利右转。我们来到杭州食品厂门市部门口，看到早来的人都在人行道沿口站着或自带小凳坐着，台阶正空着，正合我们意，我们四人就在最高一级台阶坐下，到时游行队伍过来时站立起来即可观看。

随着时间推移，人越聚越多，东口、北口已拉起了绳子，纠察战士从安全角度出发，已不允许让更多的人再挤入进来，劝他们到其他路段去看。另两个路口沿两侧人行道一路过去都已部署了纠察战士，形成了“人屏”，以确保游行队伍走来时能畅通无阻。其实此时游行队伍将经过的道路两侧相通的小巷口都有人把守了，视现场人流多少而控制调节。

国庆节庆典集会开始了，高音喇叭里相继传来省、市领导的讲话、先进人物代表的热情发言，但遗憾的是我们这里现场人声嘈杂，几乎听不清楚。当庆典集会结束，喇叭中传来大会主持人宣布群众游行开始时，现场躁动了起来，纠察战士大声说："不用着急，队伍行进到这里，还要不少时间呐！请大家少安毋躁！"我想对啊，还远着呢！再多的时间都等下来了，不在乎再等会了。

随着两位民警驾着摩托车前来开道时，就知道游行队伍要来了，我们大家都站了起来，比站在前面的人省力不少。维持秩序的纠察战士也更加忙碌起来，把等待的观众均请上了人行道，因道路原本就较窄，哪怕十多人一排的队伍走过来空间也显局促，因此必须把路面完全清出来。

侧脸向西眺望，终于一片红色滚动着前来，走近一看，原来是红旗仪仗方队走在最前面，清一色的白衣、白裤、白鞋、白手套、右手在上，左手在下，向前伸直紧握旗杆，走到我们不远处时随口令声起，正步行进着从我们面前经过，所有男旗手个个高大、英俊、步伐铿锵有力，旗杆上竖条形鲜艳的红旗迎风猎猎招展，整个红旗方队步调一致同步前进，为整个游行队伍开道。

紧接着走过来的是邮电系统的铜管乐器方队，全体队员穿着配有金色绶带、装饰华丽的白色表演外套；乐队指挥行走在最前面，右手握着末端有金属球的指挥棒上下抖动着指挥乐队前行；随后是四只大军鼓立着挂在鼓手胸前，鼓手双手各持鼓槌从两侧敲击着鼓面，发出雄浑的大鼓声；接着是配大鼓的大镲；后面是小军鼓及配合的镲；随后是长笛、小号、黑管、萨克斯等；最后是长号、大号等，号身巨大，真担心号手扛不动它们，看起来就是相当费劲的。各式铜管乐器协调地演奏着"社会主义好"，高、中、低音融合在一起，声音洪亮，节奏强力。此方队与先行的红旗方队组成了整个游行队伍的仪仗队。

接下来是工人队伍。第一个是鲜花方队，鲜花被有节奏地前后挥动，方队中有一巨幅标语"咱们工人有力量"，由前后两排人扛着行进；随后是擂得震天响的八面大鼓排成两排，每个大鼓由四人推车，一人击鼓，配有多面大镲的大鼓方队，威风八面，显示出了工人的力量；接着杭州工业的重工系统、轻工系统、纺织系统、化工系统……相继登场。一个个方队迈着矫健的步伐，充分体现工人阶级的风貌。各系统的代表性企业，如浙钢、杭丝联、杭州通用机厂、杭玻、浙麻、杭棉、都锦生丝织厂……都精心设计制作了由卡车作为骨架的彩车，安排在各个方队中，由队员簇拥着前行，展示了各自的产品和创新成果，集中反映了杭州工业的发展成就。

下面走来的是农民队伍。开道的是锣鼓队，一律穿着红色的由黄色镶边的对面襟民族服饰，头扎黄色头巾；四辆三轮车架着红色圆桶形的大鼓，四名大汉鼓手站在车上，动作一致地抡杵锤击着大鼓，发出震天鼓声；后面的大锣、大镲与之呼应，发出宽宏、雄厚、柔和的声响，余音悠长；再配以嘹亮的、穿透力、感染力极强的唢呐声，轰轰烈烈的喜庆氛围油然而生，引人喜悦、兴奋。随后郊区农民按农林牧副渔五种生产成果布置五辆彩车，徐徐行驶而来，其中最为出彩的是杭州茶叶彩车，各彩车安排在前后两个方队间。各徒步方队具有不同特色：有的队员头戴草帽、颈挂毛巾，以体现农民在烈日下劳作的特色；有的方队人人手捧稻穗，体现丰收喜悦；有的是穿着蓝底白花衣、头扎毛巾、腰间挂着采茶箩的采茶姑娘，使人自然地想到了杭州特产龙井茶；有的方队是具有地方特色的“岸船队”；有的就是传统的腰鼓队；有的是传递喜庆的、走着十字步的秧歌队……这些展示队、表演队尽情地展现着农民的幸福和喜悦。凡是表演方队在官巷口区域都会认真地表演，让我们饱了眼福。

商业系统的队伍在农民队伍后面。他们的彩车更加琳琅满目，大多是轻工业产品、日用品之类，尤其是解百的彩车更为醒目，他们乘着游行之际，随带着做着商品广告，向人们告知商业系统会以更为丰富的、价廉物美的商品满足人们日益增长的需求。

接着是交通运输方面的游行队伍。以铁路、邮政、公交、长途、内河航运等分别组织徒步方队，制作各自的彩车参加游行。他们大多用的是自己的车辆，制作彩车自己动手。其彩车突出了方便群众出行，为生产、经营、经济建设服务。记得当时公交徒步方队中有一句标语是“完善运行制度，加强司乘管理”，说明当时已十分重视制度和队伍建设。

随后是城建队伍。杭州城市面貌的改变全靠他们。由杭州市建设局组队参加，在彩车上展示了杭州城市总体规划示意图，介绍了当时的城市性质、规模、人口规模、用地规模、规划布局等，那时就强调了合理组织城市用地，统筹安排城市各项建设，保护西湖风景区，促进经济社会发展，改善人民生活。把城建工作趁着国庆游行之机明明白白告诉市民，确实做得不错。

接着就是文体教育队伍。以运动员组成的徒步方队走在最前面，无论男女都穿着体操服，强健的体魄引人注目，走到我们面前时又来了个正步走，我们好像正享受着检阅台上领导的待遇。其后方队中的彩车上运动员做着各自项目的造型，有打羽毛球的、打乒乓的、跑步的、射击的，做圈操的……这样一路上坚持一个造型是十分吃力的，但他们的强健身体和坚强意志支撑着他们，始终保持着一个姿势，真是好样的！

文艺方队以其独特性、丰富多彩性来展示。前面是穿着京剧戏装的各种角色演员，后面是穿着越剧服饰的各种角色演员组成了一个方队，他们的行进有其特色，京剧武将迈着方步，越剧女旦迈着小碎步快速移动着前行。数辆彩车布置得花枝招展，上为不同的剧目造型，观者被吸引的同时在议论着是什么戏文，有的为了不同答案而争论，待有第三方附和一方后，另一方才罢休。

接着又一徒步方队走来，队前由两排人扛着十六字标语“千秋基业，教育为本、继往开来，再创辉煌”，一看就知道是教师队伍来了。他们的彩车主题是“辛勤的园丁”，车两侧由茁壮成长的幼苗图案装饰，车上是由书叠成的高高山峰的模型，一名教师在一名学生前用手指向高峰，寓意教师给学生指明方向，攀登知识高峰，与其主题十分吻合。

后面是学生方队。走在最前面的是少先队鼓号方队，人人系着红领巾，穿着白衬衣，男队员蓝长裤，女队员蓝短裙，统一着白袜白球鞋，走来时气势非凡。由于我所在小学也有鼓号队，因此我十分注意。少先队鼓号队由十二个单元组成，先行的是一名高大的男旗手，右手伸直 45 度斜向上方握杆，左手平放胸前握杆下端二十厘米处紧贴右腰间，撑着 2.6 米装饰有金色排须的缎面红色大队旗，两侧是两名女护旗手；后面是十二名排成两排举着花束的女队员，按行进节拍挥舞着花束；相隔一点距离，是一名体格健壮的女指挥员，手中握有下端带有金属球的指挥棒，号令着全体鼓号手；后面是六人一排共四排的二十四名男队号手，每支队号下垂着一面小队旗，左手撑腰，右手举着队号，鼓起腮帮，用足中气地吹着队号；接着是鼓号队中最为吃力的十二个男的大队鼓手排成两排，大鼓立着挂在队员胸前，双手握锤从大鼓两侧击打大鼓；后面先是一排六个大镲子手，再是一排六个小镲子手，合着节拍，动作统一地镲着镲；最后是八个一排共六排的四十八个女小队鼓手，双手握槌击打着挂在腰间的小队鼓，手势起落一致，而脚也随着鼓点声不断前进。我的目光被牢牢牵引，一直至其远去。难怪一旁的小孩吵着对他妈讲："我也要打鼓！"他妈说："你要好好学习，学校才会让你打队鼓。"紧接的是徒步方队，中间有一标语"时刻准备着为实现共产主义而奋斗"，这是少先队的压阵方队。

随后是小学生队伍。有小国旗方队、花束方队、舞蹈方队、气球方队……各方队的共同特点是天真活泼、朝气蓬勃。忽然听到民乐声"金蛇狂舞"，我想肯定是大关小学的民乐队来了，一看旗帜，果然是大关小学。该校的民乐可谓享誉全国，中央首长在杭接待外国贵宾时，他们应邀演出，受到一致好评。这又体现了小学生的多才多艺。

接着是中学生队伍。引导的是一个由男生组成的彩旗方队作为中学生队伍的仪仗队，步伐整齐有力，后面是由女生组成的鲜艳的鲜花方队，步履轻盈优美，充分体现中学生的青春活力。接着各学校学生徒步方队在各自的旗手和护旗手的引导下，呼喊着各学校自行设计的不同口号行进着。但当时学生的穿着可以说是既统一又不统一，统一的是色彩，不统一的是式样，因当时还没有施行校服，而最容易达到统一的就是男同学白衬衫、蓝裤，女同学白衬衫、蓝短裙、白袜、黑鞋。各方队在行进中精神饱满，步伐整齐有力，口号统一又响亮，充分体现了中学生的精神面貌。在行进中有的以健身操进行表演；有的队伍中扛着标语"好好学习，天天向上"，表达了中学生努力学习积极进取的学习态度。

紧跟走来的是高校学生队伍。由浙江大学铜管乐队方队开道，再次展示了该种乐队的魅力。接着由各高校体育系男学生身着体操服展示强壮之美，组成第一支徒步方队以正步走行进着；第二支徒步方队由各高校艺术体操女生组成，一路做着圈操、棒操、球操动作；接着来的徒步方队中穿插有彩车，展示着高校学生努力学习的情景和丰硕的科研成果；有的徒步方队还跳着行进舞蹈，表演与行进两不误，体现了大学生的风采，一路行进途中受到了热烈欢迎，观看游行群众不时报以掌声和喝彩声。

接着迎面而来的是白衣天使。首先是护士徒步方队，前排拿着放大了的注射器模具，其余人手一束鲜花按步伐节奏同步挥舞着，后面是医生徒步方队，颈上挂着听诊器，还有的方队中有彩车。

刚过了比较安静的医护人员队伍，即传来了轰鸣声，大家瞪眼一看，原来是解放军的游行队伍来了。前面是护旗方队，第一个军人旗手向前 45 度撑着国旗，第二个军人旗手向前 45 度撑着党旗，第三个军人旗手向前 45 度撑着军旗，三个军人旗手两侧均有两名护旗手平行前行。接着是军乐队指挥引领陆海空三军乐队前进。紧跟的是持枪的陆海空三军联合徒步方队，高大的身躯、英俊的脸庞、严肃的神态、威武的军姿，迈着坚实的步伐正步行进，看过去竖、横、斜都是一条直线，引得大家发出阵阵赞叹声。随后就是隆隆开过来的大型装备方队，首先是几辆坦克，往年游行中没有见过，坦克开过后柏油马路出现了履带的压痕，可见刚过的坦克的重量之大；接着是由军卡牵引的大炮；后面是高射炮，也由卡车牵引，可能是杭州民兵高炮部队的装备。一直到我 1975 年进新华造纸厂时，我厂还有高炮基干民兵排。部队最后走来的是杭州民兵徒步方队，全是蓝色工装的工人民兵组成，精神抖擞，步伐整齐划一，看来训练有素，真不输正式军人。

部队过后，是省、市机关组成的多个方队。第一个方队前面四人一组，人手一束花束挥舞着，引导着后续方队前行。

接着是社会团体的游行队伍。首先是省、市总工会组织的方队打头阵，也是人手一束鲜花，在方队中段队员扛着的是“情系职工，真诚服务”八个红色大字，在鲜花簇拥中更加醒目；接着是共青团方队，共青团员们前后挥舞着手中花束、抬着巨大的团徽模型，意气风发地前行；随后是省、市妇联组织的方队，全部由穿着节日盛装的妇女组成，虽不能与现在的服饰相比，但在当时已属不错的。她们全都喜形于色，方队中前后有两排标语，由人扛着前行，前排是“妇女能顶半边天”；后排是“管教山河换新装”，多么豪迈的口号啊！

游行队伍最后走过来的是各城区街道居民区市民群众，几个方队更显热闹，有锣鼓齐鸣的，有扭秧歌跳舞的，有打着腰鼓前进的……以热热闹闹的形式画上了这次国庆游行的圆满句号。

国庆集会游行结束后，观看的市民群众逐渐散去。我们就近在“奎元馆”每人吃了一碗鲜美的片儿川，把原打算中午食用的食物留作晚餐用了。我们沿着解放街向西湖方向走去。我无意中发现周围的人们几乎与我们一个样向西湖边移动着，很少有人逆向走动，都打算到湖边等候晚上的到来，好享受热闹的国庆节又一个重头戏——轰轰烈烈的焰火晚会。

一路上除官巷口的彩牌楼外，另又欣赏了好几个彩牌楼，一座在现在的解放街新华书店前，即青年路口附近；一座在解放街井亭桥处；还有一座在解放街与延龄路交叉口北面的延龄路口，而且是几座中建得最好的，制成了重檐式结构，更加高大美观；湖滨路上也建有彩牌楼。

我们来到湖滨，放眼望去，早有人抢占了有利地位。有的自带了小凳；有的在地上摊上报纸或牛皮纸坐在上面休息；有的在打扑克消磨时间耐心等待；有的带来书刊阅读，等候、阅读两不误。这样的做法是基于历次观看焰火晚会所得出的经验而采取的早等措施。而事实上国庆节在西湖边休息本身就是一件十分惬意的事，哪怕仅仅是观看湖光山色，欣赏湖滨的秋色也是十分不错的。当天天气很好，艳阳当空，我们挑了一个有树荫的湖边，当然等会儿太阳转过去，可能就没有了树荫，但能有多久就多久吧！我们把床单一铺，小弟就躺了上去，母亲、我和大弟就坐在边上，若在平时西湖边是决不允许这样做的，今天是国庆，很多人为占观看焰火的有利地形，大家都这样做了，也就不会有人干涉了。只有纠察战士经过时提醒大家在湖边注意安全，以免不小心掉到湖里去。

我们议论着上午游行中少先队鼓号队的精彩，并与邮电系统铜管乐队进行比较，也与民族的锣鼓队进行了比较，各有各的想法；又比较了各辆彩车哪辆更吸引人，从立意、造型、色彩运用等方面进行了比较；谈到坦克时我们又激动了起来，往年没有，这次难得一见，我们又猜测是中村英雄部队开来的；我们又展望着晚上的焰火，期待比往年更丰富精彩……大家有说有笑，不知不觉中已接近傍晚。

晚餐我们把所带食品全部“消灭掉”了。此时人们越聚越多，我们收起床单起身相聚于湖边铁链栏杆中的一根灯杆旁，以此作为看焰火时的支撑点，避免被争相拥挤看焰火的人挤入湖水中。整个湖滨已站满了充满喜悦、熙熙攘攘等候观看焰火的人们，连整个湖滨路也都挤满了人，而通向湖滨的各条街道上人群仍在涌向这里。其实站在远处可能比虽站在湖边却偏后的人还看得更清楚，但人们往往不会这样想，只一味地往前挤去希望看得清楚点，于是可以讲西湖边已人满为患了。

时间已近晚上七点半了，正当人们议论着是七点半还是七点四十分开始时，只听得“啪”的一声，一颗信号弹划破夜空，照亮了西湖，平复了人们焦急等待的心情，引起一片欢呼——要开始了！高音喇叭也在宣布国庆焰火晚会现已开始！

啪！啪！啪！声连续响起，焰火晚会的 “开场白”开始了。高低搭配，错落有致的焰火盛开在西湖上空，让秋夜原有的皓月、星辰黯然失色。低处成排连片的喷花类焰火喷薄而出，形成了一道光屏；高处一颗颗升空焰火爆炸开来形成多彩的巨大的烟花似菊花那样盛开，然后粒粒光点拖着长长的光迹撒向湖面；有的烟花在高处爆炸后，各色火花不断涌出似仙女散花那样不断散落下来；有的烟花爆炸后形成一串明亮的火球悬停在空中，后来知道原来有小降落伞支撑着它，让其随风飘扬，照亮着夜空，好像在等待下一波烟花的到来；有的烟花还是旋转着升空的，似龙腾飞；有的是吐珠类的，升空一次爆炸后，散射出许多亮点，各亮点再自行爆炸，形成多个花朵盛开在高空。一波波主题烟花争相怒放，掀起了一阵阵惊呼狂潮；盛开在西湖上空的烟花倒映在平镜似的湖面上，更增加了丰富感、层次感和美感！

这时旁边有一个小孩因好奇问他爸爸：“烟花是怎样做出来的？为什么有这么多的色彩？”其父告诉他：“烟花是火药和不同化学原料按设计配比混合后制成的，点燃导火索使其爆炸或燃烧，因配有不同化学原料，燃烧时就产生了不同色彩的光亮，营造出美丽的烟花。”我在观看烟花中也无意地学到了有关烟花的知识。

在观看烟花时，我们多项器官在协调地积极工作，通过眼、耳、鼻最终汇总到大脑神经中枢，感受到烟花爆炸、燃烧时发出的光、声、色、形、烟雾、气味。眼观变化的光、色、形、烟雾；耳听激越的爆炸声；鼻闻随风飘来烟雾中的火药味，激发出自身的兴奋。因此人们普遍喜欢参加焰火晚会，观看多彩的烟花，满足感官所需。

我边看烟花边想着有关烟花的事。随着一波波高潮的出现，时间过得真快，已过去四十分钟了，刚热闹非凡的西湖夜空一下子寂静了下来，大家以为焰火晚会结束了，有的正打算离去。突然更多的各式烟花，包括喷花类、旋转类、升空类、旋转升空类、吐珠类均集中爆发：有贴水面喷发的，有在水面上扭动着旋转着的，有直射高空的，有扭转着向上升去的，有到了高空多点开花的。噼噼啪啪的爆炸声及人们的欢呼声顷刻汇成了巨大的声浪，当晚真正的焰火高潮来临，点燃了人们的狂热和兴奋，满眼是盛开的烟花，将整个西湖及上空照得雪亮，绚烂的烟花描绘出了难以用形容词表达的美，以这样的方式最终满足了观看烟花市民群众的心情。焰火晚会也就以这样的高潮方式热热闹闹地落幕了。

人们带着满足的心情打道回府，但回家也并非易事，因观看焰火的人实在是太多，在回家的路上被挤得根本迈不开脚步。大家人挤着人，小弟在母亲身前，母亲用双手护着他在前开道，我和大弟紧随其后艰难地移小步前行，而且还要随时防备左右的人挤压过来冲散我们母子，一直慢慢地移动着过了“西湖电影院”，密集的人群才算松散了一点，我们沿着平海路、清吟巷、杨绫子巷回到了家。虽觉疲乏，但家人都还兴奋着，必须要静下心来，尽快洗漱一下睡了，明天还要上学呐。

国庆节的喜庆氛围、热闹声响、绚烂烟花在脑海中永不会淡化，六十多年过去了，仍是那么清晰，否则是写不出此文的。

帮爷爷制作肝炎丸

以药赠予病人，治病救人是戎家的传统。我家祖传的“肝炎丸”效果是不错的，经治好的病人口口相传，越来越多的病人前来讨药，爷爷一人制药真是供不应求。好在我们小学时回家作业并不多，下午放学后就在同学家一起做作业，晚饭前肯定已完成，晚上就有空了，再加上星期天不上学，我们就充分利用这些时间帮助爷爷制作肝炎丸，从而来满足病人的需求。

手工制作肝炎丸有许多步骤，要用“铁锅”煅制药料，要用“碾船”碾碎药料，要用“筛子”选取药料，要用“石磨”磨制药料，要用“铝锅”烧制药料，要用“石臼”捣制药料，要用“手工”搓制药丸，要用“簸箕”日晒药丸，要用“纸张”按份包好药丸。这些工序除手工搓制药丸、纸包药丸在晚上可以帮忙外，其他都得在周日帮忙。

平时晚上，我和弟弟会取来爷爷用石臼捣制好的药料，用手工搓制药丸。开始是取一团药料，用手抓取一粒的药料搓成丸。后为了提高效率，我们先把药料压成 0.6 厘米左右的厚度，然后用尺和菜刀把药料划成 0.6 厘米左右宽的条子，再用刀把一条条药料扒拉开一点，再按 0.6 厘米左右分切成 0.6×0.6 厘米左右的小方块，这样双手可同时各取一粒药料搓制成丸。比原来要几乎提高一倍的效率，而且大小几乎均匀相等了。

我们还发动邻居小孩参与搓制，并按料重由爷爷发给他们加工费。

星期天，我们由爷爷安排，哪道工序需要我们就干哪道。

在铁锅中煅制药料。把固态药料和液态药料 1:1 配置装入大铁锅，在灶台上煅烧至固态，用铁铲铲下备用。

铁碾船内加入煅制好的已被敲碎的药料碾成粉状。用双脚踩在穿过有刃铁圆盘中间的圆铁杆两头，让圆盘在船中前后往返滚动，硬药材在铁碾船的尖槽与圆盘锋刃的碾研下成粉状，取出筛出细粉，粗粒仍倒回铁碾船继续碾研，直至全部成细粉。整个过程既靠双脚用力推动铁盘向前滚动，回滚时又可靠铁圆盘在铁碾船两头上跷下滑作用下的惯性，前后滚动都能利用上惯性，但踩得久了还真是有点吃不消的，我们就换人再上。

用石磨磨药料。手推石磨是一项体力活，但我们并不怕辛苦，我和弟弟轮流着上，去完成爷爷交给的任务，磨出粉用筛子筛，余下的粗粒再回磨，直至全部以筛子筛出为止。

用大铝锅烧制药料。用水煮烂，取出剥皮去核，倒入石臼，待与其他药料掺和。

用石臼捣制药料。将各种药料按比例倒入石臼搅拌，用杵子捣至有韧性、不粘石臼才算捣好了。

手搓药丸。将捣好的药料手工搓成干黄豆那样大小的药丸。

日晒药丸。把搓好的药丸趁晴天摊在簸箕里利用日光晒透。

以上都是传统的手工制药工艺，现在想来完全可用一些机械进行替代，如粉碎完全可用小钢磨加以粉碎；搓药丸、晾晒药丸完全可以用制丸机替代，在成型过程中烘干；包装完全可用包装机完成，但要有场地允许的前提条件。

帮助爷爷制作药丸一直延续到我们到农村去，暂停了一段时间，返城后继续帮忙。爷爷过世后，爸爸、姑妈继承了爷爷无偿赠药的传统，但我们都各有工作，时间上不允许，所以帮忙也就比较少了。

当爸爸、姑妈过世后，制药和赠药暂停了。不是我们不想继承这一善事，而是受到了各种制约。现在我们三兄弟住在高层或多层建筑中，没有原来墙门中那样能摊开来加工药丸；制药中最先的铁锅煅药料有刺鼻的气味，会污染环境，邻居会忍受不了的场地；药料有一味药要求是天然的，而现在能买到的是人工合成的。但我们还是不愿放弃，而且已与农村的朋友协商过，待条件成熟时会继续这一善举。

戎家的“肝炎丸”，我们就称它为“戎氏肝炎丸”吧！它是曾被浙江省科学技术局情报研究所《科技简报》刊登过的——《肝炎丸治疗 460 例慢性肝炎的疗效观察》一文中的杭州市第三人民医院经临床应用所充分肯定的治肝病良药。

第三阶段

宗文求知 注重践行

——杭十中期间

（1960年9月—1963年7月）

我曾就读的杭十中

坐落于杭州皮市巷的杭州十中是杭州连续办学最悠久的中学，其前身是清代中叶杭州原有的三“义塾”之一，创建于 1806 年（清嘉庆十一年）。1861 年（清咸丰十一年）后，杭州仅剩下“宗文义塾”一所义塾。“宗文义塾”创始人是浙江嘉兴新丰镇人周士涟，他的义举一直被后人所赞颂。为了办学振兴中华，周士涟带着二儿子恒旦来到杭州穿街过巷募捐，无论寒暑、晴雨，忍辱负重，遭受白眼、不解和嘲笑，终究实现了初衷。1806 年，在杭州广大民众和大学士王文韶、红顶商人胡雪岩的资助下，终于在杭州三桥址定安巷兴办起了杭州首所免费供膳义学——宗文义塾，招收了贫寒子弟入学，自此杭十中前身延绵 200 多年，不断发展。

因周士涟的不懈努力，短短几年宗文义塾就业绩辉煌，誉满杭城，甚至全国。清嘉庆皇帝还欣然赐匾“乐善好施”嘉奖他；林则徐还连续撰写《宗文义塾》《杭嘉义塾添设孝廉田记》，赞扬、宣传周士涟的崇高义德、义行。

学校历经变迁，数易其名和校址：1867 年定址皮市巷南园，1907 年（光绪三十三年）改为杭州宗文中学堂，1912 年改为杭州市私立宗文中学校，1956 年转为公立，更名为浙江省杭州市第十中学，是杭州市最古老的中学。1937 年，日寇侵华，在杭州即将沦陷之际，当时的市政府曾要求全市中小学及幼稚园暂行撤销时，私立宗文中学校却坚持办校。当时的校长钟毓龙率领宗文师生辗转千里西迁至建德梅城，后又南迁至乐清雁荡，艰苦办学，培养了民族精英。为了铭记这段难忘的历程，雁荡山风景区建有

“宗文亭”，内竖有“源远流长”的纪念碑。

宗文人经 200 多年的磨砺奋进，不仅使学校赢得了各种美誉，而且铸就了十中（宗文）师生“质朴耐劳、诚实不欺”的好品质，不断涌现出一大批民族优秀儿女、国之栋梁之材。现在十中大门两侧的壁上介绍了其中一些精英：诗人刘大白和戴望舒、教育家马叙伦、翻译家孙用、史学家吴晗、儿童文学家张天翼、美术家董希文、书法家张宗祥、数学家樊畿和孙光远、经济学家孙晓村、女排前国手陈招娣等，这些就是其中的杰出代表。只要杭十中继续沿着初心办下去，精英将会层出不穷，我深信这一点。

1960 年，我于皮市巷小学毕业后即进入了杭十中；当时该校的校园布局与现在完全不同。进校两侧有厢房，右侧厢房为门房，再进去是一个大厅堂，从大厅右侧出即来到教室区域。围绕着一个大池塘排列着教室，池塘周围有太湖石假山和古木，池畔立有一块“宗文义塾”的石碑，至今还在。池塘南侧有一个高地，高地上建有一座房屋，是我所在班级的教室，从前后两端教室门都可下到池塘边。池塘西端有一座古色古香的亭子，亭子西侧有一条走廊。池塘北侧前后有两个教室，中间隔着一个通道。整个布局就如红顶商人胡雪岩故居那样，南高北低，中间是池塘，建筑在池塘周围。池塘东侧可去其他校舍和操场，操场上有跑道，中间划分为几个篮球场、周边有单杠、双杠、沙坑、爬竹竿架、秋千架等。操场西侧围墙外是十中教师家属宿舍区，有小门直通操场，后也改造成了校舍。操场的北端正着手建造新的教学大楼，在初三毕业前我有幸进入了新的教学大楼学习。随后池塘及周边也相继进行了改造，建起了现代教学楼，大门亦进行了改造。现在的大门及两侧的校史、名人壁都是后来建造的。杭十中在不断地发展着，作为校友的我为其骄傲，为其祝福。

在十中的经历时至今日还历历在目，记忆犹新。

英语成了“关口”

我在小学时成绩还算不错，有的科目成绩在班里还是数一数二的。但进入杭十中初中部后，有的科目学习成绩就不够好了。作为一门新的主科英语这门课对我来讲开始兴趣还是很高的，但随着学习的进展，却没有掌握好学习的诀窍，成绩也就不够理想了。与多数同学一样在死记硬背英语单词，总以为只要有了“米”，就能煮“饭”了，却忽略了国际音标的认真学习，因没有很好掌握，看到单词不会发音，反过来读出了单词，却又记不住由哪些字母所组成。只靠死记硬背，这一直制约着我英语成绩的提高，英语也就成了我学习上一个难过的“关口”。

由于基础不牢，到高中时英语成绩还是不见起色。虽经反复学习，掌握了一些单词和语法，但还是出错在组成单词的字母上。

此状况一直延续至我 50 岁时还顽固地存在着，影响了我的在职学习。我先后参加了两个在职业余大专学习。第一个浙江电大“工业企业管理”专业，还好英语未被列入学习科目。而第二个浙大成教院“室内设计与装潢”专业却设有两个学期的“大学英语”学习，又成了我必须打起十足精神来攻克的科目了，成了我完成第二大专学业的“关口”。最后通过不懈的努力，两个学期的英语都算顺利过了关，确保了按时毕业。但当时沿用的依旧是死记硬背的笨办法，时间一久，英语不用也就全忘了。

现在我发现我的外孙刘戎英语成绩不错，却从未见他在背英语单词，开始我十分好奇，真有点丈二和尚摸不着头脑。结果他亲口告诉我，他国际音标掌握得比较好，因此口语顺畅又标准，见到英文就能很容易地读出来，经常受到老师称赞。他只要记得标准的单词读音，就能自然地写出字母来。

再看我，只是死记硬背每个单词由哪些字母组成，方法完全错了。一到考试，心中不够踏实，字母在脑海中也就成了一团糨糊，就会忙中出错，只要错一个字母，单词就错了，整个句子也就错了，失分是必然的事了，成绩也就上不去，英语始终成了我学习的关口。

英语是一门工具学科，需要用时才能体现其宝贵的价值，这是肯定的。但就一般人来讲学了却用不上，就失去了它本该有的价值。我就是学而不用这类人。初中、高中学英语都处于一种必须过关的状态，当时知道只有过关，才有可能进入更高阶段的学习，有用上英语的可能，目的是清楚的。而在职学习中，我真不知道学习英语有何用，只觉得是一种过关的需要，否则毕不了业。花了大量精力，学了却无用，真是得不偿失，这是否也是一种不该有的形式主义呢？我认为英语可列入选修科目范围，既让确需英语者有学习的机会，又无须挟持那些一辈子用不上英语的人勉强去学英语，成为他们的“关口”，挤占他们其他学习科目的宝贵时间。

金沙港采茶

杭十中学校生活是丰富的，注重学生的全面发展，每个学期都要组织学生参加各种劳动。记得一次春天清明节即将来临之际，学校要组织我们赴西湖金沙港参加采摘茶叶的劳动，我和同学们从未到农村参加过劳动，因此都感到十分新鲜和期待。

一天早上，我和同学们各自背着棉被、席子和装着洗漱用品、换洗衣服的书包来到学校集合，然后乘车前往金沙港。金沙港就在岳庙过去点，不久我们就来到了金沙港大队。只见一条石板路通往大队腹地，左边是一条清澈见底、流淌着哗哗作响泉水的小溪，隔着溪水是大片茶地，连绵不断、翠绿欲滴，右手边是整长条排列着的茶农住宅。

在迎接我们的大队长引导下，来到了两处大房面前，这里就是我们的住处了，男女生各一间。房内地坪上已铺满了稻草，我们按组将席子铺在稻草上，即成了我们的大通铺，丢下席子、棉被和书包，大家在上面尽情地嬉闹了一番。毕竟是第一次到农村过集体生活，大家十分亢奋。房东还交代我们，里面有两间小屋各有一只大粪桶用作大小便，男女生分开使用，外面露天也有粪坑屋，但使用时要小心，注意安全。我的铺位旁是我的好同学邱万淦，他是印尼华侨的儿子，回国来求学的，是一个很好打交道的小伙子，一切安排妥当后我们就准备出工了。

出发前茶农给我们简要地上了一课，提出了采摘的要求：现采的是明前茶，要采“一芽一叶”。随即她将手中的“一芽一叶”举过了头顶，让大家看清，用实物进行教育。接着她又说：清明后采的是雨前茶了，那时采的是“一芽二叶”，大家要细心采摘。茶农的讲授，既讲了我们采摘的要求，同时使我们长了知识，知道了明前茶和雨前茶的区别。随即我们每人得到了一只小竹篮，盛采摘到的茶叶用。我们由茶农姐姐带领，经过溪上小桥，来到茶园，大家分散开来，来到一垄垄的茶树前，动手开始向前摘去，茶农姐姐在不断地指导我们。这天我们的战果还是不错的，多的采摘到鲜嫩芽头 3 两，少的也有 2 两，不要小看只有这么一点点，其实已很不容易了，得到了茶农们的一致好评。

中、晚餐都在农家就餐，八人一桌，五菜一汤，农家菜真的很好吃，大家吃得很开心。晚上睡觉前，大家在通铺上打来滚去，玩得疯狂。临睡前，大家排队等候到里间粪桶小便，都感到十分新鲜，在家用的是马桶，现在用的是大粪桶。更让人发现新奇的是邱万淦穿的衬裤，是三角形的，也就是现在常见的三角短衬裤。而当时同学们穿的都是布制的平脚衬裤，所以邱万淦穿的就比较另类了，特别显眼，大家说他怎么穿着游泳裤来了？这是当时见识少而讲出来的话，大家又开了一通邱万淦的玩笑，使他很不好意思。见状我打圆场说：“国外就是这样穿的，有什么好奇怪的呢！”大家终于安静了下来，渐渐进入了梦乡。

第二天，一早打开排门，只见一阵雾气涌将进来，原来外面笼罩着晨雾，城里很少见到，大家见状兴奋了一番。后来才知道这里是野外，空气中含有大量的水蒸气，在清晨的低温下遇到凝结核液化形成微小的水滴飘浮在空中，即形成了雾气。早饭后，大家早早地来到茶地，与昨天不同的是茶叶树上都是露水，是刚才大雾的杰作，雾气小水滴已液化成了小水珠，凝结在茶树上形成了露珠，到处湿漉漉的，而昨天出工已迟，露水已在阳光照射下蒸发。但同学们并不理会露水会打湿衣服，站立在茶丛间专注地寻觅着“一芽一叶”，把它们采摘下来收入篮中。采摘新茶是一项细活，这天采摘的新茶比昨天多了不少。女生比男生采得多，说明女生比男生更加心灵手巧，在做细活时要胜过男生。

第三天，其间曾去了盖叫天家做客，但新芽产量与第二天基本相同，说明同学们经过几天采茶劳动，已有点熟能生巧而增加了产量。

三天的采摘茶叶劳动锻炼了同学们，在生活自理和适应环境上、在劳动态度上、在相互激励共同进步上都有所收获。毕竟是第一次到农村参加劳动，应该讲已经相当不错了，受到了金沙港大队领导和当地茶农的高度评价，同学们从中受到了鼓舞。

第四天一早，我们告别了金沙港茶农和美丽的茶园春色，乘车返校后就回家休整一天，以更好的精神面貌投入新的学习。

盖叫天家做客

金沙港采摘明前茶劳动已进入第三天。上午采了半天明前茶，中饭后金沙港大队队长安排我们去了盖叫天家做客。昨天听说要到著名京剧表演家盖叫天家做客，大家已有点迫不及待了。今天终于要去了，大家七嘴八舌地议论着盖叫天其人。

我们排着队沿着石板路西去不远，就来到了路右侧的一个石库墙门前，墙角处有大芭蕉叶“跳”出墙外，看来这是一座老宅了。盖老的家人已在门口迎候，进入大门过门厅，左出就像进入了一个大花园，到处是花木盆景点缀，墙边有造型奇特的太湖石假山、翠竹和高大的芭蕉互相呼应着，在蓝天白云映衬下充满着春天的生机和活力。再看脚下是由大块石板铺就的路，一直向里延伸。路左侧有一排老屋，在盖老家人指点下，其中一间是盖老家的佛堂，家人打开两扇落地门让我们参观，里面供奉着观音等众多菩萨佛像，檀香袅袅，烛光闪闪，是一座不凡的佛堂。平时此处是不对外开放的，这天已是特例，看来盖老对我们这批初中生还是十分看重的。参观佛堂后再前行至一处较宽广的地坪处，大队长告诉我们此处是盖老每天练功之地，就单腿独立即“金鸡独立”来讲，能纹丝不动地站得很久。继续前行左转经过一个天井，就来到了一个前后贯通的厅堂。放眼看去厅外是一个莲花池，池周是一圈石条凳。再看厅内有许多椅子和茶几，两侧还放置了一些长条凳，可能考虑我们人多临时借用的，还准备了大量的茶水，想得很周全。而在此等候我们的看似中年人的盖老正双手抱拳，笑脸相迎，与大家打招呼，没有丝毫架子。我们毕竟是一群孩子，但他却那么认真地抱拳迎接，我心里肃然起敬。盖老十分英俊，穿着白色对面襟衣服，大裤腿缩口裤、黑色圆口布底鞋，听大队长介绍盖老已 70 多岁了，但一点也看不出来。

盖老在我们的要求下，介绍了他从幼学艺的经过。他从小就进天津隆庆利科班学习武生，后又学了老生，最后因嗓子问题又演了武生。他勤学苦练，曾断臂折腿也没放弃，待康复后仍坚持不懈。他讲演出要注重造型，讲究表现人物的精神气质。他还在现场表现武松造型，眼神之威武引得全场同学的喝彩和掌声。他还用他的名言教育大家说：“凡事总要有信心，老想着‘行’；要是做一件事，先就担心着‘怕不行吧！’那你就没有勇气了。”以此来激励同学们要正确对待学习中碰到的困难。盖老还肯定同学们是祖国的未来，一定要好好学习、善于学习、善于动脑筋。随即给在座的全体师生出了一个题：“两个人一个东来西去，另一个西去东来，要同时过一座独木桥，但两人互不相让，结果两人均顺利通过了独木桥。”他问大家两人是如何通过的？同学们七嘴八舌地讲了自己的想法，有人讲：“一个人抱着另一个人然后转过身去就行了。”盖老笑着说：“前提是互不相让，怎么会去抱另一个人呢？”给予了否定。后面同学们讲出来的答案更加离谱了，全然不在点子上。盖老就是笑而不语，以便让大家有更多的时间思考，耐心地等待着正确答案的出现。但当他得知下午大家还要采茶后，就再次讲述了一遍题目，强调要逐字逐句分析，而且在“东来西去、西去东来”处加重了语气，同学们在他的启发下，几乎同时悟出了答案，仅是两个词“东来、西去”前后换了个位，原来两人是同一个方向的。盖老总结说：“任何事要认真分析，不要被假象所误导而钻入牛角尖。”同学们哄堂大笑、热烈鼓掌，表达对盖老的敬意和谢意。

盖老家做客之行就在这样和谐快乐的氛围中结束了。我们怀着兴奋的心情去完成了本次劳动的最后半天任务，在采摘过程中还纷纷议论着刚才在盖叫天家做客的趣事。大家在愉悦的心境下干活，手脚更麻利了，结果整天的产量与昨天相同，没有因去盖老家做客占用了时间而有所减少。

学雷锋的人

我与要好同学李贵祥在杭十中三年共同的初中生活中逐渐建立起了深厚的友谊，他对我的家庭生活条件十分了解，他看在眼里，记在了心里。

1963 年，我们初中毕业了，贵祥光荣地参了军，成了中国人民解放军的一名战士，而我到钱江中学读了高中。一天我突然收到了邮局寄来的二十元汇款单，哪来的？我有点好奇，仔细一瞧，原来是在部队的好同学贵祥寄来的，汇款单一侧留言处注明“用作交学费”。我立即联想到了雷锋，贵祥他在以实际行动学习雷锋，这是他给我的第一笔助学经费。

我立即去信表达了由衷的感谢，同时请他千万不要再寄来了，学费我们能自行解决，请他放心。但他仍坚持了随后的五个学期，每个学期开学前就给我寄来二十元，我真的万分感激他。要知道当年部队当兵每月的津贴可能仅有六元，半年也只有三十六元，却要给我寄来二十元，他半年时间只有十六元钱好用了。

他的善举深深地感动着我，也鞭策我好好学习。他的好心我无以回报，后来我想到我有一块外婆给我的“双色猫”老玉，一只白色和一只棕色的猫相拥在一起，这是我的心爱之物。我以此物赠送给了他，以表我的心意，也作为我们友谊永恒的象征。

贵祥以这样的实际行动默默无声地践行着他学习雷锋的决心，真是一名优秀的解放军战士。

后在贵祥的来信中，我得知了一个好消息，他已光荣地加入了中国共产党。我真为他高兴，同时也激励了我，要以他为榜样，做雷锋那样毫不利己，专门利人的人，以实际行动积极创造条件，争取早日加入中国共产党。在我人生经历中，我在不断践行着当年的初衷，在农村锻炼返城后，终于在新华造纸厂实现了加入中国共产党的夙愿，和贵祥亲密的同学关系又发展成了真正意义上的同志关系。

在此要感谢学雷锋的贵祥对我的帮助和激励。

已消失的互助好形式

当时初中学习回家作业是比较少的，下午放学也较早，同学们就继承了小学时做回家作业的好方法，几个说得来的同学到一位同学家一起做作业。先各自独立认真地做作业，若有一时做不出的可请教已做好的同学，通过讲解，理解后再独立完成。因此做作业的效率普遍提高，同时对不懂的地方也能及时得到指点而解决，不至于独自钻牛角尖而久久不能解决，既浪费了时间，又影响第二天按时交作业，还会使人产生原来不该有的学习畏惧感。

我们几个同学是到体育老师周老师家做作业的，他的儿子周济人是我的同班同学，也是我的好朋友，每次总有五六个同学到他家做作业。有时操场连通家属宿舍区的门开着的话，我们就直接通过该门到他家做作业，节省了不少时间，也提高了效率，否则要出校门右转再右转才能到他家。

当时我们十分注意劳逸结合，做作业时一心一意地完成，完成后若时间还早，就开始玩一些游戏，走象棋、走军棋、打扑克争上游，有时也打一下羽毛球，或者看一本同学带来的小人书（连环画），那时在书摊上花一点钱就能租上好几本看个够。

而现在这种几个人集中在一起完成作业的形式几乎已绝迹。大家放学就各自回家，这与住宿环境变化和学校时间安排有关。过去大家住的是大墙门或大杂院，到天井或道边放一张桌子和几张凳子就可以一起做作业了。而现在都是独门独户，已过惯了这种各顾各的生活方式，就不会自然地想到小范围聚在一起完成回家作业的形式了。而且现在时间上也不允许集中了，学校一般安排晚自习，要到 20:30 才放学，哪怕没有晚自习，下午也要 17:40 才放学，没有了晚饭前做作业的时间。

真可惜了：当年那种几个人集中在一起做作业，互帮互助及时解决问题的好形式。

同学邱万淦

邱万淦是一个印尼华侨的儿子，在 1960 年的一天来我班插班。老师带着他来到十中池塘旁高地上我班的教室里，向全班同学介绍了他。只见他有近一米七的个头，人很精神，圆圆的脸露着笑意，五官端正，高高的鼻梁，大大的眼睛很有神，可以说长得很帅。他身穿十分合体的西装，脚蹬白棕两色的尖头皮鞋，一看就是一个“小开”，即生意人的孩子。他自己也做了简要的自我介绍，中文讲得还不错，同学们鼓掌表示热烈欢迎，欢迎仪式就此结束，开始了上课。他就坐在后排我的旁边，因我们的个头在班里都是比较高的，所以安排在后排是比较合适的。

邱万淦很快就适应了班级生活。随着接触多了，我对他加深了了解，同时还产生了敬意。他告诉我在印尼当时政府的政策是想把占印尼总人口 2.6%的近 200 万华人进行同化，这样就制约了中文学校的发展，因此其父母安排他回国来求学。他小小年纪，当时仅十三四岁，就独自一人来到国内，由亲戚帮忙联系了学校、安排了住处，也就来到了我们班，他这样小的年纪就能独来独往，自理好自己的生活、学习，我是十分敬佩的。

他的学习态度是很认真的。当时我们上课，还不习惯用笔记本做好笔记，而是在书本上直接找空白处做记录，温习时就直接在书本上就近找到有关的讲解和注释。而邱万淦用的是活页本做好笔记，用的是红、黑两支笔做记录，红笔记录的是他认为的重点。他也参加了作业互助组，放学后与同学一起到同学家做作业，一起研究难题，把问题彻底解决后才罢休。

他善于融入班级。到班级不久，他换了皮鞋，与班里大多数男同学一样改穿松筋鞋了，服装也改成了大家穿的竖领便服了，里面也换穿了“卫生衣”，吃饭也与大家一样用铝制饭盒蒸饭、热菜。可能就是为入乡随俗吧！别人已看不出他是华侨的子弟了。

他积极参与除“四害”活动。星期天休息，我经常与他结伴去附近巷子阴沟，打开盖子，寻找蚊子虫卵，用蟋蟀网翻转捞蚊卵，装入玻璃瓶内，为除“四害”尽力。途经皮市巷杭十中附近他的租住房时，他热情地邀请我进屋去坐一会儿、喝口茶，结果给我的是一杯热咖啡，这是我首次喝咖啡，只觉太苦，他即给我加上两块方糖，就好喝多了。喝完咖啡，我们继续外出寻找蚊卵去了。

他乐意与大家一起参加各种体育活动。打篮球、排球、羽毛球、乒乓球，其中尤以羽毛球打得不错。他每天较早到校，总要在操场上跑上几圈，并没有人要求他这样做，完全是他自觉的行为，因此他的身体是壮实的。他喜欢集体生活，别人也很喜欢与他开善意的玩笑，但他从不会生气，真是一个好脾气。

他热爱劳动。我们去金沙港参加采摘明前茶时，他积极参与，采摘的鲜茶比别人还要多；平时教室打扫卫生，他总是抢着登上桌子擦上面的玻璃窗；轮到班内卫生值日，总把教室打扫得干干净净，为第二天早上同学们进教室上课创造良好的学习环境。

他喜欢中国美食。他能报出当时的一长串美食名：葱包桧儿、鲜肉粽、油炸赤豆粽、甜豆浆、烧卖、油条、条头糕、细沙方糕、小笼包、馒头、馄饨、汤圆、烧卖、油冬儿……其实这些都是他平时的早点，有的皮市巷内就有，有的出巷口庆春街上就有。我知道他特别喜欢现炸的“油冬儿”，我会买上两只，与他一人一只分享。

转眼间三年初中生活即将结束，我与他闲谈中得知，毕业后，他父母要他回印尼去了，真有点不舍。毕业后，我去了钱江中学继续读高中，而他也离杭回印尼去了，从此就失去了联系，我想到初中同学时，就会自然地想起他。

时至今日，他若还活着也有 76 岁了，一个白发苍苍的邱万淦呈现在我的脑海，而往事依然历历在目。

第四阶段

步入青年 丰富经历

——杭州钱江中学期间

（1963 年 9 月—1969 年 1 月）

布置校园

原杭州钱江中学，是当年省工商联主委汤元炳在20世纪50年代组织工商界人士筹资创办的民办中学。1963年我进入钱江中学读高一，当时新校区正在建设中，校舍不够用，因此我们高一两个班被安排在浣纱路与解放街交叉处西南角的一幢民居洋房中。当时浣纱河、井亭桥还在。现作为教室所借用的民居早已拆除，此处已建成了“杭州解百新世纪商厦”。

在浣纱路上学一年左右，好消息传来，新校区在刀茅巷落成了，终于能去正式的新校区上课了，我们都十分高兴。我们发扬了自力更生的精神，课桌椅是两人一组抬着经浣纱路、庆春路、刀茅巷到新校区的，由于心里美滋滋的，也就不觉得吃力了。

到新校区后 ，为了布置校园，促进学校“向雷锋同志学习”活动的开展，我接受了一项从没干过的任务，就是要在新的教学大楼西端北侧沙灰墙面上写“向雷锋同志学习”。之所以安排我写，是因为老师见我毛笔字写得不错，我就欣然答应了。在不影响学习的情况下，我利用中午休息时间、下午放学后及星期天登高书写，我的好同学李树椿帮我一起完成这项任务。

要在八米高处往下书写，如何登高却是个问题，既要达到高度，又要稳定安全。我们想出了组合式登高的办法，先上下两层各放置两张乒乓桌，作为基台，再在上面架上两架6米高的人字梯，人字梯是从附近制氧机厂借来的，梯脚用麻袋包扎以防滑动，在人字梯的横挡上搁上木板，可随高度变化而上下调整，每次调整后都用绳索绑住，确保安全，这样就满足了我们登高和随时调整的需要。

我原打算徒手进行，我认为自己有这个实力，而老师却要求必须精准，那就按老师的要求办。我们采用打格放大的方式进行：先取合适的面积，留足上下和左右空间，确定高宽，然后打上方格；再在沙灰墙上按原稿高宽放大的尺寸用白漆打好底色，然后用白色粉笔按原稿画出相对应的放大了的方格；再找出笔画周边与方格线的交点，然后找出墙面上相对应方格上的点，连线各点，画出了放大的字；有了笔画的边线，再在边线里面填上红漆，待干燥后，用抹布去掉粉笔线，“向雷锋同志学习”就跃上了高高的墙面。每个字都有一米见方大，在脚手架上看所写的字是很大了，但下到地面，尤其是到北面的操场上远看过去，就不显大了，但效果正好。

我们既为学校布置了校园，又为学校开展的“向雷锋同志学习”活动做出了贡献，虽然爬上爬下有点辛苦，心里却是满满的成就感。

削掉指尖

高一那年，在农村“双抢”季节，我校组织师生前往农村支援“双抢”。当我听说地点是周浦大队时，心里就暗喜，这是我母亲曾去参加“双抢”劳动的地点，我们两代都到周浦支援“双抢”是很有意思的。现在可以亲自去看一下母亲曾经参加“双抢”战斗过的地方，我有了迫不及待前去的冲动。

出发那天，我们在学校门前的浣纱路上了车，经解放街、南山路、虎跑路、六和塔、转塘、凌家桥来到了周浦。大家被分散安排在农户家中，与当地村民同吃、同住、同劳动，正如那年母亲所说，当地的村民是十分热情好客的，把我们当作家人一样对待，让人感到十分亲切。

安排就绪后，我们就要参加割稻了。这是我们第一次干这样的农活，先由当地村民给我们上了一课。在田边他指着沉甸甸的稻谷，告诉我们等会儿每个人负责眼前的六丛稻谷，两脚跨中间两丛，左手抓住右首第一丛稻谷秆腰间偏下，右手握镰刀从下方用力拉割，左手连同割下的稻谷秆再移至右首第二丛稻秆一起抓住再割，依次直至第六丛割下，左手将割下的六丛稻谷左转身放至身后，再两脚前移开始割第二排的六丛。并强调了左手要抓紧，而且不能握得太低，避免镰刀伤手。随后他就脱去鞋子，卷起裤脚，下到有水的稻田中，由于还要种晚稻，所以田中的水没有放掉。他给我们做了示范，我们看在眼里、记在心里，就脱去鞋袜，与他一样下到水田中，大家都有一种新鲜感，一字排开，点好丛数就开始割稻，因是生手，都是小心翼翼的，但慢慢地就适应了，为几天的收割劳动打好了基础。

这天晚饭后，在与房东的闲谈中，我提到 1958 年，母亲曾来周浦支援了“双抢”。他们就很感兴趣地问我母亲啥样子，我没有直接描述母亲的相貌，而是说母亲曾在劳动休息时唱越剧受到了大家的欢迎，他们听说后，立即就记起了当年杭州居民来周浦支援“双抢”时的我母亲，说当时母亲越剧唱得确实不错，母亲就在他们队里帮忙的。正是“无巧不成书了”，这样更觉亲近了。

第二天，因有了第一天的练手，大家就开始了你追我赶的劳动竞赛。我做事都有好胜心，当时却疏忽了安全，在往前突进过程中，在割到第六丛时左手握得较多，一不小心，带刺的镰刀就斜着割掉了左手无名指的指尖，指甲的一半就这样失去了。一开始还没觉得，待准备开始割另一排时就觉得有刺心疼痛了，正如俗话所说“十指连心”，抬手一看，半只指尖没有了，血流出来。一旁的同学见状惊呼了起来，立即提醒我快找一下割下的指尖，拿到医院可能接得上。老师一听说急着赶过来，请村民陪我去赤脚医生处先处理包扎一下，并要求同学再仔细寻找一下被割下的指尖。当我由赤脚医生处理后，还未找到割下的指尖，老师就要安排同学陪同我回杭到医院医治，我坚决表示不用同学陪同。我独自乘公交车回杭到浙二就医，浙二外科医生给我处理了伤口，打了破伤风针，配了消炎药和止痛药。然后就回浙二旁边皮市巷的家里，家人见我回来了，手指还包扎着，问我怎么回事，我说手指被镰刀割了一下，不要紧的，没有向家人讲实话，怕他们担心。

在家里睡了一个小时后，由外婆叫醒了我，我仍坐公交车去了周浦，开始了我力所能及的后勤工作，为“双抢”前线服务，直至与同学们完成“双抢”任务后一起返杭。其间由赤脚医生给我换药包扎，由于当天处理较及时，没有发炎。也因年轻，过了一段时间，就慢慢地逐渐收口长出了新的指尖，现在完全看不出指尖曾被割去过。但削掉指尖这一突发事故我永远不会忘却。

茶农的梦想

高二那年，我们班在班主任林老师的带领下，赴杭州西湖区梅家坞劳动并接受教育，我们的任务是采摘茶叶。那时梅家坞没有现在那样多种经营，仅靠茶叶生产，茶叶采摘季节是要集中优势兵力打歼灭战的，但那时大队没有经济能力去外请帮忙采摘的人，我们学校作为外来支援力量，是很受欢迎的。我们虽是生手，采摘产量不高，但我们起早摸黑尽可能地以时间换产量多采摘一点，受到了茶农的好评。

一天在午饭后的休息时间，大队安排我们去大队“周总理纪念室”参观，纪念室坐落于梅家坞村中心，曾是大队的接待室，为两层楼的木结构建筑，占地 1500 平方米左右。周总理曾先后五次来梅家坞，将此作为指导全国农村工作的联系点。当周总理了解到梅家坞村在采购肥料、外销茶叶时缺少运输工具时，特意支持梅家坞大队一辆解放牌大卡车，这在当时杭州郊区来讲可能是拥有的第一辆汽车，为梅家坞切实解决了运输上的困难。周总理平易近人、踏实仔细的工作作风，对农民的深切关怀，给老一辈梅家坞人留下了深刻的印象，感恩在心，在介绍周总理在梅家坞的点滴时溢于言表，深深地感染了我们。

我们还听了当地茶农的“忆苦思甜”，吃了“忆苦饭”，这是作为政治老师的班主任林老师出的点子，乘这次到茶乡劳动，进行一次现身说法的教育，不仅“听”了，还“尝”了，以加强教育的效果。“忆苦饭”吃的是蕨菜根做成的饼和野菜汤。但随着时代的发展，物以稀为贵，现在有的东西已翻身成了“美食”。

这次劳动中令我记忆犹新的是当地茶农的梦想——打通“天竺山”，一个大胆可行的“梦想”。队里有一天因基建急需石材，就安排我们到梅家坞里面的“天竺山”上拣石块，在劳动过程中，当地茶农告诉我们翻过这座山就能到天竺、灵隐了。新中国成立前村民挑茶叶和柴火去杭州城里变卖要绕路经六和塔、虎跑路、南山路才能到达城里；或者就是直接翻越天竺山才能去换点现钱购买一些生活用品等，相当辛苦的。新中国成立后有所改善，出村后可去公路上乘公交车，但还是很远，若能打通“天竺山”，那就方便多了，这不仅是茶农个人的梦想，也是村里的规划，但苦于当时村里没有财力支持来实施这项工程。

现在每当我去梅家坞喝茶休闲时，我都会想起当年茶农的梦想，在祖国日新月异大发展的今天，早就梦想成真了。现在的“梅灵隧道”就是当年梅家坞茶农早就规划好了的，已在国家财力支持下于 2000 年 1 月建成，全长 1132.93 米，设有双向车行道、人行道，包括排水系统、广播应急系统、监控系统、通风系统、照明系统等。正应了那句“若要富先修路”，现在的梅家坞交通方便，有五条公交线路途经此处，全村设施完善、游览规范、环境良好，既有古色古香的中式建筑，又有现代的农家别墅群，已成了一个山水情和人世情完美结合的“茶文化休闲旅游区”“全面小康建设的示范村”“全国农业旅游示范村”“浙江省农家乐特色示范区”，梅家坞村民已富得流油，现实的富裕生活已远超梅家坞当年茶农的梦想。

参建红太阳展览馆

杭州延安路北端是武林广场，隔着绿地和艺术音乐喷泉的北面就是“杭州历史保护建筑”即浙江省很有影响力的“浙江展览馆”，其前身是1969年3月竣工投入使用的“红太阳展览馆”，我对其有深刻的印象，因我曾参与建设，并为其出过汗、流过血（因自己一时大意而受伤）。

1968年第四季度，为了加快“红太阳展览馆”建设，争取半年时间建成，杭州市政府号召全市支援该项目，机关、企业、学校轮番派员参加建设。我作为66届高中毕业生在校是最高年级的，因此学校安排我们前去支援“红太阳展览馆”建设。我们去时从脚手架登顶，俯瞰呈“中字形”平面布局的展览馆建筑已结顶，开始做外墙和屋顶加瓦，我们在屋顶上主要做材料搬运、传递工作。当时建筑工地热火朝天，建设者们干劲十足，我们深受感染，尽力去干好分配给我们的各项工作。

一天收工时，为求方便我从阶梯形的脚手架上层一跃而下到了下一层时，一根从模板上拆下来的木挡料上有一枚铁钉正朝着天，我的右脚跟刚好对着它下去，钉子直插了进去，痛得跌坐在脚手架搁板上。正打算叫同学帮我把钉子连木挡料一起拔去时，一旁见状的工人师傅制止了我，说到医院再拔吧！在工人师傅和同学的帮助下，我艰难地下到了地面，然后坐车去了当时的“建工医院”（后称新华医院），在医生的指导下拔去了钉子，才脱掉鞋袜，进行了伤口处理，打了破伤风预防针，挂了消炎药水，包扎好后由同学陪同回了家。后又去复诊换了几次药，虽没有发炎，但开始右脚跟是不能着地的，只好借助双拐去学校，但可能那时年轻，痊愈得还算快。隔了一个多月，1968 年底我迁出户口打算去农村时，心里曾有一个顾虑，就是怕脚跟之伤会影响我在农村挑担干重活，结果还好没有影响，说明我当时恢复得还是很彻底的，没有留下后遗症。

1970 年下半年，我到杭州参加“杭州市上山下乡知识青年积极分子代表大会”，此前我已听说“红太阳展览馆”在 1969 年 3 月已竣工开馆投入使用，但苦于一直没有机会见其真容，这次有了机会，我趁中午休息时间特意去“红太阳展览馆”参观了一下。我受伤后就没再去过当时的建筑现场，现在终于看到了一座中间略高于两旁的对称式的杭州地标性建筑，宏伟庄严地矗立在空旷的、巨大的用红砖铺成的广场北端（当时其前面还没有绿地、音乐喷泉），看过去有点像北京人民大会堂似的。顶部是金黄色的琉璃瓦，正面中间建筑是 9 开间，由 8 根巨柱支撑着，每个开间上方是巨大的彩石烧瓷拼图，墙面是红色大理石，台阶是白色花岗岩，室内地坪是水磨五彩石，整个建筑鲜艳夺目，在当时来讲是杭州最富丽堂皇的建筑。而且那时每天早上会响起“东方红”的报时钟声，此建筑是当时杭州人的骄傲和始终不会忘怀的记忆。

随着祖国日新月异的变化，“红太阳展览馆”经历了半个多世纪的变迁，见证了杭州的发展，现已成为“浙江展览馆”。但作为“杭州市历史保护建筑”虽经几次修缮，却一直都坚持了“修旧如旧”的原则，所以总体还是保留了老底子和杭州人心目中的“红太阳展览馆”的格式。不同的是已融入了创新与科技，已经过华丽蜕变，现有建筑面积 1.3 万平方米，具有 9 个厅，包括序厅、中央大厅（还具有会议功能）和其他 7 个展厅，有近 5000 平方米，可分设 200 个国际标准展位。展厅进行了智能化改造和提升，具有了多种现代科技系统，有语言通信、计算机网络、无线网络、数字安保监控等，适应了现代会展的各项需求。其总体功能也从宣传阵地发展到经济文化展览展销，再到文化艺术为主的展览窗口。展馆四边广场有 1.5 万平方米，展馆前面武林广场增加了绿地和音乐喷泉，还建成了地下商城，已发展成杭州最繁华的重要商圈和花园式的城市中心广场。四周高楼林立，有杭州大厦、浙江文化大厦、杭州国际大厦、杭州百货大楼、杭州银泰百货、电信大楼、浙江省科协大楼等，还有地铁一号线武林广场站，十分方便。杭州人要购买中高档的物品到此一转就能轻而易举购得，而且挑选余地很大。

20 世纪 60 年代后出生的杭州人是无法想象“浙江展览馆”（原红太阳展览馆）、武林广场曾是原来杭州城郊接合部农民的自留菜地和花木种植地，现已变成了城市中心；杭州市域现有面积已达 16850 平方公里，城市建成区达 801.63 平方公里。市区面积是解放初期的 72 倍。可以讲原“红太阳展览馆”及其地块上的变化就是杭州发展的一个缩影。

第五阶段

奔赴农村 锤炼成长

——农村生活

（1969年1月—1971年11月）

到农村去

1968 年，我到了农村。

在此之前，我和同学们乘卡车赴临安县（今临安区）玲珑山公社参观。当时的杭徽公路沿青山水库而建，还是砂石路面，道路弯弯曲曲，一路尘土飞扬，但丝毫没有吓着我们。经三个多小时，车行近 140 里路，我们到达了公社所在地夏禹桥村，受到了欢迎，听了公社领导的情况介绍，感受到了希望我们早日到来的热切之情。我们在公社吃了午饭后即乘车返杭，路上领导要求大家年前办好户口迁出手续，待过完阳历年后再安排正式去农村。我在年前 12 月 28 日办理了户口迁出手续。

1969 年 1 月 5 日，学校被布置得喜气洋洋，进校大道两旁及校门两侧插满了彩旗，巨幅大红横幅悬挂在教学楼外，高音喇叭播放着革命歌曲，锣鼓喧天，人声鼎沸。家属、同学都围在即将出发同学的周围，嘱咐着、鼓励着，有着说不完的话儿要说。

待准备出发的同学相继到达后，行李也上了指定的卡车，点了名，确定我们已全部到齐，领导讲了鼓励与祝福的话后，出发的同学即各自上了指定的卡车。当时有些送行的同学混上了车，结果均被请下了车。据同学回忆当时有来自六个年级的近百人去农村。

车队开始在刀茅巷慢慢前行，送行人还在车旁依依不舍地跟跑着，有的女同学忍不住眼里闪出了泪花，毕竟要离开家去远方了。车队进入体育场路后，送行的人才逐渐散去。车队行驶在体育场路、西溪路到留下进入杭徽公路，一路前行，过了余杭，过了青山水库畔的盘山道，经过临安城关镇，进入玲珑界后约 18 里到达玲珑公社所在地夏禹桥村，一个并不大的村子，只有丁字形的两条道路，公社办公楼、大礼堂就在相交处附近。大礼堂前道路上十分热闹，红旗招展，高音喇叭声响彻云霄，人来人往的人群都是各大队及生产队的来人，拉着双轮车，推着独轮车，车上挂着准备固定行李的绳索，前来迎接分配给他们的学生青年。还有许多小孩在人群中来回穿行凑热闹。车队艰难地挤过人群前行，终于停了下来，大家跳下车集拢在一起，负责人与公社领导进行了交接。因曾来参观过，所以公社领导讲话简洁，表示欢迎和提出希望后，就由公社分管此项工作的王干事点了名，并在点名中随之公布分队安排，叫到名字的应声“到”后，就由将要去的队里来人接到一旁集中，待一个队分配完毕后，就到卡车停靠处取下各自的行李，转装到来接的双轮车或独轮车上，由来人引导奔向各自的大队及生产队。

我们雅坞大队来了三人，一人是代表大队的，另两人是第二生产队的。大队的是分管我们的章桂林，一名相当精神的退伍军人，我们见到的第一人就是他，所以印象最深，在随后的农村生活中得到他的帮助也最大，我们均称呼他为桂林哥；生产队来人是队长丁水金，一位总是带着微笑的中年人，另一位是年轻社员裘根林，是大队团支部书记。他们带来了两辆双轮车，我们六个人的行李并不多，分装在两辆车上很宽裕，不需要绳索固定了，我们整好后即告别了领导，随着桂林哥他们奔向我们的新家——雅坞大队第二生产队。

从夏禹桥到雅坞，我们约步行了半小时，也就是五里路吧。我们头顶着阳光、蓝天、白云，这是冬日里的一个好天气。我们行走在能双向过双轮车的乡间主干道上，两侧都是田块，种着冬小麦和还未开花的草籽。与田块毗邻的是翠竹摇曳、灌木丛生的连绵不断的小山头向远处延伸着。右侧山脚下只能听其声却不见其形的小溪在淙淙地流淌着。往前望去正对面的是一个较高的山坞，口子里有几棵大树十分显眼，后来此处成了我们的农居屋所在。桂林哥对我们讲走完这条道，横着的就是杭徽公路，左转就到雅坞村了，第二生产队就在那里。

很快来到了杭徽公路，是砂石路面，且十分繁忙，拉着货物的卡车奔驶，扬起阵阵尘土。远处有辆客车正追着我们向东开来，他们可能去黄山吧！我们沿着公路上行，很快望见了村口，许多人在那里候着，有人在高呼“来了来了”，桂林哥笑着对我们说：“他们在欢迎你们啊！”我们快步上前，迎候的大多年龄较大，见着高龄的我们直呼爷爷、奶奶，年龄较大的，就呼大伯、大妈。可能青壮年都出工去了，我正想着，队长水金哥已开始简单介绍起生产队的概况来。接着讲了安置问题，我们先要寄宿搭伙在住房较宽裕的农户家，待村里建好我们的农居屋后，再分开各自单过，大约要等五个月。我们来到二小队的有三男三女，我和同学李裕庆及女同学金琳的弟弟金铭安排在队长的爸爸丁大伯家。三个女的在另一农户家寄宿。安排好后，我们把行李搬入了各自寄宿的家中。

当时还未吃午饭，我们三人在水金哥的陪同下，在丁大伯家的堂前吃了来到农村后的第一顿饭，饭菜不错，竟然还有羊糕这样的美味。后来才知道这是丁大伯的“拿手好戏”，把羊肉煮烂去骨，然后加香料、佐料煮一下，乘天冷让其冻成糕，分切上盘，非常好吃。当时羊肉是稀罕物，是大伯准备过年杀了自家养的山羊才有的，现在提前给我们尝鲜了，说明对我们的重视。

我们三人住在二楼靠西的房间，进门左手安排了两张床铺，右手处靠里一张床铺，房内开有两扇板窗，一扇在房南头墙上，另一扇在山墙处朝西，两窗都能看到楼下穿村而过的杭徽公路，视野十分开阔。跨过公路是队里的晒谷场和大队礼堂，此处也兼养蚕室。左手再往上是一片农居，二层的比较多，有砖墙也有泥墙，但年代都有点久远。大礼堂背后有一条山溪，村里的饮用水和生活用水就在这溪中汲取。溪的那边是一座不高的山头，树林茂密，是一处人工林，栽有杉树和松树。

大伯家是三开间楼房，加前面天井两侧的两间厢房。东侧厢房是厨房，两侧偏房是水金哥的孩子们住，堂屋是吃饭的地方，堂屋壁后是楼梯，西侧厢房已归隔壁亲戚家用。二楼东屋丁大伯夫妇自己住，中间屋水金哥夫妇住（当时他们还没有另立门户），西屋就归我们住了。楼梯下经常放着一对粪桶，就是我们的厕所，晚上也要下楼才能方便，但一路都有照明，还是方便的。衣服就在对面小溪的下游进行洗涤，绞干后用脸盆装回，在大门左手空地搭两只三脚竹竿架，衣服穿入晒衣竹竿再架在三脚架上晾晒，这样衣服就不会被吹走。大伯家整座房后有一个小山包，还存在一股小山泉，但水不是常有，大伯用一根竹对剖，去掉竹节芯，一根接一根地把水引入了天井内的水缸中，但满足不了需求，仍需要用铁皮水桶去对面小溪中取水，挑回来倒入厨房灶旁的大水缸备用，我们来到后就由我们包干了。

以上是物质的，更重要的是精神上的慰藉。大伯大妈就像对自己的孩子那样照顾着我们，给予我们各方面的帮助、指导。他们说："你们这些学生娃离开家人来到了这里不容易，就把我们当亲人吧！我们也要对你们负责，让你们家人好放心。"这样我们这些初来乍到的学生青年更加安下心来。

我们来到农村就这样安顿了下来。水金哥对我们说："现正处农闲季节，但正是兴修水利的好时光，队里正在热火朝天地展开，你们首先碰到的农活就是兴修水利，要有吃苦耐劳的思想准备。今天下午先在村子里转转，熟悉一下环境，明天就要安排参加劳动了。明天一早大妈会提醒你们起床的，吃好早饭与大家一起出工，需要用的工具队里会给你们准备好的。"

听说明天我们将开始农活第一课了，心里真有一种跃跃欲试、按捺不住的感觉。

六个伙伴

1969 年 1 月，与我一同前往临安玲珑公社的同班同学有三个，孙以宁、金琳、李裕庆，我们四个是 66 届高中毕业生，是班里首批下乡插队的；还有随孙以宁一同前往的外校妹妹孙以俊和随姐金琳一同前往的外校弟弟金铭。到玲珑公社后，我们四个同班同学及一个妹妹、一个弟弟刚好都被安排到雅坞大队第二生产队，成了六个伙伴，开始了我们的农村生活。一起接受教育、学习农活、参加队里的各项活动、艰苦奋斗，有了比同学更深的友谊。对两个弟弟妹妹更像自己的亲弟妹一样，在干农活时能照顾的尽量照顾，能帮一把手的就帮一把。虽一起劳动生活的时间并不算长，只有两三年，但每个伙伴都在我脑海里留下了深刻的印象。

孙以宁，一个文静、善良、梳着两条长辫、漂亮的女孩。瘦瘦长长的、戴着一副近视眼镜，脸上经常带点笑容，给人一种亲近感。她身体不太好，因此队里给她派工时也会考虑她的身体状况，安排比较轻松的活。因此她的工分是队里我们六个伙伴中最低的，我当时真担心她年底要透支，但她与其妹到年底硬是有分红，确实不容易。她在高中学习期间就积极要求进步，早就入了团，担任了班级团支部书记，还曾被列为我的入团介绍人。在农村时，她还发挥了会针灸的专长，热心为大家服务。在 1972 年 1 月，她被杭州市教育系统招入了杭州市教育局，担任职业教育工作，最后在处长岗位上退休。

金琳，一个聪明、精干、美丽的姑娘。人虽不太高，但还结实，梳着两条短辫，脸上经常露出沉思的模样，给人一种精明能干的感觉。她在学校时属班里成绩较好之列，尤其是数学最好，就是专家所说数学好其他各科都会好的那种学生。她也是班里最早表态到农村去的四人之一。在农村时能吃苦耐劳，还与弟弟曾打算养年猪，这是我们伙伴中唯一的。她的工分也是三个女伙伴中最高的。她在 1971 年 12 月被杭州银行系统招工进入工商银行，退休后还到其他银行工作。完全退休后，她在忙着所在各同学会的经费管理工作，依旧发挥着她的专长。

李裕庆，一个诚实、聪明、能干的小伙子。他有点瘦小，但很精神，他也是班里最先要求到农村去的四人之一。在学校时，他就酷爱摄影，家里条件较好，因此他有属于自己的相机，满足了他的爱好。而且他很大方，经常给同学拍照。他善于学习，动手能力十分强。到雅坞后，他就跟着村里电工做帮工，很快就掌握了电工技能，迅速承担起队里的电工活。他后来就基本不用干农活了，而专做电工，相当能干。队里一同来的伙伴相继去了临安街上、回了杭州，我又在临安化肥厂做合同工，队里只有他一人坚持了近八年，在农村发挥了他的聪明才智。1975 年，杭州恢复招工，杭州新华造纸厂来公社招工，公社发大队一张招工表，在我坚持下，大队又去要来一张招工表，我和裕庆都填了表，但结果不如人愿，我被招了，他却没有。在全队其他伙伴都走了的情况下，裕庆仍豁达地坚持在农村又干了一年，最终顶他父亲职回了杭，做了正式电工。后在同学会时他告诉我对我毫无怨言，招工时单位选择谁是无法左右的。他退休后还曾在广厦总部大楼做电梯维护工。前几年，他不幸患了癌症，我们得知时已是病危，我与孙以宁、金琳即赶去医院看望他，但他已不省人事，隔了几天我参加了他的告别会。一个长达五年的同学，又是插队三年的伙伴就这样与我们永别了，我将永远怀念他。

金铭，一个壮实、机灵、长着一张“国”字脸、招人喜欢的小伙子。他为了照顾姐姐，毅然决然地随金琳来到雅坞二队，说明姐弟之情有多深。当时他是我们六人当中年龄最小的一个，但干起活来还是能与裕庆比试一下的，其工分仅略低于裕庆一点。他在大家眼里是小弟，他也最为活跃。在农村基本的农活做了一遍后，仅一年多，1970 年，他被临安食品厂招工而去，从工人、管理人员直至厂工会主席，而且在临安街上购了房、成了家，小日子过得不错。在我们去农村 40 周年时，我们四个同学一起返回雅坞看望了乡亲，也去临安街上看望了金铭，随后金铭与我们一起去看望了雅坞出嫁在外的乡亲，这成了我与金铭的最后一次会面。后来同学会时金琳告知其弟金铭已因癌症去世了，我们大家的小弟就这样走了。可恶的癌症夺去了我两位农村伙伴的生命，总有一天会被人们征服。

孙以俊，一个活泼、淳朴、俏丽的好女孩。她嫣然一笑，两眼就会眯成一条缝，说起话来柔声细气，天真可人。她的学校原打算将她安排去富阳的，姐姐要去临安，当然姐妹一起生活为好，可互相照应，于是她就跟着孙以宁来到雅坞了，成了我们的农村伙伴。她并不像她姐那样瘦弱，干起活来也不输男孩。她的工分比她姐要高不少，两个人合在一起，到年底不仅没有倒挂，而且还拿到了现金。1971 年 12 月她与金琳一同被杭州银行系统招工返杭了，在卖鱼桥工商银行工作。我回杭后曾去她所在银行看望了她，当时她在分管储蓄这一块，现早已退休了。她与雅坞村的小姐妹李月琴关系不错，直到现在还经常走动。小姐妹的夫家在旅游景点，办了农家乐，为以俊专门留了房间，以俊也常常去住上一阵子，可见关系之密切。

我们去农村的六个伙伴，去时都没有想到有一天会回城，打算一辈子在农村当农民了。因此我们这批伙伴都是实打实地抓紧学干农活，打算早日在农村立稳脚跟，因此受到当地村民的一致好评。比我们后去的就没有我们那样踏实了，因他们已看到在农村过几年就有可能回城的希望。

农居屋

我们来到雅坞先寄住在丁大伯家，过了五个月，我终于分到了自己的农居屋，开始了农村的独居生活。

房子建在雅坞“山头上”，名为山头，其实并非在山头上，而是在村子西南较高的一个小山坞里。我的屋坐落在“椅子”中间，左右及后面都是坡度较缓的小山头，长着人工林，有杉树、松树和竹子。我屋后面靠里还有一户人家——商联哥家。我屋前有块较大的平地，平地前有条贯通左右的、仅能过一人宽的乡间便道，正如鲁迅先生所说：本没有路，走的人多了也就成了路。便道再往下有一个大水塘，边上长着几棵遮日大树，夏日可乘凉，后来大水塘改造成了水稻田。屋子右手是一条砂石土路，可过手扶拖拉机和双轮钢丝车，这是商联家和我们通往下面村子的主要通道，下到村子里要走六分钟左右。屋子左手通过便道可绕到左手小山头的背面，那里有一个倒映着蓝天白云美丽的山间小水库，刚建成不久，是我们到农村后即参与修建的第一个水利工程，是我们青年突击队的杰作，也是我与李裕庆两人夏日的泳池和浴缸。一句话，我们的农居屋环境真不错，既在高处可眺望远处，又在绿色之中享受天然氧吧，随时可接受天地之灵气。

山头上的我们的农居屋是平排建着相连的两屋，安排了我和李裕庆。房子是由泥砂加石灰夯实成墙，平排由左右山墙和中间墙组成，前后由两面墙，再加屋内分隔前后屋的一面不到顶的隔墙组成。山墙及中间墙上平行搁着松木粗桁条，桁条上面顺坡搁着杉木椽子，用铁钉固定，上面直接盖着村里自产的土瓦，人字屋顶向前后成坡，雨水可向屋子前后淌下。屋子正面用石灰粉白了，左右开着两扇单板门，左手边我住，右手边裕庆住。

进屋后，可见地面是三合土的，一间房用一堵未到顶的墙分割成里外两屋，外屋为灶间、吃饭间、起居室，里屋为卧室。里外进出的通道是隔墙左侧所开的门洞。外屋左边墙中间处打了一只单口灶台，上安了一只大铁锅，并配了一只水锅。灶台上烟囱向上再左转通往山墙外，墙外口子上方安了一块土瓦挡雨。灶台前旁的山墙上开有一扇有栅木窗，是打墙时就留好窗洞的，天光由此进入前屋，照亮灶台。灶洞前留有充足的地方，可堆一些干柴，人可坐着烧火，后来我在此处，即左手墙角处搭了一个鸡窝，窝顶用木板铺成，上仍可堆放干柴。灶台旁放了一只水缸，存放我吃、用所需的水。外屋正面的隔墙处我安置了方桌和条凳，右边放着一只竹制碗柜。进门右手墙角堆着谷箩、粪桶、铁皮水桶、扁担、锄、耙、锹、镐、大小簸箕等农具，这样外屋就略显紧凑了，但还算好。通过隔墙左侧的门洞就来到了里屋，后墙正中也开有栅木窗，窗门是木板的，关住的话室内就得开灯了。靠右手贴墙是床，我的床是两只竹凳铺上松木板，上面加干糯稻草，再铺上草席，天凉时再铺棉垫和床单，两只竹凳两端共固定四根竖立的花竹竿，上端再前后左右固定了四根平置的花竹竿成一个长方形，挂上蚊帐，就成了我就寝的床。靠窗左手墙角处放着一只洗刷干净的粪桶，此处也就成了我的卫生间。靠窗右墙角处，我放着一只装米用的圆木桶，另有一只木箱上面搁着我从杭州带来的衣箱，衣箱上放着一只机械闹钟，每天上足发条，相当准时的。里外两屋顶上桁条上各悬挂着一只电灯，满足了我晚间照明所需。

总的讲，村里为我们考虑得相当周到，为我们创造了较好的居住条件。我的农居屋是除农活及其他各种活动外自己生活的一个小天地。

我在灶洞前墙角处垒起鸡窝，即去玲珑买回来八只小鸡养了起来。待稍大点即赶它们到门外放养，吃的是山头上的活食，再加我傍晚定期喂食，八只鸡迅速成长。结果我留下了其中五只母鸡，其他三只公鸡一只一只地满足了我的食欲。留下的五只母鸡十分争气，经常是五只母鸡在窝里生了五只鸡蛋，有时甚至捡到六只蛋，还常常出现双黄蛋，乡亲们都说我运气好！我经常变着法子吃鸡蛋：水打蛋、醋打蛋、煎蛋、荷包蛋、咸肉蒸蛋……

不仅满足了我的营养需求，而且还有积余，装入有糠的铁皮饼干箱内存起来，待回杭时带回家孝敬母亲。

我上锅烧的素菜基本来自自留菜地。这块地是我们到农村后队里分配给我的，在我屋前大水塘再往下走不远处就到了，隔一条溪水就是杭徽公路了，我地里的浇水就是这溪中提取的，担着走不远就到地里了。几分地虽不大，产出也不多，但一个人吃还是够的。品种有青菜、包心菜、茄子、毛豆、长豇豆、萝卜、土豆……而且还有乡亲们时不时地送点时鲜来。

当时除鸡蛋作为营养品外，其他荤菜不多。难得去玲珑时带点价格只有6角8分一斤的猪肉回来，酱油加糖红烧一下，吃得特别香。乡亲们过年杀猪、宰羊时也不会忘记我们，总会切上一块送来或烧好后端上一碗。再就是春节过年前队里放干塘水捉鱼，那时不仅自己有鱼吃，而且会当年货带回杭州。

烧饭做菜、饮用和洗涤用水我均要到下面村子旁的小溪里挑水，来回三趟三担水就装满了小水缸。隔天就要趁早去山溪挑水，因迟了就有可能有人在上游洗涤东西了。碰到雨天溪水就有可能变浑浊，挑回来只能存在水桶里让其自然沉淀变清，再将上部清水倒入水缸内备用。但我基本会看天气合理用水，尽可能避免挑浑浊水来用。

不同季节，视农活忙闲，我烧饭菜的策略也会随之变化。平时一日三餐地烧饭做菜，忙时一天烧一次吃三餐。米饭及时盛入竹编饭篮里，挂在通风的高处，菜碗放在桌上用竹编菜罩罩住，以防变质。中午、晚上热一下就行了，争取更多时间好好休息。烧饭做菜我尽可能做到简便。烧饭时，锅内放入淘净的米加上适量水后放上蒸架，然后放入各种蒸菜：蚕豆季节剥豆板放盐加几滴油蒸上；放上一碗水蒸蛋；有毛豆时剪掉两头，装入碗中放盐蒸上；有时洗净鸡蛋直接放在架上，熟后剥壳分切淋上酱油当菜……这样随饭熟时菜也有了。有年糕时，锅内加一点油，菜炒一下加盐加水，倒入年糕一煮就能食用；筒面是我救急之用的食品，烧煮一下十分方便。当饭菜分开烧时，我往往是先烧好菜，如油氽花生后，盛出油不洗锅，锅内有残油，直接倒入淘净的米和水，待饭熟时米饭很容易起锅，这时柴火烧制的锅巴特别好吃，夹上菜肴更佳。

柴火灶烧饭做菜我会注意火候、讲究技巧。要求猛火时，炉膛内不是柴加得越多越好，而是要求适量，留有空间，架空柴火，让灶外空气尽可能多地流入炉膛，增加氧气，让柴火烧得更充分，火焰更强，就达到目的了。需文火时，要少加柴火，一点一点地加，既确保较低炉温，又能保证该炉温的持续。如遇湿柴，一时是点不着的，或虽勉强点着了，也是满屋是烟，只能先取干柴放入炉膛点燃，提高炉膛温度，再少量地加入湿柴，待烤干时就容易着了。

干农活出汗是常事，衣服上会泛出盐渍，需及时洗净。小件在家手搓洗就行了，而大件或厚衣服就得到溪边洗涤。我学着乡亲们的做法，将衣服浸湿，涂上肥皂后，放在溪边石块上用松木做的棒槌用力敲打，将污物随皂水一起挤出衣服，从而加快洗衣速度。现在有人认为用棒槌其实不能把衣服洗得更干净，但我认为提高洗衣效率总该肯定吧！洗好的衣服我用脸盆装着带回山头上，在我屋前的平地上支起两个用三支竹竿扎成的三脚架，把衣服套在竹竿上，竹竿两端搁到已支好的三脚架上，就等晾干收衣服了。有时衣服多时，就把作为外套的衣服直接摊在柴垛上，也同样会起到快速晾干的效果。

我的农居屋就是我在农村的生活原点，农村生活就从这里不断延伸开来。

第一课

1969年1月，我和我的伙伴们刚来到村里，正值农闲季节，虽无农活，但兴修水利却正搞得热火朝天。为保质按时完成任务，队里专门成立了“青年突击队”，我们六人均参加了突击队。队长由村青年骨干裘爱铨担任，我被指定为副队长，这是对我们刚到农村的青年学生的一种鞭策。突击队第一项工作任务是建山塘，当地人称为小水库，就是在适当的山坞口筑坝，拦蓄山水和雨水成塘，以便调节使用。劳作主要包括三项内容：挖土、挑土和夯土。看似简单的劳动，却实实在在地为我们上好了第一课。

当时到农村去，思想上是打算一辈子的，因此希望自己能尽快地掌握各项农活技能，以适应农村生活、尽快站稳脚跟，因此凭着一腔热情就上，想不到并不简单。首日上山塘工地前，在村中心广场，我们六人每人分配到一把锄头，两只由竹编制的小簸箕，一根扁担，一对带有木钩的绳子，木钩由自然杂木树枝截取而成，用时就先套在扁担两头，钩簸箕所用。其他村民却每人带着一副大簸箕，扁担直插簸箕上的麻绳环内，还带着一根木棍，后来我们才知道是“都举”，同时又有另带一些工具的。有的簸箕内竖着锄头，有的搁着铁耙，有的带着铁锹，还有的带着十字铁镐，还有人扛着粗壮的木制夯锤先后来到集合点。生产队长丁水金给大家布置了任务，提出要求和注意事项后，还特意对着我们六名伙伴讲：“你们是学生娃，一下子要干重活，一定要量力而行，不要硬撑搞垮身体，否则就不好对你们的父母交代了，一定要慢慢来，逐渐适应。”当时我心里暗自想：“我们在学校时多次到农村参加双抢，都得到了好评，没有问题的。”正想着，忽听水金哥发出了“出发”的指令，我们即带着工具，随着红色的“青年突击队”队旗引导，奔向山塘工地。

到了工地，也就是以后我的农居屋附近的一个山坞口，只见已用石灰划出了两条间隔较宽的平行线，就是今后坝身底边宽吧！泥坝将在此处建成。突击队队长裘爱铨分配了大家的工作，随即大家分散开来，女队员被安排的是挖土装土，部分男队员安排的是挑土，还有一些男队员则安排在坝基地那里夯土，工地一下子热闹了起来。最先热闹的是挖土，软土处用铁耙挖泥，翻起来就能直接入箕；较硬的砂石处用锄挖，较吃力，再用锄侧着将土送入箕内；更硬的风化石处先用镐挖，再用铁耙耙拢来，再装箕。大家针对不同土质采用不同工具，完成着同一个目的——挖土装土为坝输送材料。随之是我们挑担的事了，我把外衣一脱挂在附近的树枝上，用扁担两头被固定的木钩钩住装满泥土、砂石的簸箕环，挑上就一溜小跑奔向坝基处。没几个来回就汗流浃背了，连卫生衫也脱了，只穿着衬衣继续干活，肩部仅隔着一层衬衣经受着扁担的重压和摩擦。当时还没有学会泰然地换肩，仅一肩负重，感觉有点疼痛了。而我房东丁大伯的第二个孙子丁建明还是一个只有十多岁的叫我“国宪阿伯”的小孩，一肩挑着大簸箕，一手把着前面大簸箕的环，另一手抓着扛在另一肩的插在身后扁担下的都举，都举头钩住了扁担，两肩匀着力跑得那个轻松样，真令人羡慕。我挑着小簸箕，担得吃力，而他比我小一辈却挑着大簸箕，挑得轻松，不比不知道，一比吓一跳，差距太大了。休息时我已觉腰酸背痛，肩也痛了。建明在我一旁坐下，我夸了建明，他却说：“这是从小慢慢练出来的，习惯了，也就不觉太吃力了，不可能一下子就行的，你们也一样，多练就习惯了，也就吃得消了。”话虽朴实，但讲清了道理，增强了我的自信心。

下午，我们与夯锤的人换岗了，原以为肩膀可放松一下了，但事实并非如此。我们六人一组，两人面对面把锤，另四人成十字布阵，各用两手一前一后地牵着眼前连着夯锤下部的绳索，随着把锤人“一！”的号子，整齐划一地拉紧绳子起锤，“二！”再一起放松绳子让夯锤成自由落体砸向下面已由人摊平的泥土，而把锤人也紧紧抓住把手使劲向下砸去，两股力汇合成一股力，促使松散的泥砂紧密起来，相互牢牢地粘连在一起。这一过程中，拉绳人若有一人不合拍，夯锤就会斜着砸向下面的泥土，达不到平实的效果，也有可能产生事故，因此要真正做到心往一处想、劲往一处使。我们是一个夯印叠着一个夯印地移动，步随夯移，六人步调一致向着一个方向横移，到边再从另一排夯点返回移向另一边，协同使劲，重复进行，确保质量。随着两手的拉紧和放松手肩协调着力，肩并没有因换了一样活儿而有所休息。

第二天，我们被安排挖土、装土工作，我们带了锄头、铁耙，队里为我们准备了铁锹和十字镐，而且多备了簸箕，以便挑担人放下空簸箕，就能挑满担而去。如何取土装箕，我们昨天已看在眼里，因此做得较为顺手，对着不同土质同样以不同工具对付。开始还能勉强满足挑担人，不需要他们多等待，但随着竞赛的开展，要求整个工地快挖、快装、快担、快平、快夯，需要环环紧扣，哪一环出问题，整个劳作现场就不够顺畅了。我们几个伙伴真有点手忙脚乱了，有点吃不消了，好在挑担人要快挑，就主动帮我们装箕了，我们就集中精力取土，以确保挑担人的需求。看来整个劳作链，各环节适当调整一下，似乎就会顺畅起来。但老实讲我们这个环节还是拖了后腿的，使挑担人少了担数，随之坝上的泥砂增速慢了。发现这一问题，我就向队长裘爱铨反映，他随之重新配置了人力，整个工地更合理地快速运转了起来。

时间一天天过，坝身一点点长，我和伙伴们在这样紧凑的高强度劳作中，开始得到了锻炼，上好了劳动第一课。我们三个男伙伴把小簸箕换成了大簸箕，挑担也从洋相百出到有点模样了。挑担时也去掉了开始曾垫在肩头的毛巾，已开始两肩换着挑担了。我们已认识到肩要随意志一起磨炼，从而尽早尽快地去适应今后的农活。我记得大约三周时间，山塘堤坝在规定时间内提前完成了，青年突击队发挥了积极的作用。对我们六个伙伴来讲，既锻炼了身体，更锻炼了意志，学到了一些劳动技能。从中体会到万事确实开头难，唯有坚持才能成功；虚心学习十分重要，应向任何值得学习的人学习；心往一处想，劲往一处使，才能办成大家都想办好的事；熟能生巧一点不假，同样的事在不断实践中注意技巧，提升技能，即事半功倍。这些是我到农村后经第一课所得到的满满收获。还有想不到的收获发生在三个月后，在正式核定工分时，我被核定为 9.7 个工分，与满分 10 分仅差 0.3 分，是我队六个伙伴中最高的一个，我知道这是对我的鼓励。与当地村民相比，我的劳动技能是远远不如他们的。后来爱铨告诉我几个月下来，大家既关心照顾着我们，同时又在密切观察着我们，为这次评定工分找到了可靠的依据。

耘　田

忙碌的“双抢”结束后，原以为可松口气了，其实不然。紧接着是要抓好晚稻田间管理，这将直接影响到收成的好坏。其中一项重头戏就是“耘田”，对刚来农村的我们来讲又是一项新的农活。

耘田开始前，与我们同在第二小队的桂林哥讲述了耘田的目的及要求：一是将插秧过程中留下的脚印窟窿耙平，因插秧时人往后退，脚在泥中向后移动，难免在水下田泥中产生潭潭洼洼；二是拔掉与稻秧争夺养分的杂草，主要指稗草，一种与稻秧长得相似的草，仅在叶面上有所区别，稻秧叶面光滑，而稗草叶面是毛糙的；三是要给稻秧根边上的泥土松一松，以便根系发育；四是将田水中猪栏肥打散匀开。经他介绍，使我们在参加耘田农作前已对此农活有所了解。

他还告诉我们，原来耘田前还有一道农活——耥田，这是一项相对轻松的农活。工具是长柄耥耙，耥面是一个铁匝带有一圈弯铁刺，耥面直径与秧株行距、株距相仿。耥田时，人站在稻田里，伸直腰板前行，两手先后持耥耙在秧的行距、株距间前后左右轻拍拍、轻推推、轻拉拉，目的是松动田泥以利秧苗成长，耥田后再耘田就会轻松多了。而我们省去了这道农活，一则因我们现在是密植，行距、株距都比原来小了，若用原耥耙操作有可能损伤秧苗，二则仅靠认真耘田就能完成耥、耘的全部目的。

稻田在烈日照射下，散发着水中猪栏肥的难闻气味。但我们耘田时都无所顾忌，大家整个人跪入烂而泥泞的稻田中，上身前俯背朝天，几乎平行于稻田，两腿跨两株秧苗，左右各顾及三株秧苗，共八株，与插秧时相呼应。不同处是插秧时两脚站着退着走，而现在耘田时跪着向前移。两手插入田泥中，不停地在每棵秧苗周围扒抠田泥，松动根部泥土，耙平水下田泥中的潭潭坑坑，消除根与周边泥的空隙，以便平衡肥水的分布；拔掉稗草等杂草，深深塞入田泥中，让其缺氧而腐烂变成绿肥；同时把结块的猪粪打散摊匀，使秧苗均衡地吸收养分，一起茁壮成长。

耘田时，我们男青年都是赤膊上阵的，仅穿一条短裤，这是我们在“双抢”中逐渐形成的“家常便饭”，既凉快，又省却了洗衣服的活儿，有利于无拘束尽心地干活。这是向队里男劳力学习得来的，他们几乎一律赤膊干活的，入乡随俗，他们能我们也能这样干。开始当着女社员的面，我们还觉得难为情、不好意思，但慢慢地也就习惯成自然了。身上的肤色也随之慢慢变成了古铜色，脱皮的地方出现了白斑，活脱脱黑人一个。而在耘田时确需要这样的简洁，下田用不了多久，就满身湿透、全身是泥，泥人一个。休息时，我们就直奔近处的水塘，跳进去既降了温，又能尽快去掉身上的汗水和泥巴，全身舒服一下再继续干。这样一来，上、下午两次休息，再加中午和傍晚，每天要洗四次澡了，老实讲别人还真享受不到这样的待遇。但除傍晚这次能换上干衣裤外，整天是湿漉漉的，是汗水和稻田水的混合物。

耘田，说起来简单，做起来却十分辛苦，尤其是在猪粪肥水中爬行，上晒、下熏、汗水直淌，有时流入眼内，却无法用手抹去，真让人难以忍受。但我和伙伴们还是挺过来了，又一次经受住了考验。为这季晚稻的下一次耘田及今后每年晚稻至少两次的耘田打好了思想基础和技能储备。

耘过的稻田，过几天一眼望去稻秧更为碧绿、挺拔、生机勃勃，我们心中喜悦油然而生，这是未参与过耘田的人无法感受到的。

事后与邻村同学交谈起耘田时，他们却说没有跪在稻田里耘田过，而是手持一长柄带有弯铁刺的工具直立行走在稻田里耘的田。我对他们讲其实他们并没有耘过田，而是用名叫耥耙的农具耥了田，以此代替了真正意义上的耘田。我还告诉他们我们赤膊参与了“双抢”和“耘田”，他们却说正好与我们相反，他们是穿着厚衣服干活的，说是为了防晒挡热，我想他们说的话倒也是的。看来在农村哪怕是邻近的村子，农作的安排，农具的使用也是有所不同的。

耘田和其前道农活耥田今天可能已消失了，这仅是我一种猜想而已。

砍　柴

雅坞大队集体经济收入较少，除了农业生产，少量茶叶、蚕茧外只有土法砖瓦厂了。各小队轮流为砖瓦厂提供燃料和原料，所谓燃料就是山上野生灌木和未长大的乔木。轮到我们小队时，队长水金哥就会提前通知安排男劳力出工，要求大家做好准备，磨好钩刀（砍柴刀具）。

砍柴那天，大家穿上较厚的衣服（以防割伤和刺伤），带上垫肩，脚穿软底山袜和布条草鞋，后腰挎上木壳砍柴钩刀，肩上扛着一根长两米左右的杉木或竹竿做成的两头尖的担柴用的“冲杠”，还有一根与自身肩高齐平的木棒，较粗一端头部有个斜凹口，端面也有凹口，称为“都举”，是用来匀力和省力的。挑担时扛在另一肩呈 90 度与冲杠或扁担相交，垫在下方，斜凹口扣住冲杠或扁担，把担重平分到了两肩，这是都举用途之一；其二是歇脚时，将背后的柴捆或其他东西支在斜坡上，身前的冲杠或扁担下由都举支撑，把自己的肩完全解放出来，身躯不用承载担重，只要手把住都举即可，真正起到歇脚的目的；其三是走在高低不平崎岖山道时，或过小溪独木桥时，可当拐杖用。

上山砍柴一般要步行四、五里才能到达砍柴点，因半天要完成一担柴，大家稍歇一下就分散开来砍柴。乡亲们刀起刀落就利索地砍断了小树木，我们却要连砍几刀才能砍断。原因有二：其一，我们的刀具可能没有乡亲们那样磨得锋利；其二，是刀砍下去角度有偏差。因此我们总是没有乡亲那样砍得快。待乡亲们已完成一担量时，我们才完成一捆半量，有的同伴才砍了一捆左右，乡亲们总是走上前来帮助我们一起继续砍柴。柴担重量是有要求的，按工分计的，10 个工分要砍 200 斤，我 9.7 个工分，照理要砍 194 斤，但为了照顾我们，我只要 180 斤左右就行了。砍柴经毛估达到重量要求时，我们就去找长枝条或小竹做匝条，我们一般一捆匝两道，即要找到四根。先扭转枝条的上端，增加其韧性，弯曲上端回过来缠绕枝条，形成扣眼，然后就用来捆柴，匝住柴捆中腰，枝条下端穿过扣眼，用脚蹬住柴捆抽紧，扭转枝条下端，插入柴捆里。再在柴捆根部同样方法捆上一道，以便担柴行走不受影响。两捆柴搞定后，用冲杠在一捆柴腰部匝条上方插入，从另一边匝条下方穿出，这样挑柴时柴捆不易脱落和撞脚；抓住冲杠背起柴捆向另一捆柴以同样的方法插入，一担柴终于成了。

挑着柴担下山真的不好走。我在农村几年，别的农活都不怕，但碰到每次砍柴心里总难免有点发虚。因山间小道到处起伏不定，还要过小溪独木桥，一株小树砍下横在小溪上就成了独木桥，挑着柴担一脚踩在独木上往前一冲另一脚就要登上对岸了；山塘水库边的砂石小路随着雨水冲刷，都变成斜向水库的斜面了，天气干燥时挑着柴担踩下去，砂石就随坡滚下去了，水性不太好的我挑着担走在这样的路上，真担心一不慎就会连同柴担翻入山塘水库中了。但不论困难如何，我还是咬牙坚持前行，从没因担心而不去砍窑柴了。

不仅砖窑用柴需要我们去砍，我们还要砍自身的生活用柴。生产队有时也安排社员砍生活用柴，划好区域由个人自行安排。砍生活用柴一次不是一担了，而是一车一车的，有的用双轮车，有的用独轮车，一次解决几个月的生活用柴。我们经常得到乡亲们的无私帮助。村里的裘爱铨、章周林，甚至外村的童树良等都帮我砍过生活用柴。砍一天有时 8 至 10 捆，先全部挑或拖下山，再装车拉回，一次拉不完，就分开拉两趟。运到我们山头的住处，在房前平地竖着堆成柴垛，或靠在住房侧面土墙上，让其在太阳下自然晒干。待干后在房内放一捆以备雨天用，平时就从外面取来烧灶。我们住房两侧是人工林小山包，有时也会上去拾一些干枯枝当柴烧。

砍柴时，有时会碰到意外。一次砍柴，我们碰到的是一片灌木、茅草和小竹，我们一行人平排着向前砍去。茅草叶两侧相当锋利，很容易把手划破，只有紧紧抓住才能下手去割。当时我的注意力全在茅草上，附近的小竹没有顾及去看，突然听到身旁一声惊呼“小心，蛇!”，我抬头一看，一下子没反应过来，再仔细一看就在身旁的细竹枝上伏着一条手指粗、长有三角头的青色的蛇，因与竹同色，一时还真看不出来，我想这就是传说中的“竹叶青”吧！第一次见到，也可能会是一生中唯一的一次，想仔细瞧一下。这时一旁的桂林哥闻声赶来，他抓住蛇尾，蛇头就转了过来，他急忙用力抖动了几下，蛇好像就乖了。他对我说：“碰到蛇不要惊慌，你不去碰它，它一般不会主动攻击，要沉着应对。”说着他将这条蛇往远处扔去放生了。后来我才知道，抖动较小的蛇，它身上的骨架会被抖散了，变得瘫痪了，蛇就没有进攻能力了，但较大的蛇用抖动的办法是无效的，只有打七寸才能制服它。

砍柴虽辛苦，但能磨砺自己的意志，在实践中掌握技巧；在集体干活中，能体会到同伴的情谊；在意外的发现中能增长新的知识。

种红薯

红薯是人们喜爱的食物。我更喜欢红薯，既美味营养，又是简便食品，通过连皮的蒸、煮、烤或去皮汤煮即可食用。

五月中旬的一天，生产队安排到“里塘坞”内的一块山地翻地种红薯，我很高兴终于能自己动手种植喜爱的红薯了。

清晨，我们扛着铁耙来到了一条小溪旁的一大块被露水浸湿了的沙质山地，真是所谓的“厚山深土”十分肥沃，所以队里看中了它，作为红薯种植地。我们脱了鞋，一字排开，赤脚站在湿润的土地上，开始用铁耙翻地，土质松而厚实，一耙下去就深陷泥中，用力一拉就大块翻转，再用耙齿在泥中前后拨拉一下，泥块就疏松开来，盖住脚背。待眼前铁耙能够到范围内的泥土均被掏松并与左右无缝连接后，两脚相继从泥中抽出前移一步，此时脚背上的沙土就自然盖住了脚印，大家都如此重复操作，人前行，身后大片的平整的松土在不断延伸着，不到半天时间，整块地已翻了个遍。

我们在翻土时，有的社员已用大簸箕相继挑来了农家肥搁在地头，准备作为基肥使用。

队长安排翻地的人休息了。我们三三两两地分散坐于小路边树底阴凉处，我脱下衣服随手搭在近处有阳光照射着的小树枝上，尽情享受着山风吹拂淋着大汗的身躯，一股惬意——凉快舒坦涌上心头。这是一种非体力劳动者所不能体会感受到的幸福。

正在陶醉中的我忽然瞧见桂林哥好像在用脚丈量着土地，只见他在一行笔直的脚印旁以一个半耙柄量出一个宽度，再笔直大步行走，留下平行的另一串脚印，再如法炮制地干，“丈量”完了整块土地，这引起了我的好奇心。于是我趋前问了桂林哥在干什么，他说：“一个半耙柄约 180 厘米宽，留下脚印是指引摊肥人就脚印处摊 50 厘米左右宽的农家肥作基肥，然后以此为中线，将两侧泥土翻上来组成宽约 100 厘米、高约 25 厘米的种植红薯的地垄，即‘高垄双行种植垄’。因泥土被耙上了垄，两垄间自然形成了 80 厘米左右的间距，再用耙摊摊平，这样既打好了基肥，形成了种植红薯的地垄，又留下了下一步种植、施面肥、浇水和红薯吸收养分生长的空间。”呵，原来如此！我又学到了不少。

说话间，担肥人已将肥担挑入垄间，用耙将农家肥以 50 厘米宽的要求厚厚地平摊于脚印上，一条条基肥线在逐渐形成，为我们起垄打好了基础。

我们休息结束后，就站在肥带的一边，用耙将对面肥带间隔中线内的泥土耙到肥带上来，遮盖住肥带，再站在另一边使用同样的操作方法，两边的泥土都翻了上来，就逐渐形成了约 25 厘米高、100 厘米宽、基肥深埋在 25 厘米深处的红薯种植垄。再把两垄间地面修平整，零散的泥耙上垄，垄面再仔细地平整一遍，即可种红薯苗了，这天的活就这样收工了。

回村的路上，就红薯苗的要求和如何种植，我又咨询了桂林哥。他告诉我剪苗要注意部位和长度，最好从红薯苗底部一到二节处开始剪，剪刀要挑锋利的，剪口要平整，剪下的苗要有 7 节，若过少会降低产量。有条件的话剪下的苗还要用多菌溶液浸泡消毒，以防烂根，但队里还没实施这一步。种植时苗要平插于土中 3–4 节，其他 3 节露出地面，插好后要把红薯苗扶起来，然后浇一次“定根水”即可。而种植最好安排在阴天，以避免阳光直射红薯苗。所以今天先收工，待阴天时再剪苗种植。

随后几天，我们又相继翻了好几块欲种红薯的地块，起好了地垄，万事俱备只欠阴天了。

过了几天终于盼到了阴天。凌晨还下了点小雨，我心想今天总该种了吧！果然队里派工了，得知已有人一早去剪薯苗了。我们带着小手锄，有人还挑着粪桶和长柄粪勺，一行人先到了里塘坞地块，这时早起的社员也挑着从苗地里剪来的薯苗来到了地头。待桂林哥布置好当天工作后，大家就七手八脚地从大簸箕上取来薯苗，按种植要求，双行分摊在垄面上，按25厘米株距交叉排列放置薯苗，快速地在垄面上形成两条苗带。等全部安排好后，即两人一组面对面各负责一行，开始种植。用手锄垂直于垄一划，形成苗穴，将薯苗下部3至4节朝垄中，按行距40厘米平放于穴中，随手用手锄划土盖上，用锄面一按加固，再扶正露在土外的3节薯苗，一株薯苗就种成了，用同样方法一株株种过去。而对方即在我的两株中间在对面相应处种下薯苗，形成了交叉且互相留足生长空间的布局，一垄种满后就呈现出苗头朝垄外、株距25厘米、行距40厘米的两行绿色红薯带。一垄种好就转战下一垄。

安排浇水的社员从小溪里取水担到垄间，再用粪勺将溪水一株株地浇透薯苗定根水，红薯就种好了。

天阴了几天，我们像“双抢”那样抢时间栽种了红薯，终于抓住有利天气按计划种好了所有地块，下一步就是后期管理了，桂林哥说还要及时查苗、补苗，适时对长得过长的茎进行打顶，以确保10月中下旬有一个好收获。

我到雅坞后，看到的是两种红薯，白心红薯和黄心红薯，当时还没见到红心和紫心的红薯。白心红薯皮是淡黄色的，煮熟后口感不太好，比较绵软，但它淀粉含量较高，不仅队里种得多，有人在自留地也挤着种。因这种红薯在农村用途大，全身是宝。可通过洗粉做粉丝、粉皮；洗粉后的残渣部分可制番薯烧酒；酒糟又可作饲料；当地村民还把白心红薯存储在泥洞中，来年打开起出来生吃，口感胜过雪梨，好吃极了。

黄心红薯，皮是红的，其含水量和含糖量更高，生吃口感会更脆一点，更主要的是蒸、煮、烤后口感不错。因为我们不会去洗粉、制酒，因此希望能多分一点黄心红薯，既可蒸着吃、煮着吃，又能在炉膛内烤着吃，方便食用，满足梦寐以求的味觉。

真期待着10月份红薯收获季的早日到来，品尝自己种的红薯可能味道更好！

缝缝补补

没有来农村前，缝缝补补都是母亲的“专利”，虽见过母亲翻棉被、给衣裤打补丁，也动手帮过母亲给街道缝纫组加工：用三角针（花绷）缝裤脚边，给衣裤用锁边针（包边针）来缝扣洞，用十字针钉扣子。但从未上手翻棉被、给衣裤打过补丁。

当年给衣服打补丁是常有的事，有的甚至是补丁压补丁，越补越厚，越补越大。我们在校时，穿着打补丁的衣裤上学也是很自然的事，别人也不会用异样的目光来瞧你。原因在于当年每人每年只有 7 尺布票、1 斤棉票，而且每年还不同，有时更少，要买布做新衣服是一种奢侈的愿望。若买了“卫生衣”就无布票再买外衣，集全家布票买了被里子或床单，就无布票再买衣服了。大家都一样，彼此就不会另眼相瞧了。母亲一再告诉我们，打过补丁的衣服只要补得整齐、洗得干净，穿出去不会见不得人的。

我来到农村，带来的无补丁衣裤很少，大多都打过补丁，参加农村劳动衣服有无补丁是无所谓的。但那时有补丁的衣服又破了，又得补好它，而且要补得整齐又“好看”，完全要靠自己动手了。好在我曾缝过裤脚边、锁扣洞及钉过扣，穿线引针比其他伙伴有点优势。但毕竟没有给衣裤打过补丁，得从头实践。

在学校时容易破的地方是膝盖和手肘处，到了农村后因挑担又增加了肩部的破损。要把补丁缝得服帖、周正就得下功夫。我试着先将补丁布一边向下向里折边，形成光边，然后将下针处的布边也向里折去，用短衍针（平针）压着缝过去，到结尾处也将另一边头折边用线压住，然后扯平整块补丁布，用不打结的长衍针临时固定另三边已折进边的补丁，缝到最后也不打结。若确已达到平服了，就用短衍针把另三边缝好，抽去临时固定的长衍针线，一个补丁就成了。为了“美观”，我总是对称地打补丁，右肩打了补丁，左边也打上一个，反正干农活挑担双肩都要用，也符合实际需要。两边都打上补丁，自我感觉还真不错。

翻棉被，当时是要将被里和被面缝到一处，不像现在将“被胎”用被套一套即成。我见过母亲翻棉被，就学着她的操作顺序试着翻棉被。先把被里摊平，把棉胎放在居中，盖上被面，然后先将被里两长边翻上来压住被面边，再翻两头的被里压住被面两端，用双倍长过棉被的线，用翻被针（较长的针）穿针引线形成双股线，打好结，先缝棉被的一条长边，将被里边压住被面边，用长衍针将它们与“被胎”缝在一起，针线要穿透上下四层即被里、被面、“被胎”、最下面的被里。薄棉被还好缝，右手针下去，感觉已穿过四层时把针往上挑，左手在面上帮一下忙，把棉被从下针处往上拱一下，大致一针左右，让针头从拱的另一头穿出，一针即成。如此反复引针线从右缝到左，打好结，再如法炮制缝第二条长边……若翻被场地较小，无法从四周缝制的话，一长边缝好后可耐心地卷过去，两端掉个头，再向里展开，这时未缝的这边就在眼前了，可以缝制了。待两长边缝好后，将棉被一端翻过去与另一端对齐，90 度转过来，把上面半张折过去一些，下面露出一个端头，翻上被里压住被面，两端折成 45 度角，再用前缝制的方法从棉被直角顶端缝起，缝向另一个顶端一个被头就成了。再将缝好的被头翻过去，然后 180 度调一个头，把已缝好的被头摊点过去，露出待缝的被头，再按前缝制方法缝好这个被头，整条棉被终于翻好了。有了第一次，第二次翻棉被就更加顺手了，而且有了更多的体会。

若翻厚棉被，左手作用有所不同，针穿下去时左手伸入下面触摸一下，帮其针头挑上来，左手再调到面上用中指和食指按下去，让针头从两指之间穿上来，再照样行第二针，其他与翻薄被一样。

还有一点不同就是厚棉被拔针不容易，要用顶针帮助顶下、顶上，而且要仔细行针，避免伤手。

我在农村用不断的实践成功做到了缝缝补补，还得到了农村妇女的好评。

以上谈到的打补丁、翻棉被已成老古董了，现在已不大会有人如此干了，仅看作一种勤俭节约、艰苦奋斗、自力更生的美好回忆吧!

平常的一天

“双抢”季节，生活、农作都十分紧张，要与时间赛跑是大家的共识。而我们来到农村的伙伴们平常普通的一天也是排得满满的，并非比“双抢”时轻松。“双抢”时抓住抢收抢种，其他的都要为其让道。而平时有些工作是不能少的，大多由我们承担，因此比较而言平时也并不轻松。

就拿我来讲，秋季的一天，“丁零丁零”，我的双铃机械闹钟的长短针刚好各自指向了“12”和“4”，四点整，随着清脆闹钟声的响起，我就从床上跳将起来，我要在 45 分钟内烧火做好一天的饭菜，同时刷牙、洗脸、穿好衣服，留足 15 分钟作为跑下山头去村校集合，参加民兵训练的路途时间。

先是淘米下锅，加好水搁上蒸架；碗里打上三个鸡蛋，加点酱油不加水，打匀后上蒸架；还有昨晚已剥好的毛豆加点盐和油蒸上；还有一碗加了肉膘油的蒸了几次的霉干菜再蒸上；盖上锅盖，在水锅里加满水，再在炉膛内加了搁起的柴，火烧得旺旺的，啪啪作响；即去刷牙、洗脸，随着霉干菜香气吊足胃口，锅内的蒸汽直了的时候，饭菜已煮好了，水锅里的水也已沸腾了起来，立即灭了炉膛内的火焰，焖一下；随即把灶台水锅中的开水装满热水瓶备用，锅内就暂不动它了；于是就关好门急匆匆地跑下山头去村校集合了。以上是起床后的系列步骤。

待我赶到村校下面的公路时，大部分民兵已来了。桂林哥吹响哨声催促民兵们前来集合。过了不久，到得差不多了，以各小队民兵组成的各个排排长各自整理队伍，报数后向连长报告了集合情况，连长发出口令“向右转”，全连民兵以三路纵队向“化龙大队”方向跑步前进。连长发出“一二一”的口令，大家步调一致，铿锵有力，步伐声响彻清晨的田野；连长又喊出“一、二、三、四!”，全连民兵回应“一、二、三、四!”嘹亮有力。夜行的过往卡车司机从车窗伸出手来竖起了大拇指。跑到 2500 米左右处，在连长指挥下，队伍折返跑，一个来回 5000 米即 10 里路，用时不到 30 分钟，这是我们村民兵连晨练科目的家常便饭。

平时没有安排民兵训练的清晨，一般在五点半起床，点燃灶头后，我会抓紧到山头下村子旁的山溪潭里挑水，以充实我水缸储水。有时也会为丁大伯家挑水，没有因无训练任务而空着。

民兵晨练结束后，各自回家吃早饭休息一下。村民回家吃的是现成的家人烧好的早饭，而我们吃的是自己起早备好的早饭。打开锅盖，里面还是热气腾腾。取出蒸架上的三样菜后，去掉蒸架，用锅铲盛了米饭，已不烫口正好入口。因刚运动过，吃饭更觉香。吃完早饭，用饭篮盛好锅内余饭挂在高处，用菜罩罩住桌上的菜肴，收拾好锅子，就按队长昨天预先告知的，准备好工具打算出工。

虽已入秋，但秋老虎还是相当厉害，尤其中午，烈日下十分炎热。所以队里安排清晨早出工，傍晚迟收工，中午相应延长休息时间，避开当午的烈日炎炎。早上 6：30 我们就出工了，今天上、下午均安排为大队砖瓦厂挑坯泥。用铁耙挖出作为坯泥料的黏土装入簸箕，挑到砖瓦厂倒入料坑里。这是一个约 10 米直径、深 1 米的圆形坑，倒入坑内的泥要用水浸泡 2–3 天，然后将水牛赶入坑内打转，用蹄子去不断地踩泥，把泥踩均匀，增加其韧性、塑性、强度，达到像和饺子面一样可以擀饺皮一样才好。此时用耙也不容易挖动了，只能用切割坯泥的钢丝弓来切割，随时割下一大块运至砖瓦厂制坯，加工成砖或瓦坯。担坯泥虽简单，但每担都是重担，一个上午挑下来够吃力的。

中午歇工回到山头上的家中，取下饭篮盛碗冷饭，加上热水冲一下成泡饭，在汗水出得多、口又干渴时，吃水泡饭还是很落胃的，尤其是霉干菜下饭，吃得很有滋味。

午饭后，把昨天换下的衣服带到左边山头后的山塘里洗净后晒出，待下午收工洗澡后可换用。再休息一下就要下午出工了。

下午工作照旧是挖泥、担泥、倒泥。因是黏性的泥土、挖、担、倒都不容易。就拿倒入坑内来讲，总是倒不净，空担离去时，簸箕还是很沉的。

下午收工后，在公路旁的溪水中，抓来一旁的杂草，圈成草把，费力地清洗掉簸箕上的黏土。洗净后，再顺便在溪旁我的自留地里摘了一捧四季豆，放入簸箕内带上山头上。到家后，取出四季豆，将簸箕倒挂在屋前的柴垛上让其晾干。四季豆带入屋内洗净，为明日备用。将冷饭倒入锅内加少量水，升火焖热一下，就用晚餐了。晚饭后，到山塘里洗了澡，一天下来终于换上了干净的衣服。因要去夜校授课，换下衣服只有明日中午洗了。

接着我下了山头来到村小学，这天晚上安排社员夜校学习。夜校有政治、文化、农技等科目，我们承担了部分授课职责，夜校一般在晚上7点开课。这天晚上我是应学员的要求，讲了写好钢笔字的技巧，主要讲了结构问题。上下结构的字，要上紧下松；上中下结构的字，要上严、下宽、中收紧；左右结构的字，要左窄、右宽、上平齐、左小偏上，右小偏下；左中右结构的字，要边肥内瘦；横要稍斜，长横左略低、右略高、斜上去、两头重、中间轻，多横笔画要等距、等斜度；竖要直，三竖中间竖要短一点；撇捺要撑开，罩住下方的笔画……讲解过程中，均用具体的代表性字进行板书分析，效果还不错。

这天我还讲了“双喜”字的剪法。当时农村办喜事，均是用红纸剪双喜字，不像现在可买现成的。

夜校在20：30结束。我一般在21:00睡觉，也就是从夜校走回我的家就要睡下了，有时文宣队活动结束得还要晚，到家必须立即睡觉，以保证第二天好早起。很平常的一天就在这样的忙忙碌碌中，但又是十分充实地度过。

没有安排夜校的夜晚，我们就会忙于大队文宣队排练。那时各大队都有文宣队，公社时不时地要组织会演，还要比内容，比演技，自编、自导、自演的节目最出彩。我曾结合“双抢”的感人事迹编写了“三句半”节目，并组织排练，在参与公社会演时获得好评。这些都要我们在劳动之余费时、费精力来完成。

平时还有队里根据形势需要，安排我去更换村小店外墙上的黑板报，我要先阅读有关报纸、资料，然后组织成黑板报文字材料，及时抄写、美化更换黑板报。

我们在农村的每一天都是十分充实的。

赶　集

将要过年了，村里不论贫富，人们都在忙于过年的筹备工作，富的富样准备，贫的贫样打算。自己不能自给自足的，就得去买，自己自给有余的也想着法子变现钱再去买自己没有的，于是农村年集应运而生，也就是产生了“货物交换”的集市，钱从中起了媒介作用，满足了各方不同的需求。那时雅坞村路上若碰到熟人就会问“年货准备得怎样了？”作为我们真不好回答，哪怕队里年终分了红，有了点钱，像我能分到近 70 至 80 元的，也不太敢在过年前放开手脚去准备年货，不能被“不仅没有透支，反而得到了现钱的胜利”冲昏了头脑。因此我们开始没有随大流去夏禹桥赶年集。

临到过年，拖不下去了，总得去赶一趟年集，就算自己不吃不要紧，若有人来了拿什么招待呢？还有拜年总不能空着手去吧！我们终于扛不住了，我与裕庆商量了一下，决定一起去夏禹桥赶趟年集。

我们起了个早，两人只带了一根小扁担，一头用麻绳捆了两只化肥袋扛在肩上轻装出发，不像别人那样挑着谷箩担或推着独轮车甚至双轮车去赶集。虽是冬天，阳光照在身上还是暖洋洋的，我与裕庆心情愉快地行走在去夏禹桥年集的村道上。两边虽还没有开春后的生机勃勃，但春苗已在田地上等待着开春后的返青，草籽已在准备着开春的怒放，油菜也在积蓄力量准备 3 月盛开形成金黄色的花海，我们充满着期待。过了前庄再过去就来到了夏禹桥，这里既是公社所在地，也是公社农村集市的场所。还未到达集市，远远地就能听到集市的喧嚣声已不绝于耳，吸引着四面八方的赶集人加快脚步奔向前去。

集市里热闹非凡，彩旗飘扬，男女老少赶集人川流不息，小孩在穿来穿去，大人在招呼着自己的孩子，怕跑丢。熙熙攘攘叫卖声此起彼落，虽大声地吆喝着却无济于事，人们根本听不出他们喊些什么，只有走到他们面前了，经货物对照才能知其叫卖的是啥。还有讨价还价声一来一往地纠缠着，直至双方都认可才成交。还有的是小贩，他们准备采购此处的货物再到城里出售赚差价，他们在与乡民激烈交锋，小贩见集市相同的货物打堆，就想着压价，而乡民的货物是自己辛勤劳动的果实，自己养的鸡鸭不想让价，彼此僵持着、争吵着，但我们看到的最终结果是乡民让了步，可能他们想的是尽快脱手，换钱后好买别的想买的东西，我们真为乡民们惋惜。

我们边走边看，发现了集市许多有趣之处。集市不仅能买到需要的、卖掉多余的，而且还是人与人交流的平台。平时较少走动的亲朋好友久不谋面，在集市碰面了可互致问候，了解对方的近况，谈得欢时索性就近找个地方喝点小酒、谈个痛快、加深感情；集市价格随行就市，只要同一种东西集中得较多，价格就会随之降低，因为人们已将货物送进了集市，就不大愿意卖不掉再带回家，若带回去明天再来，也不一定能卖出好价格，因此不如降价处理掉算了；而货物在集市上少露面的，则物以稀为贵，就会相应抬价……集市是中国农村的传统风俗，是一种文化，是一种情怀，对广大农民来讲是有情结的。所有人几乎都希望赶集、逛集、买买买！尤其是小孩总是憧憬着跟随大人赶集，因他们在集市里父母心情好时，就能满足他们玩好、吃好、穿好的愿望，而大人想的是赶集机会难得，就满足他们吧！也有人赶集并非一心买东西，而是为了蹭一蹭集市热闹的氛围。

我们边走边买。集市里有好几个卖肉摊位，大块大块的猪肉用上下有钩的铁钩挂满横架的粗竹竿，赶集人几乎都是整块整块挑着买。而我们只能要求摊主分切了 3 至 4 斤，当时猪肉价每斤 7 角不到，我与裕庆各买了 4 斤多猪肉，摊主一刀下去时总是奔向上限多切一点。我们又去了南北货摊位，买了一批叫“双包”的礼包作为拜年礼物用。它们是用粗黄纸包的桂圆干、荔枝干、大核桃、红枣等干果，再搭配麻饼、桃酥、云片糕、酥糖、麻片等糕点，均包成上大下小的倒四棱长方台形，上下两包扎在一起，方便走亲访友、拜年时随带，一拎两包上门礼到。我们又买了一些家备果子，用纸袋包装的小核桃、炒花生、葵花籽、南瓜子、颗儿糖等，自认为买得差不多了。恰好看到有人在买红纸，对！贴副对联喜庆一下，就买了两张红纸及一瓶墨汁和一支毛笔。然后就游荡似的往回走，快到集市口忽听边上有人在问别人爆竹买了吗？这又提醒了我们，我俩相视一笑，想到一起了，差点忘了关门炮、开门炮啦！既然入乡随俗，我们也要放一下，于是再回转去各自买了 6 只爆竹，年底关门时 3 只，大年初一开门时 3 只。这样就真的差不多了。

几经来回，折腾了半天已近中午。我们就买了几只包子，来到馄饨店里歇脚，边吃馄饨边吃包子，还聊了起来。看来我们作为赶集新手与赶集老手真不好比，他们是有条不紊地采购，有的手里还拿着一张采购清单，有目标地采购；而我们是走到哪看到哪，看看都想买，纠结一番后再决定买与不买，我们这样漫无目的地采购，很容易遗漏，可能到家后才发现该买的还没买，刚才的爆竹就是这样。与赶集老手，也就是广大农民，尤其是农家主妇相比，我们真的自愧不如。

我们把买的东西按两份放入两只化肥袋里，已是鼓鼓囊囊了，用麻绳扎口并设了环套在小扁担前后两头，我挑着，裕庆手拿卷好的红纸，两人高高兴兴地往回走。路上与我们一起赶完集往回走的人真不少，但有的还从我们对面走来，看来他们是下午去赶集了。真不好说他们还能拣上便宜货呢！集市临近结束时，未卖出的东西可能会降价贱卖了，当然东西也可能不会太好了，是挑剩了的。

除上半年为陪丁大伯买大铁锅赶集外，这次是我们真正意义上的第二次赶集，就这样还算圆满地结束了，我们满载而归。

我在雅坞过大年

1970 年春节，是我在农村过的第一个农历年。总的感觉正如有人所说“城里的春节像一壶茶，农村的春节就是一坛酒，比起城里要热烈醇厚得多”。一个年过下来，让我见识了许多，感受到了农村浓郁的年味。

冬至一般在公历 12 月 21 日至 23 日左右，农历十一月上中旬，离过年还有 40 至 50 天，但我已嗅到了农村的年味。我与队里社员在地里农作时，听到她们在热烈议论年关将到，过年时吃的、穿的、用的、孝敬老人长辈的、礼尚往来的都要花不少的钱，钱从哪里来？真急人啊！听到的对策是多样的：有的从自家养的家畜着眼，家里养了两头猪，卖掉一只，换钱买其他年货；有的说家里只有一只山羊，只有自己不吃了，把它卖掉换年货；有的说自留地里有两垄萝卜，把它们换成年货吧！有的说老公有吊酒技术，要早点赶他出去找点吊酒活，赚点钱回来筹办年货，若工钱不能及时收回，办年货还要成问题……这些话说明年已近，她们作为家庭经济安排者，已在早早地计划着过年的事了。再从一句俗语“冬至大于年”就能看出农村对冬至本身的重视程度。串亲祭祖，说是让祖先先过年，这也是一种年味。冬至后雅坞已有人在准备吊酒，着手做好酒料发酵工作，这种为年酒做准备也是一种年味。

腊月初八，雅坞村有吃腊八粥的习俗，当时的腊八粥原料仅有糯米、红枣、莲子、红豆、绿豆、黄豆、花生之类，没有现在那样的精致和档次。腊月初八后，过年的一切准备工作就此启动，雅坞的妇女已在考虑添置过年衣的事了。既要盘算钱，又要考虑布票，这两项当时制约着能否做新衣之事。若有条件的首先考虑是给小孩添置，小孩对过年的憧憬就是有好吃的、有新衣裳穿，不想让他们失望。但对于成人和哥哥姐姐就不予考虑了，而他们也明知当时情况，不敢有奢望了，这是另一种年味了。

雅坞村家家户户每年都要打年糕准备过年，就连我们也不例外。这是一项吃力而快乐着的活儿，在互助中实施。第一步掺米，各家先按往年自家成功掺米的经验，按比例掺好糯米与晚米混合均匀，不会的人就由懂的人帮助掺米。第二步淘米，用谷箩装着混合米挑到溪水中边浸泡边淘洗，这是一项辛苦活，又讲究经验和技术。若没有高帮套鞋，就得赤脚站在冬日冰冷的溪水中淘洗。觉得淘洗差不多时，要抓起来观察米的表面有几道裂纹及长短多少，主要看的是吃水程度，这将决定年糕做好后的口感。水金哥在给我淘米时讲了这些诀窍，这全凭经验啊！他说了这些，其实我也不可能一下子掌握，似懂非懂。第三步沥干，待认为已淘好了米，才能将谷箩抬上岸将水沥干，再挑回家用蚕匾摊开，以求晾干表面水分。第四步磨粉，装入谷箩挑到小钢磨机房外排队候磨，这是磨坊每年最热闹的日子。待轮到磨时，先过秤，登记或直接付钱，然后由人帮忙把混合米倒入机斗，开闸、运转，细粉进入收集器中，其口子套有已被风吹得鼓鼓的布套，米主人头戴风斗帽，不断地用手去布套勒米粉进入谷箩中，磨完后挑回家经常翻动让米粉散热。第五步上粉，视米粉水分加入适量的水掺和均匀，再用碗舀粉均匀地撒入架在锅上的、上口略大于下口的蒸桶中。蒸桶下无底，安有一个圆锥形竹片编制的蒸架，蒸架面上盖有布，防米粉下漏，但蒸汽能均匀上升至桶中。下面锅内水开了，加粉人视哪处蒸汽大就往那处加粉，加厚后就要看哪处粉色暗（此处较熟）就往哪处撒粉，直撒至桶口高，待最上一层熟了就好了。第六步转移熟粉，上蒸人捧着蒸桶将熟粉倾倒入石臼，就由打年糕人接着干了。第七步打年糕，是用粗木棒加垂直木柄的舂锤（杵臼）将熟粉舂到有弹性、韧性、不粘石臼为止。整个过程一人在下用水湿手翻动烫手的年糕熟粉，上面一人（多人轮流）将舂锤举过头顶再用力砸向石臼内熟粉，不断翻动，不断舂、不断换人，直至成糕团为止。第八步成形，然后搬上台板，这时小孩一拥而上讨糕花吃，大人就一人一小团，把白糖夹在里面，分发给小孩，就乘热有滋有味地吃起还未成形的年糕来。其他的都由大人们制成一条条的年糕，排放在蚕匾里让其自然冷却。雅坞的年味更浓了。

为了过年用酒，一个多月前雅坞大多数人家所备的酒料至今在缸内发酵已满月，这时各户就要请吊酒师傅前来帮忙吊酒了。丁大伯家每年要吊200斤料的酒，可获取100斤烧酒，这在雅坞是不算多的。吊酒那天我去看了，来满足自己的好奇心。只见大伯将缸内封存一月余已发酵过的酒料启封，先后分四次取出，每次50斤，倒入吊酒师傅带来的吊酒桶内，蒸上半小时就会出酒，经过两小时后就吊成约25斤烧酒，这样一天下来，200斤可吊取100斤真正的生态环保酒。酒香四溢满全村，下一家等待吊酒师傅的人家会派人到大伯家看一下，确定这里已完工了，即会取走吊酒设备，领着师傅到他家吊酒。这段时间吊酒师傅是很吃香的，吊酒是日夜兼程的，一家接一家。吊酒时节村里一直飘着酒香，引得“酒鬼”一户一户地上门，而吊酒人家也会大方地用酒竹提倒上半碗递给“酒鬼”让其尝“鲜”。而“酒鬼”随即在没有下酒菜的情况下嗞儿嗞儿地喝了起来，还连口夸着“好酒——好酒！”这样还不醉，真配得上“酒鬼”的称号。酒香充实了农村的年味。

家家有灶头，年年送灶神。腊月廿三是小年夜，也是送灶神上天之日。雅坞村各家都在这天送灶神，而且都由男人在操办，属于男人的专利，说女人是不能搭手的，什么原因他们也讲不清楚，就是这样传下来的。祭灶神供品大同小异，是些年糕、柿饼、甜糕点、颗儿糖之类，强调了一个“甜”字。据说灶神是每户人家的留守神，送灶神这天他要上天庭向玉皇大帝汇报这家人一年来的善恶，突出甜是为了封他的口，让其在玉帝前多讲这家人的好话，我看这有行贿之嫌。送灶神后的一周中所有过年要做的事都得紧锣密鼓地进行了。年味从这天开始更浓了。

村里各户基本在送灶神的第二天，在没有人动员的情况下，自觉地开始人人动手打扫室内外的卫生。用长竹竿绑上竹梢丝，上下、里外掸个遍，然后扫净地面、抹桌椅、擦门窗，再转战房屋四周打扫干净，清清爽爽地迎接新年，迎接即将到来的亲朋好友。这又是一种直观的农村年味。

做豆腐是筹备年货的一个重头戏，它能变换出许多美味的年菜。所以雅坞许多人家在打扫卫生后即着手做豆腐。没有做的人家也会与做豆腐之家约好多做点，到时卖给他们，这样就满足了全村人的豆腐需求。我也打算向水金哥买一点，结果被一口回绝了，说是“你这点豆腐、豆干、油豆腐还用买吗？就算我们送你点年货吧！”雅坞村做的都是卤水豆腐，我去水金家观看了全过程。先把黄豆浸水充分泡发，然后将泡发的黄豆取出沥干水分，再经石磨磨出豆浆，用布包住挤出豆浆，豆渣另用。过滤出的豆浆倒入锅中慢火熬煮至表面结起一层薄薄的豆油皮，再冷却至80℃左右，这个温度全靠有经验的人掌握，这是一个关键点。盐卤用清水兑开，倒入豆浆里，顺一个方向划动豆浆，使卤水与豆浆充分均匀混合，大约再过30分钟，就凝固成豆腐了。凝固好的豆腐倒入四块木板制成的正方形豆腐槽里，压上木板，用石头压实就可以了，再过约30分钟，豆腐就可脱模切块了。老豆腐也同样制作，仅是点卤时多加点卤水即成。千张的制作是由豆浆倒到布上，把布折翻到豆浆上，再浇第二层豆浆，如此一层一层浇上去，然后用木板压上，再在木板上压上石块，把部分水分榨出，剥取浇豆浆的布，取出就是千张了。做豆干是先将包布放入板上木格中，再将豆浆倒入包布中然后包好，去掉木格，上面压上木板，再用千斤顶压豆干约一小时，将水分几乎全部榨干，打开包布，烘干即成香气扑鼻、口感柔韧的豆干。油豆腐是由冷却后的豆腐切成小块放入热油锅中油炸，不断翻动，让其炸透捞出即成油豆腐。做豆腐及深加工产品，虽费时费力、忙忙碌碌，却增添了欢乐的年味。

杀年猪又是一重头戏。雅坞各家壮劳力都会相互帮忙，共同完成这一兴高采烈的活儿，因光凭一家之力是不够的。哪家要杀年猪了，就会一早在室外空地上支起一个临时大灶，上置大铁锅将水烧开，倒入一旁的大木桶里备用。主人和帮忙的邻里来人一起努力将年猪赶到空地将其摁倒在地，缚住前后脚，抬至杀年猪的木板铺成的台板上，使猪侧卧着，头悬空于台板外，一壮汉将锋利的杀猪刀对准年猪脖子动脉处猛地刺了进去，血喷注而出流向下接的桶里。引得周围看热闹的小孩一阵惊呼。我想小孩最好不要看这种血腥场面，但这是没有办法的，赶热闹是小孩的天性。等到年猪的血完全流入下接的桶内后，就解了年猪脚上的绳索，几人抬起年猪放入装有开水的大木桶里，再加入滚水来烫猪毛，边撬动猪身边刮猪毛。干净后，用两头有钩的挂肉钩钩住年猪的一只后脚，几人抬着用另一头铁钩倒挂到人字梯上部外加的木棍上，再用杀猪刀开膛剖肚，把年猪肚里货全部取出，放入大木脚盆里，待进一步处理。接着把整只猪肉放下来置于台板上进行分切，杀猪就大功告成了。当天这家杀猪宴是少不了的，猪肉加腌菜，大锅一烧，左邻右舍一碗一碗地分一下，让大家共享喜悦和年味。这年，村里有几户宰了羊，但我看了杀猪的血腥场面，也就不想去看了，我想大致与杀猪相似吧！

放塘水抓鱼是年前几天必做的事。年三十饭桌上少不了一条鱼，而且是摆摆样子的鱼，没有人会去动筷的，因要原样放过年的，寓意“年年有余”。山塘水放干后，队里养殖的鱼都集中在中间洼地处的水中蹦跳，众人脱掉鞋袜、卷起裤脚、拔脚塘泥来到塘中，七手八脚地把鱼抓入谷箩，有草鱼、包头鱼、鲢鱼、鳊鱼、鲫鱼等，人们欢快的笑声响彻山塘上空。在溪中用水将鱼冲洗干净后，就两人一谷箩地抬回村里，总重过秤后则按户内人头数分发到各户，年货中的鱼就这样落实了。年年有鱼（余）又是一种别样的年味。

杀鸡鸭也是过年少不了的活儿，但不足挂齿，也就不谈了。

烧制年菜也是年前几天的集中活儿，预先烧好后盛入盆中、小缸中备用。当时还没有过夜菜不能吃的说法。

赶集前，各家都检查了过年所需的东西，以便做到缺啥补啥，到集市后有目标地采购，这正是雅坞妇女能干的表现。到集市主要买的是：爆竹、烟花、红纸、笔墨、毛巾、手帕、果子、糕点、香烟、冬米糖、芝麻片之类，以及孝敬老人和长辈、走亲戚拜年的礼物，当时虽较简单，但也不能缺点啥。当然也要视手中的钱而选择需买的东西。赶集购年货是最具年味的。

赶集回来后，村里妇女还要亲自动手炒果子，品种很多：有花生、南瓜子、葵花子、年糕片、番薯片……虽不高档，但是自产纯绿色的，又是一些深受来客喜爱的果子。

雅坞过年有包粽子的习俗。我空闲时也在学包粽子，粽叶有的摘自山上，有的购于集市，洗净备用。淘好糯米，备好肉块、红枣、黄豆、赤豆以及加工好的豆沙，取两张粽叶相叠半叶，加宽粽叶的宽度，围成一个尖端密封的漏斗形，然后将一些糯米放入其中，将肉块、红枣、豆沙等馅料等嵌在米中，然后盖上糯米，再用余下的粽叶部分盖过来，两侧折转合在一起，再折转靠上棕身摁紧，用扎粽线压住叶端匝起来扎紧，一只粽子就成了。赤豆、黄豆都是预先与糯米混合，包法一样。下一步就是将粽子放入锅内，水中煮熟即可。烧熟后或后期加热后吃时，只要剥开粽叶就可食用。若将赤豆粽放入油锅炸一下，那就更好吃了。粽子其实是中国式的方便食品，出去干农活带上粽子当点心或中饭均可，剥了粽叶就可食用，方便且卫生。

贴春联是年三十上午必须做好的事。雅坞各家都买了红纸、笔墨，是我们发挥作用的时候。有的几天前已给他们写好了，内容由他们说，我们照写；有的内容和书写都由我们定了也早早完成了，年三十这天余下的几家要求我们写的，我们就抓紧给他们写好，任务也就完成了。在写好对联时我们都交代清楚哪条贴右手边，另一条自然就是左手边了。下午到村里一转，都已正确地贴好了春联。

年夜饭是中国人过年特具仪式感的晚餐。雅坞也一样，外出的村民从四面八方历经辛苦地赶回家。年三十这天上午，在村里我见到了一些未曾谋面的“生人”，但从他们与人交谈中，得知他们原来是村里外出工作、学习的亲人，现赶回家来团聚，这是中华民族文化——阖家团聚和谐吉祥的具体化。年三十上午，村里还能见人急匆匆地跑来跑去，但一到下午，雅坞村几乎见不到行人了，都在家里忙碌地准备着全年最重要的一顿晚餐——年夜饭，千方百计地使其丰盛可口。除需现炒的菜肴外，大部分是提前烧好的菜肴，如红烧羊肉、八宝菜、油豆腐嵌肉、肉圆……都已在盆内、缸内静静地等待人们的品尝，只要舀出一碗上蒸热一下便可上桌。手脚快的农家，下午五点就开始年夜饭了，大家其乐融融地围坐在饭桌前，边吃边谈，海阔天空，无所不谈，聊过去的一年，又展望了新年美好的前景。待天色完全暗下来后即放烟花助兴，绚丽的烟花照亮雅坞除夕夜空，引得孩子们跑出家门观看。但当时都放得不多，受到经济条件的制约。喝酒人越吃越兴奋，越谈越起劲，一直会吃喝到深夜，只是苦了烧菜的妇女们，热菜、加菜忙个不停。午夜 12 时不到就有人抢先放起了关门炮，“呯——啪”，随之“噼里啪啦”“噼噼啪啪”的一阵响彻夜空，大约响了十分钟，全部搞定，人们送走了旧年迎来了新年。

这年，母亲带了年菜来到雅坞陪我过年，年夜饭虽仅有母子两人，但我们深感幸福美满，也做了八道菜，格外丰盛。我和母亲喝了乡亲们送我的米酒，我吃了一点就上脸了，发热通红，母亲及时制止了我喝酒，叫我多吃点菜吧！我听了母亲的话立即停了喝酒。晚 6 点多我们已吃好了年夜饭，我要收拾母亲不让。我就带着好奇心下了山头去村里一转，观察一下农村除夕年夜饭的热闹场景。

我到村里只见家家大门开着，门口几乎都有因喝酒后觉得屋内闷热而出来透新鲜空气的。人人见到我都要拉我进去喝上一杯，我都婉言拒绝了，表示自己已酒足饭饱了，不能再喝了，我的红脸帮了我的大忙，就一一过关了，而他们的热情已让我深受感动。他们对着大门的堂前饭桌我看得清清楚楚，虽平时生活不富裕，但年三十这餐还是不能将就的，说明村民对年夜饭是何等的重视。

年初一，清晨五点不到，开门炮已相继在雅坞村各家的门前“砰——啪！”蹿入晨空，不到五分钟就全部炸响了。为了迎接全新农历年的到来，这是在昨晚睡得很晚的情况下，坚持着起床来到门外放的开门炮，随后又回房继续睡懒觉，还有近两个钟头好睡。年初一起床后大家吃的都是糖年糕，寓意年年高，一年更比一年高，表达了新年之际，大家对新一年的期待以及一份美好的愿望。早饭后，村民们就先到父母、爷爷奶奶身边拜年，递上桂圆、荔枝等孝敬父母长辈。除此之外，当天就宅在家里了，饭菜是昨天年三十的剩菜，或视情况加上一点，上锅热一下就解决了，其他都是留着年初二开始招待来宾的。初一当天除早上和晚上有爆竹声外，其余时间村里相对比较安静，两人在路上碰到也仅讲一句“恭喜恭喜”，祝贺一下就行了。可能是忙了一年了，尤其是年前紧张忙碌了一阵子，现乘大年初一给自己放松调节一下，以便初二精神抖擞地外出“走亲访友”过好年的后半阶段。

雅坞村村民十分重视走亲戚，从初二走到正月十五元宵节，亲戚多的甚至要走到正月底。他们当时并不富裕，但风俗习惯要到的礼数不能少。上门拜年礼物一般是桂圆、荔枝、糕点、香烟之类，也有自调的烧酒等，当时较少有高档营养品，路上走亲戚的人来人往、络绎不绝，碰到熟人总会问上一句“拜年去啊？”，这是想当然地认为人家在走亲戚。

“走亲访友”几乎是一个模式。到了亲戚家先坐一会儿谈谈天，就要吃午饭了。当时雅坞村民准备的饭菜还算不错，八碗至十二碗，大人坐在一起，小孩因缺座位而上不了桌，因农村走亲访友基本上都带着孩子，就在旁边放一小桌，菜肴没有大人的好，因此小孩就想大人吃得快一点，他们也可上桌吃点好的。但大人们根本没顾及小孩的想法，边喝边吃、天南地北地聊一通，酒足饭饱后再坐一会儿就要回家了，小孩的愿望也就黄了。客人临走时又会反过来邀主人家何时去他家吃饭，约定好日子以便在家等候。临走时主人家给小客人每人一个红包，当时 2 角、4 角、6 角不等。视亲戚关系远近、自身财力而定。反正意思到了就可，客人也不会计较多少，小孩也得到了一点安慰。

当时走亲访友大多是步行，而且要去就全家去，哪怕家有自行车，也载不了这么多人，再加临安半山区的小路高高低低、弯弯曲曲不好骑行，因此步行为主。

送的礼今天进了这家，明天又由这家转到了另一家，后天又去了另一家，说实话礼品好像“走亲访友”拜年的道具。

还有雅坞出嫁女孩到过年时要带着丈夫回娘家。女方亲戚家都要走一遍吃一餐，称为“做新客人”，新郎往往会被新娘娘家人善意地戏弄一番，灌得酩酊大醉，丑态百出，让大家乐得合不拢嘴来。

整个“走亲访友”拜年，是一种仪式感的事，要辛苦半个月甚至一个月，让人们处于一种吃力却快乐着、繁忙却幸福着的陶醉状态。

我在雅坞过了第一个大年，一切都是新鲜的。从冬至到元宵，所发生的一切都充满着与城里过年不同的农村的年味。整个过年就两个阶段，年前准备过年阶段、年后走亲访友阶段，围绕的都是过年，后者是前者的延伸。在这样两个月左右的时间轴中发生的每一件事都是有序的逐渐递进的，充满农村年味的。虽时间已流逝半个多世纪，但每次过年就会自然地想起当年在雅坞过大年的热闹情景。

三兄弟

1970 年，我到农村的第二年，我的两个弟弟也一同去了富阳新登城阳公社九二大队锻炼。两年中，我们三兄弟均来到农村，开始了农村的生活。

在大弟国治即将出发前，我的小弟国泰因兄弟情深，也要求与大弟一同前往富阳城阳公社。母亲考虑他俩可在农村相互照应，因此同意了小弟跟着大弟一同前去。

母亲考虑的都是儿子的事，唯独没有考虑自己。一旦三人都去了农村，她就要独自一人生活了。光就平时吃的水来讲，原来都由我们兄弟从外面买自来水挑回家的，我们全部走了母亲怎么办？

我接到家里来信知道这一情况后，即在两个弟弟走的前一天回了趟杭城，一则要安排一下母亲的生活，二则亲自送一送两个弟弟。到家见到母亲我急着就问：三兄弟都不在家，您生活如何安排？她乐观地对我说：买东西量力而行，可以少买一点，提得动就行；烧饮用水的自来水已由国泰的同学赖俭包了，会时常来看一下，少了就会挑来补充；其他用水可用井水，自己打一下就行了；自己会更加注重身体保养，尽可能地不生病，若有小病痛会及时找医生看的；还有与墙门里邻居关系都不错，会照顾我的；平时会常写信给你们，让你们及时了解我在杭的情况而放心，免得记挂。同时她要求我和弟弟们也要经常写信给她，以免她记挂。母亲的乐观精神永远激励着我们三兄弟战胜前进路上的一切困难，将享用一生。

第二天，由小营街道组织的欢送学生青年赴富阳新登城阳公社的仪式隆重举行。学生青年和送行的家人聚集在一起，现场十分热闹，横幅、红旗汇成一片红，高音喇叭播放着高昂的进行曲，使人激动但又不舍，复杂的心情充塞人们心间。

在小营巷领导讲话后，街道干部逐一点了名，确定赴农村的学生青年已一个不少地到齐了，即开始装行李上卡车，学生青年均坐上了客车，车队先后鱼贯地从马市街爬行前进，因送行人不能同去，只能在客车两旁一路小跑着，送至解放路才停止脚步。若再一起前行，就要影响交通了，没有办法，只有依依不舍地目送车队远去。人虽刚走就盼着子女从农村的来信早日到来，从而快点了解子女到农村后的安排情况。

我和母亲送别弟弟后即回了家。我在家陪母亲过了一夜，第二天即返回了雅坞，母亲开始了独居生活。过了几天，从弟弟们的来信中了解到他们那里的情况。他们去的是城阳公社九二大队，两人被分开安排在六、七两个小队，先寄宿在社员家中，待他们的农居屋造好后再搬入独立生活。队里、社员对他们都很好，叫我放心好了。我觉得两个弟弟都一下子长大懂事了。治、泰还告诉我，待农居屋建好后，两人会合住在一起，让另一农居屋空着可存放东西。我在回信时肯定了他们的打算，住在一起好，能互相照顾商量着过日子；并鼓励他们要认真向当地老农民学习干好农活的本领，早早地把它们掌握，尽快地适应农村艰苦劳动的需要；并要求他们与队里社员搞好关系，以和为贵。

过了半年左右，我曾从雅坞出发，坐车和步行结合，经过临安与富阳间的公路通道来到新登，再找到城阳公社九二大队，在当地社员的指引下，很快找到了我的两个弟弟，见到了两个比原来壮实多了的小伙子，他们已搬进了新建的农居屋，开始了自我安排在农村的生活。国治从小就已学会烧饭菜，因此做饭菜不成问题。他们还养了几只鸡，在自留地里种了蔬菜，吃的菜就是从自留地采摘的。甚至还种了绿豆，我去时正好是收获季节，我和他们一起收了绿豆，经去壳、扬净、晒在竹编席上。还在灌溉渠里游了泳，我们玩得十分开心。我还拜访了治、泰所在的六、七两队的队长和九二大队书记，感谢他们对我弟弟的照顾和培养。我还在书记家吃了饭。

三兄弟都到农村锻炼，在杭州是少有的。

几年后，杭州东海仪表厂到富阳招工，九二大队六、七小队只分到一个名额。国泰主动让国治先返城，认为国治年龄比他大让其先走，自己年龄小以后还会有机会的，再次体现了兄弟情谊。又过了几年国泰顶了姑妈的职，返城进了杭州铁路中学工作。而我也在 1975 年 11 月，被杭州新华造纸厂招工返城。三兄弟先后均回了城，在农村锻炼的经历为我们三兄弟的一生增添了浓墨重彩的一笔。

搭　车

我们刚到农村，全年收入开始普遍较低，因此当时总是千方百计地节省开支。若要回杭，只好采取搭车的方式来解决车费问题。

我们雅坞有一个得天独厚的优势，大队仅有的一家小店就开在穿过雅坞村的杭徽公路旁，而前后很长的路段都无这样方便的小店。所以过往车辆都可能在此处补充一下给养，装上一点热水喝，因此这个小店正好是我们搭车回杭的据点。

店里只有一个老板娘，我们都叫她大姐，她人不错，很热情，乐于助人，经营上也老少无欺，深受村民和我们的敬佩。“雅坞村小”就在小店隔着杭徽公路对面的高地上，在夜校上课前，我们也会习惯性走入她的小店，在条凳上坐一会儿闲聊一番。我们民兵训练就在她店面前的杭徽公路上集合，从此出发，高昂的口令声一早就会把她吵醒，她就顺势起床打开店门，为夜行过往的卡车司机提供一早的方便。我们有时也会提着自养鸡所生的蛋到她这里等价交换些油、盐、酱、醋、火柴等生活用品。当时没有袋包装的，液态的都用竹制的提子从缸里舀出，通过漏斗装入带去的容器里，但油是用铁皮提子的。

我们一旦有事要回杭一趟时，就会提前与大姐打个招呼，让她留意一下。出发去杭时，就带好行李进入她的小店，坐等合适的卡车到来。先由老板娘牵线接上头，再由我们直接与司机协商，了解司机到杭时的走向及最终目的地，考虑自己在哪里下车方便到家，再与司机商定具体下车地点。卡车司机深知我们的不易，大多都抱有同情心、爱心，乐意捎带着我们回杭。

会抽烟的伙伴在与司机协商时往往会递上一支烟，如多人搭车就直接给一包烟，这样协商起来就比较融洽。

我们搭上车行进在路上时，碰到健谈的司机，你要积极配合和他谈。有的喜欢听一些趣事的，你就给他讲点趣事。有一次我搭上车后，司机问动脑筋的话题。我就给他讲了初中时去金沙港参加采茶叶劳动时，到京剧演员盖叫天家做客的故事。盖叫天在与我们交谈中突然出了一个题："有一座只能行走一人的独木桥，一人东来西去，另一人西去东来，结果两人互不相让，却顺利地通过了这座独木桥，他们两人是如何过桥的？"该司机听完这道题后很感兴趣，一路在想着如何互不相让却都顺利通过独木桥的办法。他相继说出了一个又一个的办法，结果都被他自己所否定了。车到武林门了，还没有想出来，而武林门是我与他约定的下车点，我说把结果告诉你吧！他没有直接回复我，而是问我下周的今天即周三同一时间能否在雅坞小店里等他？我说可以啊！那时我早就回雅坞了。他高兴地与我约定下周给答案。我真佩服他的钻研劲，一路上他已给出了许多不着边际的答案，或者要加上其他附加条件才能解决。事情就是这样，一旦钻入牛角尖就会一事无成。解题先得吃透题目，就可能很快得到答案。第二周周三，我在农作时与队长讲了此事，他同意我请会儿假，按时来到小店里等他。他也开着车准时到达，一见面就开心地说："他们是同一方向，根本不需要相让。"我大声地说："对啊！"一旁的人听得丈二和尚摸不着头脑，不知我俩在说啥？司机临走时对我讲下次需要搭车的话与老板娘讲一声好了，他路过时会来接上我的。我高兴地接受了他的约定，并提前表达了谢意。

我们就是这样与司机打好交道，以小店为搭车的据点，在需要时就能顺利地搭上便车。

拉　练

1970 年下半年的一天，接到公社通知，我被评为县和市上山下乡知识青年积极分子，安排我和大队分管我们的桂林哥一同前往杭州参加杭州市上山下乡知识青年积极分子代表大会。通知要求每人随带一条用背包带打好可背的棉被及军用水壶、挎包各 1 只，没有说明派什么用的。

我和桂林哥根据通知精神，在报到日那天起了个大早，带了棉被、水壶和挎包步行 18 里来到临安城关镇（锦城镇）乘上临安至杭州的长途客车赴杭，准时到达杭州胜利剧院大会工作组报了到。被告知会期三天：第一天上午报到，下午开会进行大会表彰；第二天整天经验交流及大会总结；第三天各代表团将组织“拉练”，步行回杭州所辖的各县，所带棉被就是为了训练接近实战，需要背着棉被参加步行“拉练”。我们领到了代表证、会议日程、笔记本和笔，我们即去了招待所。

放下作为“拉练”道具的棉被、水壶，我就带桂林哥回了一趟我在杭州的家。从延安路出发，经工人路（平海街）、清吟巷、杨绫子巷（此巷现已不存在了）到皮市巷的交叉口，正好是我家所在的皮市巷 103 号，见到了半年未见的母亲。因母亲在过年时来过雅坞曾见过桂林，就不用我介绍桂林了。桂林在我母亲前连连夸了我在雅坞的表现，母亲也表达了对桂林他们无微不至关怀我的感激之意。我见母亲身体尚可也就放心了。大会安排了会议餐，我就和桂林告别了我的母亲，赶回招待所就餐，准备好下午参会。

不论上午从武林门坐 1 路电车至胜利剧院，还是探母的来往路上，我总觉得人们在注视着我俩。我想可能我们刚经历过“双抢”的洗礼，红黑色的皮肤在短袖白衬衣的映衬下更夺眼目，可能把我们当作“黑人”看了。

当天下午会上，市领导讲了话，肯定了大家在农村的表现，进行了大会表彰，介绍了典型，参与大会的代表受到了鼓舞。

第二天的典型发言都相当精彩、感人。有的一个夏天下来，身上已脱了几层皮，还是战斗在“双抢”第一线；有的烂了手脚还是坚持在水田中农作……从他们的发言中也看到了自己，引起了共鸣。

早上 6:30 前我们在胜利剧院前集合，7 点准时出发，各县代表团成员在各县红色团旗的引导下步行“拉练”，分赴各县最终目标地。提前准备好中餐干粮由各人自带。

晚饭后，我又抽空去看望了母亲，与她告别。

第三天，我与桂林哥早早起床，吃好早饭灌满水壶，与临安代表团的其他成员及时到达胜利剧院集合，由代表团派人领取了中餐干粮，分发到每个代表手中各自随带，好像是饼干、鸡蛋加肉包，有点记不清了。各代表团相继出发，现场相当热闹，引得“延安路”行人都停下了脚步瞧着我们。

我们代表团由县分管领导在出发前作了简短动员，告诉大家：今天要步行 90 多里，一般行军每小时 10 里，加上途中休息，可能要到下午 5 点左右才能到达县政府所在地，大家一定要坚持到底，互相帮助，争取一个不少地准时到达目标地。他问了一下“有没有信心”，大家响亮地齐声作答“有”，随即我们代表团全体成员在团旗引领下，经过延安路、武林门、杭徽公路、老余杭，然后沿着东苕溪右侧长堤、转过老青山，一直到达临安县（今临安区）政府所在地。

一路上，大家发扬了团结奋斗、互相帮助的精神。女团员的棉被背包被男团员抢着与自己背包放在一起背着，保证了女代表能跟上队伍一起前进；有人脚走痛了，就有人一左一右两人扶着坚持前行。进入“拉练”后程时，确有人想放弃不走了，大家就在精神层面加以鼓励，让其终于坚持随队前行。路途中休息时，附近村民见我们是“拉练”的队伍都热情地送上“六月霜”茶水，这是余杭、临安一带炎热天气常饮用的茶水，有止渴解暑的功效，团员们喝着这样的茶水，有一种见到亲人的感觉。这也说明当时“拉练”已被广泛宣传，各方大力支持，已成一道亮丽的风景线。

在大家共同努力下，整个队伍圆满完成了负重步行 90 多里的“拉练”，使全体代表又一次得到了锻炼。这趟“拉练”虽已过去半个世纪，但回想起来就像是眼前发生的事。

我和桂林在这次拉练中并不觉得太吃力。这得益于平时经常在晨训，还有上半年已参加过一次由公社组织的基干民兵“拉练”。腰间紧束帆布腰带，脚穿解放球鞋，背着棉被草席，挎着水壶和装有笔记本、笔和日用品的挎包，负重从临安玲珑步行至桐庐分水南堡村，来回近 260 里，走了三天。住宿在途经公社的大礼堂里，当地村民早已为我们铺好了稻草，放上我们自带的草席，即是我们的行军床了。行军餐是由随行的炊事班就地垒灶烧好的饭菜，吃起来还特别香。那次“拉练”既进行了训练，又学习了“南堡精神”——泰山压顶不弯腰。这是当时农村大力提倡的一种面对大自然灾害，毫不畏惧、自力更生、艰苦奋斗、不等不靠的战天斗地的大无畏精神。那次走的是这次的近三倍路程，因此这次算是“小儿科”了。

我们的生活就如一次又一次“拉练”，不断前行，既有目标，又有行动，通过奋斗，不断跨越，最终达到一个又一个新的目标。

白沙塘

我记忆中的“白沙塘”能洗净身上的污垢、消除身上的疲劳、褪去身上的燥热、去掉身上的烦恼。白沙塘在我眼里是万能的、美丽的、风情万种的。

白沙塘东西走向，东端是塘堤。它位于雅坞村北小山头的背面，堤下是雅坞村的大片农田。塘的三面山头都是同一种白色的风化山石，山头上是摇曳的翠竹和茂密的灌木，环绕着整个白沙塘。三面白石山不断风化成越来越细的白沙，不断随雨水充实着白沙塘的塘底，因此其底都是白色细沙而非塘泥。而且除塘堤外，三面都有较宽的白色沙滩，让人走在上面特感舒服，不像别的山塘水边是泥泞的。因此白沙塘十分讨人喜爱。

白沙塘具有众多的功能。

蓄水：周边林木花草涵养的水以小泉形态涓涓流入塘中，雨水直接落入塘中，均被蓄了起来。过多的水会自动经溢洪口流入堤下的小溪中，因此白沙塘的水是一股被蓄的活水。

灌溉：堤下大片水田需要用水时，通过带钩竹竿将塘底涵洞盖打开，塘水从涵洞涌出，飞溅的水珠在阳光折射下，有时会呈现出彩虹。塘水再经灌溉渠由上而下地流向各田块。

洗澡：因白沙塘底是细白沙，踩在上面塘水不会浑浊，就成了村里年轻人和我们男知青的最佳洗澡池、游泳场。当然有时也有女孩穿着衣裤下水游泳。当时村民一般是狗爬式的泳姿，而我们是蛙式，看似差不多，但一旦比赛就见优劣。开始村里年轻人还不服气，一定要比试一下，结果肯定是蛙式快，他们也开始改用蛙式了。通过游泳，白沙塘也成了相互学习增进友谊的地方。

纳凉：“双抢”时烈日当头，直淌的汗水虽带走了身体部分的热量，但还是很难熬的。只要是在白沙塘附近田间干活的人，在上下午休息和中午收工时都会匆匆地赶往白沙塘，跳入塘水中纳凉是挺惬意的事。然后穿着湿漉漉的裤子再投入劳动或午休回家时能换上干燥的。

戏水：白沙塘是年轻人欢乐的场所，在塘中可尽情地玩耍。有时两人相对各自扭着头，避免脸部被水直接击中，同时用双手或单手掌击水，让水扑向对方；有时比水下闭气的长短论胜负；有时将裤脚管一头扎住，将空气灌入裤管，扎住另一头，抛向远处浮在水面，两人游着去抢，抢到者胜……在白沙塘中有着无尽的乐趣。

洗涤：溢洪口下小溪中有一个因塘水冲击而成的水潭，此处是大家洗涤衣服的好地方。从溢洪口流下的塘水加上小溪中长年充沛的山水形成了潭中活水，全年不用担心潭中无水洗不了衣服。

生息：是小动物生息之地。塘水中常能看到蝌蚪及长大的青蛙身影；也有叫淡水石斑的山溪小鱼在水中穿梭，在你游泳、洗澡时忽然撞上你，痒痒的，倏尔又游走了；还有附近山上的当地人称石鸡的蛙类和附近各种鸟类也在此处饮水……

白沙塘的一天是精彩的。

清晨：人们还未起床，五六点钟时，伴随着几声清脆悦耳“唧——唧”的鸟叫声突然打破了寂静，随之“叽叽喳喳”声此起彼落，响彻白沙塘上空，白沙塘开启了每天举行的鸟儿演唱会。这时东方朝霞已射向白沙塘周边山林树梢，抹上了美丽的亮色。白沙塘水平似镜，倒映着抹有亮色的山林，说有多美就有多美。

白天：由于人们都忙于农活去了，白沙塘反而显得寂静了，好像在积蓄着力量。忽然相对的平静被打破了，一只农家的大白鹅雄赳赳地迈着八字步来到塘边，张开洁白的双翅，一个猛子扎入塘水中，不久又钻了出来，扬起脖子“嘎！嘎！嘎！”地欢乐地高唱着。当人们上下午休息和中午歇工时立即会奔向此处，白沙塘立马热闹起来，每日白天三次周期性地发生着。

傍晚：白沙塘在夕阳映照下，被微风吹起的粼粼波光似飞花、如碎金。此时晚归之鸟在塘边林间徘徊，“叽叽喳喳”地叫个不停，好像在告诉人们：“我要回家了。”白沙塘一天中最热闹的时刻即将来临，收工后的人们沐浴着夕阳光辉，争先恐后地来到这里，跳入已由碎金变换成胭红色的塘水中，尽情洗涤，卸去全身的疲乏和汗水。随后到家换上衣服，清清爽爽地享受晚餐，喝酒者满足地抿上几口，然后轻松地参加晚间队里的各种活动。

晚上：白沙塘并不安静。呱呱的蛙叫、吱吱的蝉鸣相互呼应，形成了白沙塘的小夜曲。萤火虫在塘边树林草丛间忽闪忽闪地飞舞，营造出夜色中特有的美景。夜空皓月当空，月光洒落大地，映入塘水中，就像明月跌落水中一样，会给人产生一种无名的冲动去把它捞起来！这样的夜晚美景若放在杭州，肯定是情侣的好去处，浪漫而温馨。

白沙塘随着半个世纪时代的进步，其功能已被完全替代。蓄水灌溉已被其他山塘承担；洗澡已在家中淋浴房中解决；洗衣因自来水已接入家中通过洗衣机洗涤；纳凉已在家中享受空调；游泳、戏水等已被捧在手中的手机所排挤……

原来的白沙塘处现已建成一条宽阔的一级公路，奔驰着无数轿车和货车。白沙塘变换了存在的方式成了路基，见证了历史，承载着时代的进步。今日整个雅坞村上方正酝酿着飞架一条高速公路，以适应飞速发展的需要，同样她也正见证着历史，承载着时代的进步，更何况小小的白沙塘了，但它在我的脑海中永远留着美好的印记。

春日似锦

——斑斓的雅坞村

阳春三月天，我从山头上极目远眺，雅坞村的田地山林色彩斑斓，尽收眼底，美，就是一个美！金色、紫色、白色、粉紫、粉红、橙色、红色、浅蓝、淡黄、黑白相间……百花盛开，争奇斗艳，繁花似锦，再加绿色的大地，天地间充满勃勃生机。

湛蓝的天空，阳光灿烂。在雅坞的丘陵地带，一块块金色的油菜花、紫色的草籽花、白色的萝卜花与绿色的麦田纵横交错、层次分明。春风吹拂，各色花波荡漾，犹如一片流动着的彩色海洋。

雅坞村种有蚕豆在田块边的山地上，以黑白相间的蚕豆花在陪衬着田里生长的各式花，增加了色彩。还有生长在农家自留地里的豌豆、扁豆，以白色花、粉紫花隐隐约约地点缀着整个花海。山林间还有星星点点的白色梨花、粉红色桃花点缀着翠绿的山林，与田间地头路边的各色野花遥相呼应。

我产生了走入花海、就近欣赏的冲动，迈步走下了山头，来到雅坞村较为集中的田畈间，身临织锦似的花海中。

下得山头来，视觉效果完全不同了，山头是远眺或俯视，现在是平视或仰视了，层次更加分明。我站在村道上置身花海，左右都是层层叠叠的梯田。近处是草籽田，一片淡紫色花在绿色及远处金黄色和白色映衬下显得特别好看。紫云英花正处盛开期，长得有三十厘米左右高，花瓣是伞状，长得很茂盛，看在眼里喜上心头，以后的水稻丰收有望，农家能养出肥猪并丰富了菜肴。因在种早稻前十五天至二十天左右，其中大部分紫云英花草将被翻入土中作绿色基肥，一部分由社员割去用作农家猪饲料，其嫩头还可炒制成美味菜肴。

再走近油菜田，阳光斜射着金黄色的花海，金色花波被染得更加耀眼。油菜花长得有一米左右高，亭亭玉立。春风吹拂，油菜花似一张张动人的笑脸，舞动着身躯迎接人们的到来。蜜蜂捷足先登，正在花丛中载歌载舞。种下油菜既能满足农民榨取食用菜油的需求，又能肥田，还可观赏，是一举三得的大好事。

散发着浓浓香味的金黄色油菜花田旁，是一块萝卜田。人称“小人参”的萝卜既可食用，其叶又可当猪饲料，是深受人们欢迎的食材。此时雪白的萝卜花只能充当金黄色油菜花的配角了，但它仍自得其乐地像一只只蝴蝶般在春风中翩翩起舞。萝卜花和蝴蝶一样，四片花瓣是对称的，就是个头小了点，但仍很美。

再往上走，山地上种着一片蚕豆，在郁郁葱葱的绿叶中泛起一片雪花般的蚕豆花。一米多高的枝干上从根部至顶部长着一丛丛的蚕豆花。仔细瞧，花瓣由淡淡的紫递进到深深的紫，像眼睛似的黑圆点印在白色花瓣上，两片花瓣贴在一起，如一只合拢双翅停在枝丫上待展翅飞舞的蝴蝶，又可看作是一对对小鸳鸯停在枝干上，其花柄处有个弯头，极像鸳鸯的头，好不神奇。她虽没有金黄色的油菜花那样夺人眼球，但她十分耐看，像一双眼睛含情脉脉地注视着你，给人一种亲切感。

田畈两侧山林中散有的桃树、梨树，虽不多，但就是这样几棵在蓝天白云背衬下显得分外耀眼。“桃梨争春”，桃花、梨花都在春天里尽情展现着各自的美，但可能不会有胜负，因为本来就是旗鼓相当。

桃花，绚丽夺目，粉红色的花一朵朵、一簇簇、一串串地缀满枝头，五片花瓣的花朵，蕊里吐着淡黄色的花蕊，喷吐着春的芬芳，缕缕幽香沁人心脾，让人陶醉。在枝头、花下隐约露出一点点的绿，传递着春天的信息，这点点绿是刚发芽的桃树叶，桃树是先长花再生叶的，像在诉说“红花还得绿叶衬”，桃花花期不长，但她在短暂的生命中把自己最美的姿态展现给了人们，把芬芳留在了人间。

梨花，银白如雪的花朵，簇簇闪光，长满枝丫，如同团团云絮漫卷枝头。抬头细看，也如桃花般有五片花瓣，环绕着淡黄色纤巧的花蕊，如蝉翼的花瓣在阳光下熠熠生辉，晶莹剔透，在春风中氤氲着一种幽香。梨花看似平常，其实不然，她极具魅力，洁白如雪，靓艳含蓄，风姿绰约，让人见了因心旷神怡而陶醉。

桃梨争春，增添了无尽的春色。

行走在田间、地头，道路两旁有许多不知名的橙色的、红色的、浅蓝色、淡黄的……野生草花在生机勃勃地旺长，虽看起来微不足道，但她们也在为春天增光添彩，融入了花的海洋、融入了斑斓的雅坞村。

返回时，我转了一下自留地，天地虽小，也相当热闹，走进已有清香扑鼻。我在此种有蚕豆、豌豆、扁豆，三种豆花有所不同。蚕豆花黑白相间已有介绍就不多述了；豌豆花是白色的，与蚕豆相比，同样有两片似蝴蝶样的花瓣，在阳光下飞舞，在微风中荡漾，但在旁边伸出了许多弯弯的“触手”；扁豆花是不规则娇小的三角形，有五片淡紫色的花瓣，蜷曲，圆形旗瓣则向外反折，两翼瓣是斜椭圆形的，龙骨瓣镰刀钩状几乎成直角，也像一只只彩蝶，据说其花可做菜也可入药。上述三种豆花在这小天地里争奇斗艳，参与了整个春季斑斓世界的构成。

雅坞村的田野山林里油菜等农作物、果木的繁花及野生草花、翠竹、绿树，再加蓝天白云组成了一个赤橙黄绿青蓝紫，外加黑白的九色斑斓世界，美不胜收，徜徉其间，醉于其中，流连忘返。美丽斑斓的雅坞村，就是祖国春光明媚大地的一个缩影。

夏日忙碌

—— 双抢

俗话说“大暑到，双抢忙”，我们雅坞村这时就要紧锣密鼓地忙碌起来了。既要抓紧收割已成熟的早稻，又要力争在立秋前种下晚稻，时间只有十七天左右，十分紧迫，必须按时间要求抢收抢种，即称为“双抢”。

“双抢”期间因时间紧、任务重，几乎每天凌晨四、五点就要起床，一直要忙到晚，有时更要忙到半夜，第二天又要起早，非常辛苦非常累。你若想歇一歇是不可能的，因时节不允许，不及时收割和种植就会严重影响收成。早稻一旦成熟若不及时收割，谷粒很容易脱落，“煮熟的鸭子就飞掉了”，晚稻若种迟了，后期灌浆期会因气温低、热量不足而增多瘪谷，直接就减产了。所以全体社员会在这时节抓紧再加紧，全力以赴打好“双抢”这一战役。

每年 7 月 22 日左右，大暑到，骄阳似火，田间一片金黄，沉甸甸的稻子在微风中轻轻摇曳，稻穗含羞似的低垂着头，越是见不到稻穗说明收成越好。队里根据早稻下种的迟早及实际成熟情况，按早熟早割的原则排出了每天收割的田块，动员安排队内所有劳力开割早稻。

男女老少在田间一字排开，对应种田时八丛的规模，分配好每人眼前的八丛稻谷。我两脚左右平跨，尽量降低重心，屈腿、弯腰、弓背，左手握住右侧第一丛稻谷秆部中腰，右手紧握弯弯的带利刃的镰刀，在离田水约十厘米处，刃口对准稻秆用力一拉，稻就割了下来。左手抓住割下的稻把往左移至第二丛稻谷一同抓住再割，同样方法继续再割，直至快抓不住了即向左转身，将手中稻把放在身后。转回身再继续割到第八丛，将稻把放在身后，再转身从下一排右侧第一丛割起。如此往返推进，很快一垄八丛宽竖着的稻谷在我身后被整齐地放倒了。由于种早稻时有所锻炼，这次割稻还算顺利，我已能冲在左右割稻人的前面了，真有点说不尽的高兴。

稻田里的"双抢"是紧张的，但有时意外不期而遇，会引来大家轻松的欢笑。稻田里有水蛇、黄鳝、泥鳅、青蛙和蚂蟥等，这是我们事先知道的。但当水里一条水蛇从脚边游过时还会吃一惊的，尤其女孩碰到这种情况。无论是当地女孩还是我们的女同学都会尖叫一声，引得周围人的哄笑。这是一种善意的笑声，因水蛇无毒也不会主动攻击人，仅是吓一跳而已。而有时一旦发现有黄鳝的踪迹，就会引起人们的围捕，谁抓住就可改善一下生活了。泥鳅在水中脚边游过痒痒的，用手去抓却滑不溜秋地不易抓住，泥鳅就这样与你不断地开着玩笑。青蛙是益虫，看见的话也就随它蹦跶吧，不去理会它。可恶的是蚂蟥，叮住你吸血而不愿离去，被叮的人肯定会一阵紧张，想用手去抓下来，一旁的老农讲不能强拉硬扯，否则蚂蟥的吸盘可能脱落在皮肤内；要用食盐撒到蚂蟥身上，让其自行从伤口脱落。在没有食盐的情况下，可用手有力地拍打叮咬处附近，让其震落下来。老农经常在下田前腰间挂一个竹筒，里面放着食盐，一旦有蚂蟥就抓住放入竹筒，让其迅速干瘪死去。当时水田里有这些不期而遇的东西，说明那时环境是不错的。

随着整块田稻谷被收割放倒，部分人转至其他田块继续割稻，我们留下的人就在田中打稻（也有称"打谷"），有人用双轮车驭来了电动打稻机，同学李裕庆兼任电工，拉了电源线，为打稻机提供了电能动力。我们六人一组，两个男劳力打稻，两个女劳力两边递"稻把"，打稻机后面安排两个男劳力挑谷担，围绕一台打稻机各司其职。我和丁建森负责打稻，站在打稻机前接过别人递上的稻把，按在快速向前滚动着的滚筒上，左右上下迅速翻动，让稻穗上的谷粒快速彻底地脱落到后面的箱桶内。箱桶内是谷与部分禾梢的混合物，由打稻机后的两名挑谷人负责装入谷箩，挑到晒谷场去晒谷。

一直忙到休息时，建森与我谈起了打稻工具的演变进步史。开始打稻工具是老祖宗传下来的，名叫“稻桶”（也叫㕸桶或斛桶），一个口大底小的桶，桶的后部有竹篾编制席挡着，全凭打稻人双手紧握谷把，用力砸向稻桶前沿口，声音越响谷粒脱得越为快而净；第二代是脚踏式的，以人力作为动力的打稻机，它是以杠杆加踏板带动带刺（一段段粗铁丝折成锐角，两端钉入滚筒木条上形成一排排的刺）滚筒向前不断转动，踏得用力则滚得快而有力，谷粒也就脱得更快更净（这种打稻机我在学校参加农村“双枪”时已见过也已用过）；第三代就是以柴油发动机带动的；而第四代就是我们现在用的以电能为动力的打稻机了。

休息后我和建森与另两个挑谷担人换了岗。挑谷担是项重活、难活，不同于旱地挑担。原因是早稻田有田水，水下田泥在水长期浸泡下成烂而泥泞状，要把 200 斤左右的湿谷担从打稻机旁挑上田塍十分困难。双脚深陷田泥中很难动弹，拔出一脚而另一脚因重心全转移到此陷得更深了，再拔更费力了，有时简直无法拔起脚来。这样的“拔脚陷脚挑谷担”谁都会觉得难，哪怕是老农民也如此，但再难也得克服。我们把湿谷从打谷机箱桶内用簸箕掏出转入谷箩内，前后两只谷箩的重量要平衡。扁担上肩时也要顾及前后重量平衡，挑担时还要时刻注意别扭着腰。待四谷箩装满后，我和建森各自挑起一担，我就跟随他后面看着他是如何渡过难关的，模仿着前行。我看到他有时脚陷得太深拔不出时索性把谷担放下，肩离开重担脚就解放出来容易拔出了，脚换个位置再挑起担子前行。我们终于相继上了田塍，但也把田泥和田水湿漉漉地带上了，田塍湿滑滑的，担子也不好挑。好在田塍上放着谷箩挑来时带来的都举，可取来当作另一只“脚”使用，三只脚着地就稳了不少。我们由田塍挑到小泥路，这时都举换了功能——扛在肩上一头撬着扁担平衡了双肩的着力。继续前进，来到了当时还是砂石路面的杭徽公路，沿着公路边较少小砂石的路面上行至小队晒谷场。这一路走来脚板是不太好受的，踩在平铺的砂石路面上问题不大，若哪处有突兀的小石子，脚板就被硌得生疼，简直是寸步难行了。我们只有紧盯前行的路面，尽可能挑无小石子的地方下脚，终于到了晒谷场。

晒谷场铺满晒谷的篾垫，边上立着去除瘪谷的风车，妇女们在此处忙碌着。我们把湿谷与少量稻草梢的混合物倒到篾垫上，由她们用竹耙把它们耙拉开来，同时将混在湿谷中的稻草梢耙拢并丢到篾垫外，让湿谷平摊在篾垫上享受烈日的暴晒。并时不时地用谷耙翻动稻谷，使它们充分享受到阳光的沐浴从而迅速地干燥，以便尽快地腾地让新的湿谷到来。湿谷一般要在太阳下暴晒两至三天就干了，含水分约 10%即可进仓。据建森介绍：60 斤干谷由 100 斤湿谷晒干而来，100 斤干谷能碾出 70 斤白米。我们倒掉湿谷后即返回稻田，开始了又一段的艰苦历程，重复进行着。

开镰第三天，队里可能考虑让我调整一下，并熟悉一下其他农活及环境，我被安排到晒谷场挑干谷入仓。我穿了解放球鞋，挑着谷箩筐，带着都举随其他三人来到了晒谷场，将谷箩接在风车净谷出口处下方，用簸箕将已堆拢的干谷装入其他谷箩，抬起倒入风车上方的斗内，同时一人摇动风车，经风吹去除瘪谷后的净谷流入下接的谷箩内，每箩大约 60 斤，挑着 120 斤的干谷担去离晒谷场约 100 米开外的小队谷仓储存。由于前两天挑的是重担，今天 120 斤在肩已不觉吃力了，都举都省得用了。小队储谷仓是在原富农家的老屋里，谷仓在二楼，搬开仓口的几块木板，下面便是一个较大的谷仓。由于要上楼才能入库，我们挑着担直接上不了楼，只能把谷担停在楼下，我看其他人左手握住箩筐近身的一侧框口，右手抓住远端的框口，用右腰顶着箩筐一步一步登上楼，我也如法炮制，按他们的做法带着谷箩上了楼。来到仓口我们把干谷相继倒入仓内，四担下去，由于谷倒下去即被平铺开来了，望下去好像没有增加多少谷粒。随着一趟趟地挑入库，终于看到仓口下方中间干谷堆了起来，这时有人用双手撑着仓口跳了下去，用竹耙将稻谷耙向仓库四角，以腾出仓口下方空间好继续倒入干谷，他再攀着仓口沿用力一撑就上来了。待晒谷场干谷挑完后，我们这天的挑谷进仓任务也就完成了，又转战去了收割现场，而晒谷场这边又不断涌进了许多湿谷待晒干再入库。晒谷场以入库干谷担计数，将汇总出总的产量。

在割稻期间我们就是这样换着农活干着，不至于一直干一样而产生疲劳感，可以讲这是队里的一种科学安排。

整个收割现场是欢乐的，有咯咯的欢笑声，有嚓嚓的割稻声，有打稻机滚筒隆隆的转动声，有谷粒入箱的沙沙声，形成了丰收的交响曲。尤其是女社员们，只要有她们在，现场就热闹非凡，当地人形象地比喻为“三个女人抵群鸭”，确实如此。割稻时很容易形成你追我赶的竞赛局面，你超前了我就自然地想要赶超你，你上前了旁边的人又不甘心了，又要超过你，自然形成的劳动竞赛就这样展开了，有力地促进了整个进度。

上下午均有一次中途休息，当地人称为“歇力”。休息时大家更开心，有的抓紧抽口烟，有的谈笑风生，有的取出早晨出工时带来的茶水及点心，茶水是“六月霜”，由一种能解暑的草药浸泡而成，点心品种真多，有米汤圆、蒸番薯、玉米饼、老南瓜……因刚出了力，肚子正好有点饥饿感了，此时用点心填一下肚子正当时。乡亲们无论是有意准备还是无备而来，见到我们，有备的就取出给我们的那份递到我们手中，无备的看到我们也会匀出自己吃的部分递上前来，我们还决不能推辞，不然的话乡亲们会生气的，以为我们看不起他，这使我们好为难，吃了这家另一家递过来的也一定得吃，每次我们都要比乡亲们吃得饱！这充分体现了乡亲们对我们无微不至的照顾与喜爱，我们不能辜负他们的好意。虽已过去半个多世纪了，但那场景、那份情永远铭记在我的心中，现在回忆起来心里仍是暖暖的，久久不能平静。有的大伯大妈可能早已不在人世了，我会永远怀念他们。

早稻在抓紧收割，但早开镰的稻田已紧跟着开始犁田了。由于我们雅坞处于丘陵半山区，田块都不算大，犁田主要还是靠水牛。犁田是一项技术活，要由有经验的犁田师傅把着犁“嗬！嗬！嗬！”地吆喝着，赶牛卖力地前行，在水牛牵引下，曲辕犁的铁制犁铲与犁壁组成的犁头一路把田泥在水中翻着，远处看去就似一条白浪在不断延伸。而且犁田是一圈圈犁的，若田块中央略高于周围，则从田埂边开始一圈圈收缩往中央犁去，反之则从中央往周围一圈圈扩大地犁去。

待有一块田犁好了，我们就要打底肥了。队里会安排我们入各农户家挑猪栏肥，工具是大簸箕、铁耙，踩入猪栏用铁耙将猪栏肥挖入簸箕，每担都要过秤去皮记下分量，一户挑完后，结算一下总重量并折算成工分记录在案，待年终决算分红。我们把猪栏肥即猪粪挑入田中，再由双手摊平于田间，混合在田水中，下一步就是耙田了。

耙是四根硬木组成的一个长方形的大木框，其中前后两根较宽的长硬木平行间隔约 40 厘米，下方各插钉着十多个朝后略弯的刀片作为耙齿，而且前后两根的刀片排列是错开的。牛轭上的两根绳分系于耙的两边。耙田人把耙齿朝下的耙框平放入水田中，两脚一前一后分别跨站，固定在耙框前后的两根宽木条上，利用人本身的重量让铁齿切入土壤中。耙田人一手拉住固定在后硬木上的绳套以稳住身体，“嘿！嘿”吆喝几声，前面牵引耙的水牛就由慢到快地奔跑起来，人随耙一起在水田中起伏颠簸，一圈一圈地来回耙，耙齿把犁翻出来的田土、稻茬切得粉碎。为了更平整、更精细、更便于插秧，还要由后道工序“耖”一遍。

“耖”是由上两根平行横杠、下一根与上横杠平行的粗横杠，三根横杠与左右两根竖杆固定在一起而组成。上两根横杠用作扶把，下面的粗横杠下方安插着近 20 支长为 20 厘米的下端成尖头的铁杆，均匀地排列串成一横排，起好耖的作用。把耖放入水田中，铁杆直插田泥中，仍由水牛牵引。牛轭两边的两根绳子系在耖两侧的竖杆上，耖田人跟站在耖后，双手按住耖把，赶着水牛前行。耖把水田中的较高处田泥耖向低处，以求田泥达到水平，并把田泥及栏肥打得更细以融合成浆，耖后的整块水田要求泥面到水面几乎达到等高。

通过以上犁、耙、耖，田泥经翻转、耙碎、耖平，即可进行“双抢”中的第二项关键农活——插秧了。我们当地称作“种田”。

种田先得满足秧苗的供给，而秧苗需要通过拔秧而获取。这几乎是当时生产队女社员的“专利”。一说到拔秧，农村妇女的吃苦耐劳和心灵手巧就从中充分体现。晚稻秧田从 5 月份播种到 7 月份开始拔秧一直满水，其间经常打农药、施化肥，秧田水既毒又有腐蚀性。但女社员从拔秧一开始手脚就整天地浸泡在这样的秧田水里，很容易引起手脚溃烂。而且为了满足秧苗供给，经常是起早摸黑甚至通宵拔秧，以供第二天一早种田的需要。她们拔的秧要求清爽、整齐，整把秧在分种时使人觉得顺手，不会出现秧苗根连根，扯都扯不开而影响种田的效率。她们在干好拔秧农活的同时，还要准备好一家老少的三餐，休息时的点心，以及歇工后的洗衣，整天连轴干还是坚持满勤，真值得男同胞们敬佩和自觉地帮一把。

开始我被安排挑秧，仅挑秧没有问题，但要在田塍上合理地分秧把，却也是一种技术活。分秧把时抛入田中的秧把要求分布合理，既够用又不会多出来，这要有估计力，不至于造成因缺秧而窝工。我先观察老农们分秧的情况，再照样抛投秧苗结果基本够格，做到了远近恰到好处，保证了种田人方便地就近取到秧把，满足了田块秧苗的需求。

我在高中时曾支援农村“双抢”插过秧，但现在有所不同。高中时种田一排是 6 丛，裆下 2 丛，左右各 2 丛，而村里种田要求一排是 8 丛，因当时提倡密植以提高产量，种植的间距、行距大致手指伸直一跨之距，因此 8 丛一人完全能顾及。另外高中时是从左种到右，转过身来再从左种到右地种第二行。而村里提倡的是“穿梭种”，从左种至右，右脚随之退一小步，换行从右种至左，随即左脚随之退一小步，又从左开始向右种，来回往返地种，像梭子引线一样来回穿梭，这样就省略了原来从右转向左的直腰动作，加快了种田的速度。通过正式实践确实快了不少，就种田这项农活来说终于不输别人了，至少不会被别人包夹在中间了。

轰轰烈烈的“双抢”在小队全体社员的共同努力下，在立秋日前基本完成了，仅用了 17 天。只有少量的山坞冷水田因早稻成熟迟了，稍拖了后腿，但在立秋后的几天里也完成了晚稻插秧工作。在这样艰苦奋斗的日子里，我和我的伙伴都挺过来了，没有发生因割稻、插秧、挑担用腰过度而损伤腰部，没有因使用镰刀和手抓稻把而割破出血，也没有因炎热而中暑发痧，我想这可能与不断出汗有关。我不仅完成了所有安排给我的农活，而且从中得到了锻炼。我还发挥了额外作用，我来农村时带了一只机械双铃闹钟，队里知道后就安排我起早在村里吹哨，以提醒大家可以起床了，准备出工了，我成了村里第一起早人，这也是一种锻炼。“双抢”已结束，我们将立即转入晚稻的田间管理，新的农活等待着我们继续奋斗。

秋日喜悦

——秋收

过了国庆，已进入金色的深秋，天空一碧如洗，秋意正浓。雅坞村梯田形的田畈已变成一片层层叠叠、高低错落有致的金色海洋。晚稻已成熟，饱满的金黄色稻穗含羞似的低垂了头。人人见了都说“是个好收成”，喜悦之情挂满了脸庞。整片稻田随着秋风的吹拂，掀起了金色的波涛，起伏着涌向远方，在秋阳的照射下熠熠生辉。秋天是沉甸甸的季节，秋天是收获的季节，秋天也是充满喜悦的季节。

寒露将至，队里就早早地准备着秋收、秋耕、秋种的“三秋”农作，打算10月中旬即开镰收割晚稻。

水金哥适时地告诉了我有关“三秋”的知识：队里首先要制定小麦、油菜、花草播种计划，在晚稻田断水后2–3天，未收割前播种花草。根据晚稻成熟的先后，合理安排抓紧收割。随后及时抢晴翻耕已收割的稻田，以便在寒露前后能及时移栽过冬的油菜苗，在霜降前及时播下过冬小麦，只要记住“寒露油菜霜降麦”就行。在霜降前及时播下过冬小麦，其目的是避免霜降后的寒冷气温影响小麦的出苗、分蘖，从而培育出健壮的幼苗安全过冬。在收获丰收喜悦的同时，我又收获了“三秋”的农作知识。

我与伙伴们已经过“双抢”的磨炼，对参加收割晚稻充满了自信。秋收比夏收要好得多，稻田已断水，可以脚踏实地地割稻、挑谷担，不用拔脚陷脚了，谷担也比早稻谷担轻不少，而且大家都穿着衣服、鞋子割稻，打稻，不像“双抢”时那样的赤膊、赤脚上阵，其他几乎同于“双抢”。

开镰第一天，我们一早来到几乎见不到稻穗的金灿灿稻田前，稻穗都是沉甸甸地弯着腰，在稻禾面上也就见不到稻穗了，这就是丰收的重要标志。在怀着丰收喜悦心情的支配下，收晚稻也就显得比较轻松了。仍保持八丛一排地割向前去，“咔嚓！咔嚓！”响个不停，你追我赶，“咯咯咯”的欢笑声此起彼伏，好不热闹，很快金色的稻谷在身后整齐地排成长行，虽带有夜露，但摊在地上不一会儿也就干了，不像割早稻那样浸在田水中湿漉漉的。打稻机也已加入了战斗，开始轰隆隆地运转了起来，打稻人快速翻动禾把，被脱谷粒“唰啦啦”不停地喷向后面的箱桶内，谷子迅速堆高了起来。挑谷担的人加快装筐，快速运走，扁担在肩上“咯吱！咯吱！”作响，人在断水干燥的稻田上跑得欢。各种原生态的声音汇集成一首秋日丰收的乐曲，在雅坞村田间演奏得那么悦耳动听。

割了半天稻，下午我被换岗去打稻。两人站在打稻机前，按下按钮，电动打稻机就欢快地转动了起来，递稻谷者迅速递给我们，我们将稻谷往滚筒齿上按下，并随即翻动，看稻谷已全被打下后，就把稻草往两侧丢下；转身接过下一捧稻谷，回过身来继续打谷，又是一扫而光。我们打得越快，递稻谷人也就递得越快。我们头脑中只有一个念想：既要快干，又要打净，不容浪费。大家干得不亦乐乎，我们收获着劳动的果实，也收获着丰收的喜悦。

秋收，另一战场就在晒谷场，村里部分妇女就忙碌在晒场。晒谷席铺满整个晒场，几台吹瘪谷的风车排在不远处，晒干的谷子抬起来倒入上方斗内，同时有人转动把手，风车“吱吱”作响，禾屑、瘪谷被吹掉，净谷从斜口流出，进入下接的谷箩，就可入库了。我们挑着来自田间的谷担就直接上了已空着的晒谷席，倒下谷子即返回稻田，再取谷挑来穿梭往返。我们换岗挑谷担后，因走的都是干地，又穿着鞋没有了石子硌脚，担子又不太重，而且到雅坞后已挑了不少担子，锻炼了十个月，已有点熟能生巧和适应了，也就提高了担谷的效率。晚稻打下来的谷子基本上是干的，仅有一点露水，原以为很快就能晒干，结果因秋日阳光没有夏日烈，还要晒个三至四天才能达标。

秋收满怀喜悦后，就要为来年打好基础了。秋耕由老农承担了，我们下一步即将参与的就是“秋种”了。雅坞村主要是种油菜和小麦，要将白露时已在苗床播种的油菜苗在寒露前后移栽到经翻耕、耙平、上好底肥的大田上；在霜降前后（最好节气前）在已深耕、细耙、开好垄沟的大田里浅播冬小麦。

既紧张又充满喜悦的“秋收”结束后，在“秋种”前我给母亲去了信，汇报“秋收”的过程、丰收的情况，让母亲也分享了金秋丰收的喜悦。秋日沉甸甸稻谷丰收的取得有我参与奋斗的成果，这不仅是谷物的丰收，也是我在农村锻炼成长的丰收。我想母亲肯定为我在雅坞取得的“双丰收”而感到欣慰、感到喜悦。

冬日悠闲

——雪天访友

到雅坞第一年冬季的一天，因处农闲季节，水利工程也已完成，无农活可干，我就睡了一个懒觉，早上7点多才起床。打开房门，我的乖乖！只见山川、树木、田野、房屋都罩上了厚实的皑皑白雪，成了银色世界，而大朵大朵的白雪还在飘飘洒洒地落下来。昨天傍晚，北风凛冽，大块的灰白色云块在昏暗的天空中由北向南奔腾驰骋而去，滚滚寒流已预示着要降雪了，但没有想到会下得如此之大。看来白雪往往喜欢乘着夜晚悄无声息地落下来，以给人们一个惊喜。

刚好几天前我的农村好友章周林邀请我去他家玩，今天正好空闲，就去玩一下吧！顺路看看雪景，一举两得。我就立即洗漱，烧好早饭吃了后，穿上厚棉衣，戴上有檐棉帽，放下护耳包严实，穿上高筒雨靴出门去了。撑伞顶着风，踩着松软的白雪深一脚浅一脚地走下山头，身后留下了一串深深的清晰的脚印，我是今晨第一个行路人。

到了村口，一片寂静。我想到冬日尤其是下雪天人们特别能睡，可能是对一年来辛苦劳作的补偿。忽然，听到一声狗叫声，接着就形成了一阵此起彼落的“汪！汪！”声，可能是我的踩雪声触动了哪只狗的敏感神经，引发了群狗的呼应，在静悄悄的村子里更为突出。

我沿着已被白雪铺满的杭徽公路悠然前行，两侧的行道树给我保驾护航，避免踩入路边被冰雪覆盖的水沟中。原以为下雪天会暖和一点，哪知凛冽的西北风还是不好受的，身上已走得热了起来，但从嘴里、鼻孔里喷出的热气遇到西北风便凝成了一层层霜花儿，冻结在前额帽檐上，就如镶嵌了一排晶莹的珍珠。

过了村小再前进 200 米左右，右转就进入了周林家所在的小山坞了。坞间小路与旁的山地被白雪覆盖着连成一片已无影无踪，小路一下子好像变宽了好几倍，必须摸索着前行。而大雪更浓密了起来，可能是山坞两侧的雪花随着猛烈的西北风集中往中间低处来了，周围好似支起了白色屏幕，几米开外已看不清了。而且风也更骤了，雨伞也翻了面，我干脆收了起来冒雪前行。突然“汪——汪”狗吠声响起，我想快到了。不久前面传来熟悉的声音在问“国宪哥吗？”，我高兴地应答“是我！”，很快我们碰面了，周林说，听到狗叫，就想可能是国宪哥来了，这样的大雪天别人是不大会进坞的。

我与周林走了不远，左手边在大雪中呈现出一座泥墙农居——周林之家，也是其哥桂林哥的老家。开门进去即感受到一股暖意，而身后的冷空气夹带着雪花也想乘机钻进来，我们立即关上大门，切断了冷风的通道。室内火盆正烧得旺旺的，火盆是由装有四脚的正方铁框上搁着一只大铁锅组成，火由白炭引火，然后加上粗柴燃烧而产生，人们可团团围坐火盆周围取暖。穿布底鞋的脚搁在铁框上问题不大，若胶底鞋就有可能被烧坏。这种火盆是当时南方农村多人取暖的唯一办法。火盆上方还有用树枝砍成的木钩，用铁链悬空挂着，套上加满的水壶在火盆上烧开水，充分利用火盆产生的热能，产生一举两得的效能。这里的农家还有个人取暖的“坐桶”，上小下大凳子高的圆桶，腰间开口，桶内底部安有小铁锅，从火盆中铲出一些炭火通过腰间的开口装入“坐桶”的小铁锅内，就能满足个人取暖所需。还有就是全国都有的老物件“铜火冲”，也叫“铜火盆”，既可暖手也可暖脚。周林家都有，在这样的低温大雪天全部上岗派上了用场，帮助人们抵御了寒冷。当然这些物件是不能与现在的空调相比的，但当时是少不了它们发挥作用的。但我坐在火盆旁时发现了它的一个缺陷，就是面对火盆的身前是暖和的，而身后由于周围冷空气要来补充燃烧的氧气需求，因此身后反而是觉得有点冷的。

进屋后，我把雨伞撑开放在一边，脱了厚棉衣，摘下帽子，雨靴也换了周林递过来的布底棉鞋，就坐到火盆旁取暖。周林很快地给我递上了一杯热茶，让我手捧取暖。灶头就在我坐的火盆旁，周林先取来了夏日留到现在一直不舍得吃的南瓜子，炒熟了让我吃；接着他又取来花生米和黄豆，油氽了花生，炒了黄豆当下酒菜；还取出自制的乳白色米酒招待我。我不会喝酒，他硬缠着要我喝一点，盛情难却，我就少喝点。米酒口感有点甜，味道不错，但我还是不敢多喝，因有人曾告诉我这种酒是很容易“上头”的。下酒菜用油氽花生和炒黄豆还真不错。我们海阔天空地谈着外面的大雪、年底的分红、生活中的趣事……

忽然，呯！呯！响起敲门声，随即一声“周林在吗”，听口音是我们的青年突击队队长裘爱铨。周林立即起身去开了门，爱铨闯了进来，看到我，边掸着身上的雪花边说“国宪你也在啊！”我也站了起来回答：我已来了一会儿了，于是三人坐下一块儿喝酒谈天。爱铨说他刚起床不久，吃了早饭闲得慌，就过来找周林聊聊天。因住得近就不带伞直接跑过来了。爱铨也是我好友，三个好友聚在一块就谈得更欢了。周林不断地往火盆里加着柴火，火焰越烧越旺，话也谈得越来越热烈，完全忘却了外面的冰天雪地，忘却了时间的流逝。

不知不觉已近中午了。爱铨邀我和周林一起到他家吃午饭，他说他家今天没有啥菜好招待我们，就拿大白菜炒年糕当中饭了，我们欣然同意。屋外大雪依旧近乎疯狂地飘洒着，我换了雨靴，穿上棉衣，戴好棉帽，带上伞与周林、爱铨一同前往爱铨家。

一把伞罩着三个人凑在一起的三个头前行，不到 300 米来到爱铨家，是一幢二层楼的板房。进入堂屋也烧着已近熄灭的火盆，首要任务就是架柴让火盆烧旺来。几根干柴互相叠架后，爱铨低下头侧过脸，用嘴向已变成灰白色的柴火吹气，一缕火苗蹿起，引燃了上面的干柴，因柴火互相架空着，容易得到氧气的补充，火盆很快旺了起来，火苗蹿得很高，照红了我们的脸庞。而火盆中有一段柴不仅没有旺起来，而只是冒着白烟十分呛人，爱铨说是段“烟柴”，随即用火钳将其取出，并用火盆上的水壶中水将其彻底浇灭，烟也就很快没有了。他又形象地说它是柴火中的“害群之马”，不仅烧不旺，而且冒出的烟特别刺激人眼，让人受不了而流泪。

烧旺火盆后，爱铨给我们递上热茶即去张罗中饭了。从大缸中捞出数条浸在冷水中的年糕分切成片；又从门外窗台上取了一棵大白菜，抖掉盖雪放入脸盆中用温水洗净，分切时口中说“这是经过冰霜考验过的大白菜可能味道更好”；烧法很简单，锅内加入菜籽油，大白菜落锅翻炒一下，加盐让菜入味，放入年糕再翻炒一下，加少量水煮一会儿年糕软了，尝一下咸淡即成，没有放味精，大白菜炒年糕已经够味了。盛了满满三大碗，我们人手一碗。爱铨又盛了一小碗，说是上楼端给他还在床上的父亲的。

大家吃得有滋有味，周林还唱起了当地儿歌“雪花儿飘飘，大白菜炒年糕”，从一个侧面说明当时在大雪纷飞天能吃上大白菜炒年糕已经很不错了，成为儿童口口相传的一种憧憬。

午饭后，我与爱铨杀了几盘象棋，周林在一旁观战。杀得难分难解，输赢各半是真正的棋逢对手。当时农村其他娱乐活动很少，不像后来麻将、扑克盛行，再后来的音响、电视盛行，再到现在的手机在手就无其他。

下午 3 点左右，我告辞准备返回山头上我的农居屋。临走时与他们约好第二天上午来我处玩，反正下雪天无事干，哪怕明日天晴，就这样冷的天雪也不会融化的，队里不会安排农活的。他俩陪同我至坞口，我就说到此为止吧！否则一直送下去，到了山头上我再把你们送回来，你们再把我送回去，如此往返何时到头啊？三人哄然大笑，就此别过。

路上我就在盘算明天如何招待他们，家中有哪些材料在脑海中搜索了一遍。有家鸡自产的鸡蛋，有玉兰姐给我的长梗腌菜，有阿良给的冬笋，有自留地上自产的八月豆（黄豆）和大白菜，有回杭时母亲硬塞给我的一块咸肉，还有水金嫂给的米酒。看来问题不大，可变出：炒鸡蛋、水蒸蛋、冬笋片炒长梗腌菜、咸肉炒大白菜、油炸黄豆等，想到这里我就放心了。

我又开始欣赏起眼前的粉妆玉砌的雪景，思绪蹁跹。厚厚的白雪盖在越冬的小麦上是保暖的棉被；盖在地上落叶上的是为来年培育绿肥；盖在藏着害虫的田野上是很好的杀虫剂；盖在山林上的为开春积攒了充沛的春耕用水。白雪发挥了它们全部的功能，奉献了一切。我想白雪在尽力地忙活着，而我们农作之人都在悠闲、散漫地放松着，当然这也是为了开年积蓄力量。虽形式不同，但白雪与我们农作之人的最终目标是完全一致的。

想着想着，我在纷飞的大雪中回到了山头上的农居屋。

三件尴尬事

我在农村历时七年，其中前三年在雅坞，后四年在临安化肥厂做合同工（户口仍在雅坞）。前三年（1969.1–1971.11）我曾遇到了四件尴尬事，半个多世纪过去了记忆犹新。一是首次吃蛇肉惹怒丁大伯，二是只有 2 角 1 分钱了，三是有人热心但不合时宜地给我介绍对象。

一、首次吃蛇肉惹怒丁大伯

1969 年 5 月的一天，外村的同学来我们这里串门。在大伯家吃好晚饭，在闲聊时忽听到外面青蛙“呱呱”的叫声，此起彼伏，外村两个同学开始心里痒痒的，提议去抓青蛙来饱口福。于是他们带了电筒、棍子、水桶和一件旧衣服，打算用衣服盖住水桶防止青蛙跳出来。过了没多久，他们就转了回来，青蛙抓得不多，却在蛇的七寸处打死了一条长四五尺的大蛇，他们捡了回来。就立即开始着手剥掉蛇皮和蛙皮，蛇胆取出后问谁要吃，裕庆自告奋勇地用茶水吞服了。我从未吃过蛇肉和蛇胆，觉得裕庆真了不起，胆子真大。开始我还说不打算吃蛇肉的，吃点蛙肉算了。当利用大伯家铁锅烧熟蛇肉和蛙肉后，经不起大家的诱说吃了两段蛇肉，味道十分鲜美。此时刚好周林经过走了进来，他说他去搞点酒来一起品尝，不一会儿他取来了米酒，将蛇肉和蛙肉当下酒菜，六个人欢快地吃喝起来。吃完酒肉周林回家了，两个外村同学分别睡在我和裕庆的床上挤一下，晚上相安无事。

第二天一早却不对劲了，大伯早起看见垃圾桶内有蛇皮、蛙皮及吃后的骨头渣，怒发冲冠地骂了起来："谁自说自话地杀蛇吃？还在我的锅里烧来吃！胆子真大！"我们都知道闯祸了，大伯一直对我们不错，像亲人一样地照顾着我们，今天我们却惹他生气了，真对不起他老人家，这真是一件要多尴尬有多尴尬的事。两个外村同学闻声溜了，我们三个却不敢吱声。这时大妈轻声对我们说："大伯既怕蛇又敬蛇，如果家蛇被杀就是断了财气。"我们听她这样说，就连忙对大伯解释这蛇非家蛇，是在路上碰到打死后捡回来的，没有通过大伯就自说自话在大伯家锅内烧来吃，完全没有考虑大伯有否忌讳，确实做得不对。我们这样一说，大伯的怒火渐渐平息了下来，但他嘴里还在说："我从来没有在锅里烧蛇肉吃的。"我就对大伯说："我们给你换只新锅吧！"我们三人说干就干，量了尺寸当天不出工了，即奔向夏禹桥赶集买锅，最后在农资公司买到了相同大小的铁锅，背回家更换掉了烧过蛇肉的铁锅。换下的铁锅我们放在天井里了，过了几天不见了，不知被大伯丢到哪里去了。此事也就此翻篇了，大伯依旧关心爱护着我们。

二、只有 2 角 1 分了

1969 年下半年，我被评为县级上山下乡知识青年积极分子，要到县里开三天代表大会。开会当天我起了早步行 18 里来到县里大会报到处报到，被告知报到时就要收取住宿费，伙食自理，会议补贴款待三天会议结束后发给大家。当时我们袋子里几乎没有现钱的，我想还好身上带了点，否则连住宿费也无钱交了。于是摸出钱交了住宿费，交了多少已忘了，但已解决了住宿问题。当场领到一张代表证、一本笔记本、一支圆珠笔和一把房间钥匙。但再摸完全身口袋凑起来只有 2 角 1 分了，却要解决三天七餐的伙食，尴尬啊！对这 2 角 1 分我的印象是十分深刻的，当时的窘境怎么会忘呢？

会议下午 1 点才开始，报到后无事，心里想着如何解决吃饭问题，懒散无目标地游走在临安县（今临安区）锦城镇的大街上，忽然看到包子店"刀切馒头 3 分"的价格映入眼帘，我喜上心头，七餐每次一个刀切，虽不能吃饱但能维持下去了，就这么办吧！我取出 6 分钱买了两个刀切就回旅馆。打开房门里面无其他人，即取来桌上的杯子倒入开水，靠着床上棉被休息了一下，待开水凉了一点就一口刀切一口白开水地吃着，很快解决了这次“美餐”。

下午会议结束后，大家回到旅馆，房内4张床共4人，放下笔记本和笔，就互相招呼着一起去吃晚饭，我只有说谎：“你们先走，我还要上厕所。”待他们走后，我迅速取出那只作为晚饭的刀切用开水快速送服后即跑出去了。待我回来时他们早就在房内躺在床上休息了，我也立即睡下，避免等会饿的感觉闹心。这天的两餐就这样勉强度过了。

第二天起早去买了三只刀切，向老板要了一张纸，包了两只装在上衣大口袋里，一只就边走边吃，没有水只能干吞咽下去；第三天一早买了两只，就这样躲躲闪闪地完成了七餐“吃饭”任务。会议在第三天下午圆满结束，我领到了会议补贴款，尴尬的局面也就此结束。我本想在县城里吃了晚饭再走，但又一想还是节约点吧！赶快上路回雅坞。到家后抓紧做好晚饭，终于吃了顿饱饭，然后赶快睡觉，明天好继续干。

三、有人热心地但不合时宜地给我介绍对象

1971年下半年，我到雅坞已有两年半了，去年参加了杭州市上山下乡知识青年积极分子代表大会，今年上半年又加入了共青团，大队里普遍看好我。这时热心人先后不合时宜地给我介绍对象。

先是我们队的一位公社书记的爱人，知青都称其为童姐，她平时对我们爱护有加，经常给予帮助，在劳动间歇时常有点心给我们递上，给我们以家人般的温暖。她弟来雅坞看望她时也与我们逐渐认识了，我砍烧火柴时，她弟也来帮我，这样的接触加深了相互间的友谊。一天童姐说要回娘家看望她母亲，有点远，她要带儿子一同前去但又要背要抱吃不消，问我是否愿意陪她去帮助照看其儿子，我答应了。这天我未出工陪她去娘家，路上我背着她儿子两只手酸了，干脆让小孩跨坐在我肩上，我双手解放了出来，只要上面扶一把就行了。说话间我们来到了她娘家，她向我介绍了她的家人，她有一位慈祥的母亲、三个妹妹和三个弟弟，其大弟就是常来雅坞的那位我熟悉的。午饭后在返回雅坞的路上，童姐问我对她二妹的印

象如何？这一时叫我如何回答，我只能说："你二妹不错的。"她说你们交个朋友谈谈好不好？我十分尴尬，自己还没这方面打算，说好不行，说不好也不行，辜负了她的好意，我只能说考虑一下，其实我对其二妹是没有想法的。不久，童姐又说她妈想带其二妹去杭州玩，要我陪同前往，我想这也好，这就是想去看看家境了，反正我家较穷，到时就不用我明确否定了，但又怕陪她们去杭州使她们误会答应交朋友了。但我还是陪她们去杭州玩了一趟，也到家里转了一下。事后我采取随时间的流逝冷处理的办法，逐渐淡化了此事。我在化肥厂时得知其二妹已出嫁了，我也为她高兴。而她的大弟一直是我的朋友，半个多世纪了还在互动，电话联系，有时还上门来家玩。

另一个是我房东的儿媳，她一直对我们很好，我们都称她水金嫂。她住在我到村里去的途中，每天都要经过她家的门前，她的几个大孩子与我们一同劳作，同甘共苦，关系十分融洽。1971 年秋季的一天，我在她家与她儿子谈天时，她把我叫到屋外，眯眼笑着对我说："我给你说一门亲事，大队裘书记常夸你是个好青年，我想把你和她的女儿说一下，你看如何？她女儿年龄也不小了，对你也有好感，谈个一两年就好成亲了。"这次我没有像上次那样搞模糊，直截了当地婉言谢绝了。我对她说："我到队里还不到三年，农活还没有完全学会，在农村还没有站稳脚跟，每年收入少，还没有条件谈恋爱结婚；一个大队书记的女儿若嫁给我这样的穷小子是不值得的；无论是书记还是其女儿的意思，都要麻烦你好好地向他们解释一下，免得他们对我有意见。"她笑而不语，没有说明是谁的意思。这事又是一次尴尬的经历，若是书记的意思，今后见到他多不好意思，若是其女儿的意愿今后见面会很不好意思了。好在过了不久，此年 11 月，我随公社其他二十九位贫下中农子弟被推荐到县新建中的临安化肥厂做合同工，参加该厂的创建工作，离开了雅坞大队（户籍仍在雅坞）。在临安化肥厂期间听说书记女儿已嫁给一个事业单位编制的人了，这确是一个好消息，我真心为她祝福。

淳朴的乡风

—— 互帮互助

我在雅坞的几年中，那里的淳朴乡风、互帮互助的人际氛围深深地印刻在我的脑海中，虽已过去半个多世纪，还是十分清晰和感动。

雅坞村人与人之间的关系是淳朴无间、坦诚相待、平等互惠、互帮互助，都是不求回报、不计得失、乐于付出、毫无心机的行为，纯粹而大度。这是 20 世纪六七十年代，中国农村广大农民所共有的美德和风貌。

农户在当时的经济条件下，要建造自己的新房，可能要经过半辈子，甚至一辈子的努力才能实现。经济条件确实有限，仅靠集体经济的农业收入，要在平时省吃俭用的基础上才能有所积累，当能买到足够建筑材料时就会着手建造。那时，雅坞建房大多打的是泥墙，需要大量的人力，这时左邻右舍都会自发地伸出援手。首先是建墙基，大家帮忙拣溪石、山石或放炮取石，用车和肩挑运来做墙基的石材；然后帮忙挖墙基沟、排墙基石、用砂石填充并夯实。其次是建墙体，大家帮忙挖黄泥、黄沙，用车运至建房处，加石灰和稻草段（3 至 5 厘米）拌匀做三合土墙体材料；夯泥墙最为费工费力，真正体现人多力量大的一项活儿，搁好墙夹板，有人将已拌好的“三合土”装入小簸箕，由人递上去，上面有人接着簸箕然后倒入夹具内，另一人或两人用木夯锤用力夯实夹具内的三合土，还要有人用洗衣木棒槌敲打以筑好墙面，使墙面形成较硬的平整表面，这样至少六、七人一班，一班一班轮着干，晚上还要挑灯夜战，以便抢上好天气把墙体筑成。

再次是建屋面，在建墙的同时，经大队批准，安排人手上山砍松木和杉木分别做房梁和椽子，砍回后要铲皮、取料；待屋面材料凑齐后，就上梁（檩）、钉椽子和铺瓦，其中上梁（檩）最为重要，放上红布，以求吉利，这些均要许多人配合完成。最后是做地坪，当时农村都是三合土地坪，将泥土、细沙、石灰再加点卤水拌匀，加水湿润后平铺室内地面，上面用木板垫着，用木槌敲打木板，使其平压实下方的三合土，然后再用洗衣棒槌直接敲打地面至密实、坚硬为止。在完成上述各道工序中，房东招待帮忙的也就是一日两餐、自调的烧酒、两次休息时的点心和整天的茶水而已，大伙全是无私援助。

结婚又是一件大事。大多数人一辈子仅这一次，因此是村民最为重视的事，也是乡亲们最愿意帮忙捧场的事，我们也踊跃参与其中。在婚庆前一天，大家帮着写喜联，剪喜字，大喜字贴堂屋，还用彩色褶皱纸制成拉花布置新房，房门两侧贴喜联，新房内用品上贴上或放上喜字，窗上贴上圆形喜字，床上堆着大红被面的棉被，以一派红色烘托出喜庆的氛围。自愿前来帮忙的村民分工明确，迎亲、喜宴、接收礼物、分发喜糖、来客接待安排等各司其职，都在一张大红纸上明白地写清各人的分工，我就帮忙写过“结婚执事人员安排”，而这些人帮忙都是义务的，不要工钱。吉日当天上午，一行迎亲队伍开着装饰得漂漂亮亮的手扶拖拉机（代花轿），众人骑着清洁如新的自行车，在新郎的带领下热热闹闹地前去迎亲，在中午前由原路返回。见到迎亲队伍即将进村，便放响百子炮和鞭炮迎接新人的到来。新娘进入夫家后先拜公婆、敬茶，婆婆给新媳妇一个红包，以表欢迎之意。然后进入婚宴现场，进行三拜仪式后即开席。喜宴当时农村用的都是八仙桌，四张条凳，每桌八人，一般都有十来桌，桌椅都是周边邻里借来的。每桌安排一人上菜，就需十多人，另还有直接帮厨的。待喜宴结束后，客人到新房闹洞房，这边酒席现场由一批妇女七手八脚地收拾桌子，清洗碗筷，都是帮忙人分内的工作。远路来宾还要安排到左邻右舍借宿，各户都是安排相对好的房屋供客人住宿。一整套的运转都是互帮互助中有条不紊地推进，从而确保了婚庆热闹、红火、顺利、圆满成功地举行。

谁家老人去世，年纪大的当地称作“喜丧”。办丧事要求的是“轰丧事”也就是越热闹越好。这时全村各户都会有人前来参与料理后事。先得安排轮班守灵陪夜，随即各项有关事项同样有“人员安排表”，分工明确。我们会帮助制作花圈：由乡亲上山砍来竹子剖制成竹条，我们就将竹条制成内外大小两个圆圈，两根竹条用铅丝扎住，另一端分开，再将两个圆圈绑在两根竹条上形成花圈骨架，背后再从上端扎一根竹条形成花圈的第三只脚；我们再从山上砍一些松柏枝叶，装饰花圈，并缀上用白皱纸制成的纸花，顶上装上一朵较大的纸花，花圈中间贴上一个大“奠”字，花圈即成了；再根据亲属、邻里及外来奔丧人与去世老人的关系，写好对应的上下挽联，贴上斜挂花圈两侧，然后由委托人自己拿去摆到灵堂左右。这批花圈仅买了一点细铅丝、白纸、白色皱纸、墨汁、毛笔就满足了整个村庄各户及外来奔丧人送花圈的需求，既节约又热闹。用松柏枝叶打底，这种奢侈是城里花圈店无法办到的。我们以实际行动参与了雅坞村的互帮互助。出殡时，全村人几乎全都参加送行，最前面是披麻戴孝的主丧孝子，旁有同辈人陪同，据说丧父的由叔伯堂兄弟陪同，丧母的由姨娘家的表兄弟陪同，一路帮着撒纸钱。后面是独龙杠八人抬的棺材，随后是披麻戴孝的女孝子，最后是亲友乡亲们戴黑纱、白小花，一条长蛇阵地蜿蜒在山间小道上，纸钱纷飞，锣鼓阵阵，鞭炮声声，引导着队伍奔向坟地。一路上棺材据说不能落地，有两人带着两张条凳以备搁棺材所需。到坟地后，附近只留家人至亲将其下葬，其余送殡人留在远处，埋葬后再祭奠一番，葬礼结束。下葬后人们返回时还要跨火堆、爬梯子、洗脸、洗手，然后吃丧宴，分发喜丧果子。整个丧事料理的各个环节都要有人把守，从而各项礼节落到实处，形成热热闹闹“轰丧事”的效果。

点心共享，这是农作季节休息时经常见到的一幕。队里干农活上、下午各有一次休息，在休息时都要吃点心，有的出工时就带着，有的家里有人就会烧好送到农活现场，有的既没带也无人送，这时有点心的就会与无点心的人共享点心。我们就经常吃到乡亲们递上来的点心，还不能拒绝乡亲的好意，不然的话乡亲会生气的，这可以讲是雅坞常见的群发性的互帮互助。

农具、用具的无偿借用在雅坞经常发生。因当时经济收入有限，每户不可能完全具备各种农具和家庭用具，缺少的农户就向有的农户借用，在雅坞村是很自然的事。双轮车当时村里仅有几户有，独轮车也不多，一旦村里安排各家自行砍柴火，无双轮车的就向有车的借用，没有不答应的，均是免费使用。雅坞原来养蚕，当时几乎不养蚕了，大多数人家已无蚕匾，但蚕匾用处广泛，在阳光下晒点东西就得靠它，因此借用也就十分频繁，几乎成了公共用具，在不断周转，我们也经常借用。

天有不测风云，人有旦夕祸福。农户家一旦有突发事件，左邻右舍就会主动前来帮忙解决。有人突然发病，邻居得知后就会主动拉来双轮车，一同帮着急送医院就诊。如有家畜破栏而出逃，村里人都会自发地帮忙寻找，直至找到才收兵……

还有搬家、上山砍柴、杀年猪、制作豆制品、打年糕、洗粉……诸多重活、难活、复杂活单靠农户一家力量不足以完成时，都是在大家的互帮互助下予以完成，这样的事数不胜数。

我们在农村也是在乡亲们的帮衬下，不断成长，快乐生活。若想搭个车回杭，经常在村民的帮助下实现的；是村里年轻人凭着实事求是的精神帮助我解决了入团问题；我被招工回杭前，在临安化肥厂做合同工，杭州新华造纸厂招工人员见我农居屋上着锁，就打算放弃我，是桂林哥及时说明情况才保住了我的被招工机会……雅坞人不仅村内互帮互助，对我们也一视同仁，以他们的行动潜移默化地教育了我们。

当时的经济基础决定了这种淳朴的乡风、和谐的人际关系、互帮互助的生活方式，没有人把帮助与金钱挂钩，没有人把付出与回报挂钩，这是何等的纯洁！我永远不会忘怀！

第六阶段

人尽其才　收获爱情

——临安化肥厂期间

（1971 年 11 月—1975 年 11 月）

炼焦去

我到雅坞的第三年，即 1971 年 10 月的一天，晚饭后桂林哥来到我的农居屋一坐，他是特意来征求我意见的。他问我愿不愿意随公社将派出的贫下中农子弟共 30 人一起去新建的临安化肥厂炼焦去，并说明土法炼焦是一项十分辛苦的活儿。但又说了一点好处，去了只要自己努力工作，今后就有可能由农民合同工转为正式在编的工人，是一次难得的机会，要我认真考虑一下。我想农村辛苦活我已干了近三年，已得到了一定的锻炼，到企业去肯定也能适应，我就表示不用考虑，愿意去。这样我就开始了四年临安化肥厂农民合同工的生涯。

临安化肥厂是新建的生产氮肥的化肥厂。我们去时该厂刚初步建成不久，还在不断改善扩建。我们 30 人被编入原料车间，部分人负责煤场管理、为锅炉房拉煤，大部分人干的是车间重头戏即土法炼焦。化肥厂原来是直接外购焦炭作为生产原料的，但供给不够顺畅，影响了正常生产，因此打算自己炼焦，达到自给自足的要求，确保生产正常运转。

在临安化肥厂西端“公山”脚下的山坡上，我们开辟了一条斜坡砂石路，路左侧从上至下开辟了几块用于土法炼焦的平地，每一块都有 8 米见方，并筑有连接斜坡路可通双轮车的便道。所谓的土法炼焦，就是先在平地中间由我们将部分已经筛选好的炼焦煤堆一个 4 米直径的圆堆；再围绕它将大块石灰石通过人扛、手捧围成内直径约 4 米、厚约 0.4 米、高约 1.2 米的石围，这是窑的侧壁；然后就由我们用大簸箕装着已筛选好的炼焦煤经跳板挑上石围倒入其中，将其装满，形成弧顶，每窑大约装 15 吨炼焦煤；再在上面铺上大块石灰石，与石围连成一个整体，则成了窑顶，就这样一座临时的土法炼焦窑建成了。通过石围四周的空隙，用浸过煤油的火把点火，将堆在窑内的炼焦煤点燃，经两方面为焦煤加热炼焦：一是靠炼焦煤自身燃烧热量逐层将煤加热，这是直接火加热部分；二是靠煤燃烧产生的废气与未燃尽的大量煤裂解产物形成的热气流，经窑侧壁继续燃烧，并将部分热量传入窑中部分，这是间接加热部分。延续燃烧 8 至 11 天，焦炭炼成了，即浇水熄焦、冷窑，此时作为窑壁、窑顶的石灰石也已煅烧成了生石灰，可谓一举两得。卸掉的生石灰企业可出售，扒出的焦炭作为生产原料。

土法炼焦确是一项重活、脏活。建窑抬石、担煤都是体力活，十分繁重。而此前的筛选焦炭煤更是一项脏活，使人十分难受，而且会影响健康。当时劳保用品只有风斗帽、手套、护目镜，却没有口罩。把已粉碎的炼焦煤铲上传送带，输入滚动着的斜圆桶筛，此时根本无法躲避筛煤时飞扬的煤尘，半天下来，脸上、脖子里全是汗水与煤粉的混合物，个个成了“包龙图”，鼻孔、耳朵里也都是黑的。吃午饭时只能大致清洗一下，用水漱一下口，就去食堂吃饭了，当时我们都不讲究的。胃口还特别好，每餐新秤八两，都是强体力劳动所致。好在我当时的口粮还是生产队供应的，都是桂林哥将我的口粮换成粮票，提供给我的，满足了我的用粮需求，若吃国家供应粮肯定是不够的。傍晚下班后，无论怎样疲劳，首先就是洗澡，那时我们洗澡时间都较长，要把煤屑彻底洗去谈何容易，因此到食堂吃饭都比其他车间的职工要晚不少。

我们原料车间的主任姓李，是一位部队退伍军人，他把部队的一套用来管理车间，还是相当有效的。车间里党员少，但团员较多，他就十分重视团支部建设，以团员的骨干作用来促进车间工作的展开。经团支部大会选举，我被选为团支部宣传委员，厂党委也了解到我是 66 届高三毕业生、美术功底也较好，就把出厂黑板报的任务交给了我。我利用这块宣传阵地，宣传了企业生产经营状况和不断扩建的状况，宣传了大量好人好事。由于本人在原料车间，素材较多，因此相应宣传原料车间的内容也就较多。如炼焦热火朝天的劳动竞赛活动、吃苦耐劳的原料车间工人……真实地呈现给了厂领导和全厂职工，使他们了解和支持我们；同时又激励了原料车间职工更加有声有色地开展劳动竞赛；还突出了原料车间是“粮草”先行者的角色，把一个原来视作辅助的、次要的车间变成了全厂重视的关键车间。真的，没有我们原料车间的及时产出，后面的生产就无法保证。

我们原料车间除我们合同工外，还有来自青山公社蒋杨、青山等大队的农民临时工，他们的配合使我们原料车间有了更强的战斗力，确保了企业所需生产原料的供应。我们建窑垒的石灰石、装窑用的炼焦煤都是由他们用双轮钢丝车从坡道上前拉后推地送上来的。我们干得越快，他们就运得越快，有力地配合了我们。当焦炭炼好后，拆卸生石灰、扒出焦炭也是由他们用双轮钢丝车从山坡道运下去的。道路坡度大，前面拉车人根本不是拉的，而是双手把着车杠，双脚抵着路面慢慢滑下去的，吃力又费鞋，车后还有人拉着绳子避免重车快速下冲，他们与我们同甘共苦，在我眼里他们也是我们原料车间的功臣。

原料车间还承担着企业其他最脏、最累的活。如清洁烟道，不仅空间窄小，而且阴暗，要把附在壁上的厚厚的烟灰铲下来，一动手窄小空间就弥漫着灰尘，虽打着临时灯光，但隔着护目镜几乎看不清眼前东西，而且围在嘴鼻上的毛巾阻挡了透气的顺畅，十分难受，我们只有用勤换人的办法来予以缓解。还有基建工地上的残留大构件，也由我们清理，两人抬不动，就四人扛，有时粗竹竿都被折断了。但我们还是圆满地完成了各项脏活、累活，是临安化肥厂的一支特别能战斗的生力军。

一年半后，化肥厂将主要原料焦炭进行了改革。一则因土法炼焦会污染空气，炼焦时有高温燃气流夹带着未燃尽的煤裂解物化学产品排入了大气，而石灰石燃烧时也产生了大量的二氧化碳被排入大气；二则为了提高炼焦煤的利用率。因此改为用炼焦煤制成煤球来替代焦炭生产氮肥，由此结束了临安化肥厂土法炼焦的历史。为此新建了生产煤球的厂房，引进了当时先进的煤球生产线，以四班三运转连续生产煤球，满足了生产需求。劳动配置是由车间合同工带班，农民临时工为生产主力，继续出色地保证了生产原料的供应。

我也由一名土法炼焦工转岗到锅炉房当了司炉工，每月工资也由原来的二级工 32 元增加到了三级工 37 元，升了一个档次。

描图员

我在临安化肥厂干了许多工种，最后一项是描图员。描图员干的就是现在绘图机绘制“半透明底图”的工作。当然描图员工作不仅有描图，还有晒图：首先是描图，将设计师在绘图纸上画出的白图（原图）经描图员在半透明的描图纸上描成“底图”；其次是晒图，将“底图”覆盖在晒图纸上经曝光机和熏图筒后形成最终的成品——蓝图。

厂领导了解到我有美术功底和一手漂亮的仿宋字后，即调我到技术科任描图员。自此我就开始高产地描绘各类机械零件图、整机装配图、车间机械总装图、全厂工艺流程图、建筑设计施工图……所描图纸质量在企业扩建过程中，受到了省化工厅到厂指导工作的总工程师的赞扬，这对我是一种鞭策，我对做好描图工作更有自信了。

明确我为描图员后，厂里迅速为我准备了一切必备的工具、用品、设备，为我尽快地进入角色创造了条件。我也很快了解了各种工具的用途和使用方法，在实践中加以灵活应用。

图板一块，作为描图时的垫板，用于固定白图和描图纸，并在上面进行描图；丁字尺两把，120 厘米、90 厘米各一把，主要用于水平线，绘制直线、线段，绘制已知平行间距的平行线，绘制垂直线及控制垂线长度；直尺，120 厘米、40 厘米各一支，辅助丁字尺，连接圆弧；三角板，45°和 30° –60° 各一块，描图时主要画平行线和剖面线；鸭嘴笔（针管笔），大、中、小各一支，根据线条粗细选用；圆规，大、小各一支，根据圆及圆弧大小时选用，大圆规备有加长杆，便于画大圆大弧；描图笔，一套六支，用于画直线、书写仿宋字，根据字体大小选用；模板，主要套用大小相等的圆形、方形、六角形等时使用；曲线板，可用来画非圆曲线，找与白图吻合的曲线段时使用；单面刀片（或剃须刀片），用刀刃刮去描图纸上需修改处的墨汁线条、文字等；绘图墨水，用于鸭嘴笔、圆规；针管墨水，用于针管笔；透明胶带，用于图板上固定白图和描图纸；玻璃杯，装入温水清洗鸭嘴笔、圆规、针管笔等；小水桶，提取备用水；毛巾，用于擦干洗净后的描图工具；纱布，用于吸取工具上残留墨汁；描图纸，在纸上描图后成底图，是各类制图中常用的一类图纸，称作"硫酸纸描图纸"，规格标准与国际标准绘图纸一致，纸质轻，颜色为半透明，具有良好的耐磨性、耐水性和吸水性；晒图纸，经曝光、氨熏后成蓝图；晒图机，晒蓝图用；熏图筒，用氨水熏蓝图用。

第一步：描图。

先将设计师绘制的白图用透明胶带固定在图板上，然后覆上半透明的描图纸（硫酸纸），再用透明胶带固定在图板上，白图上的所有线条在描图纸上一览无遗，即可开始描图。

描图的有关窍门和规定（实践中得出）：

先画粗线条，我习惯用 2 毫米，从上到下画平行线，从左至右画垂直线，先把轮廓线画好，要充分应用好丁字尺、三角板、圆规、直尺。若有直线连弧形角的，先画弧线，即四分之一圆，不少也不多，并在旁的试画纸上画上同样宽的弧线，再将鸭嘴笔线条宽度调至与弧线相同，然后在试画纸上与弧线连一下看，确定连接圆滑时，即可在描图纸上正式连接弧线。

再用细实线（宽度均为粗实线的二分之一）画平行斜剖面线，利用好丁字尺与三角板，画平行的 45° 斜线；画平行和垂直的尺寸标注线。

画细点划线，表示轴线、对称中心线、分度曲线、孔系分布的中心线、剖切线等。

还有画双点划线，表示中断线（用得较多）、相邻辅助零件的轮廓线、可移动零件的极限位置轮廓线、成形前的轮廓线、剖切面前的结构轮廓线、轨迹线……

描图时的注意事项：

在图板上固定纸张时，胶带纸要对称贴，绷紧纸张贴好四角，再贴四边中点，以保证纸张均匀受力服帖。

一张图纸最好当天描好，否则由于纸张的伸缩性，隔夜的话描图纸的线条可能会与白图线条错开，东拉西扯不可能完全对上了，若后续再画上未完成的，图纸就走样了，不标准了。

用尺画直线时，尺的斜面要朝下，以防止墨汁线条被尺拉毛，这是不能疏忽大意的。丁字尺斜面只适用于制图，而不适用于描图，因此需与直尺套用，才能避免拉毛。

描图时可充分利用模板图案和曲线板的曲线，以提高描图的效率。

使用工具时，手势要一致，如鸭嘴笔画粗直线，手握鸭嘴笔的角度自始至终要一致，才能保证直线的直。

画粗线的起笔和收笔都不能停顿，触纸即画过去，到头即提笔，否则线条的头尾会变粗，影响美观。

若有描图出错时需要修改，必须待墨汁干透后，再用单面刀刃垂直轻刮出错处，刮掉墨汁后，再用指甲背轻轻磨修改处，从而使刮过之处保持光滑，以保证补笔时的顺畅，不致线条变形。

画剖面平行斜线时，间距一定要一致，直角板要紧贴丁字尺平移。

描图时，按白图“照样画葫芦”，但并非完全一致，许多地方可能比白图更规范、更美观。比如标注、说明等文字全靠描图员发挥自身书写仿宋字的功力来展示，文字大小要一致，间架结构要匀称，起笔收笔要顿挫有力，从而为一张图纸添彩。

第二步：晒图。

晒图是将描好的“半透明”的“底图”正面朝下覆盖在翻开后盖的“晒图机”的玻璃内面上，然后将裁好大小相等的晒图纸黄面朝下覆盖在“底图”上，把晒图机后盖盖紧后玻璃转向太阳进行日照曝光；待曝光时间到后，取出晒图纸放入底部装有氨水的熏图筒中熏图，被黑色遮住未见光处成蓝线，其他见光处变淡蓝甚至几乎变白，蓝图即成。化肥厂产品就是氨水，因此熏图筒中的原料是就地取材的。

晒图时的注意事项：

裁取晒图纸时尽可能避光，大小与底图相同；底图和晒图纸放入晒图机时要注意正反面，晒图纸正面朝向底图反面；晒图机后盖要盖紧，使晒图纸与底图贴紧，避免线条变细；在阳光直射下，曝光时间要控制在15分钟左右，光线较弱的话，曝光时间就要延长；晒图纸曝光后取出再放入熏图筒最好在室内避光处进行，然后将熏图筒移至室外，持续熏2–3小时，取出即成蓝图。

我在临安化肥厂担任描图员，从开始学习描图到适应这项工作几乎没有花多少学习时间。因为第一张描图作品就是简单的机械零件加工图，描好制成蓝图后就作为正式加工的图纸了。但与专业的描图员肯定不能比的，以上所写算作是班门弄斧了，想到哪里就写到哪里，可能有误，仅作为一次回忆吧！而且现在几乎也不用手工描图了，在电脑上绘图，然后连接绘图机喷墨到半透明的描图纸上即形成“底图”，后续工作照旧，就产生了蓝图。手工描图已成了历史。

收获爱情

爱情有轰轰烈烈的，也有平平淡淡的，而平淡的爱情愈发历久弥坚。

自从我进入临安化肥厂，除与合同工的同伴打交道外，主要就是与农民临时工打交道了。从炼焦、司炉到煤场管理，均与农民工亲密无间地打交道，已成很自然的事，因为我与他们之间没有距离。

化肥厂炼焦改为制煤球后，原料车间合同工进行了分流，我开始了一段时间的司炉工作。司炉工作是一门技术活，打开炉门后，在炉前的煤堆里铲起少量的煤，左手在后抓住铲把，右手在前抓住铲杆，向炉膛内投进去的同时右手要顺时针用力地抖动，将煤屑像扇面那样均匀地铺撒在炉膛内灼热的火面上，一下子整片火苗蹿了上来。司炉操作规程要求“薄煤勤加”，即投煤要勤快，每次投煤要少，铺层薄而均匀，要做到勤看火、勤看水、勤分析、勤调整、勤联系，见到哪里火苗不足，就将煤撒向哪里，使整个炉膛均匀地烧得旺旺的，以满足后续的生产需要。

至于如何生火，调整检验安全阀、供气、正常运转、操作、紧急停炉等六个方面操作规程都要牢记于心。当时具体规范操作主要由当班长负责，因此我们新手只要知道了就行。我们新手重点就是“操作”，发现问题及时向当班长沟通处置，由老司炉工来处理更为合适，不容易出错。

锅炉房门前就是原料车间的堆煤场，两台锅炉的用煤由原料车间派农民临时工用翻斗车送来。这些人都是我认识的，很容易沟通，有时煤质差，燃烧时容易结焦，就要求他们掺些其他好煤种避免结焦，大家配合得很好。从煤场到锅炉房有一个斜坡，翻斗车要推上来相当吃力，因此都是两人配合着送上来。有时女孩子推翻斗车就显得更吃力，我就会上前拉一把，一使劲翻斗车就冲上了炉前操作平地，大家就会相视会心一笑，她们表示感激，我为助人而高兴，当时并无其他想法。

后为了加强煤场管理，李主任视我是 66 届高中毕业生，向厂部要求，调我配合他管理煤场，我又换了新岗位。既要安排煤球机四班三运转操作人员；又要安排人员将煤球原料煤用双轮车上送至煤球生产车间；其他就是煤的进出，分门别类合理堆放。这些都是安排农民临时工来完成，我每天都要与他们打交道。

农民临时工都是一批能吃苦耐劳的年轻人，我也是由公社派出来厂的，与大家的关系十分融洽。一天在煤场办公室内，老李与我闲聊中提到了一件我本没有想过的事，使我开始有了一点想法。老李问我有没有对象，我说没有啊！在村里曾有人打算给我介绍对象，都被我拒绝了，在队里年终分红只有七八十元收入，哪有条件谈情说爱。他接着说："插队时确实没有条件，现在可不同了，每月有了 37 元的固定收入，可以考虑一下了。"我告诉他 37 元中有 10 元要给母亲当生活费，仅 27 元能过吗？他讲："只要两个人都有收入，一方在工厂，另一方在农村，互补一下，也能过得很好，厂里就有几对一工一农的，工农结合生活得也很不错。"他接着又说："在农民临时工中有许多女孩子都是不错的！"问我印象如何？我讲都不错的。他又讲："我是过来人，看人要多观察，才能真正了解一个人，她们中，有的人虽长得漂亮，但要求也高，有些自以为是；有的说得好听，但做起来却不怎么样；有的对人会献媚，但结果不实在，不会对你真心实意；但有的人虽不算很漂亮，但实实在在，不图虚荣，若真的爱你，就不会计较物质，就会与你同甘共苦，白头到老。在这些女孩中，梁欢娣就是这样的人，长相也不错，你不妨认真观察一下，若需要的话我给你去挑明。"我对老李的关心与好意表示了感谢，但我说不急，不用他帮忙，让我自己看了再说。说实话，我本来对农民工中的女孩包括梁欢娣没有过多的关注，只是日常工作的接触，没有对哪一个有特别的感觉。

自此，我开始了有意的观察。确实梁欢娣算不上很漂亮，但长相还是不错的，五官端正，圆圆的脸，扎着两根短辫，阳光而精干，身材匀称、结实，看似有使不完的劲。干活时从不偷懒，从她推双轮车上坡时那种拼尽全力的样子，说明她干活是实在卖力的，不是那种投机取巧的人。她的穿着也十分朴素，有的还打着补丁，但洗得很干净。她的谈吐也很自然大方、直言直语，没有做作感。她从不说别人的坏话，是一个十分厚道的人。她所带的午餐也很节约简单。从别人处知道她是贫雇农家的孩子，其母亲十分勤劳能干，她延续了她母亲的优点。在不断观察、了解和工作接触中，逐渐认定她就是我想要追求的人。有人会说情人眼里出西施，但我并不认为她有多漂亮，不是从长相去考虑的，而是从她的为人考虑的。有些爱情虽不绚烂，可是在平淡中相互了解、感动、吸引，爱情就是这样自然地形成。

她不贪图富贵，不追求物质，她要的是一个真心实意爱她的人。到后来结婚时的种种都有力证明了这一点。在我默默地注意着她的时候，她也逐渐意识到了我对她有想法，她心中也对我有所心动，随时开始关注我了。天冷时，见我穿得较少，就会淡淡地说一句："天冷了，你怎么还穿得这样少？要加点衣服啊！"她有时有好吃的，就会带点来给我尝尝，虽不是什么高档的东西，但她却已随时想到了我。当她得知有露天电影时，就会约我前去观看。而她在煤球车间上中班下班后，我也开始陪她回家，一个小时来回，到厂已是 12 点半了。而且逐渐做到了风雨无阻，两人相互关心，越走越近，恋爱关系自然地形成了。

1973 年下半年，临安化肥厂要改扩建了，有大量的各种图纸需要有人及时描图并加工成蓝图便于施工。于是我被厂部看中，安排去描图，在技术科师傅们的指导下，我很快掌握了描图技巧，再加上我原有的仿宋字书写功底，不断地加班加点，完成了我的各项描图任务。而且我在描图过程中还在主动地加以学习，我打算着在化肥厂好好干下去，同时为我收获的爱情负责。结果所描图纸得到了省化工系统专家的好评，认为图纸描得好，仿宋字也写得好，没有一点差错，厂领导也为我而高兴。

1975 年，全国已停了近五年的招工又逐渐恢复了，新华造纸厂来临安招工，我被挑中招工回杭。此时，她家里人怕我们之间有变故；她村里有人认为我们的事要"黄"了；化肥厂也有人认为还没结婚，我回杭后就会结束这段恋情了。而欢娣却毫无怨言，坚决支持我回杭，因她笃信我是不会变心的。而我也确实没有让她失望，回杭一年后，1976 年 9 月我与欢娣领取了结婚证，10 月我们结婚了。这是一次无双方父母见面、无彩礼、无陪嫁、无婚房、无婚照、无婚礼的革命化成婚，其简单的“六无”程度是别人无法想象的。仅在欢娣家办了两桌喜宴，家人亲戚及村领导参加，见证了我们的结合；在杭州仅办了一桌，由家人见面，得到了家人的祝福；在她村里和我厂里分了一些喜糖，即公告了我们已成婚。因当时回杭，我是熟练工工资，每月仅 26 元，其中 10 元仍给母亲生活费，仅 16 元留作维持我们的生活费，因此必须一切从简，欢娣又毫无怨言。我们的结合击碎了一些人的预言，开始了我们同甘共苦不断向好的生活历程。

当时杭州家里房子较小，母亲和大弟住在那里，无房供我和欢娣居住。我一人还可凑合，而欢娣无法居住，她只有暂时回临安了，但她家里有人认为已出嫁的人不该住娘家，欢娣只好与她所在大队领导商量，住进了蒋杨大队已招工回杭的原知青住房，开始了独立生活。两地分居一直到我在厂里分到 13 平方米的房子，才接过来共同生活，终于有了自己的家。她开始在杭随油漆工做小工，后到我厂干拣桑皮的工作，这些活又脏又累、收入也很低，但我们就以微薄的收入艰苦但幸福地生活着。她很会安排生活，用我们很少的收入把生活安排得井井有条。有时还要接待来杭看病的乡亲，自己省了又省，千方百计地招待来客。后来她在我厂劳服公司做了合同工，在蜡纸车间工作。我们有了女儿戎英后，我因工作需要经常出差开会学习，她就一个人照顾孩子、工作两不误。我不在时，她上夜班，就带孩子让其睡在车间废纸篓里，自己工作，就是这样把孩子拉扯大。我给予她太少了，她还是毫无怨言。她就是这样任劳任怨踏实苦干的人，正是我与她认识时所断言的那种人。后来在热水瓶厂领导的帮助下，以他厂的名额代招工，欢娣正式成了我厂的职工。此前还根据政策规定由我政工师的资格，将欢娣的户口转为了杭州城市户口；房子也由原 13 平方米换成了 23 平方米，后又换成了 81 平方米。两人的收入也逐渐增加，生活不断改善。再后来，我进入集团领导班子，在企业实施下岗内退时，欢娣按年龄规定列入其中，只能拿下岗工资时，为了支持我的工作，她又毫无怨言。

为了我们坚定不移的爱情，她承受了很多很多。我们的爱情是平平淡淡的，但经得起时间的考验。曾有一个雅坞村的朋友电话里问我：“有否换老婆？”我顿了一下，反问他这是什么意思，他却认真地说：“你地位变了，就没有另外想法吗？”我就回答了他四个字：“无稽之谈！”欢娣在一旁听说后，就笑着对我说：“难怪他有这种想法啊！”她没有因他的话而恼怒。

我们的爱情就是从艰难困苦中开始，在各种变化中坚持，在慢慢变老中更加纯洁。记得欢娣曾告诉我，她小时候其母请人给她算过命，算命人说她是“太阳命”。看来虽没有大富大贵、红红火火，但我们的生活确实像太阳那样的温暖。当然这仅是一种自我陶醉，并非相信迷信。

被招工

1975年，全国寂静四五年的企业招工又恢复了，这是我们盼望已久的。因1971年底及1972年初，杭州和全国一样进行了一轮大招工，后听说大超计划，因此就此刹车了，一晃就是几年过去了。既然有了那次的大招工，使我们改变了原打算一辈子在农村的想法，心里也就产生了被招工的盼头。当时我在临安化肥厂技术科描图，一天午饭后，厂党委沈书记把我叫到他的办公室，对我讲最近杭州企业又开始招工，问我有否听说过？我说已听说。他接着说了化肥厂班子的打算，曾去县里要两个汽车驾驶员的指标，打算要来指标后就解决我的转正问题，以便让我在技术科安心地做好描图工作，但结果临安还没有招工指标，要不到指标，给我转正的打算也就无法实现。同时他们又想到不能亏了我，真心地为我的前途着想，因此找我提醒了一下，若有企业到玲珑公社招工的，让我去争取一下，若能被招工最好，厂里会为我高兴；若公社没有杭州的招工指标，我仍可在化肥厂安心工作，迟早会解决我的转正问题的，他们真心希望我能留在化肥厂。沈书记的一席话使我十分感动，他们完全在为我着想，有这样的领导，也是我的幸运。我若去不了杭州，肯定会安心地在化肥厂全心全意地做好我的工作。我把这一想法也告诉了书记，他也很高兴，并催促我尽快回大队去了解一下。

但我并没有立即去大队了解情况，因大队若有招工指标的话肯定会来通知我的。事情果然如我所想，大队分管我们的桂林哥电话通知我回村里填招工表，我立即将这一消息告诉了沈书记，他要我赶快放下手头工作去一趟吧！我也很快将这一消息告诉了欢娣，她想也没多想，就说这是难得的机会，你要抓紧去办啊！于是我当天就去了雅坞，找到桂林，他拿出了一份杭州新华造纸厂的招工表让我填。我问他裕庆填了吗？他说没有，我说我一个人填了的话心里会不安的，恳求他到公社再去争取一个名额来，他爽快答应立即动身去了公社，而且还真的要来了一张招工表，于是我与裕庆两个人都填了招工表。填表后我立即返回了化肥厂，一边平静地继续干我的描图工作，一边静候着新华造纸厂的消息。能被招工最好，若不成功也无所谓，就在化肥厂安心干吧。

相安无事地过了几天，一天早上我刚上班，准备描图工具时，突然桂林哥闯了进来，原来他昨天电话打不通，今天就起了个大早，骑着自行车跑了四五十里路赶来了，告诉我已通过政审，再过体检关就成了。但裕庆没有被挑上，看来要以后解决了。他跟我讲了惊险的一幕："昨天杭州新华造纸厂来招工的姓董的和姓王的一男一女来队里，想直接见你一面，并告诉你体检时间，结果到了山头上见你的房门上挂着锁，看起来已好久未住人了，就商量着既然找不到人就用后备人员吧！"桂林一旁听说了力争了一番，说明我不在的原因，以及在队里及化肥厂的表现，终于说服了两名招工人员，使他们对我产生了浓厚的兴趣，要桂林及时通知我，后天上午到临安县（今临安区）人民医院进行体检，体检合格后，将会通知到厂报到的具体时间。这确实惊险，若桂林不在他们身边，这次被招工也就黄了。桂林吃了中饭后即返雅坞了。化肥厂沈书记知道这一消息后为我而高兴，见我手头的图纸刚描好，就对我说："不要忙了，下午就准备一下明天的体检吧！"

这天欢娣是上中班，我就赶到她家去告诉她这一消息，她立即说明天陪我去临安。这时她小姐妹的对象小周在旁听说我已被招工，只要体检合格过关，就可回杭了，他为我高兴的同时，提醒我要注意近视眼会否影响过关。我们间是惺惺相惜的，他主动说要帮我过关，我问他怎么过关？他说他站在视力表近处，用低头、抬手、左侧或右侧来引导我，我想办法倒是个办法，就是有点作假了不太好。第二天，我、欢娣、欢娣小姐妹及其男友一行四人去了临安县（今临安区）人民医院，检查视力时，说戴了眼镜矫正视力达标就行。我们准备的一套也就免了，不至于带来一个“弄虚作假”的罪名，所有检查项目均顺利过关。在体检过程中，两名新华造纸厂招工人员认识了我，还进行了交谈，他们说待厂里决定报到的确切时间后先通知我，然后委托我去通知其他五位被录用者，我欣然答应。大家谈得很融洽，然后各自返回。小周的方法虽没有用上，但我还是向他表达了谢意。

11 月初，我接到招工人员老董的电话，知道了确切的到厂报到日期，我即兑现了承诺，由欢娣陪同到玲珑去通知其他五位今后的同事。他们分布在五个大队，一位在其家找到，其他四位是在田间地头找到的。看来大家心态都是比较好的，在被招工已成定局的情况下，依旧在干农活，体现了我们这一代的精神风貌，在一天就干好一天，没有忘乎所以。我们给他们带去了喜讯，大家都非常高兴，我们将是厂里同事了，大家相约厂里见。这天我与欢娣是非常辛苦的，乘车到临安城关镇后，后面都是徒步赶路的，而且还要一路询问，走到田间地头寻找，还走了不少冤枉路，而且欢娣还是与别人调班后来陪我的，还班时可能要两班连续干了。我们彼此都知道，在一起的时间比较少了，再过几天将要分处两地了，傍晚回到厂里一起吃了晚饭后，我就送欢娣回家，向她家人讲了将去杭州报到进新华造纸厂了。这天坐得较晚，11 点多才起身返回化肥厂。我们谈了以后的安排，我向欢娣承诺，到新华一年内与她登记结婚，这一年中我会经常给她写信的。结果 10 个月后我就兑现了承诺，在 1976 年 10 月 1 日国庆节我们结了婚。

在报到前的几天，我抓紧时间完成了手头的描图任务，圆满地结束了化肥厂的工作。报到日前一天，我告别了欢娣及她的家人、告别了化肥厂的领导、告别了原料车间的伙伴们及农民临时工的兄弟姐妹们，回到了杭州母亲家。第二天一早我乘上 1 路电车去了湖墅南路杭州新华造纸厂报到，被分配到五金仓库做仓库工，开始了新的工作，作为熟练工进厂每月工资为 26 元。我立即去信告诉欢娣我到厂后安排的工作情况。

一段时间后，我回化肥厂看望了大家，沈书记一见我就说：“你早走了一步，过了一个多月临安县（今临安区）就给厂里两个驾驶员指标，真懊悔放你走了，若指标早下来，你就是我们临化人了。”我十分感谢书记这样看得起我，若在化肥厂转正的话，我肯定会好好干。

但事实是像临安化肥厂这样的小化肥厂结果是适应不了改革大潮的，过了一些年，在化肥厂原址上分裂成了许多小公司，面目全非了。为此，我是庆幸适时离开了临安化肥厂，哪怕工资从三级降为熟练工一级，也是值得的。

第七阶段

政工一兵　无私奉献

——杭州新华造纸厂、杭州新华纸业有限公司、杭州新华集团、杭州新华集团有限公司、杨伦分厂期间

（1975 年 11 月—2007 年 1 月）

仓库工

1975 年 11 月，我到杭州新华造纸厂劳资科报到，即被分配到五金仓库当工人，一干就是五年。

当日由劳资科老王——即来临安招工经办人之一——已是熟人了，带着我直接去了五金仓库，把我介绍给了当时仓库的两位师傅，仓库负责人周庆德、仓库管理员汪仲冶。周师傅五十多岁，比较肥胖，经常眯着眼，话不多，爱喝酒，当天中午我就见他在仓库大门旁的卧室里喝小酒。从以后的接触中逐渐了解到他患有高血压，是单身，收有一个养女，不常来。他对工作认真负责，而且是身先士卒、以身作则的人，是一个受人尊敬的好师傅。汪师傅近六十岁，上海人，比较清瘦，戴着眼镜，温文尔雅，实足的账房先生。由他记录着仓库的进出，以及适时上报仓库备品情况，以便让供销科能及时补充备品，确保生产正常进行。他的精细工作作风值得我学习，也是我的好师傅。我的到来很受他们的欢迎，他们岁数都比较大，而我年轻力壮，正是他们期盼已久的帮手，我又十分尊崇他们，因此从一开始我们就十分融洽，我就这样在新华造纸厂开始了我的新工作。

五金仓库由两大间库房组成，里间较长，外间较短，留有露天部分。按备品大小分：小件均在里间铁木结构的库架上；大件都在外间钢架或地面上。按五金八大类分：机械材料、传动器材、辅助工具、工作工具、建筑工具、家庭五金六大类在里间仓库；钢铁材料、非金属材料两大类在外间库房。还有虽不属五金，但生产所需的造纸机用毛毯、竹帘也放在我们仓库内。

我到仓库后的首要任务就是尽快熟悉库存物品的名称、规格、所处位置，以便在有人领取所需物品时能及时提供；同时要了解每个物品的采购难易，以便掌握其最低库存量，协助汪师傅及时报供销科组织采购，避免影响生产；库存物品有进出时要及时填写对应的卡上，确保卡物一致；更高要求还要了解电动机与泵的匹配，若碰到有人想大马拉小车的话，要提出自己的建议及时制止，避免企业发生浪费。“仓库工不仅是收收发发的，还要钻进去，把握一些关键知识，避免企业损失。”这是周师傅对我的谆谆教导。

仓库每年年底前都要进行一次全面盘点，这是仓库工作的重头戏。所有库存物品数量、规格型号、所存实物要与收发记录卡、库存账面数进行对照，做到账、卡、物“三一致”。如螺栓、螺帽进货时是以重量进仓的，周师傅验收后由重量转换成只数计卡，发货时按只计数，因此盘点时既要一只只清点，又要折算成重量对账，这是很大的工作量；钢材都要从货架取下在地磅上秤出总重量相对照，无论钢管、镀锌管、无缝钢管、不锈钢管、槽钢、工字钢、角钢、螺纹钢、钢筋、扁铁等都要一一过秤；塑料板、塑料管也都要一一过秤；钢板及分切后留下的部分按面积、厚度和比重折算出重量。地磅上搁上长方形的架子，把较长材料放上去过秤，避免两端触地而不准。在这过磅过程中，五十多岁的周师傅总是不顾自己患有高血压，与我一起搬上搬下；患有肺气肿的汪师傅也积极参与其中，准确无误地记录我们所报的数值。师傅们的工作态度深深感动了我，我就更加努力工作，得到师傅、厂领导以及经常来仓库领取材料的工人师傅们一致好评。

我在做好仓库工的同时，积极参与了企业其他活动。1976 年，在周总理逝世时，我加班加点参与了制作花圈悼念总理活动，发挥了我的特长，制作花圈骨架、纸花，书写“奠”字和条幅。在企业参与所在街道元宵灯会时，制作了“孔雀灯笼”参展，得到好评。在企业开会需制作会标时，我就用底纹笔书写会标，或写好仿宋字用剪刀剪下制成会标字，展现了我的技能。参与了黑板报版面设计和板书，得到大家认可。我很自然地做着这些，并无他求，但企业领导，尤其是厂工会主席在默默地观察着我。

一天早上到厂时，早到的汪师傅告诉我，未见平时早起的周师傅，房门紧闭着，敲门无人应答。我又敲了门，仍无人应声，就打电话给他养女，问有否去她那里，她说没有，因她有周师傅的房门钥匙，就请她过来看一下。她很快赶了过来，打开房门一看，周师傅躺在床上已无气息，厂里保卫科立即请派出所出警来现场勘查，结论是脑出血自然病亡，因其症状是面部发黑，口角歪斜。丧葬车来接遗体时，来人问谁是儿子来捧头，没人应答，周师傅是单身哪来儿子，我说“我来”，就上前捧上师傅的头与其他帮忙人一同将师傅遗体抬上了接遗体的担架车，我心中默念着师傅一路走好！

周师傅走后，仍有三人承担着五金仓库的工作，汪师傅、准备接汪师傅班的叶师傅和我，继续兢兢业业地把五金仓库管理工作做好。随后不断有小曹、小徐、小陈等充实进来。随着要筹建大塘巷家属宿舍，仓库移至厂车队旁新建的两个大库房及中间露天搭的棚子里。左手库房放小五金，右手库房放大件电机、泵、板材等，中间棚内放各类钢材。整个搬迁又是一次大盘点，由于平时工作做得实、做得细，基本没有出入，在大家的共同努力下，终于按时顺利地完成了搬迁工作，当时我以仓库组长的身份组织了这项工作。

1981 年 1 月，新年伊始，我被调到了厂工会任工会干事，又开始了一项新的工作，一干又是七年。

父亲回家

我的父亲戎宗汉于 1910 年 4 月 10 日出生在一个铁路职工家庭，后随其父因铁路工作调动而先后在王店国民小学、杭州贡院前小学、嘉兴秀中学习。1928 年，父亲 18 岁那年考入铁路沪杭线南星桥站任电报员，1934 年任闸口站务代办，1936 年至 1937 年任闸口副站长。抗日战争时期 1938 年撤离至金华，后不愿为日寇铁路交通服务，离开铁路系统赴上海，经营木材、煤炭等。1943 年至 1944 年回老家绍兴安昌镇任“安昌镇保国民学校”校长兼教员。1945 年抗战胜利，恢复铁路工作，任长安镇站站长至 1949 年，曾任长安镇站区分部书记。1949 年新中国成立后在浙江干校集训。1950 年任替班站长、客运列车长。

1979 年下半年的一天，我正在厂五金仓库过磅刚进的材料时，突然周师傅叫我接听电话，我应声跑过去拿起话筒一听，是爷爷打来的，他告诉我一个没有想到的消息——我父亲要回家了，要我第二天上午请假并借一辆三轮车去庆春街一处旅店接一下父亲到爷爷家。高龄祖父交办的事我是无条件服从的，我说“好的”，我记下了旅店名称后放下了话筒。此时一股复杂的思绪涌上心头，在我 4 岁时，父亲离开了我们母子，当时母亲还怀着小弟。现在他要回来了，我该怎样去面对他呢？但又想到作为家属应该接纳他，于是心里也就释然了。

第二天上午，我请了半天假，借了仓库用的三轮车，一路飞奔去庆春街的一处旅店接我已忘却他容貌的父亲。父亲穿着一身蓝色的中山装，有一米八左右的个头，近 70 岁的人身板还是笔挺的，清瘦的脸庞，满头白发，看起来还是挺精神的。他两眼注视着我，可能在想这是老几？我就对他讲："爸爸！我是国宪，爷爷昨天来电话说你回来了，要我来接你回家的。"他说了句："辛苦你了！"我见他眼中闪着泪光。我将父亲的两个已褪色的蓝色帆布袋和一个挎包装上三轮车，让父亲也坐到三轮车上，快速去往爷爷在横龙华巷的家。清吟巷左转不远处就是横龙华巷 8 号了，一眼望去，爷爷已在门口候着。我对父亲说："爷爷在前面门口等你呐！"我看到父亲的两眼又有点湿润了。很快来到爷爷面前，我一刹车，父亲就跳下车去，迎着爷爷上前扶住爷爷双手口呼："爹爹！我回来了！"（绍兴话）这可能是父亲对爷爷的习惯称呼，爷爷频频点头，连说："回来就好！回来就好！"同时把父亲接了进去，我也把行李送了进去，爷爷随即张罗午饭，并要我吃了午饭再走，因我只请了半天假，我就告别了他们，并说晚上再去看望他们。

晚上，我们三兄弟陪同母亲一同去爷爷家看望父亲，爷爷当时已 96 岁了，在世不会太久了，他很担心父亲今后的生活，当场向母亲提出与父亲复婚的请求，只有这样他老人家才会安心。年迈的爷爷提出这样的请求，怎么忍心否定他呢！母亲答应了爷爷的请求，打算尽快去民政局办理复婚手续，了却爷爷的心愿，爷爷一年后安详地去世了。我们三兄弟一改过去的怨恨，也同意这么办，这样的安排彻底消除了父亲的顾虑，为他铺设了晚年平坦的生活道路，让他对余生有了新的期待，他也确实以新的姿态积极地投入了新生活。不久父亲母亲办好了复婚手续，父亲的户口迁入了母亲的户口中，我家也就重新变为一个完整的家。

父亲回家后，首先帮助爷爷做"戎氏肝炎丸"，无偿送药给有需要的肝炎病人。爷爷逝世后，父亲继承了爷爷的遗愿，靠我们给予的微薄赡养费，继续送药，做善事，自己省吃俭用，所穿的袜子都是打过补丁的，舍不得丢掉再买，就是这样一直坚持送药到逝世。在病重时他还在坚持做，坚持送，记挂着病人的需要。我们为他的善意所感动，经常主动帮他制作肝炎丸，尤其是石臼内捣药的体力活，基本是我们抽空去完成的。他不仅送给上门来要药的病人——只有上门来才能知道药与病是否对上号，而且上过门的病人若来信继续要药时，会给他们邮寄去，免得他们再麻烦地上门索取，他一直为着病人着想。在原皮市巷 103 号左邻右舍都知道有个戎爷爷在送肝炎丸药，若有病人问上门来，就会热情地给他们指路，共同参与做善事。

父亲写得一手好字，因此他曾承担了居民区的黑板报的定期展出，内容都能紧扣形势，从报上摘录并给予缩编，以便在一块版面上尽可能地展出更多内容。当然我也发挥了美工作用，标题、插图、花边由我帮忙，因此每期黑板报都做到了图文并茂，引人驻足观看，起到了较好的宣传教育作用。

寒暑假期，学生放假了，而家长没有时间照顾孩子，居民区为家长解困，开办了寄托班。父亲就自告奋勇地承担起寄托班照顾孩子的工作，连中饭也不回家吃，装在饭盒里中午用热水一泡将就着吃，尽心尽力地照顾好孩子们。由于父亲热心公益活动，经常受到居民区表彰，发给物质奖励，后来每月还给父亲发 15 元津贴。

父亲每天都要看报纸和电视中的新闻，十分关心国家大事，并随时摘录，作为黑板报素材。他对祖国日新月异的发展，看在眼里，喜在心中，溢于言表，有时比我们还要掌握得多。父亲愉快地过着他晚年的新生活，经常显示出满足感、幸福感，这对我们孩子辈来讲是值得欣慰的事。

我也不再受父亲原来的历史问题影响了，在 1987 年终于实现了入党的愿望，得到了组织和群众的充分信任，一路受到了重用。通过选举，成了集团党委副书记、纪委书记，在党务工作、政工岗位上发挥了自己应有的作用。

父亲在 2003 年因病医治无效逝世，享年 93 岁。他的一生是曲折的，但晚年生活却是幸福的、充实的、有意义的，为社会做出了贡献。

工会干事

杭州新华造纸厂工会是全国总工会、轻工业部、浙江省、杭州市各级的先进工会，是较有名气的工会。原工会主席吴志鹏是一名老工会工作者，解放初期就是人力车工会的，有着丰富的工会工作经验，他对别人的要求也十分严格。1980 年我被他挑上调厂工会办公室工作，就觉得很有压力。当时厂工会办公室专职人员仅有他和我两人，他是把我当生力军调去的，厂领导也认为我会胜任的。我必须尽快地掌握工会业务，分担他的担子，不辜负厂领导和工会主席对自己的期望。而且我也明白，工会干事顾名思义就是干事的，已有充分的思想准备。

我到厂工会报到当天，吴主席对我讲："我们干工会工作的，一定要全心全意为职工服务，为职工说话，发挥好企业与职工的纽带桥梁作用；你不要有压力，你有能力的，工会工作虽千头万绪，但你一定能尽快地熟悉和掌握的。"接着他简单介绍了工会主要职责：主要抓好企业的民主管理，要组织好会员大会或会员代表大会（后明确为职工代表大会），执行好大会决议和上级工会的决议；要围绕企业生产经营计划，通过岗位练兵，组织职工开展好劳动竞赛、合理化建议、技术革新、技术攻关，并从中物色好劳模人选，为需要推荐时做好准备工作；开展好职工文化体育活动，丰富职工业余生活，组织职工的看电影、运动会、文艺演出、兴趣活动等；要协助企业办好职工福利事业，做好困难职工的帮扶救助工作，为职工办实事、做好事、解难事，安排好职工疗休养，组织好职工旅游外出活动；要维护好女职工的特殊利益；搞好工会组织工作，收好、管好、用好工会经费；还要做好工会系统上情下达、下情上达的工作。

正式进入角色后，我倍感工作强度之大。工会专职仅两人，吴主席已是工会系统名人，精力几乎就是对外，经常外出开会、介绍经验、参观学习。企业内部工会大小事就得我挑起来，把该做的事全做到位。如组织全厂班组骨干分批到黄山、到普陀旅游，就得落实旅游大巴，到海岛还要落实渡轮，凡是外出均要落实当地食宿，并驻当地就近调度，一批接一批衔接好。

一次组织去普陀，原安排得好好的，却意外遇到了台风，一切计划全被打乱，需要及时调整。当时没有手机，全靠打长途电话联系，有时刚打好长途，又有新情况出现，又要联系。我驻在宁波调度，由于台风而拖延了时间，当时住店用的是现金支付，我个人带的原以为肯定够用的钱因拖长时间就出现尴尬了。支付了超计划的住宿费，钱袋就瘪了，要待下批到来才能解决。仅有的一点钱还要对付打长途所需，我只能祈盼台风赶快过去，同时缩食了，每餐只吃一只粽子，这种窘境一直持续到普陀的渡轮复航，正常运转起来才结束。任务完成得虽不顺利，但终究是完成了。

一次到黄山旅游，作为带队的我主要是关注安全问题，再三交代，要求各车间、科室分工会主席对所属人员要反复强调注意安全，结果除一起当地人寻衅闹事打架外，几批下来都平安无事，提着的心才放了下来。

当时工会对职工业余生活是十分重视的。每两个月就要组织全厂职工看一次电影。每次片名确定后，购买时要顾及四班三运转生产模式的实际，为了使每个职工都能看到电影，先得要求各车间部门报上不同时段的人数，统计后再去购票，再按要求发下去。有时有变化，还要从科室中进行调剂，自己这张票肯定在调剂范围之内。

组织文艺演出是一项系统工程：首先要落实经费；要发动各车间部门出节目；排练时若需要外请辅导人员要联系；向外借用乐器、服装要联系落实；若要邀请厂外来宾，要及时制作请柬发出邀请，并编排印制节目单；场地准备要做好会标、准备合唱用的垫高设施、灯光布置等都要顾及，缺一不可；还要组织好评比人员，演出结束时尽可能当场宣布结果，并颁发获奖证书；演出结束后及时归还借用物品，结清费用，不能有一个环节出差错。

每年年终困难补助由各车间、部门上报，公示后若有人提出异议，还要适当调整，做好说服工作；若原定合理的话，要做好提出异议人的工作，从而把好事办好。

为了加强对职工的思想政治教育，促进各项活动的开展，充分利用了黑板报这块阵地。经常围绕一个主题，如党中央的重要决议、企业劳动竞赛的开展……均要宣传布置下去，由各车间、部门各自出好黑板报。为此还经常组织评比奖励，选送优胜黑板报参加上级部门组织的黑板报评比，以此提高各车间、部门出黑板报的积极性和水平。

执行职工代表大会制度是厂工会的重点工作。我厂职工代表大会制度的自觉实施，在省、市乃至全国都是搞得比较早的。全国到 1986 年初才酝酿着在全国国有企业推行职工代表大会制，这样我厂的职工代表大会就被省市当作推广的试点。待 1986 年 10 月 1 日《全民所有制工业企业职工代表大会条例》正式发布实施，要求企业职工通过民主选举，组成职工代表大会，在企业内部行使民主管理权利。我厂职工代表大会就成了典型，被省、市总工会推广，为省、市做出了贡献。我自 1980 年到厂工会至 1988年调离工会，参与了三届职代会的筹备和组织工作。职工代表行使自己权利的认真态度在不断感动着我，代表们就是以强烈的主人翁精神对待企业的生产经营和发展的。

在厂工会期间，为了提高业务水平，我与厂里其他三位同事在 1983 年 4 月参加了“浙江省总工会干部学校第 35 期轮训班”培训，学习了马列主义哲学、工会业务，以优秀成绩结业。一同参加轮训的李军后成了厂工会副主席，现为浙江省女书法家协会主席，当时哪怕在轮训班时一早就在苦练书法，真的是功夫不负有心人；另一参加轮训的陆建新后来成了新华集团有限公司工会主席，他们都是学有所成之人。

在厂党政领导的支持下和我们两名工会专职干部及厂工会委员会全体同志共同努力下，1982 年厂工会被浙江省总工会评为“浙江省工会先进集体”；1983 年厂工会被杭州市总工会评为“先进职工之家”“市总工会先进集体”；1985 年被浙江省总工会、省体委评为“职工体育先进单位”；

1986年被浙江省总工会评为“浙江省工会先进集体”；1987 年被浙江省总工会评为“省 1986 年度先进‘职工之家’”。

我在厂工会期间的工作得到了组织上的认可，在 1987 年 7 月 1 日党的生日那天，我加入中国共产党，实现了我的夙愿。1988 年 1 月，我被调入厂办，协助牛兆元主任做好厂办工作。不久，1989 年 5 月又被调入党委宣传科任科员、随后相继被任命为副科长、科长，从此由群众工作转入了党务工作。

政工一兵

1981年1月至2016年2月（其中除2007年退休在家一年）从工会到党务工作到老干部工作，整整35年多的政工生涯，为党的事业、为企业践行了政工一兵应有的责任担当。我于1991年6月10日由杭州市人事局确认具备助理政工师任职资格；1992年5月16日，经杭州市经委系统企业政工专业中级职务评审委员会评审认定具备政工师任职资格；1997年12月经浙江省企业思想政治工作人员高级专业职务任职资格评审委员会评审，具备担任高级政工师专业技术职务的任职资格。各级任职资格认定后，均被聘任。其中高级政工师评审时，我还未取得本科学历，是被破格评定的。到1998年4月，我被吸收为浙江省政工师协会个人会员。

1981年1月至1988年1月期间在厂工会的工作情况已在《工会干事》一文中有所回顾；2008年1月至2016年2月在杭州市经委系统离退休干部服务中心的工作情况也在后面文中会有所回忆。本文着重回顾1989年5月至2007年1月期间在党务工作岗位上的政工工作。

1989年5月，我被厂党委调到了党委宣传科工作。厂党委要求我发挥好宣传工作的特长，协助好科长搞好党委宣传工作。党委宣传科是企业党组织职能部门之一，从此我开始了党务工作，但当时仅侧重于宣传。

其实在此前一年多，在厂办协助主任工作时，除做好行政交办工作外，已开始了宣传工作，那时已由我负责出厂报《交流》。这是一份油印厂报，早在1966年前已有此报，1977年复刊，重新开始出第一期。《交流》是用铁笔蜡纸由手工钢板刻写、手推油印机印刷而成，从组稿、撰稿、设计版面、刻写、印刷、分发及送上级机关均由我一手完成。调宣传科后该小报也就带到了宣传科。我还负责了厂宣传橱窗的组稿、版面设计、绘画书写、展出，也随我带到了宣传科，丰富了党委宣传科的工作内容。

我在党委宣传科工作了五年，其间从科员、副科长到科长；支部委员、支部书记到厂党委委员；助理政工师到政工师。随着职务的变化，我的责任也就越来越大，我能依靠科里同志一起干好党委宣传科的本职工作。随后直至 2007 年退休，我的党务工作不再局限于宣传范围，而是更加充实了。曾任厂党办副主任、主任、科一党支部书记、厂党委委员、厂党委副书记兼纪委书记、兼组织处长、宣传处长；曾任集团党委委员、纪委书记、高级政工师（其间仍任新华造纸厂党委委员、党委副书记兼纪委书记）；曾任集团有限公司党委委员、党委副书记兼纪委书记、兼党委工作两处一室合并的党办主任（针对上级党委不同的职能部门转换着不同角色）、高级政工师、兼任杨伦造纸厂党总支书记。

作为“政工一兵”，我在基层党的建设方面、职工思想政治工作研究方面、宣传教育工作方面做了一些工作，并能联系实际进行一些深入研究，在企业上述三方面的不断进步中发挥了自己应有的作用，得到了组织的肯定。

一、参与组织企业党的建设工作

1989 年，党委宣传科着手成立了“新华造纸厂业余党校”，首期 30 名党员参加，聘请了省委党校老师前来授课。这是杭州市轻工系统首家企业业余党校，在系统内开了一个好头，强化了企业党建工作，为发展党员创建了入党积极分子的培训基地。1992 年、1995 年、1996 年厂业余党校先后被市委评为“杭州市先进基层党校”。

参与党委组织开展党内“双争”活动。每年召开年度“双争”总结表彰大会，并布置新一年的“双争”活动，从而做到有计划、有实施、有评选、有表彰，通过年终总结、民主生活会，就理想信念、学习情况、工作情况等进行全面总结。“双争”促进发挥了党支部的战斗堡垒作用和党员的先锋模范作用，党组织在企业生产经营、改制中起到了掌舵和保障作用。

参与党委抓了组织建设。按时进行换届改选；发展党员严格把关，按程序进行；从思想上、学习上入手，开展了理想信念、党性教育；组织好党员理论学习；发挥了“党支部园地”的阵地作用；组织好党员活动，如清明前后赴云居山革命烈士陵园瞻仰悼念烈士、重温入党誓词；“七一”表彰大会安排在嘉兴南湖召开，使全体党员不忘初心、牢记使命；重视党的后备力量建设，加强对厂团组织的领导工作，厂团委被评为“市先进团委”“市新长征突击队”。

我就党建工作和党组织在企业中应发挥的作用进行了研究和报道，撰写了大量的文章。

在党委班子共同努力下，工作得到了上级党委的充分肯定。党委被浙江省委评为“1990 年度浙江省先进基层组织”，新华造纸厂被浙江省委、省政府评为“1994–1995 年度创建文明单位活动中成绩显著”，1999 年被继续命名为“浙江省文明单位”，厂党委被杭州市委评为 1990 年、1993 年、1994 年、1999 年“市先进基层党组织”，1999 年企业被市委评为“市党建工作‘四好’企业”，厂党委被市经委党委评为 1991 年度、1993 年度、1994 年度“先进基层党组织”。

二、参与组织企业职工思想政治工作研究会工作

1984 年，原新华造纸厂党总支研究决定成立职工思想政治工作研究会。1985 年 10 月 18 日，厂政研会召开首次论文研讨会，有 9 篇论文在会上发表，自此厂政研会活动持久地蓬勃发展。我在厂工会期间已参与其中，后到党委宣传科后，我曾任厂政研会秘书长，具体抓了这项工作。随着厂政研会紧贴企业实际和形势任务不断开展研究工作，得到了各级政研会的肯定，厂政研会获得了许多荣誉。1986 年厂被市经委党委政研会评为“杭州市经委系统优秀思想政治工作企业”，被浙江省委宣传部、省计经委、省总工会评为“1986 年度思想政治工作优秀企业”；1989 年厂政研会被市经委研究会评为“1988 年度先进思想政治工作研究会”； 1990 年厂政研会被浙江省轻纺政研会评为“省轻纺先进研究会”，厂被轻工业部评为“全国轻工业优秀思想政治工作企业”；1993 年中轻政研会班组建设专业委员会第二届年会选择在新纸公司召开，全国 27 个会员单位 52 名代表参加了会议；1999 年集团政研会被浙江省政研会授予“1997–1998 年省政研会工作奖”。

在搞好厂政研会组织工作的同时，个人结合工作实际，辅以企业文化和行为科学，进行了大量的深入研究、回顾总结，提出了进一步的工作安排，撰写了大量相关的材料和论文。

三、参与组织企业宣传教育工作

注重宣传阵地建设，使其效果最大化。宣传栏突出企业每个阶段的工作重点、任务和要求，精心制作版面，及时予以更换；经常组织不同专题的车间部门黑板报展评；厂报《交流》做到报道及时、版面新颖、图文并茂，把企业发生的一切迅速及时地给予报道，并与行政的《新华信息》相互配合，使宣传报道信息更加全面；制作各类展览进行宣传教育，把企业的艰苦创业、开拓创新全面地展现在全厂职工面前，提升职工的主人翁精神、自豪感和工作积极性；制作企业宣传片、宣传册，浓缩企业的进步和产品的品质，让观者一目了然，加深对企业的认知，从而对外宣传了企业；精心制作彩灯参加社会灯会，以一座座高大醒目、制作精美的彩灯向世人展示我厂的实力。以下回顾几个实例：

到党委宣传科后，我提倡声像资料的制作收集工作。为了更好地宣传企业，宣传科添置了摄录像机及编辑设备。为了适应工作需要，我与同事曹建华特意去“江南电视艺术学校”学习了“电视专题片的制作”“视频摄像机”“摄像艺术基础”“电视照明”“影视剪辑艺术”。随着企业的不断发展，先后录制编辑了多部介绍企业的宣传片：厂庆 40 周年起草脚本、制作的《新华之光》就是第一部企业宣传片，加强了对外宣传交流的效果；为了配合国家一级企业正式验收，特意写了脚本、拍摄剪辑了《国一级预验后整改纪实》宣传片，助力国一级企业验收；还撰写了脚本、拍摄《新华在前进》等。上级领导、兄弟单位来企业时，先看宣传片，再听取汇报、介绍，就更显生动、具体。

为了制成理想的宣传片，先得有一个好的脚本。写好脚本初稿要经审阅修改，再审阅再修改后确定，在这过程中要做好耐心的解释，促使审阅者认可。有了脚本接着就是围绕脚本针对性地收集既有的资料，补充拍摄需充实的内容，使画面紧贴脚本需求，让片子更加丰满具有说服力。再一步就是剪辑，这是片子好坏的关键，剪辑好的毛片要经几次播放、微调最后定片。有时为了满足剪辑的特技需要，我还联系了杭州电视台的朋友兰江、朱早等和省总工会编辑室，得到了他们的大力支持。用他们那里的高级编辑设备，由他们帮忙剪辑。为了充分利用他们设备使用的空档期，我们一般在晚上进行剪辑，全神贯注一帧帧地无痕自然衔接，使整个片子顺畅、引人入胜。在制片过程中需要各方配合才能出好片，我最好的合作者是俞继民，他有剪辑方面的专长；资料提供方面厂办主任郭胤出了大力，因行政有关资料他最了解。我很感谢他们。

在国庆 40 周年之际，参与组织开展了一系列活动：宣传科与厂办联手组织了与拱墅区文化馆联合举办了“祖国颂书画展”，在新华造纸厂展出，聘请了浙江美院的洪世清、吴山明等 9 位书画大家到现场进行了点评。美院教授们还兴致勃勃为企业画国画装点环境，厂办公大楼两个会议室中的巨幅国画《赤壁赋》《林和靖梅妻鹤子图》就是他们不辞辛苦趴在桌上挥笔的杰作，为企业增添了光彩。后西泠印社专家评估，每幅价值均在百万元以上。美院与厂的友好关系是有渊源的，早在那个特殊时期美院教授沙孟海等曾到厂里参加劳动，我厂给他们提供了置换下来的造纸毛毯作为他们书画时垫用的毯子，废纸满足了他们练笔所需，因此是老朋友的关系。还与厂工会配合组织了“祖国颂文艺汇演”，有 24 个节目演出，营造了国庆氛围。

在建厂 40 周年之际，废寝忘食地精心制作了包含 15 个方面内容、46 块版面的《新华在前进》厂史展在厂区展出，全面展现了企业职工艰苦创业、开拓创新的历程；《新华之光》制作完成后特意组织了历任厂党政领导的观看和座谈，因真实地展现了他们艰苦奋斗的经历，他们为此而动容；那年，宣传科还组织厂职工的书画作品参加了拱墅区首届群众文化节大厂（新华、华丰）书画联展，获得了“组织奖”。

在庆祝建国 45 周年时，参与组织了“祖国在我心中”文艺汇演。为了搞好此次演出，我首先整修了新纸公司办公大楼五楼会场舞台设备，以确保演出顺畅、成功，接着与工会一起督促 16 个节目的排练，经彩排检验了各个节目的排练效果，确保演出成功，我为此做好了全面服务工作。

我在搞好本职工作的同时，积极为厂《新华信息》供稿，在 1994 年第 100 期时，被评为优秀撰稿人。

在做好厂里宣传工作的同时，我还参与了轻工系统宣传干部的培训。利用晚上时间备课，设计印刷了《黑板报版面样式》小册子，上课时分发给学员。在课堂上讲解了厂报、黑板报编排布局的原则及实例；仿宋美术字的笔画书写；底纹笔书写会标字的技法；从结构布局着手写好汉字等，受到了学员的欢迎。

多年为企业制作巨型彩灯，应邀参加拱墅区举办的元宵灯会，既参与了社会活动，又展示了企业实力。相继制作了大型“宫灯”“孔雀开屏”“茶花花篮”“龙年锦绣”“骏马奔腾”“虎灯”等彩灯。其中 “茶花花篮”彩灯获 1996 年拱墅区元宵灯会一等奖；2002 年，高有 5 米的“骏马奔腾”彩灯在拱墅区“万马奔腾闹运河元宵灯会”中被评为最佳彩灯奖。其他彩灯也相继获得好评。

为了适应政工工作，我参加了相关培训：参加了“浙江省总工会干部学校 35 期轮训”，以优秀成绩结业；参加了“浙江省干部马克思主义理论教育学习”，以三门科目分别为 93 分、94 分、96 分获中共浙江省委讲师团颁发的学习结业证书；参加了“党政干部理论研讨班”获中国历史唯物主义学会颁发的结业证；参加了“企业文化理论研讨班”获浙江省企业文化研究会颁发的结业证书；参加了“浙江省企业思想政治工作专业人员岗位培训”获中共浙江省委宣传部颁发的岗位培训证书。

作为政工一兵的我，照理到 2007 年 1 月退休时应该画上句号，但隔了一年我应邀又去了“杭州市经委系统离退休干部服务中心”帮忙，做中心的文秘工作。老干部工作是党组织工作的重要一环，因此可以讲我又以另一种形式继续干了八年政工工作，直至 2016 年 2 月终于结束了我的政工生涯。

参与企业行政管理

从1975年进厂至2007年退休，我都在管理岗位上工作着，无论是仓库、工会，还是在党务工作岗位上，都紧紧围绕着企业的生产经营管理服务着。

首先是自觉地提升自己的企业管理能力，为适应工作需要，参加了各类培训。1987年4月，参加了市轻工教育中心组织的《全国质量管理基本知识》电视讲座学习，统一考试成绩合格；1993年10月，参加了浙江省科学技术培训中心组织的“浙江省科学技术继续教育培训班”获结业证书；1996年2月，参加了杭州市轻工教育中心组织的“中层干部安全知识培训班”获结业证书；1997年8月，参加了杭州市对外经济贸易委员会组织的“杭州市外贸投资企业中方高级管理人员培训班”获任职资格证书，其结业论文为《我国加入世贸组织的利弊分析及企业对策》，又参加了“三五”普法教育培训结业；1999年12月，参加了中共浙江省委组织部、浙江省计划与经济委员会组织的“企业管理人员工商管理培训”获企业管理人员工商管理培训证。

在学习的同时，我加强了企业管理研究和总结。结合企业实际撰写了大量的调查报告、研究论文、经验材料；起草了大量企业开展各项活动的实施方案、总结材料；尤其对产权制度改革、现代企业制度建立，通过文章谈了自己的见解，并以实际行动支持企业改革。

作为党委副书记，在1996年4月至2000年11月，总经理提议由我分管了企业的安全生产工作。我厂是市重点防火单位，总经理是安全总负责，而我成了直接的具体负责人。要做好这项工作，先得了解全厂生产中的安全重点部位，以便在抓好普遍安全管理的同时，有的放矢地抓好重点部位的安全。厂里主要是溶剂回收、油配大楼、蜡纸车间和锅炉房，均是易燃易爆之处。我与保卫科通力协作，除了每月定期全厂检查，做好平时的安全教育工作外，重点抓节日的安全。在我负责企业安全生产的几年中，每年年三十晚上都在企业通宵值班。重点是严查门窗有否关好，以免火种的窜入，因溶剂回收、蜡纸车间墙外就是居民住宅区。当时，年夜饭吃好后均会燃放爆竹、烟花、“窜天老鼠”等。漫天的绚丽烟花已吸引不了我们，此时正是我们值班者高度紧张之时，严密监控着可能窜入的火种，以便及时处置。同时在墙外也安排值班人员加强巡视宣传，要求居民不要向厂内施放。经过多年的宣传，居民已知危险的后果，基本不会对着厂区施放了。第二个时段是清晨 5 点左右，杭州人的习惯要放开门炮，我们又要紧张一番。每年通宵达旦以这样的精神状态迎接大年初一的到来，只要保证企业平安无事，再辛苦也值得。在我负责的几年中，企业从未发生过火灾和生产安全事故。

多年为宣传企业、宣传产品，我发挥了应有的作用，多次参与了对外布展参展工作。1992 年参加了深圳国际展览中心举办的“中国大企业对外开放成果展暨中外经济贸易技术合作与投资洽谈会”，设计布置了展位，并参加接待参观者；1992 年，参加了在北京国际展览中心举办的“第三届全国轻工博览会”的布展工作，展品是参展人员随车直送北京的；1994 年 5 月 25 日至 29 日，参加了中国造纸协会等在北京国际展览中心举办的“首届中国纸张、纸制品暨印刷器材博览会”并参与布展工作；1998 年 6 月，一个人随市经贸代表团赴匈牙利布达佩斯参加“1998 年中国杭州（布达佩斯）商品展览暨投资洽谈会”，一个人布置了与“华丰”合用的展位，与华丰李群一起接待了参观者，向东欧展示了企业产品；1998 年 9 月 8 日至 10 日，参加了在北京农业展览馆举办的“第三届中国国际非织造布/产业用纺织品展览会”，由我负责布展；1999 年参加了由中国纺织工程学会非织造布专业委员会主办的在上海国际展览中心举办的“第八届上海国际非织造布展览会”，公司展位共有 72 平方米，是国内参展企业中最大规模的展位，由我设计经外加工，并在现场指挥搭建组装了展厅，展览期间市经委、科委、轻工控股（集团）有限公司等有关部门的领导和本公司两级干部、离退休干部专程赴沪参观了展览；还随“浙江省名特优新产品展团”赴兰州参加了“浙江省名特优新产品展（兰州）展销暨经济技术交流洽谈会”设计布置了展位。在企业内部也设计制作了许多专题的展览，提升职工的自豪感和主人翁精神，具体众多的展览在《政工一兵》一文中已有列举。

在企业“国二级企业”“国一级企业”验收过程中，布置了厂区环境，包括宣传栏、黑板报和彩旗，悬挂了巨型横幅，营造了氛围。尤其在国一级正式验收前夕，制作了《国一级预验后整改纪实》纪录片，助力验收。在验收关键时刻，为了把当天验收情况在第二天早上放到每位参加验收的领导、专家面前，我 48 小时没有睡觉，连续两个昼夜加班加点制作厂报《交流》验收特刊，提供国一级企业验收时的最快最新报道，受到验收组专家们的好评，称其为“新华”速度的具体表现。

以实际行动支持和参与企业的两次改制。在 2000 年新华改制中，我从两方面支持和参与企业改制。一是通过抵押房产贷款，以自然人身份出资 15 万元；二是承担了集团董事会董事和“职工持股会”理事会理事长职务。在职工持股会组建和审批过程中承担了责任，所有审批材料的准备、赴民政局审批、领取《杭州市企业职工持股会法人登记证书》都是我亲自办理。随后根据职工持股会运转需要，由我主持召开理事会和会员大会研究有关事项。后根据会员要求，经理事会研究，实施了《内部转让方案》，进行了认真的操作，满足了会员不同的需求。后又根据上级要求，股份要向经营者集中，企业要进行二次改制，这有大量的宣传教育说服工作要做，终于将职工持股会所占公司注册资本 52.1%的 1016 万股由公司顺利地进行了溢价回购，又由我经民政局办理了注销职工持股会团体法人资格手续。而我又通过相互担保从银行贷款缴纳了我应缴的股资，完成了二次改制的参与工作。

我虽在党务工作岗位，干着政工工作，但还是任劳任怨、认真踏实地参与了企业大量的行政管理工作。

两专成本科

杭州新华造纸厂是一个十分重视职工教育的企业。早在 1980 年就在浙江省广播电视大学的支持下，开办了由 22 名职工参加的机械专业新华造纸厂教育班，终于在 1983 年 7 月首批毕业了 15 名学员，为企业培养了机械专业人才，在企业中发挥了积极作用，企业尝到了甜头。同年 9 月，接着开办了“浙江省广播电视大学工业企业管理专业新华教育班”，全由厂管理人员中年轻人组成，我有幸成了该班 20 多名学员之一。但我并没有在两年规定时间内毕业，经历了艰苦学习的过程。

我虽是 66 届高中毕业生，照理能适应电大工业企业管理专业的学习。但当时厂工会办公室仅有两人，工会主席吴志鹏和工会干事的我。厂工会是“杭州市工会先进工会”，处处在争先，工作做得实而细，也就费时费精力，每天工作排得满满的，想在上班时间看电视上课几乎是不大可能的，学习时间保证不了，结果也就惨了。高等数学微积分两个学期考试开始都没有过关；哲学原以为我在省总工会干校曾考了优秀，应该不成问题，结果也意外地没及格，哲学第二次考试就过关了，微积分未过关，究其原因就在于没有在电视上上课，而微积分是一环扣一环的，哪一环出了问题，后面就会一直跟不上，因此就一直制约着我毕业。

问题总得解决，白天没有时间参加电视上课，只有晚上加班自学，钻研课本上的例题，搞清运用公式的解题方法，重点是多做练习题。夏日炎热无比，我赤膊俯卧在较凉快的水泥楼板地面上努力地做练习题；冬天坐在床上裹着被子、伸出双手做题，经常做到深更半夜；如遇解决不了的难题，第二天到厂里见缝插针地请教同事，回家后再继续完成，努力不放过一只“拦路虎”。正所谓功夫不负有心人、熟能生巧，最后参加两个学期微积分考试时，第一学期考了 88 分，第二个学期考了 94 分，只错了一题。当时考好走出考场与别人对答案，许多答案都对不上，我心里还紧张了一阵子，结果分数出来时才知是自己做对了。微积分这只“拦路虎”终于去掉了，在 1988 年 7 月，我终于取得了浙江电视大学“工业企业经营管理专业”的大专毕业证书，这是我取得的第一个大专毕业证书。

1995 年，中央要求党员干部通过三年学习在思想上、业务水平上提高一个档次，我就想若能把我现有大专学历提高到本科学历就是提高了一个档次，于是我寻找了与我优势有关的专业来就读，就是能提高美术功底的浙江大学成人教育学院“室内设计与装潢专业”的函授班来学习。

我所在班级是浙江大学成人教育学院“95 函授一专”，有 60 名学员，是一个大班，来自全省各地：有装潢公司、房地产公司、群众艺术馆、规划设计、建筑设计、纪念馆、城建环保、装饰材料、学校、企业宣传部门等专业人士。而我被学校指定为该班班长，可能是我年龄最大啊（已有 48 岁）的缘故吧。

到该班学习时，我已在党办工作。平时全靠自学所发学习资料，按计划及时上交作业，每学期安排脱产集中学习时间，在这阶段中学校安排考试，这方面我得到了厂里的支持，有了时间上的保证。该班学习有二十多项科目，其中大部分是我比较感兴趣的，而且有一定基础的。如素描、色彩（水粉画）就没有问题，室内设计原理、人体工程学、识图与制图、构成设计等是我喜欢的，因此学起来得心应手不成问题。当时令我担心的是两个学期的大学英语课程，平时没有什么辅导，几乎全靠自学，虽在初、高中已学过英语，但已近 30 年没有接触，要从头开始了。为此哪怕在出差途中的车上也在努力默背着英语单词，总想着有“米”才能煮“饭”，终于在不断努力下，不仅其他科目一次过关，还考得不错，而且连着两个学期的英语考试也是一次通过。通过三年的函授学习，在 1998 年 7 月按时完成了三年的学业。函授班的毕业照在浙江大学校门前拍摄，在庆祝毕业的聚餐会上，我班多数学员高高兴兴地获得了由浙江大学校长潘云鹤签发的毕业证书。潘云鹤曾是我就读高中时高我一级的学长，他是六五届高中毕业生，却成了我毕业学校的校长，人家的进步确实是惊人了。

我还得到了由浙大代发的浙江省教育委员会颁发的“浙江省高等学校第二专业专科教育学历证明”，证书编号为：8561528，其中明确：学生戎国宪，性别男，一九四七年一月三十日生。于一九九五年九月至一九九八年七月在浙江大学成教院接受室内设计与装潢第二专业专科教育，现已毕业。根据规定，学历视同成人本科。

就这样在我 51 岁时，先后获得了两个大专毕业证书，弥补了高中毕业无法升入高等教育的遗憾，以两个大专毕业获得了本科学历。同时也实现了三年提高一个档次的目标。

随笔四则

一

三清山尽显美丽。奇峰碧水的环拥，清风阳光的沐浴，飞鸟临空的鸣叫，小虫窃窃私语的伴响。沿着山势的盘蜒道和石阶，满浸着三清山的韵、三清山的幽、三清山的柔、三清山的刚。淙淙溪水，清澈闪光，绕过峭壁，穿过卵石，洁净得没有一点杂质，那激情似水、心静如水、豁达像水的心态油然而生。倒挂悬崖峭壁如虬龙般的苍松，在蓝天的映衬下，幻化出无数的幽谷风光。群峰间浮云缭绕，霞光万道。溪涧旁，蝉鸣鸟唱，药草遍野。这边巨蟒出山，如龙腾空；那边司春女神，仰首远眺。大自然赋予世间的阴柔之美和阳刚之气，引游人百般遐想。当酣畅淋漓登上三清山南部之巅时，面对厚重的云海、清爽的天风、满目的青翠、远送的清幽，观刺入天际的群峰、嵯峨的怪石、遒劲的奇石、翻滚的云海，自然界的磅礴、恢宏尽收眼底而得神韵，大有抒“一览众山小”之胸臆、生“望峰息心”之雅趣、展“人在画中游”之意境。呵！好一幅泼墨山水画。

二

三清山富于诱惑。这份诱惑来自“峰峦尽显峻峭、幽谷充满禅意、溪流饱含灵气、林木呈现遒劲。”那溪流涓涓、带来滴滴细语，诉说着三清山美丽的传说。史载，当年道教的全真教派鼻祖葛洪曾在此结庐炼丹、修炼得道，足迹遍布三清山，其“丹井”“三清宫”可以作证。三清山由玉京、玉虚、玉华三峰而成名，寓意道教所尊的元始天尊玉清、灵宝天尊上清、道德天尊太清，其冠名则可看出三清山与道教的渊源。也佐证了葛洪确实曾在此，并创造了为世人所传颂的业绩。山道上竭力想为我卜卦算命的两位道长不知是否是他的传人？从传说到现实，不禁使人浮想联翩。那蝴蝶飞舞，鸟雀飞鸣，更有一番“幽静深处响流泉，林中微风鸟拍翅”的情趣。那满山的杜鹃，扎根山岩，枝繁叶茂，折射出生命激情和灵动之光。整个三清山是绿色的山，绿色的云，绿色的空气，新鲜、恬静、浩大无比地沁人心肺、净人智灵。好一个去处，真想再来。

三

三清山充满魅力。自亘古绵绵至信息时代，承载着历史与文化，连接着传统与现代。这里的一切除供游人的登山台阶、缆车和观景栈道外，都是生态原始的。游人既能贴近自然，更能亲近自然、感受自然，去品味石的“灵气”、峰的“伟岸”、瀑的“绝作”、溪的“妙趣”、树的“怪异”、花的“缤纷”、药的“神奇”。导游深情地说，三清山天作地设，除奇峰外，四时成景离不开一个“绿”：春天新绿，夏天翠绿，秋天碧绿，冬天苍绿。三清山是峰的世界，也是树的海洋。难怪三清山的空气是那样的清新，环境是那样的清爽，游人就像进入了天然氧吧。面对大自然的一山一水、一草一木、春夏秋冬、风雪雨露，时空会变得原始，岁月会褪去印记。在尽享新鲜空气中，胸襟随蓝天飘荡，身境又回到了人类的童年，有种步入仙境般的感觉，乐不思归。

四

三清山崇尚精神。三清山虽尽显美丽，富于诱惑、充满魅力，但更震撼人的是其崇高的精神。这是一种百折不挠、战胜困难、奋发向上的精神。

苍松之精神：这是一种战胜残酷环境、求得生存与发展的精神。三清山是岩之山体，能使松扎根的土壤是稀缺的，但就是在这样的环境中，松之根顽强地扎入绝壁缝隙之中，吞云露而生存，始终展现其不屈不挠、巍然屹立、铁骨铮铮之风采。

挑夫之精神：这是一种不畏艰险、勇往直前的精神。三清山登山除了索道外，就是沿着山涧、蜿蜒而上的石阶道，据说要三至四个小时才能登完台阶，可想其艰辛。然而三清山挑夫每天就是沿着这条崎岖的山道，挑着沉甸甸的担子，一步一个脚印地勇敢攀登，硬是把各类物资送上了山。一路辛苦，一路汗水，但达到目的虽苦亦乐。

游客之精神：这是一种勇于攀登和团队的精神。一步一步，绝不动摇、放弃、退缩，互相鼓励，互相照顾，共同前进，从中净化心灵，陶冶情操。三清山总是敞开胸怀，迎候着勇敢的攀登者和团结互助的人，其展现的奇异风光就是给予勇敢者的奖赏。

登山八思

登高五云　情景交融　思绪万千　欣然命笔

一、始于足下

迈出第一步是关键，有了第一步才有第二步、第三步……

清晨，载着欢声与笑语，沐着朝阳与春风，我们驱车来到了地处西湖西南山峰叠嶂的五云山下，参加集团工会组织的登山活动。我作为“杨伦”的兼职总支书记，当天要协助好领队小吴做好组织工作。进山处是一座新建的青石牌坊，上书“五云山”三个大字，似乎在召唤登山的人们。大家三五成群结伴而行，经过牌坊，踏上了登山之道。这时，有几位同来的员工遥望着海拔 374 米的五云山巅，犹豫了、退缩了，想乘车前往下一个目的地龙井。鉴于这次是集体活动，活动内容又是登山，不登山，怎么也说不过去，哪怕千难万难，我们也要一同登上五云山。经过动员和鼓励，他们终于迈开了脚步，一起上山。途中我问他们吃不吃力？他们说“不过如此”，其实他们已陶醉在一路怡人的景色之中。这时，我忽然想到第一步最难、最关键，迈出了第一步，就有了第二步、第三步……我们平时的生活、工作、学习何尝不是如此。

二、运动健身

生命在于运动。

登山道途经徐村，开始是平坦、宽敞的，经过一处菜地、转过一处房舍，这里才是正式山道，逐渐变窄了。登山人开始拥挤了起来，原来当天不仅有我集团的员工在组织登山，还有《钱江晚报》组织的读者联谊登山活动，一眼望去正可谓浩浩荡荡、川流不息。流过茶地、流过竹园、流过林间，在绿色中穿行，宛若一条游动的长龙，一眼望不到头。一阵山风袭来，我的背上感到一丝凉意，原来我已汗流浃背，呼吸也有点粗了，刚才只顾登山、观景，还没有意识到呐！看来常坐办公室真该经常活动活动了。恰好一对银发长者超越了我们，我随口问了一声："介大的年纪也来登山啊？"一阵爽朗的声音越过前面的背影进入了我的耳鼓："生命在于运动啊！老了更要运动！"望着前面渐远的一对硬朗老人的背影，我想"生命在于运动、运动健身"确是个真理。

三、"时过景迁"

机不可失，时不再来，一定要抓住机遇。

山路两侧峰峦起伏，郁郁葱葱；峰回路转，雀鸟啁啾。我们一路登山、一路观景，好一幅泼墨山水画，画在眼前展，人在画中游。忽然听到前面有人在嘀咕："怎么杜鹃花这么少？"放眼望去，确实只见几簇稀稀拉拉地散见于灌木丛中。接着又听到那人嘀咕："前些天报上还介绍五云山上杜鹃花盛开，是一处观花的好地方，真不能相信报纸！"我觉得此人的话语差矣。我曾住美丽的山村，春天遍野的杜鹃花映红山林，煞是好看。但当盛开期一过，就失去了大片的那份壮观，留有那些少许迟开的花散落在山间，就如今天的景象。此人自己来迟了，时过境迁，丧失了观花的好时机，却还在大大咧咧地批评报社，真有点"肚痛埋怨灶神爷"。平时无论何事，有机遇就一定要抓住，机不可失、时不再来。如果时过境迁，杜鹃花就不会买你的账，你只有自认倒霉了，怨天尤地都无用，谁叫你没有好好地把握时机呢！

四、不断激励

五朵"祥云"的设置用心之妙，妙在激励。

五云山道有两种，既有铺设整齐的石阶路，又有人们不怕险阻从灌木丛中踏出的近道。近道忽是黄泥、忽是石砾、忽是岩体、忽是竹林、忽是丛林，凡能攀越的就尽可能直线而上，可以讲是勇者之道，履险其间，其乐无穷，满足了人们寻求刺激的欲望。而五云山的石阶路却是规规矩矩地沿着坡势曲折而上，很适应游者漫步其间。但由于曲折就相应延长了路途，登山活动虽不是比赛，但大家还是在你追我赶，在心里讲究一个速度，这样就较为吃力了。人人都想着早日登顶，于是自然地加快步频，但有的人却力不从心了，你看许多人已汗流浃背、气喘吁吁，可大家仍在互相鼓励，已过三朵云了！登五云山者都知道，在登山途中先后共有五朵云，走一程就会在石阶上见到一朵云，是刻在石板上的像如意头模样的祥云，最后第五朵云很难找，不在山道上，而在真际寺遗址里院北侧的圆门洞正中的一块石碑上，有一个比山道上祥云大得多的红色“五云”标志。这是山道构筑者的用心杰作，妙处多多：能让登山者边行边寻找祥云，分散疲劳感觉；能告诉人们你已走的路程；更主要的是发挥着激励人们继续前进的作用。现在三朵云已过，说明大半路程已去，留下的是小半，使行者陡增勇气，继续前行。其实我们平时各个方面，也需要有这样的激励平台，从中受到鼓舞，再接再厉地前行。

五、贵在坚持

贵在坚持，超越极限，超越自我，就能取得最终成功。

过了四朵云，有的员工已坐在路边石块上不愿站起来，口中连喊：“吃力煞了！”的确，对有些不常参加户外活动者来说已到了运动极限，怎么办？已走了五分之四路程，要放弃也不行，必须登顶翻越才能到达龙井。此时正好山道上有个人背着自行车从山上走了下来，真了不起！我见此就说：“别人背着自行车还要翻越五云山，我们徒手还翻越不了？再见到一朵云就到了！我们是一个集体，背也要背你们过去！”那几位员工当然不好意思别人背着过，站立起来在大家的搀扶下继续攀登，真的下决心行走起来，疲劳极限也就度过了。过了不久，望见前面整片秀竹林，熟悉五云山的大叫“快要到了！”大家受到鼓舞，步履也加快了，终于来到了五云山顶，胜利喜悦难以言表。大队人马在此稍歇、拍照留念、到处走走看看。此处较为平坦，周围竹林环绕，佛教“真际寺”早在吴越就建于此，现在是原遗址上重建的。寺前一株古银杏树拔地而起，据说已有 1400 多年，它高 21 米，树身要几人才能合围，虽已中空，却枝叶繁茂，而且树内长树，真是奇绝。在真际寺院内终于找到了在石碑上的红色圆形的第五朵云，

“五云”到此找齐了。寺内有三口古井，水质清冽，虽处高山之巅却不旱不涸，是西湖群山中最高的天然水源。五云山确是一处登高览胜的好去处，“五云山上五云飞，远接群峰近拂堤。若问杭州何处好，此中听得野莺啼”。忽然山顶特有的山风吹来，大家顿觉神清气爽。我指着山顶的美景，对刚才曾坐着不想继续登顶的那几位说：“不上来就看不到这些古刹、奇树、山巅井，俯瞰周围美景，享受这惬意的山风了！”大家被逗得乐哈哈的。看着大家的快乐劲，我想这里有一个道理——贵在坚持，超越极限，超越自我，就能取得成功，就能享受胜利的喜悦。

六、靠山吃山

要善于挖掘，充分发挥自身的资源优势。

过了五云山顶，绕过真际寺旁的秀竹林，前行即上了郎当岭（又名琅珰岭）。旧时因山道崎岖，只有身强力壮、意志坚强的年轻“郎”才担“当”得起攀越这条山岭的使命，故称“郎当”。现经不断整修，道路已好走多了，适合游人漫步。郎当岭还有一名为“扪壁岭”，是傲立于西湖群山之最的山岭，高在海拔 200 米以上，绵延数里，号称“十里郎当”。此处野趣十足，行走在这高高岭岗上视野开阔，一览无遗，气清山明、心旷神怡，使人禁不住要大声叫喊几声，以舒展心胸，有时还能立即听到别人的和音，此起彼伏、经久不息。脚下的石板路或水泥路已铺设得十分平整，且有艺术性，两旁嵌有黑色鹅卵石，与路石形成强烈对比，黑白分明，显得十分精神，不断延伸至远方。还时有支道或左或右地向下通向一个个新型村庄，引导着游客的光临。这里的山景、空气、环境都是绿色的，是一个天然的大氧吧。又有满山坡绿油油的既高产又极具品质的茶园，采茶姑娘散落其间，远远看去似彩蝶纷飞，形成了一条得天独厚的风景线。站在鲫鱼背似的岗顶上，往两侧极目远眺，别墅群式的村民新居坐落在绿色的海洋中，特别醒目。这里的村民随着党的好政策的实施，发家致了富。见到路边有穿着时尚、与城里姑娘绝无两样的采茶村姑在小憩，便上前攀谈。她们说得很朴实：“靠山吃山嘛！我们有龙井茶的品牌、兰花的名种、山水的秀美、民风的朴实，还有点市场经济头脑，这些都是我们的优势，不怕发不了，就怕不努力。”这是一代有文化山民的话，话虽不多，但对我的触动很大。是要善于挖掘，充分发挥自身的资源优势，一个人、一个家庭、一个企业、一个国家道理都一样。

七、注重细节

细节决定成败。

一路上我们既观景，也看人，有被我们超越的，也有被人超越的；随着山势的变化，有时看到前行者的背影，有时看到的仅是别人的脚后跟；有的大步流星，有的却在别人搀扶下跛着前行，出着洋相。真为跛者担心，还有路要走呐！现在却成了这样，仔细一看原来穿着高跟鞋，怎么登山还穿高跟鞋？可能为了展现自己苗条的身材而忘了要登山，这是不注重细节的结果。我们想着别人的洋相，自己却不知不觉中也出了错，由于注意力集中在别人身上，却疏忽了自己前进路上应注意的路标。事后我们才知道，途经狮峰山就应往右经茶山道到山脚，即是我们的第二个目的地。我们已越过路标，却仍在寻找着它，结果当然是一无所获。我们沿着岗顶主要的石板山道不断前进，结果绕了一个大大的弯，比别人足足多走了一个小时，这又是一个细节的疏忽所致。登山时间并不长，却接连发现因疏忽细节而造成的影响，看来细节问题无处不在，从中更加深了我对汪中求“细节决定成败”的理解。

八、殊途同归

只要努力，人生的目标可通过不同途径来实现。

过了寿星头，经过鹰嘴岩，沿着棋盘山我们一直前行，但不时地怕再走错道，一不留神可能到天竺去了，经向路人打听，没有错，心里也就踏实了。忽然手机铃声响起，原来大队人马早就到达目的地，已在喝茶休息了。我们终于步入了下山道，开始一路小跑，来到了风篁岭上的西湖胜景龙井。而我们的最终目的地是在“十八棵御茶”附近的农家饭店，打听了一下，我们右转沿着公交车道继续向前，再右拐走了一段上坡道即来到了“十八棵御茶”所在地。这里满山茶园鳞次栉比，田园与青山相连；楼厅错落分布，曲径回转相通；芳草萋萋，花姿绰约，树影扶疏；那些让城里人也眼红的新建农舍整齐地分列在主要道路两侧。正如山道上的村姑所言，他们确有市场经济头脑，几乎家家都开设了茶庄、饭庄；到处茶香浓郁，每家门前都放置着几口大的电炒锅，有的正在炒着新茶，现炒现卖招徕顾客；龙井茶的特色制作方式随处可见，只要你有兴趣，可边观摩边攀谈，当地的茶农是热情的、好客的，会乐意与你交谈的。我们终于来到了所找的农家，依山傍水而建，我们近百人进去也绰绰有余，既有室外茶座，又有明亮的饭厅，均在绿荫之中。我们见到大家时，听到的第一句话——以为你们走丢了！我们也答非所问地回答："介好的风景多看看有啥不好，我们不是来了！"这时有人在说："这就叫殊途同归！"这话说得好！仔细想想我们所走的路虽不同，但目标相同，照样可以来到一起。人生目标也同样，可通过不同途径来实现，只要自己认准目标，付出努力，持之以恒，就能如愿抵达目的。

二　爹

二爹戎人和（原名戎宗海）是我最亲近的人之一。上辈男孩中我爸老大，他排行老二，故我和弟弟们称其为二爹，绍兴人的习惯称呼。

2003 年春节我们过得并不轻松，一直处于焦虑之中，二爹因病住院已连续发出了病危通知，二爹已处于时清醒时昏迷的状态，我们兄弟轮流着在医院陪伴二爹。元宵节前一天晚上，二爹清醒时坚决要求出院回家去，姑妈与我们商量后决定满足二爹的最后要求。在元宵节这天上午办理了出院手续，由医院救护车带着氧气包回姚园寺巷姑妈的住处，姑妈和二爹都未成家，都是独自一人，因此姑妈的住处也是二爹在杭的住处。医院出发时二爹已不省人事，到住处后，我们一起出力抬到楼上，但过了不久，氧气包内氧气用完了，二爹也就安详地走了。我和大弟迅速给二爹擦了身，换上了早已准备好的寿衣，接着就联系了丧事一条龙服务单位，来做好后续工作，设了灵堂。我们根据姑妈提供的二爹通讯录，向该报丧的单位和个人打电话报了丧。第二天二爹原单位工会领导、亲戚、生前好友即蜂拥前来悼念，充分说明二爹在大家心目中的地位。按习俗逢单在正月十七日出殡，由殡仪车环西湖一周去杭州殡仪馆举行告别仪式、火化，并暂存殡仪馆，后根据姑妈意见安葬在萧山新湖公墓。每年清明、冬至我们侄辈都会前去扫墓，二爹没有子女，理应由我们侄辈尽孝。

二爹于 1918 年 8 月 4 日出生于一个铁路职工家庭，在“正始中学”高中毕业后，考进邮局做邮务员，开始安排在列车上跑邮车，后又在上海、硖石、绍兴等邮局工作。新中国成立后先在杭州邮局工作，后调舟山沈家门邮局工作，接着又转入舟山造船厂、舟山柴油机厂做工会工作，兼职工学校教员，直至退休。他为人诚恳，老实稳重，乐于助人，平时抽空义务辅导厂职工子弟的英语、数学；他生活俭朴，但对人却十分大方，当厂里职工有困难时，不仅由单位工会给予帮助，而且自己也解囊相助，因此在厂里人缘极好，连年被评为厂先进工作者；他退休回杭后，厂里经常有人来看望他，直至他病逝并没有因“人走茶凉”，可见他在同事心目中不可忘却的地位。

有一年，杭州轻工业局宣传科在舟山举办宣传干部培训班，我也参加了。我所在的小组宣传干部听说我的叔叔在舟山柴油机厂工作，就要我与二爹联系，在安排自由活动时能否找一户职工家庭现烧一下海鲜饱一下口福，我答应联系一下再说。乘晚上休息时间我去看望了二爹，他就住在厂图书室旁的寝室了，他十分高兴我的到来，询问了我们三兄弟的工作情况，听说我已入党，在党委宣传科工作，把我一番夸奖，并嘱咐我一定要认真努力地干好工作，不辜负组织和领导的信任。我最后询问了二爹能否找一户人家帮助我们做一点海鲜，我们会买好喜欢吃的海鲜，然后加工一下，做出地地道道的舟山口味来，解解大家的嘴馋，他回答这很容易。第二天一早，我们小组的同伴们在海边露天市场买了各种喜欢的海鲜，并买了红酒、白酒和其他饮料，然后来到二爹厂里，由他带我们去离厂不远的一户职工家中。主人夫妻俩热情地接待了我们，摆了一桌消闲果子和茶水，原来他们为了给我们做午饭，特意调休来为我们服务，我们想帮忙他们也不让。二爹还给我们准备了一箱啤酒和饮料，他给我们安排好后因厂里有工作就离开了，临走时还嘱咐大家吃好喝好。待他走后小组的伙伴就七嘴八舌地赞美起我的“二爹”来，我说：“给你们安排了解馋就说他好！”他们齐声说：“确实好啊！不仅模样生得帅，而且为人热心，谈吐得当，一见如故，很容易相处……”我说：“他是干工会工作的，就是这样一个热心为大家服务的人！”午餐吃得十分开心，海鲜做得色、香、味俱佳。开始他们夫妻俩一直不肯上桌，再三邀请下才坐下一起就餐，在攀谈中他们一直在赞美“戎老师”。酒足饭饱后，我们打算付一点加工菜肴的劳务费，结果被他俩一口回绝。他们告诉我们其女儿是“戎老师”的干女儿，她的读书一直受到“戎老师”的资助，“戎老师”就像家人一样，他们十分感恩，现在帮了这点小忙，怎么能收钱呢？既然这样说就不用多说了。我们再三感谢后，告别夫妻俩就往住地走，一路上大家不仅在评说刚才好吃的海鲜，而更多的是赞美二爹的为人。多年后，在二爹亡故出殡送行的队伍中就有这个二爹一直资助的大学毕业已在工作的女孩及其父母。

二爹不仅在资助那个女孩，每个月还在资助我们侄辈生活费 15 元，再加爷爷每月给 8 元，每月 23 元是资助我们的基本生活费，一直到我们三兄弟都有工作为止，帮了我母亲的大忙，否则一个服装厂的车工，后又被精减到居民区钉扣组的母亲哪来足够收入养活我们三兄弟和她一家四口呢？我们是十分感激二爹和爷爷的。

每年春节前，二爹都要从舟山回杭过年，因此我们过年时要比别人家小孩盼穿盼吃还要多一点——就是盼二爹回家。每次他回家都要大包小包地带一大堆海鲜来，远看过去就像“跑单帮”的，肩前肩后两大包，再加两手各提一只大包，有时还有托运的，真不知道他是如何乘渡海轮船再换乘火车的。只要我们知道他的归期，我们就会按火车到站时间提前去火车站出口处接他，我们几个人分开提都觉吃力，路途中他一个人不知是如何解决的。因杭州的亲戚朋友多，不多带点不够分的。当时的海鲜真的不错，手板那样宽的鲜带鱼不用加油，加点盐清蒸后鲜美无比；鳗干烧肉的味道永不会忘，鳗鱼刺少肉厚，加上猪肉的油脂浸入，味道咸香无比；新鲜大黄鱼煎后放雪菜一烧，肉质细嫩，咸鲜入味，好吃极了；红烧大墨鱼香辣脆爽，开胃下饭好吃又解馋……也可能当时平常没得吃，难得吃到味道特好，记忆特清晰。

我小学时，开始二爹还在西湖邮局工作。一个星期天他带我去游西湖，先到他单位一转，西湖邮局原址就在西湖边断桥东、昭庆寺西侧望湖楼后面宝石山的山脚坡面上，由于地势较高，门外就能见到碧波如镜，映着蓝天、群山和白云的美丽西湖，湖中画舟点点，在桃柳相间的岸边游人如织，可以说一览无遗。告别他的同事后，我们就沿北山街一直步行游玩，一路用相机拍了照。过了西泠桥北端就来到了位于西湖栖霞岭南麓的岳庙。那时此处不用购票，我和二爹去游了个遍，从正殿到左侧庭园，里面有岳飞墓，旁有较小的墓是其子岳云的墓，墓门下有四个铁铸的秦桧、秦桧妻王氏、张俊、万俟卨跪像，被国人唾弃。二爹边走边对我说：“做人就要做岳飞那样爱国的人，从小就要树立这样‘精忠报国’的志向。”离开岳庙由灵隐路前行右转我们来到了玉泉游玩，在仙姑山北的清涟寺里，有一个长方形的大水池，此处就叫玉泉，里面畅游着百余条大青鱼、草鱼、红鲤和黄鲤，最长的足有一米左右。人们丢下饵料，群鱼争食，池面随即翻滚起来，好不激烈。在玉泉吃午饭后，出来经过玉泉游泳场，因我刚学会游泳，被游泳场内的热闹场面所吸引，真想进去游个痛快，但一看，因人多哪能放开手脚畅快游泳，再则又没带健康证和泳裤，只好作罢。走出来后，我们经苏堤翻了“六吊桥”，又游玩了西山公园即现在的“花港观鱼”，然后从南山路经解放街回到家中。这天绕了西湖一大圈，走了三、四十里路，虽觉吃力，但快乐着。这是二爹陪我唯一的一次环湖游，不久他就调舟山工作了。因为是唯一的一次环湖游，而且有照片在，因此记忆犹新。

二爹一生未结婚，原因是什么我并不清楚。但有一点是客观存在的，就是他仅有的一点收入都在帮助着别人，而且他是一个言必行，行必果的人，既然承诺了，就兑现到底。如支持我们三兄弟的生活费、干女儿读书至大学毕业的费用、有对厂里同事困难的周济，其他并不知情的资助别人的费用。这样一累计就不是一个小数目了，哪里还有什么钱可省下来考虑谈恋爱结婚呢？索性就不考虑个人婚姻问题到底了。一生并不长，就在为别人着想着，唯独没有考虑自己，一晃就是一生，这就是我敬爱的“二爹”。

第八阶段

发挥余热 服务“夕阳”

——杭州市经委（经信委）系统离退休干部服务中心期间

（2008 年 1 月—2016 年 2 月）

进入中心发挥余热

2007 年 1 月我自杭州新华集团有限公司退休，除 3 月份与欢娣去澳大利亚、新西兰旅游外，其他时间均在家照料我家刚出生不久的小外孙刘戎，生活其乐融融。

12 月初，我突然接赵军来电，说他要调“杭州市经委系统离退休干部服务中心”任书记兼主任，希望有个帮手，就想到了我，因此来电邀请我去中心做文秘工作，而且告知报酬只有 1000 多元，完全是帮忙性质的。赵军原是市经委组织处处长，我与他经常有工作上的联系，经委有关论文评选工作都由组织处经手，因此赵军对我有所了解，在物色人选时就想到了我。鉴于赵军是老熟人，自己刚退休，干惯工作的人还有点不适应，至于报酬无所谓，哪怕完全义务也行，于是答应前去，开始了一段新的文字工作。

为了让我尽快了解熟悉情况进入角色，中心的 12 月份工作例会就邀请我参加了。赵军向中心班子成员和中层干部介绍了我，我也自此开始了中心文秘工作，做了当天会议记录，初步了解了中心办公室及各处室的工作情况。

此次会议后就是元旦新年，赵军要我元旦后正式到岗。元旦后，我以外聘资格参加了中心工作。为了搞好自己的文秘工作，我进一步全面了解了中心的情况。

中心是由杭州市委、市政府根据老干部工作的需要而决策成立的，经杭编〔2001〕74 号文批复同意成立的参照公务员制度管理的事业单位，于2001年8月29日正式挂牌成立，是党委建制，隶属于市经委。主要任务是负责对经委系统有关离退休干部实行统一管理并提供相应服务。具体对象包括原杭州市工业系统的化工、轻工、纺织、丝绸、建冶、机电、二轻等七大控股公司机关的离退休干部和下辖200余家改制企业离休干部，先后将2100余人纳入了管理。中心党委下设两个党总支和一个直属党支部，三十一个离退休干部党支部分属两个党总支，共有党员1380余人。同时，以离退休党支部为核心设置了三十一个行政大组，实行了党政双向任职、统一管理的组织模式。中心机关编制人员30人，设置机构为"一室四处"，包括办公室、工资福利处、服务一处、服务二处、活动处。服务一处负责机关离退休干部的服务和管理，服务二处负责企业离休干部的服务和管理。该中心的成立，当时在全国老干部工作领域中是"独一无二"的新尝试。中心坚持"在创业中创新，在创新中创优"的服务理念，秉承"以人为本、服务第一"的办事宗旨；贯彻"正规化建设、制度化管理、亲情化服务"的工作方针；依靠老干部政策的鼎力保障、上级部门的大力支持、全体老干部和工作人员的通力合作，在建设老干部第二家园上做好大量基础性、开创性工作，实现运营正常、大局稳定、老干部满意的目标。

老干部工作有其特殊性，与我以往的工作完全不同，一切都得从头学起，以便尽快地适应此项工作。原中心老主任龚连胜是我工作上的指导人，他原是杭州市丝绸局宣传处处长，因此文笔相当厉害，政策水平也高，为人又十分热情，与他共事受益匪浅。我在他的帮助下很快进入了文秘角色，他退休后，我就独当一面了。

中心的年度、月度工作计划，各项活动的实施方案，各类总结报告，对上级机关的报告，会议纪要等均得心应手较好地完成了。除文秘工作外，我还负责了"金晚霞网站""宣传栏""工作简报"的初审修改，其中"宣传栏"组稿、版面设计、指导喷绘、展出一竿子到底；老干部各类来稿的选定、修改、录用和上传；老干部报刊的征订及随时地调整投递地址；与上级机关联系的通讯员工作；中心十年庆纪念册《夕阳无限好》责任编辑……我一直以全心全意为老干部服务之心干到了2016年2月，一干就是八年多，当时中心已有多名年轻干部充实进来，我也就完成了使命，回家继续过上了真正的退休生活。

中心宣传阵地

我在中心负责发挥四块宣传阵地的作用，服务好老干部，做到上情下达，下情上传，加强与兄弟单位工作经验的互通有无、互相学习、共同发展。

“金晚霞”网站

“金晚霞”网站是 2008 年 2 月 28 日开网试运营的。共设置了中心介绍、计划总结、工作动态、宣传橱窗、通知公告、政策文件、荣誉集锦、多彩人生、夕阳博客等九个栏目。这个网站的开通是我刚到中心才两个月就试运行的。我原是电脑门外汉，仅能用 “手写板”写一下文字材料，其他一窍不通，但既然把这项任务交给了我，我只有赶鸭子上架，自己逼着自己去学习网站的业务知识，虽已是六十多岁的人了，但只要自己肯学，就无难事。我边学习边操作，在操作实践中学习摸索，并与负责网站维护单位的年轻工作人员搞好关系，争取他们的多多指教，很快网站正常运转了起来。这在全国老干部工作兄弟单位中是首个网站，中央组织部派人来中心考察时对此网站给予了充分肯定，他表示：“在北京就能从‘金晚霞’网站直接了解到基层老干部工作动态，真的不错！”

“金晚霞”网站的主旨是为广大老干部服务的，因此深受老干部的欢迎。他们能方便地从中了解中央的声音、老干部的有关政策，还能发表自己的见解、自己的作品，又能与大家分享，是一个很好的交流平台。中心的工作计划安排、活动动态、工作总结能及时地被老同志了解、掌握，从而积极地参与其中。

工作简报

“工作简报”是全面反映中心老干部工作动态的一个好平台。反映了三个层次：中心一级的、各处室的、各老干部支部（行政大组）的。有中心的月度工作总结、下个月的工作布置、有各处室的工作汇报、有各支部活动的开展情况。通过“简报”能让各级分管部门及时了解中心一个月来的工作开展情况及下个月的工作安排；又能让中心内部各处室、各党支部间相互了解情况，相互学习借鉴、相互鞭策进步；从而按中心工作部署搞好下个月各自的工作。“简报”由办公室组稿编写，由我初审修改，然后交中心领导审定，并由办公室印制装订，每月一期。并由我发至各处室、支部，并邮寄或直接送上级及兄弟单位。

宣传栏

“宣传栏”主要围绕中央精神、中心阶段性工作重点和重要节日展开的宣传阵地。由我组稿，编写相关文字，收集相关照片，力争做到图文并茂、色彩醒目、夺人眼球。由我设计好版面，交文印店按我要求喷绘出来，再由我更换上去，真可谓一竿子到底。宣传栏在办公楼下，老同志来中心必经之路旁，凡来中心的老干部进入中心，首先自然地到宣传栏前瞧一瞧，从而通过视觉了解中心当时的工作重点，同时也看看有否自己的作品上栏。每年中心年度计划和相应配套的实施方案；每年的先进党支部、优秀共产党员、优秀党务工作者、先进工作者名单；中心组织老干部外出的各项活动、各类比赛场景的记录照片；还有老干部个人的优秀摄影作品、书画作品……都是宣传栏的好题材。

报刊

各类报刊是老干部的精神食粮。每年年底前都要为老干部预定好次年的报刊，这项工作看似容易，其实是一项非常烦琐的事。每年老同志的家庭地址在预订报刊前都要核对一遍，2000 多人的姓名、地址、联系电话及所订报刊名称先要打印出来，交由两个服务处在年底前认真核对一遍汇总到我处，我再按报刊分类汇总到邮局预订。而核对后到邮局预订之间的时段还会有所变化，就要在统计表上及时更正。一旦哪个环节出了错，开年后就会有连续不断的电话打过来，询问新年已过去了几天，怎么还未收到报刊？这中间有许多不同原因：有的老同志住址变了，在核对修改时将地址直接报错了；有的核对时还没乔迁，核对后搬了家；有的工作人员电话询问时，听错了也就记错了；有的住在子女家，却报了自家的地址……凡此种种都得开年后迅速给他们联系更正，以上是集中阶段的事。而全年经常性的变更地址更是不断，有的要求变更地址时却报错了新址，报刊投递地址更改后仍好久未收到，其实早已投到了别人家的邮箱了，但还要埋怨没有及时给他办妥。对此我只有耐心解释，再与他们反复核对，认真分析问题出在何处，只有找到症结，才能迎刃而解。

在中心做好文秘工作外，上述宣传阵地也要求我把它们尽可能地发挥好作用，这需要大量的精力，占据了我大量的工作时间，因此在中心的八年多里，可以讲我是中心最忙之人，有目共睹。但忙并不可怕，只要领导重视，同事和广大老同志的理解支持，我的服务到位了，我就忙而快乐着。

责任编辑《夕阳无限好》

转眼间我已在杭州市经委系统离退休干部服务中心服务了三年，对中心工作已较了解。2011 年 7 月中心将是成立十周年了，中心领导班子和中层干部专门召开会议，就此研究了一系列的庆祝活动。其中一项是编辑出版一本中心成立十周年的纪念册，为此年初就成立了以中心主任赵军为主编的编委会，包括副主编陈国荣副主任、顾问李乃淦、龚连胜，编辑戎国宪、赵卫刚、陶辅成、沈连亭，我还被委以责任编辑的责任。

首先我们反复研究了纪念册的名称、内容、构架。最后确定名称为《夕阳无限好》。内容包括：党的老干部政策；中心在全国老干部工作中"独一无二"的新尝试，在"创业中创新，创新中创优"的服务理念；"以人为本、服务第一"的办事宗旨、"正规化建设、制度化管理、亲情化服务"的工作方针；"大团队、大管理、大服务"的集约化模式。构架为：寄语十年——回眸篇；领导题词——激励篇；心语抒怀——感言篇；流金岁月——记事篇；金榜题名——荣誉篇；守护夕阳——敬业篇；包括建家立业、以人为本、深化管理、贴心服务；晚霞多彩——常青篇，包括老有所学（思想常新、学无止境），老有所为（创先争优、实现夙愿、奉献大爱、传承精神、硕果累累），老有所乐（幸福传说、活动情况又包括陶冶身心和兴趣活动及外出游览、文章传意、书画传神、诗词传韵）。以上构架是经反复多次商讨的结果。

有了骨架，就要血肉来充实。我才到中心三年，手头资料有限，于是我发动中心"一室四处"围绕构架收集既有资料，增添新的内容。我的办公室在四楼，为获取有用资料下楼上楼地跑，经大量工作，在各处室大力支持下，在已有资料的基础上再针对性地约稿，资料在不断充实，内容在不断丰满，再把资料归类汇编，发现不足即再行补充。后初稿成形后，经三审不断完善，终于定稿。

下一步就是排版、付诸印刷、装订成册。我找了几家设计公司，最后找到“杭州日报”美工，由他们帮助排版设计，但前提是要我们提出具体的设计要求。为此我动了不少脑筋，有了初步设想再与杭州日报美工联系沟通，得到他们的认可，在我提出的设想基础上，他们加以完善、予以实现。打印样本出来后，我进行了认真核对，提出了涉及排版、色彩、文字、标点上的具体修改意见，杭州日报美工按修改意见作了整改。

待二版打印样本出来后，基本确定无误后，再交由整个编委成员审定，发现个别需调整、修正的及时与美工沟通，再次调整后拍板定稿。

最后就是我到新华印刷厂联系印刷装订成册。正式印刷前还要审定印刷厂电脑排版稿，为了不放过一处谬误，我忘了吃中饭，一口气从头至尾认真仔细地再看了一遍，觉得一点没有问题后才确定交付印刷。这个把关责任全在于我。

终于在十周年纪念日前夕，一本以红色晚霞为主色调、烫金的《夕阳无限好》纪念册呈现在中心全体老干部眼前，受到中心领导、全体老同志和同事的一致肯定和喜爱。除中心全体老干部人手一册外，还作为工作交流件送给了兄弟单位，作为工作汇报呈送给了上级机关。当中共中央组织部领导来中心调研时就作为工作汇报送给了他及陪同人员，他在全面肯定中心工作的同时，对该纪念册也给予了充分赞赏。

《夕阳无限好》全面记录了中心十年摸索、创新的发展历程和累累的工作硕果，发挥了其应有的价值。

老同志的稿件

中心老同志的稿件有一个共同的特点，充满强烈的正能量。体现了对党的热爱、对党的感恩、对党的忠诚；不忘初心，牢记使命，永葆革命人的本色；活到老、学到老，永无止境。他们回忆逝去的岁月，赞美当今的生活，展望明天的美好。以文、以诗、以歌、以书法、以绘画、以照片等抒发自己真切的情感，感悟夕阳情，展现夕阳好，赞美夕阳红。人人见了他们的作品都会深受感动，深受启迪，深受鞭策。我在审阅、修改、采用、推荐稿件过程中真的很难取舍。可以说中心是个藏龙卧虎、多才多艺之地，许多老同志的水平远高于我。我在他们面前只能班门弄斧了，尽可能做到看得仔细，改得恰当，用得合理，荐得经典。

老同志的稿件年均有五六百件，采用四百件左右，推荐被外部录用的年均五十件左右。对内主要用于中心“金晚霞网站”“工作简报”“宣传栏”；对外送稿至《中国老年报》《中央党建网》《浙江老年报》《杭州日报》《市经委工作简报》《中国摄影报》《人民摄影》。如冯尚祥的《在航校的日子》被《中国老年报》选用、林钧福的《分水剿匪记》被《浙江老年报》选用……

老同志的文章有记叙文、散文、议论文。

在记叙文中，老同志以记人、叙事、写景为主，记录人物的经历和事物的发展，有回忆录、故事、活动报道等，如洪江的《晚霞很绚丽，生活更美好》、朱谱强的《繁星闪闪颂母亲》、马闯的《难忘养育恩》、宋晓霞的《外婆的快乐生活》、张克明的《克明文集》……

在散文中，主要抒发了老同志的真情实感。写法灵活，题材广泛，有游记、杂文等。如余贤卿的《心中这支歌》、吴式兰的《巴马游记》、刘立中的《回家》、孙树俭的《我的新家》、朱旭明的《心语》……

在议论文中，老同志主要结合学习写心得体会。通过剖析，摆事实、讲道理，最终提出自己的主张。如李乃淦的《让人民生活得“更有尊严”》、陶辅成的《老年知音，人生挚友》、周亚尔的《十年感怀》、赵浩川的《洋溢真情、热情与感情的大舞台》、刘杭玲的《宽容让生活更美好》……

老同志的诗词：有格律诗、自由诗、散文诗、歌词等。老同志最多的是五律诗、七律诗，都符合押韵、平仄规则。而我这个近乎诗词的门外汉，要修改老同志的诗词来稿确是一个难题，只有按读起来顺口，也就是押韵为标准，就不多加修改了。如李淮龄的《阳春三月》、吕正东的《东天目山》、孔令衡的《时和、世泰、人寿年》、李乐德的《雨中西湖情》、周亚尔的《踏青》、徐宗玉的《春游西湖》、沈连亭的《照片》、赵希龙的《金光闪闪纪念章》、黄汉兴的《夕阳无限好》、路泽民的《离休以后不上班》……

老同志送来的词都是按词牌填写的，基本上都是符合固定的格式和声律的。如陈公文的《卜算子·春回大地》、薛敬本的《沁园春·庆祝新中国成立六十周年》、杨光的《古风·赞十八大在京召开》……

其中写自由诗、散文诗的也不少。其中代表人物是崔如先，他的众多新诗已结集成册。如《孤舟自渡》《荒野之吻》《灌了酒的回忆》……

以上所列诗词均相当有水平。

老同志的歌词就是老同志抒发情感的诗词，加了谱也就成了歌词，但前提是合乐。如《我爱中心这个家》是李淮龄作词，林邦国、赵金海谱的曲，既表达了老同志对中心的爱，又表达了老同志把中心当作共同家园的深情。

老同志的书法：毛笔书法作为中国汉字的艺术表现形式，深受老同志的喜爱，功底都不错，有的还是离退休后才学的，但进步惊人。无论用笔、点画、结构、分布等方面都很有功力。无论是篆书、隶书、楷书、行书、草书和狂草作品都成了大家喜爱的艺术品。如沈连洪的《没有共产党就没有新中国》、邵荣华的《对联》、郭寿和的《书法诗词》、陶天泉的《和谐社会》、周一帆的《贺故乡》、滕炳生的《杨万里诗》、张凤翔的《下江陵》……

都是作品中的翘楚。

老同志的绘画：老同志普遍喜爱的是中国画。内容有山水、花鸟、人物；技法有工笔写实、泼墨写意。与学书法一样，大部分老同志是离退休后才在老年大学中从初级、中级、高级稳扎稳打地学习成才的，造诣已匪浅，在中心历次书画作品展评中获得了好评。如应燕玉的《超山探梅》、高华的《钱塘靓影》、郑敬业的《奇山秀水》、金荫桥的《明月松间照》、林培森的《南瓜园》、周仁忠的《红军不怕远征难》、何定海的《西山读书图》、金治本的《松鼠嬉葡萄》、许超的《三友图》、张杰人的《虾》，还有原来就有绘画基础的张楚瞻的人物速写《老红军贾少山像》……

老同志的照片：题材广泛、意境深远、构图奇妙、曝光正好、明亮适度、色彩绚丽。作品更多、更丰富了，而送来的照片都称得上是好作品，因为都是好中选优的上品。见到这样的照片，我是爱不释手的，就尽可能地广泛用于“金晚霞网站”“宣传栏”，有的还外送到报刊、摄影杂志。好作品数不胜数，只能略举一些。如王复魁的《晨雾》、缪福祥的《缤纷的山村》、王浩的《暖春三月》、程芳玉的《出海》、杨阳的《埋头作业》、胡海峰的《静物》、王友成的《老人与风筝》、章茄葆的《清洁水立方》、孙桂法的《遇龙河漂流》、陈越飞的《生辉》、钱苏飞的《含苞待放》、胡兆金的《春满西湖》、肖丁汉的《夕阳》……

上述各类作品都反映出了老同志的思想和情怀、慧眼和技巧。在中心的八年多，每天老同志的稿件都在深深地感动着我，而我也尽可能地把老同志的作品见诸各种宣传平台。在与他们的交往中，我们结下了深厚的友谊，我离中心多年了，还有老同志与我保持着联系。

老干部活动

老干部活动在中心是一个系统工程，丰富多彩，卓有成效。它是由三个子系统工程所组成，充实和丰富着全体老干部的政治生活和老年生活。既有活到老学到老的中心和支部组织的集中政治学习活动；又有众多的展现老干部才艺的兴趣小组活动；还有深受老干部欢迎的春、秋两季的集中外出旅游活动。

每年，中心根据全年工作计划制定了各项活动的实施方案，并按此扎实地推进。

第一个子系统工程是老干部的政治学习活动。中心每年组织老干部两次集中学习，后视老干部年迈体弱的实际情况，改为每年一次集中学习；其他是支部每月组织一次的集中学习活动，发挥了支部自我管理的长处，都是雷打不动的。学习重点及资料由中心根据当期形势确定提供，学习情况和老干部的心得体会均要反馈中心，并予以及时报道，以便老干部互鉴。

第二个子系统工程是老干部的兴趣小组活动。中心成立了众多的兴趣小组，把有相同兴趣的老干部组织在一起开展兴趣活动。有摄影、书画、棋类、钓鱼、桥牌、插花等，并由老干部中的专人负责，定期组织活动。中心活动处提供资金、活动场地和对外联系接洽，并参与其中，提供每次活动从头至尾的悉心服务和保障。各处室也会派员协助，确保活动顺利展开、圆满结束。活动处还推荐有各种兴趣的老干部进入老年大学学习。

第三个子系统工程是春、秋两季外出考察、旅游活动。老干部的特点是有部分年老体弱多病、行动不便，出游的话有可能出现突发状况，中心是要承担风险的。但中心态度十分明确，不能“因噎废食”，只要把工作做实做细，就不会有问题。

春、秋旅游子系统工程由三块组成，即活动前、中、后，哪一块都有大量的工作要做，环环紧扣，丝毫不能疏忽、松懈。

活动前，一是挑选好的目的地。然后派人打前站，摸清伙食、住宿、交通以及医疗机构情况，是否符合老干部的特点，若有突发事件出现后是否具备及时处置的条件。二是以书面形式发通知至每个老干部。通知中均强调要身体许可、自愿参加、不要勉强；同时允许确需有人陪同的老干部由家人陪同，接到书面通知后要及时寄回回执；在书面通知的同时辅以电话联系。三是及时汇总参与活动老干部的名单及人数，以便预约包车和住宿。四是在临出发前再电话确认一下，以便及时调整相关事项。五是安排好设有车号的各车乘坐的支部名单，打印备用。六是准备好车上饮用水、点心和医药保健箱，以及邀好随行医生。七是明确重点照顾的老干部，安排好一对一服务的工作人员，明确责任；同时安排党支部内年龄较轻的老干部与高龄的老干部结对，好在路途中开展帮助。

活动中，一是抓好上车环节，工作人员要引导老干部到安排其乘坐的车辆前，并托扶上车，在车上安排好座位，分发好饮用水及路途较远的途中点心。二是开车前提醒或帮助老干部系好安全带，以防途中发生意外。三是到景点后，工作人员先行下车，在车门口帮扶老干部下车。四是景点途中，工作人员要搀扶重点对象行走；支部内同志结队同行，以便做到人人互相照应。年龄大的老同志上厕所，考虑蹲下站起很容易产生不适，因此会安排人员在旁等候，以确保万无一失。碰到有高度差但不明显的地方或昏暗之地，由工作人员站在一旁随时提醒。登阶梯时，工作人员更是聚精会神，全力搀扶。在行走观景、拍照时，工作人员随时会提醒“观景不行走，行走不观景”确保老同志平安无事，兴致勃勃来，高高兴兴回。五是抓好就餐时的服务，既要注意老人的口味和牙口，又要注意老同志自带酒饮量的问题，中心一般只供应饮料，不供酒，而老同志自带自饮我们也要过问，耐心客气地劝其控制酒量，以确保后续旅游安全。六是晚上巡视，宾馆住宿后，中心两级领导与随行医生到每个房间巡视，询问老同志身体状况，发现有不适的即安排服药治疗。七是起早后注意事项，老同志有起早习惯，有的还要晨练一下，工作人员就会提醒，适度锻炼，保持体力，因白天还要游览、行走。

活动后，一是登上回程车时，要提醒老同志有否带齐物品，不要遗漏，并检查其有否系好安全带。二是在车上提醒老同志回家后要好好休息，以尽快消除路途劳累。三是了解车进市区后，哪些老同志要途中就近下车的，及时与旅行社导游联系，让他们与驾驶员协商，以便满足老同志就近下车回家的愿望，尽可能少走路。四是与途中到景点一样，到站工作人员先下车，接扶老干部下车，若遇特殊对象下车，工作人员还要陪同送至家中。五是回到中心全体下车后，工作人员还不能直接回家，进入办公室打电话，询问早下车的老干部有否到家。工作人员回到家后，还要挑体弱、行动不便的老干部，打电话向其家人询问有否到家，只要听到重点照顾对象已到家，工作人员才安心，并及时与处长通气，处长也及时向中心领导汇报情况，使中心领导放心。

由于工作人员秉承了“以人为本、服务第一”的办事宗旨，在开展老干部活动中，按照“正规化建设、制度化管理、亲情化服务”的工作方针，按系统工程办事，无论是老干部政治学习活动、兴趣小组活动，还是外出考察、旅游活动都开展得相当顺畅，从无安全事故发生，这得益于系统工程的积极作用和全体工作人员的工作态度，把服务工作真正做到了家，在2000多人的单位里，而且均是60岁至90多岁的老人，能做到这一点，确实不容易。中心的服务工作被老同志称为“五心”服务，即具有“爱心、热心、耐心、细心、孝心”，这是对中心服务工作的充分肯定。我也曾参与其中，为此而自豪。

母亲离我们而去

2013年2月9日（农历腊月廿九），对我们兄弟来讲是一个黑暗的日子，上午9时30分，我们敬爱的母亲离我们而去，享年93岁。夜里我刚值好班，与小弟国泰交班后去中心上班，到单位不久，电话铃响起，我就有一种不祥的预感。小弟在电话中悲戚地说："妈过世了！"我立即冲出单位大门，打的奔赴皮市巷110号，路不远，一个起步价就到了。我跑上二楼进门到里屋，妈消瘦的脸十分安详。一旁的国泰含着眼泪，我心里难过，却没有哭出来，我想这可能就是悲伤到一定程度的反应。大弟国治来了后，我们即张罗起后事，正值过年只好低调行事。

母亲的离去是老弱的自然结果，已无法挽回。医院是母亲最不想去的，去年8月，一次意外摔倒后就一直躺家中床上，扶着还能起身上卫生间。半年来就是我们三兄弟24小时轮流值班照看着母亲，陪着她走完了人生最后一程，尽了我们的责任，对此我们也是欣慰的。想起十多个小时前，母亲还以微弱的声音问我睡得冷不冷，冷的话到里屋床上来吧！我当时睡在母亲屋外封闭的阳台钢丝床上，我回答"不冷"就睡着了。现在想起来真有点后悔，母亲问我一方面可能是怕我受冷，另一方面也可能想让我到床上陪她，亲近一点，这最后的一点要求当时我却没有理解和满足她，现在想起来真心酸和后悔。

回忆录中我已多次提到母亲，现在母亲永远地走了，有必要扼要地回顾她的一生，在我们眼里母亲的一生是伟大的，一辈子的付出艰难地造就了我们。

母亲庞毓珽诞生于1920年6月30日，是绍兴安昌镇一大户人家的二女儿，她美丽懂事，惹人喜爱，她的父亲庞宗汉、母亲胡娟更是从小对她疼爱有加。她虽是小姐出身，却适应了后面的艰苦生活，更显示了她的平凡而伟大。她忙忙碌碌一生、辛辛苦苦一世是平凡的；她把全部母爱给了我们，以单薄的身躯肩负重担，含辛茹苦地养育了我们三兄弟长大成人、成家立业是伟大的。

母亲有坚强的意志、果断的执行力。母亲对父亲是有深厚感情的，他们是表兄妹，从小可以讲是青梅竹马，父亲是冲破了父母做主的旧婚姻制度，与母亲自由恋爱结合的。

母亲的一生是曲折艰辛的。在父亲不在的情况下，独自挑起了抚养三个孩子的重担。在现在的年轻人看来，这是无法想象的。她曾在杭州服装二厂做过缝纫车工，后成了精减人员，只能在居民区钉扣组长期工作，以致驼背、手指关节严重变形。为了多点收入，她不仅白天在钉扣组劳作，还要背着沉重的衣服加工件带回家，晚上继续干，第二天一早再背回去。母亲原来挺拔的身板逐渐变驼了，她十分辛苦，以其微薄的收入养育着我们。母亲在我们三兄弟都赴农村期间，她克服了许多困难，坚强地一个人生活。还经常来看望我们，给予我们精神上的鼓励与支持，使我们在农村得到了很好的磨砺，为我们以后的生活、工作打下了坚实的吃苦耐劳的基础，长期受用。母亲在我们三兄弟全部回杭工作后，又为我们的成家立业、干好工作、不断进步付出了无微不至的关怀，兄弟三人先后组成了家庭独立生活。但母亲的家始终是我们心灵停靠之港湾，逢年过节常在母亲家相聚，是十分美好的。

母亲有乐观的心态。从小我们是听着母亲的越剧演唱长大的。母亲一边干着家务，一边唱着越剧；一边钉着扣子，一边唱着越剧，是我们墙门里越剧唱得最好的一个。生活虽多磨难，但她总是乐观相对，迎难而上，一生就是在这样的心态下走过来的。当我们三兄弟都在农村时，她要自己拎水、烧饭做菜、买米买煤球，独自做好家里的一切。有时头疼脑热的，也从未向我们透露，总是说一切都好，自己默默地扛着挺过来了。在早期困难时期，一只钢精锅烧出薄薄的一层米饭，用筷子分割成四份，留着最小的一份给自己，其他平分的三份分给我们三兄弟吃，她嘴里还在说着电影《列宁在 1918》中瓦西里的话“面包总会有的！”总是用乐观的态度面对困难，我们三兄弟也随着她的话而放松了心态，忘了饥饿。

母亲能融入时代的步伐。在消灭四害活动中，她不仅自己积极投入，还指导帮助我们幼小的三兄弟积极参与其中，为我们准备好涂上了肥皂水的脸盆，清晨一早就叫我们起来，拿着脸盆去学校参加消灭蚊子的活动，脸盆一挥，蚊子就粘在肥皂泡沫中动弹不得，战果不小，被评上学校的“消灭四害积极分子”；在炼钢铁中，跟人到鼓楼那边挖砖用来建小高炉，到太子湾挖疏浚西湖而堆积在那里的西湖泥用来制作小坩埚，为炼钢铁出力；在农村开展“双抢”动员城市居民前往支援时，母亲主动报名前往周浦参加“双抢”割稻，一个从未干过农活的人就这样赤着脚下到泥泞的田里，弯着腰收割着稻谷，休息时还唱唱越剧，使大家很快放松下来，忘了疲劳，深受农民的欢迎，事后还有乡亲到城里来探望母亲；在那特殊时期，随潮流所趋，支持我们破“四旧”；企业在实施精简人员时，被精减也毫无怨言，就到最底层的居民钉扣组干活；在青年学生到农村去时，母亲尊重我们的意愿，三兄弟都去了农村，一个不留，这在杭州也是少有的；几年前，母亲还比较健康，没有什么内病，眼虽然花了，背虽然驼了，但天天戴着眼镜看报、看电视，关心着国家大事，常常对我们夸着时代的进步、祖国日新月异的繁荣发展，她为此而高兴，是一位思想与时俱进的母亲。

母亲已结束了她先苦后甜、平凡而伟大的一生，安详地走了，但她永远活在我们心中。

忆姑妈

2013年4月26日，姑妈戎逢先在家脸带微笑安详地与世长辞，享年97岁。这是2月我妈走后又一位长辈离世。她平凡而传奇、乐于奉献的一生值得我永远怀念。

1916年，她诞生于一个普通铁路职工家庭，即我的祖父家。因祖上开过药店行过医，受此影响，她开始是学医的。新中国成立后，她放弃了学医，转而投身教育事业，曾在杭州铁路一小、二小、苏州铁中、杭州铁中任教，当过班主任直至退休，送走了一批又一批毕业生，她乐此不疲，甚至退休后还多年到校义务授课，把个人的全部精力和爱奉献给了教育事业，献给了她热爱的学生们。

新中国成立初期，百废待兴，国家经济较困难，有的学生家庭生活较贫困。见此情况，她就把自己微薄的工资尽量节省下来，给学生们买学习用品、衣服及解决吃饭问题，以维持学生起码的学习生活。尤其在60年代困难时期，学生正是长身体阶段，她把自己的粮票节省下来给了学生；看见学生衣服破了就动手缝补；看见学生有浮肿情况，就到处设法搞黄豆给学生补充营养……她总是这样视学生为自己的子女，把自己的爱全部给了教育事业，给了她热爱的学生们，以至她一生未曾谈恋爱，终身未嫁。她得到了学生和家长的广泛爱戴和感激、同事们的敬佩。

她工作勤恳踏实、精益求精、成绩显著，成为教师标杆，她的事迹在上海铁路局教育系统广为传颂。她桃李满园，同学们在事业有成之时，仍牢记着这位恩师。几十年前的学生在节假日，尤其在春节，一批又一批的学生，有黑发的，更有白发的，前来看望她，给她拜年。有时屋内坐不下，只好先待在走廊上等候，换批进入。她的邻居见此情景就夸说：“有这样的老师，就有这样的学生，感恩一辈子！”现在每年清明时节，她的墓前时有学生们敬献上的鲜花，足见师生之情永恒。

她退休后依旧按时到校义务授课多年，学校劝也劝不住；她默默无闻地帮助其年迈的老父亲依照家传秘方制作“戎氏肝炎丸”，无偿送给有需要的病人，待父亲亡故后，又继承了父亲的慈善事业，继续制药送药；她的身影曾在派出所忙碌着，在义务帮助户口调查登记，做好人口普查工作……她尽可能地发挥着余热，奉献着她的人生。

她照顾她父亲一辈子，戎家是一个长命的种，爷爷97岁那年才过世，此前一直由姑妈负责他的衣食起居。爷爷喜欢喝酒，有时还要发发小脾气，而姑妈总是耐着性子服侍他，尽可能地满足他的要求；在物资计划配给紧缺时期，老酒是十分紧缺的东西，姑妈总是千方百计地获取老酒，以满足他的需求；爷爷喜欢看戏，她总是挤出时间陪同前往，戏散回家后再熬夜批改学生作业；随爷爷年岁不断增长，通常随身体衰老各种疾病也会缠身，而爷爷身体却一直棒棒的，没有大病，这与姑妈悉心照料是分不开的。

她对我们侄辈也是爱护有加，别的不说，就拿我小弟国泰来说，在农村待得最久，一直没有回杭，刚好姑妈将近退休，当时有“抵职”回城的政策，就利用好此政策提前退休，将国泰从富阳城阳公社调回杭州进入杭州铁中，做学校后勤工作，而姑妈因工作需要，仍留校任教义务授课，发挥着余热。

加入中国共产党是她的夙愿，从青年到中年再到老年，等得有点久，原因在于亲属中有人存在历史问题而受到牵连，一直未能如愿。退休后，她再次向原学校党组织表明了心迹，几十年来她先后六次书面申请，经受了毅力、意志、决心、恒心的真正检验，初心不改，终于在她有生之年光荣地加入了中国共产党。喜讯传出，人们奔走相告，铁路内外的人纷纷向她表示祝贺，这反映了众望所归，也成了当时铁路系统整党中的学习对照榜样。入党那天她立即给我打来电话，风趣地告诉我“她已成为我的同志了！”当时我真为她高兴。

姑妈走了，我将永远怀念她！

欧洲行

向往已久与家人游欧洲，在女儿的安排下终于成行了。

为了此行，我向中心赵主任请了假，他听说我要去欧洲旅游为我高兴，准假并说："你放心去好了，这里的工作由老龚顶着。"

2013 年 7 月 7 日上午，我、欢娣、戎英、刘怀洋、刘戎全家一行五人兴高采烈地乘坐机场大巴赴萧山国际机场国际航站新楼出发厅 A3 集合，参加中旅组织的"翔龙万里行"欧洲旅游活动。同行的有浙大企业员工、杭州、绍兴、宁波等近 40 人，刚好旅游大巴一车人，由李姓导游带队。

我们搭乘 KL882 HGHAMS 1310/1850 荷兰皇家豪华客机直飞阿姆斯特丹，经过 10 小时的飞行抵达了目的地，从机场乘车入住酒店，这一天就在飞机上消耗了。大家期待着明日欣赏荷兰风光，由于乘机劳累，很快就进入了梦乡。

第二天一早，自助早餐后，乘上豪华大巴去阿姆斯特丹欧洲最负盛名的钻石加工厂，参观钻石打磨制造的全套工艺。只见每个匠人聚精会神地、头也不抬地在操作。一块不起眼的透明钻石原石经人机密切配合，设计、切割、粗打边，将毛坯磨成圆锥形，并把钻石底磨出，再经精打边，形成钻石基本形态，然后在一个圆盘上车磨起瓣，最后抛光，即一粒光彩夺目的钻石形成了。不仅吸引了成人观看，我那平时爱动的小外孙也一动不动全神贯注地看着里面老师傅的精心操作。

随后，我们游览了象征荷兰风光的风车村。这里有小时候童话图书中看到的风车实物了。看了风车后，又去参观了木鞋厂，大大小小琳琅满目，大的木鞋如一只翘着船头的小船，又像格林童话中会飞的船，使人浮想联翩。匠人还在现场表演制作，变魔术一样把一段木头变成了一只鞋。还去了奶酪工厂参观了制作过程，对此大家兴趣并不高。小外孙在旅游纪念品店买了荷兰的纪念邮票，其实外孙没有集邮，可能是想有个纪念品留念，也就买了。荷兰风车村其他都还好，但卫生间要收费，对我们刚到欧洲的中国人有点不习惯。上一趟厕所要付 1 欧元，也就是一次要付 8 元人民币。那天我肠胃不好拉肚子了，厕所前排着长队，只好到附近处小店里找人家家用卫生间救急，也有几人等着，这里更黑心，要 2 欧元，也就是 16 元人民币上一趟厕所。这样的收费简直是乘人之危，对游客的敲诈。荷兰的风景区竟是这样的配套设施，让人有点失望，打击了游客原来的大好心情。好在车上已向李导兑换了一些硬币，否则要出洋相了，还算庆幸。

离开风车村，我们驱车 200 多公里，来到比利时布鲁塞尔参观了“原子球”外景。接着又游览了黄金广场，我们是穿过小街到达广场的，豁然开朗，使人眼睛一亮，周围都是哥特式建筑，是由石块和镀金材料建成，富丽堂皇。市政府就在广场一端，金碧辉煌。整个广场呈长方形，到处是鸽子与游人和谐相处，接踵而来的游人漫步在广场上，不停地按下手机拍照键或相机按钮，或三三两两地坐在广场周边的石阶上歇脚。整个广场围绕着七条街巷和众多公司，这里既充满艺术性，又充满商业味。我走到广场中心，按下了录像键，360 度记录了周边的一切。我们品尝了著名的布鲁塞尔巧克力，又通过一条狭窄的步行街来到了该市市标即小英雄撒尿小童于连的铜像前，雕塑不高仅有 53 厘米，身体后仰，永远保持着尿尿样，一支管子在他身后，可能就是他永不枯竭“尿液”的源泉。

第三天，早餐后我们乘车前往巴黎。车将进入市区前，经过一处过街地道时，看见上面有一架巨型飞机正缓缓地驶过，原来上方就是飞机跑道，这是国内未见的。车过塞纳河一座大桥时，我们见到桥下岸边有整片不整齐的破棚子，可能是巴黎流浪汉的栖身之所，脏乱不堪，资本主义发达国家也不过如此。

车向协和广场前行，道路两旁的古老建筑门窗都显得很小，没有气派，欧洲人长得高大，而门窗设计得这么小，不知为啥？一人提出了疑问，车上众人就议论开来。李导做了回答："法国古代收税是按门窗大小而定的，大的多缴，小的少缴，因此门窗做得都偏小。"此话是否属实我不得而知。

车到协和广场前我们就远远地下了车，沿着香榭丽舍大道步行前进。道路宽广，两旁都是草坪，绿树成荫，恬静安宁，一派田园自然风光。进入西段却完全不同了，两旁均是现代建筑，是高级商品的聚集区，世界名品都能在此找到。这里繁华而高贵，一直延伸至大道西端戴高乐广场，广场中间环岛上就是世界著名的凯旋门，是当今世界上最高的一座圆拱门，气势恢宏，我们在此处想拍照，得跑得远远的，才能将人和凯旋门拍成同框的照片。

离开凯旋门已是午后，吃了中饭后，我们乘车前往巴黎西南方的"世界五大宫"之一的凡尔赛宫。大约过了四十分钟后，我们就来到了具有330多年历史厚重感的、宏伟壮观的"凡尔赛宫"。它像北京故宫一样围绕着中轴线展开，只是走向不同，它的正宫是沿着东西向中轴线对称而建，两侧分别与南宫、北宫相衔接，是一处规模宏大的，由11万平方米的宫殿与100万平方米的园林有机结合的建筑群，有500多间大殿小厅，处处金碧辉煌、富丽堂皇，十分奢华。

正宫前是法兰西式大花园，树木、草坪、花坛、雕像、水池、喷泉、水系布置得别具匠心，既讲究大处对称和几何图形布局，又在小处有所变化。入口处是三面合围的小广场。

宫殿内的陈设以精致雕塑、巨幅壁画、高档挂毯、豪华家具为主，以及来自世界各地的珍贵艺术品，其中也包括中国的大型精品瓷器。

在众多的殿厅中，最为印象深刻的是"镜厅"。它长73米、宽10.5米、高12.3米，极具通透性，一侧由面向花园的17扇巨大的落地拱形玻璃窗所组成，另一侧由400多块镜子形成巨大镜面，天光从外射入，花园美景从外映入，再由镜面反射，整个厅处于光亮中、处于绿色美景中；同时使拱形顶部反映历史的巨幅油画及顶两侧的金色雕像也十分清晰；厅两侧分立的镀金落地灯和顶上高悬的24具巨大吊灯起到了很好的装饰效果；其柱子是绿色大理石的，柱头、柱脚和护壁均是镀金的，家具都是白银打造，地板还是雕花的，尽显王家奢华。

凡尔赛宫见证了法国许多历史时刻和变故，因此该宫现称为“历史博物馆”。

结束凡尔赛宫参观后，我们即乘车返回巴黎市区，入住酒店吃晚饭后，有的去了“红磨坊夜总会”观看歌舞表演，我们因外孙较小不宜观看，也就都不去了。

第四天，在巴黎游玩了一整天。先游了巴黎标志性建筑埃菲尔铁塔，在远处将铁塔作为背景拍了照，有人还将手托在远处铁塔下端，拍成了“托塔大力士”。我们全家也请别人帮忙拍了五人全家照以作留念。旅游团没有安排上塔，而是乘车去了全法国最高的摩天大楼——蒙帕纳斯大厦，乘电梯足足用了 38 秒才来到 210 米的巴黎高空，此处有 360 度观景台，整个巴黎一览无遗，是以凯旋门为中心呈放射状的街道布局，十分壮观。

然后去了法国国家艺术宝库——卢浮宫。李导还安排当地华人讲解员陪同大家参观。这是我们最向往的地方，其中有卢浮宫称之为三宝的“蒙娜丽莎”“维纳斯”“胜利女神”，还有大量世界艺术珍宝，包括中国的艺术珍品，琳琅满目，使人一睹为快。在卢浮宫主入口处我们欣赏了贝聿铭的杰作“玻璃金字塔”，并入内观赏了其效果，反映了天空的不断变化，白云在蓝天下移动十分清晰、美丽。还有三座小“玻璃金字塔”环绕主塔，为地下空间提供了天然光线。另有一座小型玻璃金字塔倒挂在地下购物中心，非常别致。由于来自世界各地游客众多，开始我们还能集中跟上讲解员听其讲解，过了一会儿就走散了，大家只能自主行动了，听不到讲解只能自我欣赏了。一个接一个大展厅我们随人流前行，想拍一张完整画面的照片都成了奢望，没有机会，因人人都高举着相机或手机，我们索性放弃拍照的念头，仅饱一下眼福算了。其中中国文物我最关注，看到了画作《溪岸图》《女史箴图》《圆明园四十景图》等，还有青铜器“商代三羊纹铜鬲”“青铜象尊”，另有玉器“商周玉猪龙”“西汉白玉猪”等。看到这些中国文物，心中油然产生一种愤怒，被掠夺的东西成了别国的展品，不能回家，原来兴奋的心情变得复杂了。

结束卢浮宫参观后，我们来到塞纳河游船码头。李导买票后我们排队进入码头等待游船靠岸，待船靠岸游客上岸后，我们就鱼贯上船。船上一排排长凳排列在两侧，中间留着人行通道，船体上方是敞开的，便于游客观赏四周上下美景。我打开摄像机尽可能地把两岸美景收入其中。塞纳河两岸均有高低两层河岸，靠里的上层开车，近水的下层行人，这倒是一种特色。塞纳河上有众多宏伟精美华丽的桥梁，它们不断地迎面过来从我们头顶上掠过，尤其是“亚历山大三世桥”上的壁画引人注目。两岸的哥特式建筑风姿绰约，在船上从另一个角度观看了右岸上的埃菲尔铁塔，左手岸边著名的巴黎圣母院，幢幢著名建筑扑面而来，我们也随着人们的惊呼齐刷刷地左右转动着身躯，尽可能地把建筑胜景全都揽入眼中，从而不虚此行。

巴黎待了两天后，第五天，我们一早乘车出发，经 650 多公里来到瑞士伯尔尼州度假小镇因特拉肯，这是阿尔卑斯山下美丽的雪山小镇。我们住的酒店在一条不知名的小河旁，流淌着从少女峰雪山上奔腾下来的翻着白浪的雪水，蓝白相间，与一般河流不一样，十分湍急。我们坐在房间外阳台上就能观赏这一美景。我们住店后就越过镇内可去少女峰雪山的铁道，漫步在荷里威格繁华的商业街，街的右边有大片绿色的草地，看到了朵朵滑翔伞在蓝天白云和雪峰的映衬下从高处慢慢地飘落到草坪上，看来到这里的人们是很会玩的。这里商家最主要的是瑞士手表店，配有华人店员，女儿在此买了一块心仪的瑞士女表。同团的伙伴几乎都买了手表，其中绍兴老板买了一块 30 万的高档瑞士手表，爱不释手。我们在商业街游玩后，就在麦当劳买了晚餐，回到旅店坐在房间外的阳台上吃着晚餐，欣赏着雪山小镇特有的景色，远处的连绵雪峰、山脚下深绿色的森林带、再就是大片草地、近处奔腾的雪水小河，组成了动静结合的生动画面。

晚上听着外面奔腾的流水声，很快就入睡了，睡得很香。早饭后，我们带着中餐用的“自热饭”用双肩包一背，同时穿足了保暖衣服，在因特拉肯乘火车先去劳特布伦再换乘去小夏戴克的火车，然后乘上前后都有机车头牵引的红色观光列车上瑞士最著名的山峰之一 “少女峰”。少女峰海拔 3500 米，由于海拔提升迅速，所以火车要前拉后推才能上去，一路风景绝佳。火车有时行进在山壁腰间，忽暗忽明，右手侧仍能时不时地看到外面景色。随着火车爬高，我们大家的呼吸也随之急促了起来，胸有点闷，高原反应开始了，虽有思想准备，但还是感觉有点难受，而且是身体强壮的人反而更能敏感地觉得这种高原反应，只有把注意力集中到车窗外的景色，还可承受。最终观光列车停在隧道内的终点站——少女峰站。下车后经左侧支隧道去到少女峰观光平台。雪山峰峦连绵不断映入眼帘，虽无色彩，但一派纯洁在阳光下泛出熠熠光芒，使人完全忘却了高原反应的不适，纷纷取出相机、手机、摄像机记录这难得一见的美景。在此我们得到了盖有瑞士少女峰章的“护照”和“明信片”。待拍照、录像后，我们抓紧打开从国内带来的“自热饭”，加入水后焖了一会儿，饭就热了，我们在雪峰吃了热气腾腾的米饭，旁人投来了羡慕的眼光，问我们哪里买的，我们自豪地说：“国内带来的！”少女峰山顶伙食是十分昂贵的，而我们却吃到了价廉物美的饭菜。我们体会了“会当凌绝顶”的感受，体验了阿尔卑斯山的神秘壮丽后，仍乘火车返回了因特拉肯，前后来回花了近 6 个小时。

接着我们登上大巴，告别因特拉肯向意大利出发。大巴在山间公路奔驰，沿着叠峰山峦，曲曲弯弯，忽上忽下，左旋右转，一路颠簸，但我们毫不在意，注意力全被一路上的无限风光所吸引。蓝天、白云、雪峰、森林、草地及飞鸟全收眼底，景随车行而不断变化着。郁郁葱葱、一望无际的高山草甸到处都能看到悠闲自在的牛群和马匹，在尽情享受着美味——嫩草。在森林间、绿野上能看到散落的漂亮的民居，有的仅露出个尖顶，隐藏在绿色中。此处森林与草地分界明显，雪峰下来是林带，再下来就是整片的高低起伏的绿色草地，其间几乎没有树木，难得一见也是孤零零的，一路如此。我想可能是高山植被的特点吧！也可能为了牧草生长而人为不允许树木穿插其间，确切答案不得而知。忽然又看到了去因特拉肯途中曾见到那样的碧蓝的长条形湖水，不断延伸，这可能就是位于因特拉肯两头的湖泊之一，由于是雪山水注入形成的高山湖泊，特别清澈湛蓝，与蓝天、阳光互相映衬，折射出蓝宝石般的光泽，那么地透亮诱人。

大巴来到了瑞士中部城市琉森。我们一下子被一眼见底、水草茂盛、湖面浩荡、天鹅栖息其间的琉森湖所吸引。为了亲近琉森湖，我们迫不及待地上了游船，游船快速地滑过碧水，划出两条白浪，天鹅在白浪上追逐飞翔，或在湖面游弋。两岸的景色快速闪过，幢幢式样迥异的城堡、别墅点缀其间，湖畔还停泊着许多漂亮洁白的私人游艇。湛蓝天空、朵朵白云、湖光山色、天鹅飞翔、游船穿梭，与兴奋的游人和谐地相互映衬融为一体，好似一幅异域的山水画，令人赏心悦目。返航时，我们看到琉森湖面上跨着一座木质廊桥，据说它与一旁的八角形水塔共同成为琉森的象征，也是瑞士标志之一。

告别美丽的琉森，继续前行，在瑞士与意大利之间设有边防站，车到此处，游客不用下车，只要司机下车去办理一下登记手续，即放行进入意大利境内，十分方便。

终于在意大利一个小镇住下，当天行程420公里，均是童话般的美景。行李放入房间即去吃了晚饭，见天色还早，团里伙伴都下了楼到小镇散步，调剂一下长途坐车的不适。但有意外在这段时间里发生了，待我们回到酒店，听到早回的绍兴老板在发脾气，原来他所带的零用现金三千欧元不见了，仅是大家下去了一趟，放在房间行李中的现金就不翼而飞了。原来听说意大利不安全，现在真的见识了。大家议论纷纷，认为是酒店内部人干的，或者是内外勾结窃取，因他们十分清楚游客过一夜就要走的，根本无法留下来报案、追查，所以他们胆大妄为了，可能已是惯犯了，每天搞个一两票，收入就可观了，而且无人会追究，这是多么可怕的事。这虽是一种猜测，但这次事故为大家提了个醒，随后的行程中，大家都提高了警惕。

第七天，早上自助餐时，又碰到了不愉快的事。我们吃的团餐与别的顾客是分区域进餐的，而且我们的早餐食品是定量分配的，这是一种歧视，我们都十分气愤！饭后我们离开了这个是非之地，开车前往世界知名的威尼斯水城。下车后，我们先坐船去了布拉诺岛，这是一个色彩斑斓的岛屿，岛上的房子都用明快靓丽的颜色涂刷，成了五颜六色的房子，到此如同进入了童话世界。我们在此处参观了世界著名的玻璃制品艺术，在陈列室见到了许多晶莹剔透、造型华丽的高档玻璃器皿；同时参观了他们制作玻璃器皿的过程，长了见识。

然后乘船进入威尼斯本岛。我们先乘坐了名叫“贡多拉”的独具特色的威尼斯尖舟，船体轻盈纤细、造型别致，每舟乘坐6人，船夫穿着横条衫、戴着草帽，站在船尾，用长杆单桨划船，穿梭于迂回曲折的威尼斯水道中。水道狭窄，两条贡多拉交会几乎是擦着船身而过的。水道两侧的古老建筑充满着年代感，泡在水中的墙基石历经岁月却依然承载着主体建筑岿然不动，真为这样的建筑而称奇。我想到随着气候变暖，海平面上升，威尼斯美景还能保持多久呢！我们坐在贡多拉上穿过很多形状各异的桥，其中有座叫“叹息桥”的最有名，桥呈屋状有顶，桥洞与桥顶呈同样的弧度，整座桥上方封得严实，只有向水道两端开有两扇小窗，造型奇特。听说它是沟通威尼斯市政宫与威尼斯重犯监狱的桥梁，现在却作为男女定情之地。上岸后我们步行去了圣马可广场，广场呈长梯形，周围有著名的公爵府、圣马可大教堂、圣马可钟楼、新旧两个行政官邸大楼、拿破仑翼大楼、四角形钟楼（广场最高建筑）、圣马可图书馆等建筑和威尼斯大运河将其包围。由于时间局限，我们均没有进入参观，走马观花地看了一遍。然后就寻找吃中饭的地方，在一家意大利餐厅吃了中饭，吃了当地特色菜墨鱼圈等，但其中一份威尼斯墨汁通心粉上桌，我们却毫无食欲。

下午，我们辗转去了佛罗伦萨。先参观了“圣母百花大教堂”外景，原想拍一张教堂全景，但都照不全，它太大了，能立足拍照之地又太近了。但我们看见了该教堂号称世界第一的大圆顶，据说有 91 米高，最大直径有 45.52 米，被称为佛罗伦萨地标一点也不为过。时间关系，我们很快转向去了奇迹广场上的比萨斜塔。比萨斜塔是比萨大教堂建筑群中的一座独立的圆形钟楼。进入斜塔景区，眼前是一大片草坪，我们就在门口开始拍照了，既拍了整个比萨大教堂建筑群，又着重拍了斜塔。用双手推着斜塔侧面下斜线，却似用一人之力防止斜塔倒下来；用背刚好抵着下斜线，好似一个人背起了比萨塔；再放低拍摄位，让手托着斜塔。拍完照先就近围绕罗马式比萨大教堂转了一圈，大教堂凭旁边景点门票进入，我们无票也就进不了。再走近比萨斜塔，可购票登塔，但等候登塔游人排着队，鉴于集合时间即到，也就不上去了。集合后我们步行至附近一家中餐馆吃了团餐，菜肴虽没啥，但几天未吃中餐了，大家吃得很高兴。

第八天，我们一早车奔 300 多公里外的世界名城罗马。这是一处寻古探幽的好去处，既保留了原罗马帝国时代的遗物，又有中世纪文艺复兴时期的文化艺术瑰宝，还有国中之国的天主教廷所在地“梵蒂冈”。

到达罗马后，我们先去了罗马西北角的罗马天主教教廷所在地梵蒂冈，其面积只有 0.44 平方公里，常住人口 800 人左右，多数为神职人员。我们先在左侧罗马柱廊等候，待导游联系好后排队进入圣彼得大教堂。此处不需门票，但门口有严格的检查，不能带刀具，着装要求很严，不能穿无袖上衣和短裤，若是短裙要盖住膝盖，进入里面不能大声喧哗。整个教堂呈十字形布局，十字交叉处为中心，地底下是圣彼得陵墓，地上是教堂的祭坛，上有金碧辉煌的华盖，再上面就是教堂圆穹顶，其直径有 42 米，高 120 米，圆穹顶周围及整个殿堂均是美丽的图案和浮雕，阳光从穹顶射入，使宏伟、幽暗的教堂有了一种神秘的色彩。穹顶也被人们看作是通向天堂的大门，使人有一种肃穆的感觉，连脚步都轻而慢了。

随后我们去了“许愿池喷泉”。它的本名为“特雷维喷泉”，它是一组众神和群马的石雕群像，前下方是一池碧水。整个许愿池喷泉是罗马最后一件巴洛克式建筑的艺术杰作，是罗马象征之一。我们随着人群费力地往前挤去，到了眼前，被它精美的石雕艺术所吸引，雕工细腻，形象逼真。中间的泉水似几叠瀑流向下方池内。还看到了许多游人背向许愿池，用右手将硬币经左肩往后扔入许愿池，祈福许愿。有人看到别人在扔就产生了从众心理，情不自禁地也扔了。国内景区到处有往水池中扔硬币祈福的做法，就可能是从罗马传来的，看来这种做法已是世界通用的。据说每天有 3 万欧元扔入池内，这是世界游客的贡献，是对罗马的一种资助，这些硬币罗马政府会用于慈善事业。

接着我们去了这次欧洲行的最后景点即古罗马角斗场和古罗马凯旋门。由于时间关系，只在外部观看了一下古罗马角斗场，已是残缺不全的古建筑，半壁围墙已倒塌，但仍能看出 2000 多年前建成时的宏伟壮观。据李导介绍，角斗场面积有 2 万平方米，椭圆形，长轴 188 米，短轴 156 米，周长 527 米，中间表演区长轴 86 米，短轴 54 米，四周是逐级抬高的台阶，共有 60 排，而且每隔一定距离有上下的通道，全场通道呈放射性分布，可容纳 5 至 8 万观众，是公元前最大的角斗场。它的形状、构造一直影响着现代体育场。

古罗马最高的凯旋门之一的君士坦丁凯旋门就在罗马角斗场西侧与

古罗马城之间的大道上，高 21 米、宽 25.7 米、进深 7.4 米，整个凯旋门里外饰满各种浮雕，周围有护栅栏围着，说是为了保护文物。拍照的话能与部分角斗场同框。

在罗马过了本次欧洲旅游最后一晚，第二天也就是本次欧洲行的第九天，我们早餐后就乘坐大巴前往罗马机场，搭乘国际航班飞往阿姆斯特丹，转机飞回杭州。到达杭州已是第二天了，也就是本次旅游的第十天。所谓的十天游，实际只有七天游，来回路途却占了三天。

这次欧洲行，终于实现了我在 1998 年去东欧匈牙利参展时曾产生的一个愿望——带家人到欧洲旅游。此次旅游顺利又快乐，领略了西欧、中欧、南欧美丽的自然风光、璀璨的艺术成就、古老的欧洲文明，真的不虚此行。

新　房

这里指的“新房”不是结婚新房，而是我们二老为了改善生活所买的新房。

我和欢娣现住杭州市翠苑四区，这小区房是 1987 年 10 月竣工的，房龄已有 35 年多了，是多孔板六层楼房，我们住在五楼。2000 年，我所在的杭州新华集团有限公司原党委书记有了企业给买的新房，他上交的住房由我进驻了，至今已有 20 多年了。翠苑房由两个小套合成一套房改房，面积 81.42 平方米。照理两人住也够了，但此房由不得使人想换掉它，原因有三：一是多孔板房，已有 35 年多的房龄，几乎就是危房了（2021 年 3 月 25 日，《关于开展 2021 年度未来社区创建的通知》中指出 2000 年以前建成且普遍采用多孔板建材、存在较大安全隐患的住宅小区，开展全拆重建类创建，实现“一步改到位”），这是理论上的说法和政策上的规定；二是该住房沉降不平衡，房子随外面远处马路上行驶过的车辆而抖动摇晃，经常会使人精神紧张起来，说不定何时就会倒塌，这是亲身感受的危机；三是考虑翠苑房没有电梯，现上五楼已感吃力，年龄再大起来，可能吃不消了，这是为养老考虑。虽早有换房想法，但之前手中无钱，仅是一种梦想而已。

2014 年 5 月，有一事的处置，让我有了实现梦想的可能。这事就是我原所在企业“杭州新华集团有限公司”董事长要收购所有其他股东的股权。2014 年 10 月，转让股权后我以为有了买房的资金，于是我们一家人到处去看房，文一西路的多处房产都去看过，当时 2 至 4 万一平方米，买个 90 平方米手头的钱也不够了，且都是期房，只有作罢。但并不死心，近处买不来，就沿着文一西路再去远点看一下，结果在青山湖星汇城看中了一套 183.72 平方米的房子，有四房，当时每平方米只要 5400 多元，又考虑女儿可能再生一个小孩，两对夫妇加两个小孩，有四房才住得下。这个区域的房产正处于开发初期，房价还有很大的升值空间，既可以自住也同时算是一种投资。考虑以女儿名义买房，但由于各种原因作罢，我们即以我们夫妻两人的名义购买了此房。反正最终还是他们小辈的。

接着就是装修中的无奈了。我先找了具有家装一级资质的一家大型装修公司，通过现场测量、设计出图、预算定价，最终签订合同进场装修。本以为装修会一切顺利，谁知道这家公司管理不到位，项目经理不作为，随意停工拖沓，无理要求加价，这样的公司一定是不能再合作下去了，我即要求终止合同。之后就需要寻求合适的人继续干下去，正好有个项目经理在小区内有多套房屋的装修已完成，我们参观后觉得装修质量及项目经理的人品都还可以，就与之签订了合同，按照我们提供的图纸继续施工。这个装修的过程中也有波折，但还算是在可控范围内，新的项目经理在小区内有多套房屋同时装修，各工种施工人员数量有限，势必造成工期的延长。最终我的房子从 2015 年 5 月开始一直施工到 2016 年底才基本完成，结算时也超出了之前项目经理给出的预算。

这样先后两家装修费，加上电器家具等费用总共 50 万左右，我的新房购置及装修共花了 150 多万，算是便宜的了。现在该楼盘房价已是原来的三倍多了。

我的“新房”是为了改善，为了养老。现在新房一直空着，只是有时过去打扫一下，每年物业管理费、能耗费、车位管理费等需 5000 多元。房子内定期打扫保养，看起来还挺新的，但已有 10 年房龄了，也算“老房”了。

第九阶段

幸福晚年 精彩纷呈

——真正的退休生活

（2007 年 1 月—2007 年 12 月；2016 年 2 月至今）

澳新游

2007 年 3 月底，我刚退休不久，我与欢娣启程高兴地前往澳大利亚、新西兰旅游，早已打算退休后夫妻俩一同出国游的愿望终于实现了。

这次出游的心态与以往 1998 年去匈牙利完全不同，这次是因私出游，一切手续、各项准备都得靠自己。去匈牙利是因公出国，随杭州经贸代表团前往布达佩斯参展交流，都是市经贸委统一办理出国手续的。那次新华造纸厂与华丰造纸厂共用一个标准展位，华丰的李群与我一同前往，但布展工作全落在我一人身上，怕在外不能按时完成布展和对外洽谈，心里是焦虑的，而此次出游澳新是轻松愉悦的。

这次澳新游我是委托“浙江海内外商务旅游有限公司”成行的。找的是我公司退休保卫科长王宝财之女王敏，因本来就是熟人，很快就商定了日期、行程。在我提供了必要的身份证、户口簿、房产证、退休证、结婚证的复印件及银行存款证明原件后就签了“出境旅游合同”，交了人民币 28860 元团费及 132 美元小费，一周后即成行。虽签证他们代办，但自己也做了许多准备工作，复印证件、赴银行取存款证明、手机开通国际漫游、换取外币澳元、取回银行存着的仅有的一点美元备用。因这次是各地散客组团，共 24 人，因此要求团员自行安排去上海浦东国际机场，我早早买好了机场大巴车票，以确保按时到达机场与团队会合。

3 月 31 日，我和欢娣在体育场路乘上了赴上海浦东的机场大巴，下午 5 点多到达浦东机场，随后去了指定的集合点。我们到得较早，各地团员陆续到来，在等待过程中，我们初步熟悉了一下，有平湖来的去澳大利亚看望留学儿子的夫妻俩、绍兴私企老板、演员李宗翰的父母等。待全部到齐，导游将团员基本按家庭编了号，以方便随时统计人数，随后就带领我们去办理东航 MU565 航班的登机手续、托运行李，我们拿着登机牌、行李票、护照等去过安检，再到登机口等候。不久听到广播通知后，即排队过登机口，我们就在空姐笑脸相迎下鱼贯进入机舱，按座位号入座。没过多久，根据广播要求，我们关了手机、扣好安全带，20 点 15 分飞机准时开始滑行，腾空而起，开启了我们的澳新之旅。

机上大家显得十分兴奋，虽已渐入深夜，但大家仍不想入睡，我也不例外，一个念头就是碰上夜航，确是一个万米高空看日出的难得机会，不可错过。后半夜我提神等待着日出的到来，手握相机，紧盯着舷窗外漆黑的夜空。终于东方渐显出一条下深上浅渐变的橙红色带和上方另一条由浅到深渐变的天蓝色带，两条色带交汇在一起，中间粗两头细，中间有较亮的部分可能是喷薄欲出的太阳吧！双色带渐渐变宽，中间突然先露出一个亮点，接着整个太阳跳了出来，变得越来越耀眼，向四周散射出光芒；同时舷窗玻璃上在太阳亮点下方呈现出一个大的浅红色光斑；随着天渐亮，太阳也离云平线越来越高。我终于见到了梦寐以求的万米高空日出，并拍照记录了这难得一见的景象。

4 月 1 日，在高空飞行了 15 小时 45 分，即第二天中午我们抵达了澳大利亚最大城市悉尼。出了机场在地陪的指引下，把行李装上中型客车后的拖车里，大家就上车去游览当地的鱼市场，并在此解决了午饭。鱼市场是一个海港，到处停泊着渔船和游艇，海鸥漫步在岸上的步行道上，或飞翔在海面上。交易场所熙熙攘攘、人来人往、渔货也很丰富，有的海蟹足有脸盆那样大，众多的海鲜吊足了大家的胃口，纷纷奔向附近的海鲜馆以饱口福。我和欢娣点了海鲜面，以墨鱼圈、虾仁和鱼片作浇头，面是空心的十分鲜美。其他团员有的多人拼着吃了当地的大蟹，大家吃得不亦乐乎。

餐后在地陪的带领下驱车赴风景优美的海德公园、玫瑰湾、邦蒂海滩等景点。邦蒂海滩游人如织，这里有独特的蓝色，十分诱人。巨浪不断推向沙滩，据说此处常年伴有海风，是冲浪者的天堂，在此见到许多人在冲浪，滑翔在风口浪尖上，自由自在地体验和感受着大自然的力量；热爱阳光的游人在沙滩上赤露身体舒展开来，一身古铜色显示着健壮；当天还碰巧看到飞机在海滩蓝色的上空用尾气拉出字母打商业广告；岸上还有滑板爱好者训练的设施，人们在腾空、跳跃，尽情地玩耍。眼见这些，大家也就兴奋了起来，到自由活动的规定集合时间时，久久不能聚齐这 24 人。导游见了此情景，不得不讲了狠话："以后过时不候，后果自负！"上车后，导游还强调了在车上不能吃东西，说澳洲蚂蚁相当厉害，会咬人，有毒性，若食屑掉在车上会引来蚂蚁，后果不堪设想。不知是否是真话，但效果不错，为后续活动打好了纪律基础。

当天行程结束后，在一家中餐馆吃了晚饭就入住酒店，因昨晚飞机上折腾了通宵，洗漱后即睡觉，第二天都说睡得特香。

4 月 2 日，早餐后我们沿着 F6 风景道——蓝色海洋路驱车前往卧龙岗。我们在蓝色海洋路最漂亮最有特色的路段下车，漫步于依陡峭悬崖而建，长达 665 米的架空天桥上，面对南太平洋美景，心旷神怡。随后来到新南威尔士州最洁净的海滩游玩，沙滩由细小柔软的粉末状白沙组成，白得纯洁、纯粹。抬头是清澈透明碧蓝如洗的蓝天白云，让人心情十分愉悦。后又到卧龙岗，高高崖壁直立海边，岗上有高高矗立的灯塔，环境十分优美，我们在此处拍照留念，背景就是碧海、蓝天及海天相连处渐露尊容的巨轮。

4 月 3 日，早饭后驱车前往 2000 年奥林匹克村参观。当时觉得场馆高大宏伟，现在随国内建设的发展，已不会觉得有什么特别了。奥林匹克运动场外竖立着许多柱子，上有许多名人名言、运动员的成绩、项目记录等，比较有特色。但有的地方已显陈旧，已有工人在修缮了。我们还参观了运动员宿舍，里面陈设比较简洁。

然后乘车去景色绝佳的天然海港——达令港（情人港），游览了著名的悉尼歌剧院，近距离欣赏了歌剧院外貌，犹如白色的帆船，刺向蓝天的大小均异的十片巨大的壳顶似鼓足海风的风帆，迎着不同的方向。还远眺了悉尼大桥，这是一座钢结构的、曾号称为世界第一的单孔拱桥。这里是悉尼景点最集中的地方。随后驱车去机场乘机飞往度假胜地——黄金海岸。抵达已是晚上，即入住黄金海岸附近的酒店就寝。

4月4日，为了抓拍黄金海岸的日出，天还未亮，我和欢娣就起床带着相机、摄像机准备外出去海边。但不知往哪个方向可去海边，我就在纸上简笔画了海上日出图，到服务台用图画加相机与服务员沟通，他明白我的意思后，则带我们到门口用手直指门的正对方，并用双手做拍照状，我们领会其意，谢了后就直行到达海边。路上虽冷清无行人，但路灯十分明亮，我们走了一刻钟左右来到了海边。海浪在拍打着沙滩，天色已微露鱼肚白，但在海平线上有着大块乌云带，我想完了，拍不到日出了。随着时间推移，我们逐渐模糊地看到沙滩大致面貌，沙滩相当宽阔，一边是大海，另一边是较高的路基，隔路是一排高楼大厦，沙滩两端都望不到头，这个黄金海岸真的是大。这时海边开始有晨练者在翻着朵朵白浪的大海的衬托下沿着沙滩上跑步，还有人夹着冲浪板奔向大海。海天相连处的一条乌云带并未散去，我想只好拍带云的日出了。不久乌云上出现了金色亮边，亮边上方的橙红色越来越红，越来越显眼，太阳终于从乌云上跳将了出来。虽等得较久，但没有白忙活，等来了乌云带上的日出，我赶紧按下快门，照片效果还挺不错。回到酒店时碰到一位澳洲女孩，对着我们就说“毛宁”！原来她在问早，真有礼貌！我们也回“毛宁”！

早餐后，我们乘车去了著名的华纳电影世界参观，这里节目丰富多彩，参观真实的制片厂，看魔术般的电影特殊效果制作，观看了电影《学警出更》中的特技表演，欣赏了美国西部电影中的枪战表演，领略了精心制作的四维电影，发出阵阵惊呼，令人叹为观止，让人流连忘返。

下午我们又去“天堂鸟农庄”观看了剪羊毛表演。一只肥壮的绵羊全身的毛一会儿就被工人用电剃刀剪完了，熟练的技能令人佩服。晚上仍宿黄金海岸。

4月5日早餐后，导游组织大家游黄金海岸，正是我们昨天拍日出的地方。随后乘车赴昆士兰首府——布里斯班，先后游览了南岸公园、故事桥。

南岸公园，即1988年澳洲举办世博会的旧址，面积很大，有十六公顷，据说这里是整个布里斯班的绿肺，确实在这里我们见到了赏心悦目、心旷神怡的绿。在此地我们见到了到澳洲后就日思夜想的考拉和袋鼠，这是两种最具澳大利亚特色的该国国宝级动物，深深吸引了我们。尤其是考拉性情温顺，体态憨厚，长有一对大耳朵，鼻子扁平，没有尾巴，四肢粗壮，爪尖锋利，一身浓密的皮毛，昏昏欲睡的样子，悠然自得的神态十分可爱，它大部分时间都在树上睡懒觉。袋鼠是一种有袋动物，头小、身子长，长后腿，肚子上长着一大口袋，浅棕色皮毛，不能行走，只能跳着前行，时速可达每小时50公里以上。导游告诉我们，袋鼠宝宝出生后，在6个月前均在袋鼠肚子上的口袋中生活。

之后游玩的是故事桥，一座可以攀爬的钢结构大桥，桥身造型特别酷，是布里斯班的地标性建筑。我们仅在远处眺望了该桥全景，没有上桥去。

4月6日，乘车返回布里斯班机场，乘机飞往新西兰第一大城市——奥克兰，抵达后入住韩国人开的酒店，这天一直奔波在路上。

4月7日，早上吃分食制韩餐后，就乘车前往新西兰毛利族最大的部落——罗托鲁瓦，沿途看到了新西兰迷人的田野风光，到处是牛群、羊群、马群，在休闲、安静地吃草。他们的牧场几乎都用木栅栏一大块一大块地分隔开来，可能是为了轮番放牧，避免草地过度使用，以确保牧草很好地循环生长，这就是一个农业国为了可持续发展而设定的好方法。

罗托鲁瓦是新西兰古老的毛利人部落，我们参观了毛利文化中心，以及真实的原汁原味的村庄、房屋建筑、服饰、雕塑等，都极具民族特色。参观了闻名于世的地热喷泉，远远就能看到缕缕白气在升腾，能闻到一种刺鼻异味即硫黄味。在较低洼处，看起来就如一处处稀泥塘，毛利人在泥浆中浸泡戏耍，据说有益身体。高处房屋一间间分隔，内有地热蒸汽供游人享受蒸汽浴。

晚上入住的旅店在郊区，住的都是套间大床，还有做饭的用具，是一种居家式的旅店。旅店附近有一排平房，我们看到有中国人居住，就去串门了。他们是一对北京退休的夫妇，其独生女在奥克兰工作，已嫁给新西兰人，他们也就移民过去了，每月还能获得当地政府的生活补贴，所住房子属公房，他们要从补贴中取其部分支付房租。他们手上带着环，说是用于急救求医所需。他俩告诉我们新西兰福利不错，但要成功移民却较困难。

4月8日，我们乘车前往新西兰内陆城市——汉密尔顿，参观了风景秀丽的植物园，体验了纯净的新鲜空气。而后返回了奥克兰，游览了海湾大桥、休闲游艇俱乐部、高级豪华住宅区（以现在的眼光也不觉得高档了）。说到新西兰游艇，就想起在澳大利亚汽车载着游艇在马路上奔跑。据导游说，这是澳洲人随心所欲出游的一种方式，车载游艇到想去的海边，滑下游艇即可下海游玩。我们还登上了休眠的火山——伊田山，站立在巨大的休眠火山口，山口内绿草茵茵，散落着许多牛羊，惬意地吃着青草。透过山口远眺，能见到奥克兰全景，是一座躲在绿色中的城市。

4月9日，我们乘机飞回澳大利亚，来到墨尔本。抵达后就乘车直奔巴拉雷特镇的“疏芬山”，此处的原金矿保持着十八世纪的风貌。我们乘缆车下到已废弃的金矿坑道内近距离参观，矿灯、工具、防护用品等一一陈列着，壁上还有金光闪闪的金脉样，里面讲解员居然是穿着中国式对襟兰花布衣服的华人姑娘，原来这金矿是清朝时由漂洋过海来此处的中国商人首先开发的。在矿区有一条清澈见底的小溪，游客可以亲身体验淘金的乐趣，用铲将溪中沙子铲入手中盆内，拣去石子，用溪水漂洗，倒过来翻过去，从不断形成的斜面中去寻找金沙。其实这是吸引人的游戏，很难找到金沙，难得被人找到的也仅是管理人员事先将少量的金沙撒入溪中的。矿区还有打铁铺、邮局、酒馆、商店等，还有骑着高头大马着古装的武士在锣声开道中巡视；载着游客的仿十八世纪的马车在砂石路上招摇过市，使人有穿越回十八世纪的错觉。

在矿区自行解决午饭后，下午返回墨尔本市参观了皇家植物园，特色仅有高大的古木和哥伦布曾居住的小屋，作为杭州人来说这种园林是毫无吸引力的。还参观了古老的圣伯多禄大教堂外貌。游览了战争纪念馆，就我们看来里面记录的并非是光彩的战争史，但澳大利亚人对此可能缺乏认识。

当晚在准备第二天回国时，发现拉杆箱不知什么时候已坏了，我和欢娣只有不顾导游不能单独外出行动的警告，下楼去买拉杆箱。大街两旁楼房都亮着灯，下班后屋内仍要亮灯是当地政府规定的，但店铺门却都早已关了。大街上十分冷清，我们并不死心，一条街一条街地继续寻找，终于在一家中国人开的商店里买到了不太满意的帆布拉杆箱，总算解决了大问题。

4 月 10 日，我们告别澳大利亚，从墨尔本乘机回国，在晚上八点前飞抵上海浦东国际机场，取好行李后，散客团就地解散。相处时间虽不长，但大家已有了友谊，互相留了联系方式。随后我们搭乘机场大巴回杭，再打的回家，澳新游就此愉快结束。

此次游览总的感觉是新鲜、空气质量好、景美、天蓝、海碧、沙洁，还有牧场的壮观、大片草坪任人游戏的慷慨。

锻　炼

从衣柜里取一条长裤想换上，结果裤腰处扣不上了，勉强扣上又觉难受，去年还是刚好的，再取一条同样如此，这给我们提了一个醒——要注意发胖了。2016 年 2 月，我结束杭州市经委系统离退休干部服务中心工作后，就过上了真正的退休生活。宅在家里多了，活动少了，很快腹部就隆了起来，体检时还检出了轻微脂肪肝，再不行动真的不行了。欢娣也有同样问题，于是就开始重视动起来，与欢娣一起强化了锻炼。

我们从多方面入手加强锻炼，包括加密家中打扫卫生频繁、用手心“劳宫穴”拍打脚底心“涌泉穴”，为预防失智做好手指操、漫步小区公园兼顾日照、健步余杭塘河畔、放飞自我外出旅游等。

原来家中隔一天打扫一次卫生，现改为每天打扫一次。每天早上 6:30 起床，一边烧开水，一边就开始扫地，哪怕地上看似很干净，也依旧扫一遍。移步、转身、弯腰，给 81 平方米房间扫一遍也是一种很好的全身运动。我们用的是芦花扫帚，过去认为它不好，因扫时会掉芦花，现在不讨厌了，扫地后发现有芦花就弯腰捡起就是了。随后就是抹擦家具，有平面、有立面、有高、有低，我们就随之俯身、直立、斜弯腰、踮脚、下蹲，不失为另一种全身运动。接着是拖地，也要脚、手、腰配合行动，不时地转动身躯，为了到边到角拖彻底，还得移动桌椅、衣架等，也是一种全身运动。待扫、抹、拖三项完成时，开水、早饭也同时烧好了。此时身上也就微微出汗了，如遇夏天可能已是汗流浃背了。

洗漱、吃早饭后，我们就开始用手心拍打脚底心，也就是劳宫穴对着涌泉穴进行拍打，每次双脚各拍打 900 次。用手心劳宫穴拍打脚心涌泉穴肯定是有益的，因中医有说法：劳宫穴有调血润燥、安神和胃、通经祛湿、熄风凉血之功效，而涌泉穴有温热行气、泻实凝神、滋阴养肾、平息肝风的作用，是人体保健长寿之重要穴位。

随着自己记忆力衰退，为了预防失忆，我们坚持做好手指操。此操在空闲时，甚至乘车时都可做。全操有 6 组，每组 50 次，第一组是吸足气，双手用力握拳，拇指握在掌心，用力吐气同时急速依次伸开小指、无名指、中指、食指，反复进行；第二组是双手腕伸直，五指靠拢，然后用力张开，反复进行；第三组抬双肘与胸平，双手手指相对，互相按住，特别是拇指、小拇指要用力，同时深吸气，然后边吐气边松开，反复进行；第四组是将双腕抬高到与胸同高，双手对应手指互相勾住，用力向两侧拉，左右上下互换，反复进行；第五组是双手手指交叉握紧，以腕为轴进行转动，先顺时针转动，再逆时针转动；第六组是用右手的拇指与左手的食指、右手的食指与左手的拇指交替相触，再以右手的拇指与左手的中指、右手的中指与左手的拇指交替相触，依次类推直做到小指，反复进行。

我们住在五楼，没有电梯，下楼到小区公园漫步走走，与人谈谈天，晒晒太阳，也是一种活动方式。此项活动交的朋友也多，我和她一起下楼走在小区路上，碰到的人几乎都与她打招呼。看来住楼上的人下楼多走动，既锻炼了身体，晒了太阳补了钙，又能加强人际交流，何乐而不为？

健步余杭塘河畔，这是我们最喜欢的运动之一。既亲密接触了大自然，又呼吸到了新鲜空气，同时观赏到了大运河支流余杭塘河的美景，更是锻炼了身体。我们先沿着冯家河旁的林荫道走到余杭塘河南岸，左转经过左手边的“中天 MCC”，即进入“余杭塘河健康步道”。这是一条沿余杭塘河南侧的步行道，它由不规则的石板铺成，右边沿河有石墩排列着向远处延伸着，各墩间上下配有两条悬挂的铁链，如西湖边的链条那样，为步行者提供安全保障。左边是又一条高河岸，上方是各大楼盘沿河步行道或配房，就如法国塞纳河有高低两层河岸那样的布局，我们步行在下层河岸。步行道隔一段路有长廊设置，便于行人歇脚或避雨。左边高层河岸有树，有迎春花下挂，下层步行道无树，但有上层绿荫遮蔽。对岸是绿色塑胶游步道，有着绿色的垂柳、金色的银杏、红色的枫叶、白色的芦花，还有树上亭亭玉立的白鹭，点缀着绿带，有时又展翅贴着水面或掠过步行者头顶自由地飞翔，有时又站立在水边排列的松桩上，如同树桩那样守卫着河岸。

余杭塘河上时有长而高大身躯的运输船经过，货船开过，劈开河水，浪花拍岸，一派动态美，有时五六条组成船队鱼贯前行东来西去；而西来东去的都是满载的，船沿几乎都接近了水面，失去了西去时的高大形象，它们即将汇入大运河繁忙的运输洪流。这里的一切看起来都是那么地充满生机和活力。

我们每次掠过左边大片“桃源春居”“物华小康”“南都花园别墅”“湖畔花园”等住宅小区，从丰潭桥、杭三大桥下穿过，健步行走 2500 米，从杭三大桥上古墩路，再过桥到北岸绿色的塑胶步行道返回，置身于一条全绿色的步行道中。这里人数较多，无论春夏秋冬都能见到穿着短式运动装的人在奋力奔跑，给人一种勇往直前的冲动，我们也会不由自主地加快步伐，以达更好的锻炼效果。我们越过左手边的“印象城购物中心”“莱茵矩阵国际”“西城纪”等建筑群，享受一路美景后，在余杭塘河桥上古翠路，一个来回，手机显示已步行 13000 多步，5000 米、10 里路肯定有了，作为七十多岁老人的运动量也就差不多了。

放飞自我外出旅游。我们在身体许可的情况下抓紧时间做好此事，既有“时不待我”之意，又是因为通过旅游能锻炼自己，强体益志，创造出更多旅游的身体本钱。

我自 2016 年结束中心工作后，就和欢娣加快了自由行的步伐，我们跟团游已无法适应，唯有自由行才符合自己的实际情况，在女儿的安排陪同下，有时全家出发，有时部分家人出游，领略了祖国的大好河山，观赏了美景，尝到了美食，得到了锻炼。2016 年，我们自驾去了福建，游玩了太姥山、莆田妈祖庙、厦门鼓浪屿、永定土楼、武夷山、衢州廿八都等，行程 2500 多公里；2017 年，我们去了广东，游了广州、珠海、长隆野生动物园、海洋公园；赴深圳登上莲花山，远眺深圳新貌；在世界之窗观赏了微缩的世界景观。2018 年春节，我们去了海南三亚，东奔西跑，去了亚龙湾热带天堂森林公园、凤凰岭海誓山盟、天涯海角、大小洞天、蜈支洲岛，领略了热带风光和蔚蓝色的海洋。2019 年春节，我们去了重庆和成都。在重庆游了曾家岩、磁器口古镇、武隆天坑地缝；乘了穿楼而过的轻轨和夜游过江索道车；参观了白公馆、渣滓洞；登上了“重庆环球金融中心”景观台。在成都游了杜甫草堂、宽窄巷子，参观了四川博物馆，观看了“蜀风雅韵川剧”，品尝了成都火锅。2019 年暑假，还去了陕西古都西安游玩，参观了秦始皇帝陵兵马俑，上了西安古城墙，欣赏了大唐不夜城，是西安最美的一条街，国家 5A 级景点；又去了离西安 120 公里的华阴市，乘索道上了华山，是我乘过的最长索道，穿过云海，犹如过仙境，华山是我游过的最险峻之山。2020 年，我们去了云南昆明，原打算去西双版纳，但最终只游了“抚仙湖”，乘坐法式帆船游艇，品尝了“傣爱徕特色风味餐”，游了勐远仙境，品尝了“雨林竹筒大餐”。但只能半途而归，经昆明乘动车返杭。那年，既然出不了省，就在省内游，去了湖州南浔古镇游，之后去了长兴龙之梦动物园、太湖古镇游，欣赏了古镇晚上的“水上秀”。2021 年，原打算去青岛玩，后因事退了机票，在省内去了安吉，上了“藏龙百瀑”、江南天池、余村，看到了“绿水青山就是金山银山”；乘索道上了“云上草原”，步行游玩了老鹰窠、悬崖秋千、水晶廊桥、鸟巢、石蜡烛、玻璃栈道、天空之阶；然后又去了德清新市古街游。2022 年，我们实现了去青岛的愿望，在女儿和外孙的陪同下乘动车去了青岛，游玩参观了栈桥、圣弥厄尔教堂、信号山、德国总督楼旧址博物馆、啤酒博物馆、中国海军博物馆、崂山景区等。其中印象最深的是“中国海军博物馆”，登上了战舰，领略了中国海军的强军史，满满的都是自豪感。2023 年春节，我们自驾赴仙居国家 5A 级景区“神仙居”和丽水缙云仙都游玩。“神仙居”真似神仙居住的地方，景色不输黄山。我们在高悬两座山峰间的、刚柔并济宛如一柄空中玉如意造型的“如意桥”上，由当地无人机摄录者拍摄了全家录像，为 2023 年讨一个“全年如意”的好兆头。

以上介绍的各种锻炼中，旅游是最花精力、体力和金钱的，但值得！旅游是真正的全身运动，不仅经受了体力考验、锻炼了身体，而且还经受了意志的考验，达到全面锻炼的目的。

毕业五十周年同学会

1966 年 7 月，杭州钱江中学高三（1）同学毕业了，原以为要为进入大学做准备了，哪知一个特殊时期开始了，自此开始了另一条人生道路。先是留校；接着就是大多数同学去农村锻炼；若干年后相继返城进入企业、单位、少数考入大学，但大多数只有边工作边学习，开始了读电大、业大、夜大，来充实自己；后来在改革阵痛中有的下了岗；再过了一些年，因同班同学年龄差不多，男女同学就各自几乎同年办理了退休手续，开始了多彩的养老生活。同学们继续了此前多年来的习惯，基本上每年同学相聚一次，随着年龄的增长，有时隔年一次。

2016 年，同学相聚有特别的意义，因这是高中毕业后历经半个世纪的再次相聚，一生一世仅这一次，因此班里同学都是十分重视的。但时间已到 11 月下旬了，必须在年内组织好这次五十周年庆，否则拖过年就不是半个世纪之庆了。为了切实搞好这次同学会，平时负责组织同学会的几位同学先后进行了两次研究。

11 月 25 日那天上午，孙以宁、金琳、陈美珍、倪建民按照我的通知汇聚于曾东元（原杭州市政协副主席）在杭州市民中心图书馆的办公室，首次研究了毕业五十周年同学会。暂定 12 月中旬召开，待场地落实后再明确具体日期；周年庆的名称定为“钱江中学 66 届高三（1）班毕业 50 周年同学会”；并打算寻找 66 届毕业照，进行翻拍印制；由曾东元联系落实场地；拟在 11 月 29 日再电话汇总一下情况，然后确定日期、时间、地点，再行通知。

11 月 29 日，经电话汇总了准备情况，曾东元已联系好茶博的一个会场作为同学会会场，时间确定 12 月 14 日上午 9 时半召开；孙以宁已找到了一张 66 届高三（1）班的毕业照，我们要其负责翻拍印制；原校领导张书记、老师和女同学由孙以宁负责通知，男同学由我负责通知，包括在国外的同学；会标由我负责；零食、蛋糕由金琳负责。

具体实施落实：11 月 30 日，会标已由我落实制作完成；12 月初，“钱江中学 66 届高三（1）班毕业留念”照片已由孙以宁落实翻拍印制并塑封；12 月 8 日，与曾东元、蔡根生、孙以宁前往茶博再次落实会场和中午聚餐地点；12 月 13 日，我与蔡根生、金琳、蔡惠秀去茶博布置会场，落实了午餐规模及规格，并将由蔡根生、金琳、蔡惠秀购买好的水果、零食等寄存在茶博，返回时到浙大附近订购了大蛋糕，随后将取货单交曾东元，由其第二天从店中取后带来。

12 月 14 日，同学会当天，我们筹办人都早早来到茶博，在会场准备好茶水、茶点后，就到路口引导同学们进入会场。会场内悬挂着“钱江中学 66 届高三（1）班毕业 50 周年同学会”红色会标，座位排成了正框形，每边排列两排古色古香的椅子和茶几，茶几上放着龙井清茶、水果和零食。同学们到了后就随意入座，未设主持席、发言席，纯粹是一个茶话会，大家平等、兴奋地与会。原校领导张志伟书记在妻子的陪同下来了，田丽娟同学在女儿陪同下从美国犹他州赶来了，丁芸老师从上海赶来了，班主任俞心安老师夫妇来了，祝玉芬同学起了大早从上海乘高铁赶来了，近 50 名原校领导、老师和同学参加了毕业 50 周年同学会。

会议由我主持，曾东元、倪建民、俞心安老师就在自己座位上起立相继讲了话，随后大家纷纷踊跃发言，回顾了当年多彩的学生时代、五十年来的丰富历程，以及对未来的美好祝愿，老师对学生的热爱、赞美溢于言表，甚至有人提出了“再过五十年我们再相聚”，这是何等美好的祝愿和梦想，寓意大家健康长寿。在会标下我们拍了集体照。

会议结束后，我们在附近农家乐聚餐，满满五桌。首先我们高兴地分享了大蛋糕，连为我们服务的工作人员也分享了蛋糕，分享了我们的喜悦。饭桌上大家继续畅谈着当年同学少年风华正茂；畅谈着五十年风风雨雨奋斗的历程；畅谈着随着祖国翻天覆地的进步、巨变中自己成长的经历；畅谈着退休后幸福美满的生活。尽情地畅谈着自己的所思所想，时而哄堂大笑，时而碰杯祝酒……

我们就是以这样的形式，庆祝了高中毕业五十周年，谨以此文记录。

逛西安登华山

2019 年 7 月，外孙开始放暑假了，与往年一样打算陪他外出旅游一趟，经家人商量，决定赴西安旅游。女儿做了充分的自由行方案，除女婿因工作无法一同前往，我们一行四人准备奔赴西安。因时间有限，这次主要安排逛西安及登西安以东 120 公里外的华山。

到华山领略其险峻是我儿时就有的愿望。1954 年下半年，我刚读小学一年级时，看了当时黑白电影《智取华山》，解放军叔叔的英勇机智及华山的险峻在我幼小的脑海中烙下了深深的印记。记得当时影片中的主角刘参谋率七人侦查小分队在一位药农的帮助下，以大无畏的精神气概和机智灵活的战术，创造了八勇士飞越天险，智取华山的壮举。

华山东西南三面都是层峦叠嶂、悬崖峭壁，无路可走，只有北面可以上山，但也是崎岖难攀，真可谓 “一夫当关，万夫莫开”。小分队硬是从华山北“自古华山一条道”上的山，一路攀悬崖、登峭壁，飞渡天桥险境，趁着夜色摸上了北峰，突袭守敌成功。随即展开政治攻势，促使华山咽喉要道千尺峰守军投降。然后又控制了北峰与西峰间的通道苍龙岭，对敌人的反扑沉着应对，坚守阵地，一直坚持到大部队的到来，终于攻上了西峰，全歼守山之敌。

西安秦始皇帝陵兵马俑我曾参观过，但未曾去华山，相隔六十五年多，在有生之年终于能实现儿时的愿望去华山一探险峻，心中是十分激动的，无以言表。

7 月 10 日，因我们乘坐的是下午四点多的高铁，我与欢娣、外孙三人午饭后带了两只拉杆箱乘 43 路公交至杭州火车东站，早早地在候车大厅等待女儿的到来。她上午仍在上班，只请了两天半假，下午 3 点多赶来与我们汇合。16 点 34 分我们乘上 G1898，经过近 7 小时在 23 点 30 分到达西安北站。然后打车去西安钟鼓楼附近的美丽豪酒店入住，是女儿预先订好的。当车经市中心，虽已午夜但还是灯火通明，人来人往，车水马龙，非常热闹。尤其是西安钟鼓楼在夜色中金碧辉煌，更显璀璨，给人以富丽堂皇的印象，不愧为曾是大唐的古都。入住洗漱后已是后半夜了，我们抓紧睡觉，以便明日有充沛的精力开始西安游。

7 月 11 日，天气晴好。我们首项活动是参观“秦始皇帝陵博物院（兵马俑）”。我们四人正好坐一辆车，就打的前往。门票成人 120 元、学生 60 元、60 岁以上免费。我们到时已有许多人在排队检票进入，多数是旅行团队的。

“秦始皇帝陵博物院（兵马俑）”是闻名中外的世界八大奇迹之一，也是世界文化遗产，国家 AAAAA 级景区，是初到西安游玩的人必去打卡之地，是现存的世界最大的地下军事博物馆。其实秦始皇帝陵的兵马俑就是秦始皇的陪葬坑内的物件。我们按现已出土的三个坑逐个游了个遍，三个坑的兵马俑排列均是按秦军实战阵型所排布，气势恢宏壮观，不由得使人产生了对古代秦军的敬佩之感。

一号坑东西长 230 米，南北宽 162 米，面积达 14260 平方米。据说这里埋有 6000 多个秦兵俑，已有 1100 个经修复集合在一起。我们顺时针随人流环绕一圈，边看边议论，边拍照或摄录。它是一个按秦军防御型军阵的布置，前有三排弓弩手作为前锋，向东排列随时准备迎敌；最后一排是身着铠甲的步兵朝西而立，严防后方敌袭；两侧持弩佩剑的左右翼士兵分别向南北方时刻准备迎击侧翼来敌；中央的战车和步兵排列有序，组成了一个武装到家、防守严密、随时待命的警卫型军阵。兵马俑神态各异，以“千人千面”而闻名于世。我用手机相机功能放大了看，确实如此，发现每个兵俑的相貌、胡须、发型、穿搭均不相同，说明当时烧制陶俑的工艺水平之高、该项工程之伟大。

逛完一号坑后来到二号坑。此坑虽比一号坑小一半，但排兵布阵复杂多了，既拥有车兵、步兵、骑兵三个兵种的独立阵型，又有车、步、骑的混合布阵。该坑内还有稀有的跪射俑。

参观完二号坑，我们来到了三号坑。该坑虽很小，只有一号坑的二十七分之一，约 520 平方米，但其军事意义却十分突出。整个坑呈凹字形，估计是一、二号坑兵俑的指挥部，由马车房和南北厢房组成。中部马车房停放了一辆指挥者乘用的驷马战车；北厢房象征祈神佑助战时克敌制胜的场所；南厢房象征处理军事事务、制定作战计划和睡觉休息的地方。

接着我们来到“秦始皇帝陵文物陈列厅”，参观了“铜车马”，这是从秦始皇帝陵封土西侧二十米左右、深七米处发掘出来的两乘体型较大、保存较为完整的彩绘青铜马车，每乘车前驾有四马，车上各有一御官俑。铜车马造型逼真，装饰华丽，制作精巧，由大量金银饰品和构件组成，令人叹为观止，使人被深深吸引。充分说明秦代已具有高超的冶炼和青铜器制造技术。这两乘铜车马已被誉为“青铜之冠”。我们围着铜车马转了几圈，从不同角度欣赏和拍照。但有点遗憾的是铜车马用玻璃罩着，为取全景隔着玻璃较远拍的话，玻璃上全是游客的影子，破坏了画面美感，而贴着玻璃拍，取全景较难，最后只能纵向拍了全景的铜车马，结果突出了前面的四匹铜马，后面的铜马车却成了配角。经查阅资料，当时二号铜车马出土时已被破碎为 1555 块，经修复完整如初；车通长 3.17 米，高 1.06 米，相当于真车马的一半；总重量为 1241 公斤，由大小 3462 个零部件组装而成；其中青铜制件 1742 个，黄金制件 737 个，白银制件 983 个；其设计制作与现代工程结构有着惊人的相似，大大超出人们的想象。正如我前面所说：“秦代已具有高超的冶炼和青铜器制造技术。”而且设计制作理念已与现代相似，这在当时是何等的先进，使人难以想象。

结束“秦始皇帝陵博物院（兵马俑）”的参观后，我们乘车来到西安仿古“坊肆”式精品地——永兴坊。该处并不大，占地仅 15 亩，东西长 130 米，南北宽 88 米，却展现了古长安城的街坊式形态、历史生活气息和传统民俗生活空间，浓缩了历史和人文，内涵丰富。其中更将陕西非物质文化遗产之美充分展示。我们在此吃了几种小吃作为中餐，不仅饱了口福，还饱了眼福，因各种小吃都做得十分精致诱人。我们在永兴坊就吃到了当地有名的“老潼关肉夹馍”，饼酥、肉烂入味，据说是西安肉夹馍中最好吃的；在坊内又吃了“桂花蜂蜜黑芝麻炸糕”，表皮炸得黄酥脆，里面是稀的蜂蜜配上桂花酱和黑芝麻的馅，吃起来软糯无比、口齿留香；还吃了“三原千层油饼”，有一点油和咸味，味道极好；最后吃了“玫瑰蜂蜜味的柞水洋芋糍粑”，是用蒸熟的土豆用木槌砸成，浇上玫瑰蜂蜜，不像肯德基的土豆泥那样糯烂，而有筋道，特别好吃，而且还有其他多种味道的。本想再多吃点小吃，但肚子已饱，只有作罢。

接着我们打的去西安明城墙的“永宁门”。一路上司机热情地介绍了西安景点，给我们留下了好客的印象。近目的地时，远远看去西安明长城高大宏伟，据说是我国现存规模最大、保存最为完整的古代城垣，它是明太祖朱元璋在唐长安的皇城及部分太极宫东墙的基础上建筑而成，历时八年，用于军事防御，至今已有 600 多年，现是国家重点文物保护单位、AAAAA 级旅游景区。它位于西安市中心区域，呈长方形，周长 13.74 公里，面积达 11.32 平方公里，墙高 12 米，顶宽 12–14 米，底宽 15–18 米，城墙厚度大于高度，城内为西安老城区，主要老城门有 4 座，“永宁门”是其中最有名的。从民国开始，为方便市民出入，又辟了多座城门承担通道作用，现有城门（包括券洞供车辆行人通行）18 座。正南门“永宁门”这座最早建于隋朝的城门已不再承担城市交通的功能，现为登墙旅游八个入口之一。

我们买了票，成人 54 元、学生 27 元、65 岁以上免费。从“永宁门”进入，门洞很深，走到出洞口时才检票。进入后向左右均可经高高的阶梯登上城墙。登墙后视野开阔，其保留了明代“门三重楼三重”即闸楼、箭楼、正楼的形制。其中正楼高 32 米，长 40 余米，为歇山顶式，四角翘起，三层重檐，底层有回廊环绕。闸楼下的月城（瓮城）内是《梦长安——大唐迎宾盛礼》的演出地点，是中国仅有的国宾级迎宾演出，周二至周日，每晚 20 点至 21 点 10 分，演出时间为 70 分钟，场面肯定十分盛大，但票价也不菲，有 280 元、380 元、880 元三档票价。月城内有着一排排座位，用色彩划分着不同价格的区域。

我们在城墙上行走就像在逛大马路，宽阔敞亮，足有 5 个多车道宽，一直向远处延伸。据说墙基与顶面均由黄土、石灰、糯米汁拌和的三合土夯实的，平整坚硬，顶面在此基础上又用三层青砖砌成。顶部两侧有护卫，靠护城河这边筑有约 2 米高的垛墙，起防御作用，为弓箭手的掩体；另一侧筑有较低的女儿墙起护卫作用。游人在墙顶上熙熙攘攘欢快地游走。有的租了自行车在上面自由骑行；怕步行吃力的，坐着观光车绕城一周；更多的忙碌地用手机拍照，因墙高有的俯瞰古城景色为拍风光照选景，或以墙垛、彩旗、红灯笼配以蓝天白云作背景摆好姿势拍照……我们步行游走，见到好景随即拍下。那天阳光火辣辣的，城墙顶上没啥遮挡，衣服早就湿透了，但我们全然不顾，在墙顶一路前行，观赏这老城区古色古香的建筑，发现近城墙都是两、三层楼高的建筑，可能与杭州西湖周边限高是同一道理，我们不断有所发现……

忽然，女儿接到一个陌生人的电话，问我们是否丢了一个电话手表，外孙这时才发现丢了手表，原来丢在刚来的出租车上了。的士司机发现后从表上查了电话号码打来的，女儿立即告诉对方确实是我们遗失的，对方就热情地说他的车正载客前来永宁门，可能 20 多分钟后到达我们此前下车处，让我们在那里等他。我们只有立即折回，迅速下城到下车处等他，刚到不久他的车也到了，电话手表失而复得。我们想给他一定的感谢费，他不收，我们退一步想给来车费用，他也不收，再三强调是载客顺路带过来的，坚决不肯收取，我们无计可施，只能深深表达了谢意，他即开车离去。西安人的热情好客、乐于助人的形象在我们的心目中更加高大了。

我们打的返回到钟鼓楼附近，那里有众多的饮食店，我们在“一真楼”一家古色古香老字号的泡馍店吃了羊汤泡馍，还点了小炒泡馍、牛酥肉、凉皮等小吃。烙烤好的圆白馍饼先来到桌上，还有配角糖蒜和辣酱，于是我们人手一馍饼将其掰成小碎块，待羊汤料来后将其浸泡其中，但其独一无二的口感中羊膻气令我们浙江人并不适应，因此也就没有传说中应有的好感，这并非说羊汤泡馍不好，而是我们不习惯，我看旁人就吃得津津有味。

西安首天游在我们品尝和议论“羊汤泡馍”中愉快地度过了。

7 月 12 日，又是一个晴朗的好天气，我们带足了饮用水，打的前往当天第一站“陕西历史博物馆”。这是我们到外地旅游的一项基本内容，因那样就可以了解当地神奇的历史故事和精美的文物艺术品，从而加深对该地的认识。那天参观的人不少，排起了长队，大多是旅游团的，好在散客与团队分开进入。该博物馆实行的是免费门票预约制，女儿已预约，经排队在窗口取票后，我们由散客检票处进入。

陕西历史博物馆位于西安南郊唐大雁塔的西北侧，大雁塔将是我们当天的第二站，看来比较方便。该博物馆于 1991 年 6 月 20 日落成开放，是我国第一座大型现代化国家级博物馆，馆舍规模宏大，呈“中央殿堂、四隅崇楼”的唐风式样，布局主次分明，错落有致，尽显雄浑庄严之势，融合了民族传统、地方特色和时代精神，是一座很不错的博物馆。拥有 171.795 万件（组）馆藏文物，其中 762 件（组）一级文物、18 件（组）国家级文物、2 件禁止出国（境）展文物。文物之多、档次之高，使参观者目不暇接，饱了眼福。其中最为有名的是镇馆之宝“镶金兽首玛瑙杯”“懿德太子墓壁画《阙楼仪仗图》”“杜虎符”“葡萄花鸟纹银香囊”“鎏金舞马衔杯纹银壶”“鎏金鹦鹉纹提梁银罐”“皇后玉玺玉印”等，其他精美之物琳琅满目，几乎每一件展品都吸人眼球，观者几乎是不情愿地移步去继续观看下一件展品。但要仔细欣赏，办法现已具备，只要忙不迭地用手机拍照，便于离馆后满足自己的好奇心。我就是这样的，事后手机空间不够用了，想删去一些照片，精美的文物照片下不了手，只好从风景照下手了。

馆内是恒温的，我们已完全忘却了外面的炎热，一路慢看细瞧，寻找着最佳角度拍摄，1247 米的观展路线我们足足用了半天时间，走遍了反映陕西古代文明孕育、产生、发展过程及对中华文明奉献的三个展厅，共有史前、周、秦、汉、魏晋南北朝、隋唐、宋元明清七大部分，通过文物了解了我国七大古都之一，曾有 11 个朝代在此建都，历时 1100 多年的历史进步轨迹和灿烂的文化，若从大处着眼应该说感受了中国历史的源远流长和中华文明的博大精深。

结束陕西历史博物馆的参观，已是午后。我们去了“长安大排档”，虽已午后，还是有很多人在等候，还好等了不久，就轮到我们了。女儿做计划时已了解到“长安大排档”一看美食、二看环境、三看表演，各种精彩绝伦的表演中不乏妙趣横生的非遗项目的绝活。“长安大排档”是陕西菜的代表之一，价格也不算贵，人均 60 至 100 元。门前敲锣打鼓热情迎客，我们一进入大排档就觉得里面的装修与门面都特具古色古香民族风：各种鱼灯、鸟灯、宫灯、红灯笼高照，梁上还悬挂着鸟笼点缀，连垃圾桶也是酒坛做的，收银台成了老底子的“账房”匾额高挂，员工均穿古装成了古时候的店小二，连吆喝声也是模仿古代的喊法，使到此就餐的客人恍若穿越千年来此“非遗之旅”了。

我们看了菜单，真的太丰富了！有长安葫芦鸡、拌手工鲜腐竹、醪糟冰淇淋、妃子笑、毛笔酥、麻将十三幺、豆皮涮牛肚锅、关中六小碗、西府一口香、烤羊肉、烤牛筋、民间烤枣馍、油泼辣子鱼、回坊马姐双味凉糕……女儿很快点好了其中很有特色的毛笔酥、长安葫芦鸡、豆皮涮牛肚锅、醪糟冰淇淋、西府一口香、关中六小碗、民间烤枣馍、妃子笑、回坊马姐双味凉糕……四个人吃了 300 多元，真的算便宜。而且还边吃边看非遗技艺表演：在人造水幕雾气弥漫中表演的是操弄足有一米长嘴水壶的特技表演，表演者右手持壶从身后头上向左前方左手持的杯中倒水；或金鸡独立右手持壶从头上方向左手杯中倒水，或抓住长壶嘴端做出各种动作，据说有十八式，使食客看得眼花缭乱，满堂喝彩，鼓掌助兴。听说还有唐装表演、皮影戏表演等，不巧我们这天吃饭时刚好没有这两项演出。

美食中最令我们感兴趣的是“毛笔酥”。托盘上桌时在笔筒中插着 4 支“毛笔”，笔架上搁着 2 支，共 6 支，6 种颜色、6 种味道，旁有一瓶“墨汁”和一方“砚台”，已有墨汁加在砚台上；毛笔做得精致，十分逼真，毛笔尖是由番薯加不同味料组成的馅所制成，看上去有一丝丝感觉的毛笔头，完全可以以假乱真，一口下去酥脆得会掉渣；墨汁是酸酸甜甜的蓝莓酱，文化与美食有机结合，这样吸睛之美食叫人不想吃也难。其他美食均不错：“民间烤枣馍”馍片烤得很干，内含枣泥，吃起来香脆，味道不错，吃了还想吃；“长安葫芦鸡”始于唐代，是经清煮、蒸笼、油炸三道工序精制而成，上桌时皮酥肉嫩，筷到骨脱，若觉味不够可蘸碟中花椒盐食之，越吃越香，特别适合老年人的牙口……

饭后，我们去了“大雁塔”。来到大慈恩寺，大雁塔就在其中。从景点介绍中我们了解到大雁塔是玄奘在唐代永徽三年（公元652年）为收藏印度带回的佛像、舍利和梵文经典而建，后经多次重建和修整，现为七层楼阁式方形锥体砖塔，由仿木结构形成开间，由下而上按比例递减，通高64.5米，底层边长25.5米。我将此塔与杭州六和塔做了比较，此塔通高大于六和塔一点点，但六和塔建在山岗上，因此比此塔还显高大。但现在西安从远处眺望大雁塔，气魄也是宏大的，造型简洁稳重、庄严古朴，它承载着历史，凝聚着中国古代劳动人民的智慧结晶，是古都西安的一座标志性建筑。

我们购票入内，成人40元、学生20元、65岁以上免费。进入景区后，沿着游玩线路先后经左右钟鼓楼、大雄宝殿、法堂、观音殿、玉佛殿，随后直奔主要目标大雁塔。登塔又要付费，每人25元，65岁以上免费，说是为了控制登塔人数保护好古塔。付费后我们沿塔内阶梯向上登去，每层四面各有一个拱券门洞，我们没有中途停留，一直沿梯登到顶层，从四个门洞不同方向凭栏远眺，西安古城风貌一览无遗，历史街坊与现代建筑协调地共存。俯视近处前后均有大广场，北面有规模宏大的音乐喷泉广场，南广场竖立着玄奘立式雕像，对面是“西安大唐不夜城”。我们商量着北广场音乐喷泉是定时演出，而且要晚上打灯光后才好看，与玩不夜城有冲突，就决定下塔后就去南广场等待华灯初放，期待着在夜色中欣赏“大唐不夜城”。

我们结束大雁塔游玩后已近下午4点，即来到南广场，看到右侧有“大悦城”，就想去吃一点冷饮解暑，同时享受一下商场空调。在“大悦城”二楼我们找到肯德基，点了冰饮，坐下慢慢品尝，歇脚又避暑。正感惬意时，外孙透过玻璃看到“大悦城”内的言几又正好有读书活动，而他又有会员卡，见时间尚早就进屋点了咖啡，边阅读边品咖啡。很快过了一个多小时，还未见外孙回来，我就下楼去找他。进入书店看见他正在静静地看书，真是难得。我上前提醒了他，就随我们去了必胜客解决了晚餐。

出商场我们来到南广场。近距离观赏了玄奘法师铜像尊容，立像高大宏伟，右手执禅杖，左手持佛珠，慈祥的面庞透着睿智坚毅，在夕阳照射下，更觉立体感强烈，头顶反射出光芒，在绚烂晚霞的背衬下更显得神采奕奕。游人纷纷举起手机拍照，为了拍玄奘铜像全身或与其合影只有走得远远的才能拍全。有的在拍大雁塔，摊平手掌截于塔身底部，看似托着大雁塔，别人看此情景便纷纷效仿。

随着天色渐暗，华丽的路灯和建筑装饰灯相继亮起，正对玄奘铜像和巍峨大雁塔的“西安大唐不夜城”以惊艳的姿态逐渐呈现在人们的眼前。这是一条以盛唐文化元素为背景的步行街，从大雁塔南广场一直南延至唐城墙遗址，总长 2100 米，宽 500 米，总建筑面积为 65 万平方米。

人们走入其中，仿佛穿越到了盛唐的夜晚，丰衣足食的人们酒足饭饱后，漫步在金碧辉煌、绚烂夺目的光彩世界里。街两侧唐式建筑由各种彩灯光带勾勒出宏伟高大重檐翘角的英姿，展示着浓厚的古都文化和商业气息。各种彩灯以不同的形式显示着各自夺目的光芒，波浪形的灯带随着灯光色彩的变换，似光的波浪不断起伏着向远方奔腾而去。

一路盛唐时名人雕塑、典故层出不穷。主要有大唐佛文化、大唐群英谱、贞观之治、武后行从、开元盛世五大文化雕塑，其背景又十分精致，十分吸睛，不由得让人驻足细瞧，细品一下唐文化的韵味。

道路两旁高大的树木也没闲着，均被各种灯饰装点，以其夺目的光彩助力不夜城的华彩。我们一路慢慢行走，一路仔细欣赏，虽全属人造景观，但确实规划、设计、建设、布置得不错，去西安到此打卡值！

我们离开步行街到较远的地方才打上了车，返回酒店，较早休息为明日上华山储备好精力。

7 月 13 日周六，又是一个烈日当空的炎热天。前两天游玩的是历史文化景观，今天去的是自然景观了，目标“华山”。昨晚回酒店后查阅了“华山”的有关资料，在小时候观看《智取华山》电影对华山的一点认识基础上有了进一步了解。“西岳华山”也称“太华山”，为五岳之一，自古就有“奇险天下第一山”的说法。据说我国中华之“华”就源于华山，因此华山有“华夏之根”之称。华山为道教“第四洞天”全真派的圣地，西岳华山的君神是民间崇奉之神祇，有众多全国重点道教宫、观和道教高人。1982 年华山就被国务院列为首批国家级风景名胜区，2004 年又被评为中华十大名山，2011 年被评为国家 AAAAA 级旅游景区，相当值得人们前往旅游。

一早我们打的至西安火车北站，取好票（票价 54.5 元）乘上 6 点 24 分的 G1914 高铁，7 点 2 分就到了华山北火车站，然后在火车站对面坐上了华阳 1 路免费摆渡车至华山游客中心，再坐上景区翁峪进山专车，经过 40 分钟至华山西峰索道站，购好票（成人 140 元，老人 112 元）进站排队。八人一批放入，在站内等候，坐上观光索道的客运吊箱，就开始了一段惊险之旅。八人坐一厢，我和娣及其他六人被安排在一厢，开始厢内有说有笑，当吊箱悬空于雄伟粗犷、陡峭险峻的山峰间，天空万里无云，笔直的山峰直插天际，环视四周，脑海中只有一个字“险”。我和娣抓紧尽可能地观赏厢外难得一见的景色，不断按下手机按钮拍照。其他六人中突然有人叫了起来：“我吃不消了！”我转过脸见一男青年紧闭双眼，脸色苍白，我头脑中闪过怎么还不如我们老年人？他的同伴也问他怎么啦？他回答说有恐高症的，难怪会出现这一状况。西峰索道全长 4211 米，单向运行 25 分钟，爬高 894 米，一路经过 28 个巨大的支架。我们一路欣赏，眼之所及到处山似刀劈、壁如剑削、巍然屹立、姿态万千，崖壁上有少许绿色点缀，我们一路拍照不停。而刚才那位老兄一直紧闭双眼，硬是不敢睁眼，对他来说真是一段漫长煎熬的经历啊！而我们还觉得过程再长点更好，已在想着下山时再看它个够。我一生乘过不少索道，但从未坐过这样长而惊险、魅力无限、具有绝佳观赏性，又与华山自然风光浑然结合、相得益彰的索道。

我们来到华山西巨灵足南侧下绝壁硐室内的终点站，索道吊厢在终点站画了半个圆，在这过程中我们平稳地下了吊厢，等候下山的游客也顺利地登上了吊厢。紧接着女儿他们也到了，据说两厢间相距 115 米，来回索道上共有 84 个吊厢，运行速度为每秒 6 米，按这样的安排，整个索道刚好平稳，游客上下吊厢时间也比较充裕，确保了安全。来回运行每小时 3000 人左右，再加上华山北峰索道，运力能满足上下华山游客的需求。

我们出站后，行 300 米左右来到了海拔 2082.6 米的华山西峰顶，这里有一处两层四合院式的“翠云宫”，其东殿就是《智取华山》电影所描写的真实故事中当年敌旅部所在地。女儿和外孙想去华山最高主峰海拔

2154.8 米的南峰，又怕母亲吃不消，因此劝我们留在西峰玩一下算了，我就决定陪娣留在西峰玩。西峰通过连续的山脊可直达南峰，女儿和外孙先去了南峰。我和娣根据路牌去了翠云宫后山的状如莲花的巨石——莲花顶。据说这块浑然天成的巨石曾是历代武林高手在华山论剑的地方。顶面平坦宽敞，足可容纳数百人，但地势十分险峻，两面是刀削一般的悬崖，一面有路连着翠云宫，我们就此走向这块巨石。向上看去，巨石顶上聚集着许多游客，有的在俯瞰或远眺周边的群峰，有的高举双手拍照，我想怎么上去？只见巨石下一侧有人在一处置有铁链的崖壁上手脚并用地攀登巨石，好在悬崖上有一些能蹬脚的坑，攀登者手抓链条、脚蹬坑向上攀去，还招呼着同伴为他们拍下这惊险刺激的瞬间。我一时兴起，也想尝试一下，娣劝我不要冒险，听说另一边有石阶可上，但我还是一心向上，而且通过努力确实上去了，娣还抓紧为我拍了照，我上去不久，娣也从另一处石阶上来了。

巨石顶部真是风景这边独好！人在此处忽然心胸开阔，真有展翅凌云腾飞、欲与天公试比高的臆想。巨石顶部周围几乎都有铁链拦着，而且还配了钢丝网，以防有人坠落，哪怕有了这样的装置，人到边上还会提心吊胆，若无铁链、钢丝网更不敢前往。铁链上密密麻麻地挂着红丝带和同心锁，是恋人们在此惊险之地表达忠贞不贰的方式。我找了一处较高点，用手机录像来了个 360 度的拍摄，但还是免不了有人头切入画面，影响了我摄录的质量，顶峰人真的太多了。随后来到崖边，拍摄宽幅照片，只有这样才能拍出华山雄伟壮阔的气势。放眼所到之处均是光秃秃呈现着白色的赤裸的笔直山崖，挺拔伟岸、壮美超群；远处山天交际处有些朦胧；而山脊上看到的绿色比索道上来时看到的多得多，均是苍劲、坚忍不拔的青松，它们不畏隆冬的山风和盛夏的烈日，在崖上贫瘠的一点土壤中顽强地生长，极具旺盛的生命张力，这里看到的不是一棵两棵，而是成片了，有的在笔直山峰的裂缝中形成了一条条绿色的“巨龙”，全入了我的镜头中，可与黄山松媲美。在莲花顶上我们足足留了一个多小时，尽情欣赏着华山之美、华山之险。

我和娣从莲花顶下到汇合点翠云宫，边吃山下带来的食物、饮用水，边等女儿和外孙的到来。不久，女儿他们也回到了翠云宫，吃了所带的食物，中饭就这样较艰苦地对付了，只买了冰淇淋作为补充。然后来到索道站购票原路下山，华山没有往返的索道票。途中我们又抓紧观赏了绝佳的景色，按原路来到华山北火车站，乘15 点 18 分的 G1883 至西安火车北站，打车回到酒店，短暂休整后外出解决了晚餐就回酒店休息了。逛西安以登华山作为高潮而圆满结束。

7 月 14 日，天气还是晴朗，头尾五天均是好天气，对我们外出旅游者来说是好福气。酒店吃了早饭后，我们仍在酒店休息至 11 点才退房离去，乘地铁至西安火车北站，每人只需 4 元，看来是较近的。在车站吃了中饭，13 点 13 分我们乘上 G1884，至 21 点 15 分到达杭州东站，再坐公交各自回到自己家中。

暑期陪同外孙旅游的同时也满足了我自小一睹华山真面目的心愿，真可谓一举两得，且整个过程快乐又满足，兴奋又刺激，真是一次难忘的旅程。

游青岛

随着车轮的滚动声和途中时有的到站广播声，我在动车软卧上时睡时醒，动车上肯定没有在家那样睡得安稳。天亮前我彻底醒了，我以两种截然不同的矛盾心态随想着：首先高兴的是昨日 2022 年 8 月 11 日 20:05 坐上了杭州城站火车站发车的 D782 奔赴青岛北站，与家人赴青岛游的愿望终于实现了，去年暑期时我们也曾打算赴青岛游，机票酒店都已订好，结果因事被迫放弃，未能成行；担心的是这次出行正碰上右足跟骨刺引发无菌炎症而疼痛难受，虽已治疗二十多天还未好转，给此次青岛行带来了不便，还可能会加重病情，真为此而担忧……

遐想中忽听车上广播已到“董家口”站，同时听到走廊里有人在说：“下站就是青岛西站了，再过去就是终点站青岛北站了。”闻此言，我就招呼家人准备起床了，早点洗漱和吃早饭，做好到站下车的准备。我们一行四人刚好一个包厢，一呼即应，相当方便。

8 月 12 日，9 点不到，列车广播响起“各位旅客，列车前方站是本次列车的终点站‘青岛北站’……”大家都站了起来，取好行李向车厢门口移动。9:05 列车徐徐进站，平稳地停了下来，车厢内旅客有序地下到站台，经电梯出了青岛北站。

出站后首先感受到的是气温，青岛当地最高气温 29℃，比杭州当天气温 39℃足足低了 10 度，人感觉好受多了。我们乘地铁 3 号线前往青岛市中心“五四广场”站，那里的“斯维登度假公寓”将是我们在青岛几天的驻地。出了地铁站就是广场，周围高楼林立，十分繁华。“斯维登度假公寓”就在万象城附楼，办完入住手续寄存行李后，我们经连接通道直接去了一旁的“万象城”，而且“万象城”地下可直通地铁站，看来此处住宿、就餐、外出交通均十分方便，女儿确实安排得相当周到。我们订的是套房，内有两间卧室，刚适合我们四人居住。房间内配套齐全，有冰箱、洗衣机、电磁炉、微波炉、吧台……完全是家居式的安排。

中餐是在“万象城”内上了青岛必吃榜的“船歌鱼水饺”就餐，之后我们去了附近做核酸检测，因当时青岛进公共场所都需出示 48 小时核酸阴性证明。

然后开始了我们的青岛游程。先打的去了位于中山路南端的青岛著名景点——栈桥。我们来到海滨，此处是青岛湾，一眼望去，蓝天、白云、碧海、礁石、飞翔的海鸥、如织的游人尽收眼底。海边沙滩、礁石上站满了游人，大多在寻找心爱的贝类，有的摆着姿势拍照。右侧是沿岸的建筑群，左侧不远处就是栈桥，在海中伸向远处，于是我们就向那里奔去。

来到挤满人的栈桥前，看似不起眼，但它是 150 多年前就建成的，那就了不起了。栈桥全长 440 米，宽 8 米，建于清光绪十八年（1892 年），是当时的钢混结构军事专用人工码头。桥两侧有铁链护栏和莲花路灯，还有打着遮阳伞的简易摊位在售卖冰淇淋及旅游纪念品。南端建有两层八角式的“回澜阁”，外筑有半圆形的防波堤加以护卫。在此处既能领略层层巨浪涌来的壮观，又能远眺筑有白色灯塔的“小青岛”。而更引人注目的是左手边不远处的雄伟建筑——中国人民解放军海军博物馆，这是如今来青岛的游客必打卡之地。到此参观要预约，名额十分抢手，当天是去不了了，好在女儿已预约在明日上午 11 时参观，不差这一天了。

离开栈道，女儿在手机上查找了下一个景点“圣弥厄尔教堂”，发现就在不远处，于是我们步行前往。

该教堂在浙江路 15 号，来到由小方石（马牙石）铺就的坡道路面的浙江路，一看就觉得这是一条老街，以为在德国占领时期就建成了此路，它完全像在欧洲旅行时常见的那种石块路面一样，结果听当地人讲这是 2013 年改造成这样的。向上望去不远处就见到了教堂饰有十字的双尖顶，我们加速上行。

一座双塔歌德式教堂呈现在眼前，立面黄色简洁庄重，前有一个大广场，地面也同样由小方石铺成，与浙江路连成一片。见到几对准新人在教堂前广场取景，随摄影师的指挥，摆着各种亲密无间的姿势拍摄婚纱照。我们在购票处买了两张票价为 10 元的成人票，老人免费，随即排队入内。内为十字布局，大厅高大，据说有 18 米高，上方是设有方格的平顶。大厅最里端神坛没有塑像，正中只有一个“十”字，神坛上方为穹顶，画有众神和天使，其中主要三尊可能为圣父、圣子、圣神像，背景为光芒四射的太阳，富有空灵意境。大厅左右拱形玻璃窗均由绘有《圣经》故事图案的彩色玻璃配置。大厅两侧设有走廊，游人右进左出，两侧走廊立有众多塑像，墙上画有巨幅绘画。大厅中间纵向排有两列长座椅，整个氛围肃穆庄重，参观者都是静悄悄地前行。我们随人流按规定参观路线走马观花般地走了一圈，结束了“圣弥厄尔教堂”的参观。

接着在赴“信号山公园”途中，我们从外面观赏了青岛造价最高的德式建筑——胶澳总督府旧址，这是一座布局宏大对称的红顶欧式建筑。我们站在马路对面看到的仅是它的正面和侧面，气势非凡，正面经高高的阶梯才能进入拱形大门，阶梯中段两侧有上下小车的坡道。门口悬挂着人大、政协的牌子，此处不对外开放。

来到“信号山公园”，这是一座郁郁葱葱的山地公园，被绿色所遮掩。山前石坎上流淌着瀑布似的山泉水，以致不仅道路两侧排水处、连路面也漫过山水，可能前两天下过雨所致。我们扫了“场所码”后拾级而上，再右转继续登高，山道时而石级时而平坦。途中右侧有几处观光平台供游客歇脚和观赏美景，我们却没有停留，一鼓作气向上，我虽脚跟有点疼痛，但仍坚持上行。近山顶处右侧有一大平台，游人聚集，青岛湾的美景一览无遗，我用手机录像功能进行了拍摄。

出来时看到右手边还有更高的去处，那里有三个顶部为红色球形的建筑十分引人注目，使人产生上去一睹为快的冲动。走到眼前，其中最高的建筑原来是旋转观景楼，高有 20 米，顶上球内有旋转观景台，游客随旋转能 360 度观看青岛全貌，远处的碧海蓝天、战舰排列的军港、栈桥、绿荫丛中红顶欧式建筑均一一呈现，全收眼中，真是一处登高望远的好去处。

结束“信号山公园”游后，我们又去了“青岛德国总督楼旧址博物馆”参观。此馆刚好定于6月1日至年底免费开放，但要预约，女儿已事先预约完成，我们顺利进入参观。这是一幢建于1907年非常漂亮的德国仿宫廷古堡式建筑，周围绿树成荫，外立面黄色，部分由大块毛石镶嵌而成，红色屋顶错落有致。入内，室内陈设富丽堂皇，十分奢华，馆藏文物众多。布局周到，功能区划分很细，生活、休闲、社交、学习、办公、娱乐、服务、储藏一应俱全。整幢建筑达4083平方米，穿行其间如入迷宫，若没有讲解员引导，自己很难全面参观。该馆还融入了数字展示技术，使参观者感受更为生动。

参观结束后，我们即完成了12日的游览计划，打车返回公寓，在附近就餐后就早早休息了，以弥补昨晚睡眠的不足。

8月13日，我们仍安排市区游。先打的去了登州路56号的“青岛啤酒博物馆”，只见等候参观者沿着人行道排着长队，看来此馆是外地游客到青岛后的必来之地。排了20多分钟，分批扫码进入参观调度室等候，每人配一台讲解耳机，便于听取讲解员的介绍以及讲解员对该批参观者的管理。管理相当严密，待先前进去参观的人结束，这里就由讲解员带领放入一批，以防拥挤。

我们在讲解员的带领下沿着参观路线前行。首先看到的是厂区广场“青岛啤酒”建厂百年的标志，从这就能看出该博物馆是由青岛啤酒股份有限公司在百年前的老厂房、老设备的基础上围绕着青岛啤酒历史和制作主题建成的啤酒博物馆。据讲解员介绍，公司投入了2800万元，以青岛啤酒文化历史、生产工艺流程、啤酒娱乐、购物、餐饮等为载体，实现旅游知识性、娱乐性、参与性，使参观者身临其境，深切感受到浓厚的青岛啤酒文化。

整个博物馆分三个区域：先进入历史文化区域，从众多的图文、资料、文物史料中使我们参观者了解了啤酒的起源、发展历史以及青岛啤酒所获得的各类荣誉；通过生产工艺流程区域的参观，使我们参观者了解了啤酒的生产过程，尤其对重要部位的投影放像复制原有的科研、生产的场景，给人以更深刻清晰的印象；再就是多功能区域，通过品尝原浆、生啤、购物、触摸电子屏查询感兴趣之处，使人融入其中。

在最后的大厅，我们交回讲解耳机，即结束了参观。在这里休息后，我们打的奔向“中国人民解放军海军博物馆”。

车到莱阳路 8 号，就到了临海的“中国人民解放军海军博物馆”，我们有预约顺利进入参观。该馆区域很大，占地 94000 平方米，海域达 141000 平方米。分为室内、海上、陆上三大展区，建有人民海军历史基本陈列、主展馆广场、海军英雄广场、陆上装备展区、海上装备展区。据查询共有 4000 余件文物，1200 余幅图片，近 100 组雕塑、浮雕、场景、油画，40 多个视频，沉浸体验处，环幕影院等。

我们经过主展馆广场步上阶梯，看到了左侧名为“时刻准备着”的群雕。随后由大门进入大厅，大厅高大，两侧是两层展厅，共设 4 个展厅，面积达 47000 平方米。大厅中间是一组金色的簇拥着党旗的群雕，群雕和照片凸显了党对人民海军的坚强领导和领袖们对人民海军建设的深切关怀。

我们从楼下楼上相继参观了反映人民海军在党的领导下不断英勇战斗、发展壮大的光辉历程及发展目标的四个展厅，分别有“艰苦创业、扬帆起航”“改革开放、乘风破浪”“强国强军，挺进深蓝”三个部分。馆藏文物琳琅满目，集中展示在党的领导下，中国人民海军在炮火中诞生、战斗中成长、发展中壮大，正奔向深蓝，向建成世界一流海军的目标大步前进。

随后我们出大厅，来到海军英雄广场，吸引眼球的是一柄“利剑”直刺蓝天，名为《亮剑深蓝》的群雕，含义深刻。前行至岸边，在 40000 余平方米海上舰艇展区排列着许多战舰，有长江舰、鞍山舰、济南舰、鹰潭舰；潜艇有长征一号核潜艇、长城 200 号潜艇等。在海上展示区域，我们还通过连接陆、舰的栈桥相继登上了鹰潭号护卫舰“531 舰”和国家一级文物 101 号“鞍山舰”参观，这是我有生以来首次登舰参观，近距离欣赏了军舰的尊容，但内部未被允许进入参观。

参观两艘战舰后，我们又去了占地 13000 多平方米的陆上装备展区。这里陈列的装备让人目不暇接，有曾服役的小型水面舰艇、航空装备、陆战装备、岸防装备。有海战中立功的功勋艇，有参加过阅兵的荣誉艇，有运送过抢险救灾人员、物资重要任务的立功飞机，有参与抗美援朝防空作战的功勋炮，有装备海军陆战队守岛用的坦克，有封锁海港、航线、打击大中型水面目标的岸舰导弹发射车……一句话，都是一些发挥过重大作用的海军装备。

参观完这些装备后，我们白天参观游程已圆满结束。我们从一旁的出口来到莱阳路打的返回公寓。晚上因白天步行较多，足跟痛加剧了，我只好留在酒店看电视。娣和女儿、外孙晚饭后外出去奥帆广场看了灯光秀，女儿不停地将灯光秀实时发给我，让我虽在公寓仍有亲临现场观景之感，饱了眼福。

8 月 14 日，我们起了个大早，6 点就在公寓门前打车前往“崂山仰口风景区”。但天公不作美，大雾弥漫，两丈外就看不清了，汽车打着大灯缓慢行驶，46 公里路开了近两小时。我们乘坐缆车上山的，票价单程 35 元，无双程票。由于大雾笼罩，看不到一点崂山本有的峭拔群峰、嶙峋怪石、苍松秀竹、碧海蓝天等山海美景，就如腾云驾雾般向上爬升了 219.3 米，行 841.5 米，用时不到 4 分钟就到了终点站。出站时周围大雾仍没退去，此处非山顶，要向左继续向上去登顶，我们沿着湿漉漉的石阶穿行在浓雾中。心中在埋怨着这个鬼天气，它不让我们见到崂山真面目。攀登一段路还没有到顶峰，我觉得再上去也不过如此——视线全被浓雾所截断，再加我足跟刺痛，就一改我平时“不到绝顶不罢休”的态度，决定不再继续登顶了，于是我和娣留下来休息，等候女儿和外孙继续登顶返回后一同下山。结果等了近一小时，女儿和外孙就返回和我们会合，见他们山顶所拍照片均是雾气缭绕的，辛苦地登顶，收获却不大。我们仍购票乘缆车下了山。

我们在仰口乘 618 路旅游大巴经 4 站用时 10 多分钟就来到了“华严寺”站下车，此时大雾已逐渐散去，阳光已普照，一切都显得十分清澈。我们兴奋地往三面环山的崂山景区唯一的佛教寺庙前行，在进口处扫码和验证手机预约情况后即进入了华严寺景区。

行不远，就见到在群峰背衬下的特具佛教风格的、建在阶梯基础上的新建的粗壮雄伟的牌坊式石头拱形头山门。两侧是边长足有两米多的正方形门柱，拱形门洞宽约 5 米，正中门框上方书有蓝色的“华严世界”四字，再上面是石质浮雕如来佛盘腿坐像，10 位栩栩如生的立体佛像分列两侧，山门顶上置有三座中高两侧低的双层莲花座式铜塔，铸得十分精致。整个山门各个立面上全是各种浮雕，有坐骑佛像、有飞天、有祥云、有莲座等，这样的结构形式比较少见，很有特色，也引人注目，未进山门就给人一种庄严肃穆的感觉，游人纷纷在该门前拍照留念。

步入头山门是一处平台，接着就登上了随山势而筑的上山阶梯步行道，两侧林木茂盛，小溪隐藏在绿荫中淙淙地流淌，走在此道上几乎均有树荫遮日，虽是盛夏也不觉得热，而且路旁时有莲花形石坐凳供行人歇脚。途中左侧有一塔院，是安葬历代主持的浮屠（佛塔）群。再前行一处平地有块巨石卧在路左侧，上刻有一个蓝色的大“缘”字，好像对游人在说“有缘来相会”。步行不久来到一处好似城墙门洞式的山门，上方有黑底上书金色的“华严寺”三字，墙门上方建有重檐门楼。进入山门正对的是石质弥勒佛浮雕像，笑脸相迎游人的到来。左转上阶梯见到的是有别于其他寺庙的非对称布局的建筑群，殿宇随山势阶梯式而建，内有大雄宝殿、观音殿、韦驮阁、藏经阁、客堂、僧房等。我们在这清净之地休息了一会儿，用清清的山泉洗了脸，吃了随带的点心解了饥后即下山，赶赴当天计划中最后一个景点——道教的“太清宫”，早已预约好的。

我们再次搭乘 618 旅游大巴来到该景区。下车后就在附近饭店吃了中饭，随即按路牌快速从山岗上往下奔向背靠崂山面向大海的“太清宫”，有点路程的。当路边出现红色围墙就说明快要到了，右转就看到一山门，上有“太清宫”三字，但拦着不让进，说明进口不在此，只有继续前行。终于走上四级台阶，来到石板铺就的宫前广场，正前方就是由四根石柱托着的蓝色门庭和中高两侧低的三门洞组成的“崂山太清宫”山门，门前两旁有一对石狮雄踞。中间大门关着，游人从两侧小门进出，经扫码、查验手机购票情况后，我们进入了“太清宫”。里面殿宇众多，但得知从太清宫到大河口的接驳车最晚 16:00，而当时已是 15:00，时间已较紧，我们只能快速地游走一圈。可能没有走遍，据说太清宫占地 30000 平方米，是山东省青岛市最大的道教建筑群，宫内有三院，各有山门，东为三宫殿、中为三清殿、西为玉皇殿，其他还建有忠义祠、翰林院、配殿等建筑，建筑面积共计 2500 平方米。而最引人注目的是高高矗立的左手指天，右手指地的“老子”铜质立像，足有 50 米高，底座为石刻版《道德经》，共刻有 5567 个字，立像前有老子坐骑青牛。

从太清宫出，右转经一座“崂山太清宫”石牌坊，是太清宫另一侧的头山门，来到海边广场，也是接驳车的车站处。我们买好票排着长队候车，车内一人一座，不能站立，因此点好人头数才登车。我们终于赶在 16:00 前登上接驳车向“大河东客服中心”奔去。

一路上我们从左侧车窗欣赏着无垠的碧海蓝天、金色沙滩及美丽的渔村。如此美景怎能放过，左侧车窗均有人在用手机拍照、录像记录着这无限美好的风光。

崂山风景区大河东客服中心设有众多公交车的中转站台，一行行有序地排列着，满足乘客奔向不同方向的需求。我们上的 304 路公交车，虽是过路但有空位，我们 4 人都有座。因站台车牌上没有明确的“五四广场”站，上车后即询问了驾驶员，被告知到“市政府”下车，就在五四广场边上，并说到站时会提醒我们的。经 75 分钟左右 36 个站点，随车广播已到市政府站的同时，驾驶员也提醒了大家五四广场也在这里下，兑现了他的承诺，我们表达了谢意在此下了车，不远处就是我们的公寓了，这条 304 路公交车线路真的够长的。

我们在附近的“海边人”饭店吃了晚饭，点的都是海鲜，饭后就回公寓洗漱后早早睡了。我那足跟痛当天是经受住了考验，总算挺过来了。

8 月 15 日是我们的返程日，青岛气象预报当天阴有时有中雨，但女儿和外孙不甘心，还是一早打车去了“石老人浴场”海边，想碰下运气能看到海上日出。这天虽非阴天，但海上有云雾，未见到清晰的日出，但从传回的照片看到的是绚烂的早霞，景色还是不错的。

女儿、外孙回来后，我们一起吃了早餐，然后在公寓休息到近 12 点才退了房，将行李寄存在前台，在“万象城”吕氏疙瘩汤品尝了鲁菜，之后由女儿他们取来行李后从万象城直接乘地铁 3 号线至青岛北站候车，乘上了 15:59 的 D2159 动车，在 21:57 到达杭州东站，由女婿来车站接回。

游青岛的行程在短暂的几天中已紧凑地圆满结束，玩得十分开心。但美中不足的是我被足跟痛所困扰，这从一个侧面也加深了我对这次旅游的记忆。

附一：历年撰写

1986 年：撰写、组稿、编排、制作《六五成就》宣传展览全套版面

1987 年：《企业的经营决策时间不能再被蚕食》（调查报告，大专毕业论文）

1988 年：《试论用激励理论推进招标承包》（论文，《管理者》1988 年第 4 期刊登）

撰写《新华之光》企业宣传片脚本，并组织拍摄、剪辑成片

《招标承包工作总结》

《新华造纸厂 1988 年 1 至 9 月生产经营工作总结及四季度工作意见》

1989 年：《引进竞争机制，探索内部承包新路子》（论文，《管理者》89 年第 2 期刊登）

《浅述企业文化建设的普遍性》（《探索》1989 年第 4 期刊登；《实践与研究》1990 年第 1 期刊登；获九省一市企业文化研究会优秀论文三等奖）

《“双清”工作方案》

《新华造纸厂“主人翁思想教育”方案》

参与《探索》编辑

1990 年：《搞好法制教育必须坚持有的放矢的原则》（论文，杭州市普法教育经验交流材料）

《杭州新华造纸厂推荐为轻工业部优秀政工企业先进事迹材料》（报全轻政研会）

《全心全意依靠职工群众是办好社会主义企业之本》（论文，全轻政研会经验介绍材料）

《从职工思想实际出发是搞好职工政治轮训的关键》（论文，杭州市经委“双基”教育表彰大会材料）

《结合主人翁思想教育，搞好形势任务教育的意见》

《关于开展学雷锋、树新风、争做“四有”职工的决定》

《关于开展“四职”教育的意见》

《关于今冬明春开展形势任务教育的意见》

《形势任务教育总结》

《关于“形势任务教育”的汇报材料》

《新华造纸厂职工思想政治工作研究会事迹材料》（报各级政研会）

《杭州新华造纸厂职工思想政治工作研究会 1991 年工作意见》

撰写组稿、编排、制作《形势任务、主人翁思想教育》宣传展览全套版面

1991 年：《新华造纸厂认真贯彻七中全会精神》（报道，《探索》1991 年第 1 期刊登）

《谈职工政治轮训排班新法——滚动排班法》（论文，《探索》1991 年第 2 期刊登）

《在“质量、品种、效益年”活动中发挥政治优势》（论文，《政工导报》1991 年第 3 期刊登）

《报送杭州新华造纸厂为全国思想政治工作优秀企业的推荐材料》（报全国政研会）

《杭州新华造纸厂“二五”普法实施意见》（杭州轻工系统转发）

《“新华”形势任务教育紧密结合企业实际，起步早、行动快、工作实、效果好》（报道）

《关于开展厂纪厂规、职业道德、安全知识宣传月活动的通知》

《厂职工思想政治工作研究会第二届理事会 1990 年工作总结》

撰写《国一级预验后整改纪实》企业宣传片脚本，并组织摄录、剪辑成片

聘为浙江省轻纺系统政研会《实践与研究》通讯员

1992 年：《关于新华造纸厂就贯彻〈条例〉若干课题调研的结果》（调查报告，报杭州市轻工业局）

聘为杭州市经委系统政研会特聘研究员

1993 年：《位不摇、路创新、见成效——谈坚持发挥党组织的政治核

心作用》（论文，《轻工报》刊登）

《贴紧改革和生产经营实际，搞好党建和思想政治工作》（杭州市“七一”表彰会材料）

《贴紧企业实际，搞好党的建设》（浙江省轻纺政研会党建学组会上发表，评为优秀论文）

撰写了《奋进的新华》企业宣传片脚本，并组织摄录、剪辑成片

撰写、组稿、编排、制作了《新华在前进》宣传展览全套版面

聘为浙江省轻纺系统政研会《实践与研究》通讯员

1994 年：《抓根本、重实际、见成效——关于新华造纸厂精神文明建设的调查报告》（浙江省轻纺系统政研会科学化学组第五次学术研讨会上发表，评为优秀论文）

《市两个文明建设红旗单位复查事迹材料》（报杭州市经委）

《“双圈”成功之秘》与《迈大步，不停步》作为《不断超越的“新华”》组成部分供杭州市委宣传部出书用

《精神文明建设汇报材料》（报杭州市文明办）

《优秀政研会主要事迹》（报杭州市轻工业局政研会）

《搞好与“大政工”配套的“大宣传”》（论文，杭州市轻工业局宣传工作会议上发表，《探索》1994 年第 4 期刊登，《实践与研究》刊登）《两不误》（人物特写，《浙江青年报》刊登）

撰写《国有企业的思想政治工作》参与国家“八五”社会科学研究课题的写作（该课题评为 1994 年省政研会优秀论著）

聘为杭州市经委系统政研会特聘研究员 1995 年：《全国思想政治工作优秀企业复审事迹材料》（报全国政研会）

《关于贯彻落实〈杭州市轻工系统班组长思想政治工作暂行条例〉的通知》

《伟大的母爱与社会的温暖》（人物专访，《探索》1995 年第 1 期刊登）1996 年：《实施意见好》（在《杭州轻工报》“六和塔”征文赛中获二等奖）

《浅谈企业凝聚力工程》（论文）

1997 年：《运用辩证法建设凝聚力工程》（发表在浙江省政研会《企业凝聚力初探》一书，并获杭州市轻工系统政研会研究成果一等奖）

《建设“凝聚力工程”促进企业两个文明建设》（论文，杭州市经委系统领导干部理论文章二等奖）1999 年：《略谈“厂务公开、民主管理”》（杭州轻工系统纪检工作优秀论文）

《我国加入世贸组织利弊分析及企业对策》（中共浙江省委组织部、省计经委组织的“企业管理人员工商管理培训班”结业论文）

2002 年：参与编辑《新华五十年纪事》

2003 年：《浅谈“定编定岗、竞争上岗”》（论文）

《随笔四则》（收入《风采集——游三清山》）

参与编辑企业《风采集——游三清山》

2004 年：《党组织要在企业转换机制中发挥政治保证作用》杭州市精神文明建设研究会优秀论文评选中获优秀奖）

2005 年：《对执行力的六点思考》（被杭州市工业资产经营有限公司党委评为系统 2005 年党建调研论文优秀奖）

《浅谈“强化自我监督”》（杭州市经委系统 2005 年度纪检论文评比中获三等奖）

《登山八思》（收入企业散文集）

2006 年：《略谈企业廉政文化建设》（被杭州市工业资产经营有限公司委评为 2006 年度系统纪检监察工作论文二等奖）

《去掉不良作风，保持优良作风》（被杭州市工业资产经营有限公司纪委评为 2006 年度系统纪检监察工作论文优秀奖）

2007 年：此前撰写、组稿、排版、刻印累计 500 余期厂报《交流》（在杭州市轻工系统厂报评比中获 “厂报好版面奖”“厂报优秀奖”）

2011 年：责任编辑杭州市经委系统老干部服务中心成立十周年纪念册——《夕阳无限好》

（组稿、排版、校对，加工成册）

2023 年：撰写完成《我那流逝的岁月》回忆录

撰写的《白沙塘》参加了 2023 年“第一届·中华文人奖”全国文学

大赛（排行第四位，被评为二等奖）

（以上仅凭手头有的资料所列，并不完全）

附二：历年荣誉

1969 年度：临安县（今临安区）上山下乡知识青年积极分子

1970 年度：临安县（今临安区）上山下乡知识青年积极分子

杭州市上山下乡知识青年积极分子

1985 年度：杭州新华造纸厂优秀工会工作者

1989 年度：杭州市经委系统优秀思想政治工作者

1990 年度：杭州市轻工系统优秀共产党员

杭州新华造纸厂优秀共产党员

杭州新华造纸厂先进标兵

杭州新华造纸厂思想政治工作积极分子

1991 年度：杭州市经委系统优秀共产党员

杭州市轻工系统优秀共产党员

杭州新华造纸厂先进生产（工作）者

1993 年度：杭州市轻工系统优秀共产党员

杭州新华造纸厂先进生产（工作）者

1994 年度：中国轻工业职工思想政治工作研究会“政研会工作奖”

杭州市经委系统优秀共产党员

杭州市轻工系统优秀共产党员

杭州市轻工系统优秀思想政治工作研究工作者

1995 年度：杭州新华造纸厂厂级劳模

杭州新华造纸厂优秀工会工作者

1996 年度：杭州市轻工系统优秀思想政治工作者

1997 年度：杭州市轻工系统优秀党务工作者

杭州市轻工系统优秀思想政治工作者

2006 年度：杭州市工业系统纪检监察工作先进工作者

2009 年度：翠苑四区社区党员第三批学习实践活动学习积极分子

2012 年度：翠苑四区社区党员创先争优积极分子

2016 年度：翠苑四区社区党员积极分子

2021 年度：翠苑四区社区党员积极分子